Elke Kleist

Charmefaktor Hering

Roman

Engelsdorfer Verlag
2009

Bibliografische Information durch
die Deutsche Nationalbibliothek:
Die Deutsche Nationalbibliothek verzeichnet diese Publikation in der Deutschen Nationalbibliografie; detaillierte bibliografische Daten sind im Internet über http://dnb.d-nb.de abrufbar.

ISBN 978-3-86703-774-7

Hergestellt in Leipzig, Germany (EU)
www.engelsdorfer-verlag.de

16,00 Euro (D)

„Auf dein neues Leben!"
„Auf die Freiheit!"
Die Frauen hielten Jennifer aufmunternd ihre Gläser entgegen, aber die zuckte merklich zusammen.
„Pst!", sie schaute sich unsicher in dem kleinen Café um, aber ihr Einwand kam zu spät. Die anderen Gäste waren schon auf die drei Frauen aufmerksam geworden.
Jennifer zog den Kopf leicht zwischen die Schultern, als wollte sie sich verstecken. Mit ihrem sorgfältig hochgestecktem blonden Haar und ihrer vornehmen Eleganz strahlte sie nach außen ein unerschütterliches Selbstbewusstsein und spröde Unnahbarkeit aus. Aber ihre verkrampfte Haltung und ein hektisches Flackern in ihren Augen sprachen dagegen. Ihre scheinbar heile Welt hatte gerade einen gewaltigen Riss bekommen.
Da saßen sie ihr gegenüber, ihre beiden besten Freundinnen und erwarteten von ihr, dass sie sich nun befreit und zufrieden fühlen sollte. Bea, die Ausgeflippte, immer hochmodisch gekleidet (Ich kann verdienen, was ich will, es sind immer tausend Euro zu wenig!) und perfekt gestylt. Sie flatterte wie ein Schmetterling von einem Mann zum nächsten und konnte oder wollte sich doch nie entscheiden. Sie hatte sich in all den Jahren ihren jungmädchenhaften Charme erhalten und brachte damit immer wieder eine Menge frischen Wind in ihre Freundschaft.
Ganz anders Karin. Sie war der Ruhepol in ihrer kleinen Gemeinschaft, die Korrekte, die Beständige. Sie brauchte keinen modischen Schnickschnack. Ordentlich, sauber und praktisch musste es sein.
Karin sorgte stets dafür, dass Jennifer und Bea nach ihren Höhenflügen wieder sicher auf dem Boden landeten.
Jennifer sah ihre Freundinnen an. Was war es, was sie selbst in diese Freundschaft einbrachte? Womit hatte sie diese großartigen Frauen verdient?
Vielleicht lag es daran, dass sie normalerweise von beiden etwas in sich vereinte. Die kleinen Teufel, die in Bea steckten und die bodenständigen Engel, die Karins Wesen bestimmten. Normaler weise. Aber im Moment war nichts normal. Es herrschte Ausnahmezustand.
„Auf den Neuanfang", flüsterte sie dann doch mit belegter Stimme und stieß zurückhaltend mit den beiden an.
Bea prostete den anderen Gästen, die neugierig zu ihrem Tisch herüber schauten fröhlich zu. „Wir haben uns nämlich scheiden lassen", teilte sie ihnen triumphierend mit.

Manche von ihnen wendeten ihre Blicke schnell ab, als wären sie bei etwas Unerlaubten ertappt worden. Andere grinsten breit und erhoben ihrerseits ihre Gläser.
„Bea!" Jennifer versuchte ihre Freundin zu bremsen und rutschte unruhig auf ihrem Stuhl hin und her. „Das geht doch nun wirklich keinen etwas an, außerdem, was heißt hier *wir* haben?"
„Wir sind schließlich deine besten Freundinnen, da ist deine Scheidung irgendwie doch auch unsere. Ein gemeinsamer Akt der Befreiung sozusagen."
Karin sah Bea zurechtweisend an und gab ihr ein Zeichen, still zu sein. Sie legte ihre Hand auf die von Jennifer.
„He, Jenny, nun lach doch mal. Es ist vorbei, und du weißt, dass es gut so ist. Du bist doch immer die Stärkste von uns gewesen. Eigentlich hättest *du* längst Schluss machen sollen. Das war doch keine Ehe mehr. Du brauchst ihn nicht. Denk nur mal an all die ungeahnten Möglichkeiten, die dir jetzt wieder offen stehen. Die ganze Welt breitet die Arme für dich aus."
„Und die Männer auch. Was meinst du, wie viele schon in den Startlöchern stehen, weil du wieder zu haben bist", Bea kicherte vergnügt vor sich hin.
„Bea!" Karin schüttelte vorwurfsvoll den Kopf.
Jennifers Gesicht verfinsterte sich zusehend und eine tiefe Furche bildete sich zwischen ihren Augenbrauen.
„Ich will nichts mehr von Männern wissen. Ich hab` die Nase gestrichen voll. Ich brauche diese männliche Selbstverliebtheit nicht mehr, ihre Alkoholexzesse, nächtliches Geschnarche und fremde Haare auf ihren Jacketts."
Oh nein, sie würde sich nicht noch einmal von einem Mann demütigen lassen.
Ihr Blick schweifte durch das Fenster hinaus. Berlin hatte sich kurz vor Frühlingsbeginn noch einmal in ein schimmerndes Winterkleid gehüllt. Die Menschen hasteten eingemummt mit herum wirbelnden Schneeflocken um die Wette durch die Straßen. Jennifer spürte die Kälte in sich hoch kriechen.
„Ich dumme Kuh hab` nichts gemerkt, hab` gedacht, meine Ehe wäre, na ja, in Ordnung eben, mein Leben normal, wie es war. Ich war so verdammt blind", sagte sie wie zu sich selbst.
Zugegeben, sie hatte sich die Ehe immer anders vorgestellt. Besser irgendwie. Aber an ein Ende hatte sie dennoch nie gedacht.
Der Kellner kam und servierte das Essen. Jennifer nahm ihren Salat kaum zur Kenntnis, aber Karin bedankte sich strahlend bei ihm. Sie sollte es nicht, aber sie liebte diese in Sahne ertränkten Nudeln.

„Du isst wieder nichts, Bea?“ Karin griff nach ihrem Besteck.
„Nein, nein. Das bisschen, was ich esse kann ich auch trinken“ antworte Bea und leerte ihr Sektglas in einem Zug, um sich sofort nachzuschenken.
„Und du solltest nicht immer dieses fette Zeug essen. Fett gehört in Gesichtcremes und sonst nirgends wohin.“
„Ich weiß, ich weiß. Aber ich habe mich entschieden, meinen Körper ab jetzt zu nehmen wie er ist. Ich lasse ihn nicht mehr darben, noch dazu für eine Figur, die nun mal sowieso nicht für mich gedacht ist.“ Genüsslich machte Karin sich über ihr Essen her.
Jennifer hatte gar nicht zugehört. Sie stütze das Kinn auf die Handfläche und hing ihren Gedanken nach. Warum hatte sie die Zeichen übersehen? Wahrscheinlich wollte sie sie gar nicht wahrhaben. Es war alles so schön bequem und eingefahren. Warum also sich dagegen auflehnen?
Rüdiger war ihr Traumprinz gewesen. Groß, schlank, ein Bild von einem Mann. Sie war geblendet von seinem gepflegten Äußeren und seiner Klugheit. Aber manchmal ist Intuition nützlicher als Intelligenz. Doch sie ließ die Zweifel nicht an sich heran.
Sie führten ein Leben in Wohlstand. Jeder hatte seine Arbeit, seine Karriere und schon bald seine eigenen Interessen. Sie waren beide viel zu sehr mit sich selbst beschäftigt. Mit der Zeit blieben auch die letzten Gemeinsamkeiten auf der Strecke. Und die Liebe auch.
Wenn eine Beziehung nicht mehr stimmt, dann genügt oft ein winziger Funke von außen, um alles in Asche zerfallen zu lassen. Am Ende hatten sie sich gegenseitig nur noch genervt und es war zu vieles geschehen, dass nicht hätte passieren dürfen. Irgendwann meinte er dann, es wäre richtiger sich zu trennen, bevor sie sich hassen würden. Eine schmerzliche Wahrheit wäre besser als eine tröstende Lüge, hatte er gesagt.
Sie stocherte lustlos in ihrem Salat.
Sie wollte keine Scheidung. Sie wollte sich nicht eingestehen, dass es vorbei war. Liebte sie ihn noch? War es ihr Glaube an die Ehe? Nein, nichts von alledem, musste sie sich jetzt eingestehen, eher die Furcht vor dem, was danach kommen würde und das krampfhafte Festhalten an vertrauten Gewohnheiten. Außerdem konnte sie es nicht ertragen, verloren zu haben. Doch sein Koffer stand schon bei der anderen.
Jennifer hatte ihm ihre Ängste nicht gezeigt, gab sich bis zum Schluss beherrscht, stark und überlegen. Wie immer.
Zusammengebrochen ist sie dann erst bei ihren Freundinnen. Und wurde aufgefangen.

Karin wischte sich den Mund ab und legte die Serviette zusammengeknüllt auf den blitzblank leer gegessenen Teller und lehnte sich zurück. „Mm, das hat mir aber gut geschmeckt." Sie stieß Jennifer leicht an. „Hallo, Jenny, wir sind *hier*", und holte sie in die Gegenwart zurück. „Nun zerbrich dir nur nicht deinen hübschen Kopf. Daran stirbt man nicht. Im Gegenteil. Sieh es als eine wunderbare Chance!"
Jennifer schob ihren Salat fast unberührt von sich.
„Ist es das wirklich?" sie schüttelte zweifelnd den Kopf. Eine Haarsträne befreite sich vorwitzig aus seinem Halt und fiel ihr leicht gekringelt über die Augen. Das verlieh ihrem Gesicht für einen Moment einen ungewohnt weichen Zug. Sie strich die Haare nervös beiseite und versuchte mit fahrigen Händen, sie wieder fest zu stecken.
„Natürlich ist es das. Du kannst nichts Neues haben, wenn du das Alte nicht vorher in die Tonne haust." Bea gestikuliert wild mit den Armen. „Der Markt ist voll mit phantastischen Männern. Warte nur ein bisschen, dann wirst du sie auch wieder sehen. Und du wirst sie wollen! Wetten?"
Karin lächelte Bea spöttisch an. „Es geht doch nicht immer nur um die Kerle. Abgesehen davon, wo sind sie denn bloß alle, deine ach so herrlichen Männer? Warum hast du dir denn bis heute keinen von ihnen eingefangen?"
„Irgendwann küsse ich schon mal den richtigen Frosch, ihr werdet` s schon erleben." Bea schlug die langen schlanken Beine übereinander und betrachtete aufmerksam ihre knallroten Fingernägel.
„Im Durchschnitt ist eine Frau heute mit 12,7 Männern zusammen, ehe sie den richtigen trifft. Wenn ich das richtig sehe, dann habe ich statistisch gesehen durch eure Zurückhaltung noch den einen oder anderen gut."
Ihre Freundinnen wussten, dass sich hinter ihren Affären nicht nur Abenteuerlust, sondern auch eine tiefe Sehnsucht nach Geborgenheit und Liebe verbarg, die sie aber bisher noch nirgends gefunden hatte. Sie erwartete einfach zu viel. Er sollte gut aussehen, intelligent, fürsorglich und treu sein. Ein toller Liebhaber natürlich, reichlich Geld haben, und eine gute Herkunft wäre auch nicht schlecht.
„Nun, du hast den Durchschnitt wohl auch so schon ganz schön hoch getrieben." Karin lachte. „Aber du wirst dich nie entscheiden können. Der Prinz, von dem du träumst, den gibt es auf dieser Welt nicht."
Bea nahm eine Serviette und polierte ihre Fingernägel wie Brillengläser und grinste schelmisch. „Oh doch, Karin. Ein paar gibt es mit Sicherheit. Nimm doch nur mal Jennys Ex. Der war eigentlich ein Paradebeispiel. Okay, bis dieses viel zu junge, verhuschte Mäuschen kam und ihm den Kopf verdreht

hat." Sie schlug sich die Hand vor den Mund. „Oh, entschuldige Jenny, das war ganz blöd eben."
Jenny winkte ab. „Ist schon gut. Meinetwegen kannst du ihn haben."
„Oh nein, so verzweifelt bin ich dann doch nicht." Bea hob abwehrend die Hände. „Nein, nein. Der ist aus dem Rennen. Aber dein Martin, Karin, ein bisschen rund ist er ja, aber ansonsten... Vielleicht sollte ich es mal bei ihm versuchen?"
„Untersteh dich!" Karin schlug lachend mit der Speisekarte nach ihr. „Such du dir mal schön deinen eigenen Frosch."
Jennifer beugte sich über den unabgeräumten Teller hinweg zu Bea hinüber. „Fragt sich eben nur, wie lange der richtige Frosch tatsächlich auch der richtige bleibt. Manche werfen ihren Frosch immer und immer wieder an die Wand, in der Hoffnung, dass er ein Prinz wird und leben letztendlich eben doch nur mit einem ramponierten Frosch zusammen. Mir ging` s doch genau so, und jetzt küsst meinen jämmerlichen Frosch sogar noch eine andere." Jennifer nippte frustriert an ihrem Glas.
„Na besser jetzt als später", meinte Bea. „Jetzt stehen dir noch alle Türen offen."
Jennifer stellte ihr Glas derb auf den Tisch zurück.
„Unfug. Machen wir uns doch nichts vor, mit über vierzig. Welche Türen stehen dir da noch groß offen? Die Tür zur Küche, ja, die immer. Oder die zum Rheumaspezialisten..."
„Na, wenn er denn gut aussieht..."
„Nein, Bea, im Ernst, so ein Neuanfang kann toll und spannend sein, aber bitteschön vor dem Falten- und Fettzellenzeitalter. Wir können doch von Glück reden, dass wir `was auf dem Kasten haben und so den jungen Dingern wenigstens im Job noch das Wasser reichen können. Auf anderen Gebieten ist unser Zug doch längst abgefahren. Was soll da also noch kommen?"
„Na, sag` mal, so kenn ich dich ja gar nicht, das bist doch nicht du! Alt! Das würde ja bedeutet, ich wäre es auch. Oh nein, das geht gar nicht! Diesen Gedanke lasse ich gar nicht an mich heran. Alt ist immer fünfzehn Jahre älter als ich. Wirklich alt bist du erst,...", Bea unterbrach ihren Satz als der Kellner kam, desinteressiert fragte, ob es geschmeckt hätte und abräumte.
„...wenn du in die Küche gehst und nicht mehr weißt, was du im Bad wolltest."
„Oder wenn du nur noch die Wildecker Herzbuben hörst und dir dabei warm ums Herz wird." Karin schlug sich unerwartet auf ihre Seite. „Jenny, es gibt zigtausend Beispiele dafür, dass es nie zu spät dafür ist, wieder

glücklich zu werden, auf welche Art auch immer. Natürlich, die beste Zeit einen Baum zu pflanzen war vor zwanzig Jahren. Aber die zweitbeste ist jetzt."
Jennifer und Bea sahen sie überrascht an
„Der ist nicht von mir. Das haben die alten Chinesen gesagt. Aber sie haben doch Recht. Oder?"
„Na sag ich doch. Ob man nun einen Baum pflanzen will oder nicht", Bea malte sich die Lippen nach, „du hast allen Grund dich auf die Zukunft zu freuen. Du siehst klasse aus, hast einen tollen Job und dein Ex muss ordentlich löhnen. Bluten soll er, der Kerl. Das ist doch eine prima Ausgangsposition." Sie steckte den Lippenstift zurück in ihr Täschchen.
„Was heißt hier bluten?" griff Karin ein bevor Jennifer etwas sagen konnte. „Jenny hat in all den Jahren schließlich genug gerackert für das, was sie jetzt haben. Außer einem gut bezahlten Job hat er doch auch nicht viel mehr mit in die Ehe gebracht. Da ist es ja wohl nur recht und billig, dass alles Halbe-Halbe geht."
„Schade ist es schon um das schöne Haus", sinnierte Jennifer. Als Rüdiger ihr das Haus das erste Mal gezeigt hatte, erschien es viel zu groß, zu protzig. Darüber hinaus lag es so weit draußen, fast schon ländlich. Aber er wollte es unbedingt.
Sie sah sich unter den großen Kastanien entlang auf die Altberliner Villa zugehen. Gott, wie hat sie das viele Laub gehasst. Jeden Herbst wieder. Immer stand sie allein mit der Arbeit da. Und mit den Schwielen an den Händen. Rüdiger hatte stets so viel Wichtigeres zu tun. Aber im Frühling, wenn die Bäume so traumhaft blühten, dann vergaß sie all das für kurze Zeit.
Sie sah sich die paar Treppenstufen rauf und an den beiden Säulen vorbei durch die breite Eingangstür gehen.
Im Laufe der Zeit lebte sie sich ein und akzeptierte es als ihr zu Hause. Der Gedanke wegzuziehen, erfüllte sie jetzt ein wenig mit Wehmut. Ihr vertrautes Leben zerbröckelte unter den Händen.
„Aber ich würde da auch nicht bleiben wollen. Ich kann die Vergangenheit um mich herum nicht mehr ertragen."
Jennifer war sich nicht darüber im Klaren, ob es die Erinnerung an die schönen Momente war, vor denen sie sich fürchtete oder doch eher der Wunsch, sich von all den Hässlichkeiten der letzten Zeit zu trennen. Viel mehr setzte ihr wohl der eigene verletzte Stolz zu, der sich wie ein großer Schatten scheinbar von jeder der Zimmerwände herablassend auf sie nieder

senkte und wie ein Krake mit seinen langen Armen umschlang, dass ihr oft die Luft weg blieb. In den Nächten war es am schlimmsten.
„Und ich glaube auch nicht, dass seine Neue mit meinem Geist in einem Haus tanzen möchte." Jennifer verschluckte sich fast bei dem Gedanken. „Eigentlich weiß ich noch gar nicht, was ich will, wohin ich will. Ich fühle mich so zerrissen, so unsicher und allein." Hilflos sah sie ihre Freundinnen an.
„He, du hast uns!" Karin und Bea rückten näher an sie heran. „Das stehen wir zusammen durch. Und wenn du es dort nicht aushältst, bei uns ist jederzeit Platz für dich, bis du was Eigenes gefunden hast. Das weißt du."
Bea griff nach der Flasche. „Na komm, darauf noch ein Gläschen Sekt."
Jennifer guckte auf ihre Uhr und fuhr erschrocken auf, so dass ihr Stuhl nach hinten weg kippte.
„Oh Gott, schon so spät. Ich muss zurück in die Redaktion. Der Alte reißt mir den Kopf ab, und das kann ich gerade gar nicht gebrauchen." Sie merkte, dass einige der anderen Gäste ihren Aufbruch aufmerksam beobachteten. Automatisch setzte sie ihr unterkühltes Lächeln auf, ihr Körper straffte sich. Immer schön den Schein wahren. Es ging niemanden etwas an, wie es in ihr drinnen aussah. Keinen, außer ihren Freundinnen.
„Wir sehen uns am Wochenende. Ihr könnt mir dann vielleicht ein bisschen beim Packen helfen." Sie legte Geld auf den Tisch und umarmte ihre Freundinnen.
„Und danke, dass ihr so lieb und geduldig mit mir seid", fügte sie leise hinzu.
Mit traumwandlerischer Sicherheit ging sie unter den neugierigen Blicken der Leute an den Nebentischen stolz erhobenen Hauptes zum Ausgang.
An der Tür drehte sie sich kurz um und winkte ihren Freundinnen noch einmal zu, bevor sie das Café verließ.
Ein eisiger Wind wehte ihr entgegen. Es hatte aufgehört zu schneien. Sie verharrte einen Moment unter dem geschützten Hauseingang und zog ihren Mantel fester um sich. Dann hob sie ihr Gesicht zu der bläulichen Sonne hoch und atmete tief durch. Nur eine einzige Wolke war zu sehen, allein wie sie selbst.

Jennifer konnte sich später nicht mehr erinnern, wie sie es geschafft hatte, die viel befahrenen Kreuzungen unbeschadet zu überqueren, die richtige S-Bahn zu erwischen und heil im Büro anzukommen. Verschwommene Gestalten huschten im grauen Zwielicht an ihr vorbei, Menschen, die wie sie beschlossen hatten, wieder einen Tag unter der Last ihres Lebens zu

leiden, statt es mit Leichtigkeit zu nehmen, wie es war. Im Grunde fehlten die ganzen folgenden Tage in ihrem Gedächtnis. Hatte sie überhaupt gearbeitet, gegessen und geschlafen? Gelebt? Ein dichter Nebel lag über dieser Zeit.
Sie saß an ihrem Schreibtisch und starrte vor sich hin. Jeder ihrer halbherzigen Versuche, sich zu konzentrieren schlug fehl. So war es ihr noch nie ergangen. Bisher konnte doch nichts sie umhauen.
Kaffee! Sie brauchte unbedingt einen heißen Kaffee. Wie von unsichtbarer Hand gelenkt bediente sie den Automaten auf dem Flur.
Ihre Kolleginnen schielten zu ihr hinüber und tuschelten hinter vorgehaltenen Händen, aber Jennifer schien es nicht wahrzunehmen. Tief in ihre Gedankenwelt versunken ging sie zurück in ihr Büro. Mit dem Kaffeebecher in beiden Händen schaute sie aus dem Fenster und verfolgte die fliehenden Wolken am Himmel.
Es klopfte an den Rahmen ihrer stets offenen Tür und ihr Chef, Richard Wedekind, kam, ohne auf ihre Antwort zu warten, mit großen Schritten zu ihr an den Schreibtisch. Erst da erwachte sie aus ihrer Lethargie. Sie erschrak heftig und ihr Kaffee kippte fast um, als sie hektisch zu irgendwelchen Unterlagen griff, die auf ihrem Tisch lagen, als wäre sie intensiv mit deren Bearbeitung beschäftigt.
„Frau Dorn“, er sah ernst auf sie herab, „kommen Sie doch nachher bitte in mein Büro. Ich denke, wir sollten uns einmal in Ruhe unterhalten.“ Er sprach die Worte wie immer mit Bedacht besonders langsam und deutlich. Er hüstelte. „Um Fünfzehn Uhr. Das würde gut passen.“ Er ging zur Tür. „Und seien Sie pünktlich.“
Wie oft hatte sie sich über seine Behäbigkeit und überdimensionale Korrektheit, besonders wenn es um Termine ging amüsiert, manchmal auch aufgeregt. In diesem Moment fühlte sie die nackte Angst ihren Rücken hinauf kriechen. Was, wenn sie ihren Job auch noch verlieren würde?
Sie liebte ihre Arbeit als Reisejournalistin, und sie war gut. Das wusste sie. Aber ihr war plötzlich auch klar, dass sie in den letzten Wochen zwar physisch anwesend, aber mit ihren Gedanken doch nicht wirklich da gewesen war. Aber deswegen entließ man doch niemanden? Sie fühlte die Panik wie eiskalte fremde Hände auf ihrer Haut.
Wedekind war streng, aber gerecht, stand hinter seinen Mitarbeitern und forderte nie mehr von ihnen, als er sich selbst abverlangte. Aber auch nicht weniger. Er war eine Arbeitsmaschine, und als solche betrachtete er alle anderen auch. Das kam Jennifer gelegen. Ihr Privatleben ging niemanden hier etwas an, genau so, wie sie das der anderen nicht kennen wollte. Sie

hielt stets eine gewisse Distanz zu ihren Kolleginnen, war freundlich und hilfsbereit, wenn es um die Arbeit ging, aber nie privat. Alle hier hielten es so. Sie *waren* Arbeitsmaschinen.
Wie sollte da auch nur einer von ihnen Verständnis für ihren momentanen Zustand haben? Hätte sie es denn im umgekehrten Fall?
Jennifer ging zum Fenster und öffnete es weit. Die frische kalte Luft drang tief in ihre Lunge ein und sie hatte das Gefühl, etwas klarer denken zu können. Aber sie konnte sich nach wie vor nicht vorstellen, was Wedekind ihr zu sagen hätte. Nein, raus schmeißen würde er sie nicht. Abmahnen vielleicht. Okay, damit musste sie leben. Wurde auch Zeit, dass jemand ihr ein bisschen Feuer unterm Hintern machte. Sie ärgerte sich selbst genug über sich. Normaler weise billigte sie sich keine Schwächen zu. Schwach waren nur andere. Dieses Gefühl, wie gelähmt zu sein, kannte sie nicht, und sie wusste nicht, wie sie mit dieser für sie neuen Situation umgehen sollte.
Sie schloss fröstelnd das Fenster.
Ihr Kaffee war inzwischen kalt geworden. Sie hasste kalten Kaffee. Aber sie hatte keine Zeit mehr, frischen zu holen. Wedekind erwartete sie.
Wedekind schaute auf seine wertvolle alte Taschenuhr und nickte kaum erkennbar. Er gab Jennifer ein Zeichen, ihm gegenüber Platz zu nehmen. Sie setzte sich auf die vorderst Stuhlkante und knete nervös ihr Taschentuch zwischen den Händen. Sie, die sonst so selbstbewusst jedem entgegentrat, keinen Blickkontakt scheute, traute sich jetzt kaum, ihren Chef anzusehen.
Wedekind lehnte sich in seinem Sessel zurück, faltete die Hände über dem Bauch und blickte Jennifer forschend an.
„Ihre Kolleginnen machen sich Sorgen um Sie, und auch ich habe sie beobachtet, Frau Dorn. Mir scheint, Sie haben eine schwere Last, die Sie da gerade mit sich herum tragen." Er beugte sich vor, stützte die Ellenbogen auf den Schreibtisch legte die Fingerspitzen aneinander.
Jennifer fühlte sich überrumpelt. Was wollte Wedekind? Mit ihr über ihre Sorgen reden? Sie verstand die Welt nicht mehr.
Wedekind drückte den Knopf der Wechselsprechanlage. „Frau Schulze, bitte bringen Sie uns Kaffee." Er wendete sich Jennifer zu, „Milch und Zucker?"
„Nein danke, schwarz", antwortete Jennifer leise, immer noch irritiert, „ohne alles."
„Also, Frau Schulze, einmal davon schwarz." Er machte eine kurze Pause. „Schwarz, ohne alles", fügte er dann belustigt hinzu.

Jennifer sah ihn überrascht an. Sie glaubte nicht, sich erinnern zu können, ihn je lächeln gesehen zu haben. Ein Stein fiel ihr vom Herzen. Nein, er würde ihr nicht kündigen. Was auch immer er wollte, es konnte so schlimm nicht werden, solange sie bleiben durfte.
Einen Moment herrschte Schweigen. Wedekind hatte sich wieder zurück gelehnt und musterte Jennifer.
Erst als Frau Schulze den Kaffe gebracht und das Büro wieder verlassen hatte, sprach er weiter.
„Frau Dorn, Sie wissen, dass Sie eine meiner besten Mitarbeiterinnen sind. Was allerdings Ihre Stellung hier in unserem Team betrifft“, er räusperte sich und strich mit der Hand das Kinn, wie immer, wenn er sehr konzentriert war, als suchte er nach dem richtigen Wort, „nun ja, also, da weiß ich nie ganz, was ich davon halten soll.“
„Ich verstehe Sie nicht ganz, Herr Wedekind.“ Es war nur ein Flüstern. Jennifer hatte keine Ahnung, worauf dieses Gespräch hinauslief, und das verunsicherte sie noch mehr.
„Nun entspannen Sie sich doch erst mal. Sie sind ja nur noch ein Schatten Ihrer selbst.“ Wedekind stand auf und ging zum Wandschrank. Er goss golden schimmernden Cognac in einen edlen Schwenker und reichte ihn ihr.
„Hier, nehmen Sie. Sie werden sehen, der wärmt nicht nur den Körper, sondern auch die Seele.“ Er setzte sich wieder. „Und ich denke, die ist es, die Ihnen zu schaffen macht.“
Jennifer war perplex. Seit wann interessierte sich Wedekind für ihre Seele? Hat er überhaupt je gewusst, dass sie und ihre Kolleginnen eine hatten?
Sie hielt sich an dem Glas fest wie an einem Rettungsanker.
„Na ja“, sie schluckte heftig, „ich habe gerade eine“, sie stockte wieder, unschlüssig darüber, was sie preisgeben wollte, „ich habe tatsächlich momentan ein paar Probleme.“ Nun war es raus. „Aber die sind rein privater Natur“, ihre Stimme schien sich zu überschlagen, „und ich weiß, es ist unverzeihlich, dass meine Arbeit darunter leidet“, sprudelte es aus ihr heraus. Sie nahm schnell einen Schluck. „Aber es geht mir wieder gut. Sie können sich auf mich verlassen.“ Sie spürte, wie der Cognac sich seinen Weg durch ihren Körper bahnte und sie etwas ruhiger wurde.
„Ich weiß, dass Sie gerade geschieden worden sind.“
Jennifer riss vor Überraschung die Augen weit auf. „Sie wissen?“ Sie konnte nicht weiter sprechen und ihr ganzer Körper verkrampfte sich.
„Wo Informationen fehlen, Frau Dorn, entstehen Gerüchte. Sie kennen mich, ich liebe Klarheit. Also habe ich mich informiert.“

Jennifer wäre am liebsten im Erdboden versunken. Nun war genau das eingetroffen, was sie immer vermeiden wollte. Ihr Privatleben war öffentlich geworden. Aber warum machte Wedekind sich Gedanken um sie? Warum ihre Kolleginnen? War sie womöglich die einzige im Büro, die..., auf einmal fiel es ihr wie Schuppen von den Augen. Es war doch mehr als nur die Arbeit, die alle hier verband, nur sie selbst hatte sich nie für die anderen interessiert. Wie sehr mussten ihre Kolleginnen sie verachten.
„Frau Dorn, keine Angst, ich will hier nicht in Ihr Leben eindringen", seine Stimme wurde ungewöhnlich sanft, „keiner von uns will das, aber erlauben Sie einem alten Mann, Ihnen zu sagen, so ist das Leben nun mal. Es besteht nicht nur aus Höhen. Pausenloses Wohlgefühl gibt es nicht, auch nicht in einer Partnerschaft."
Er nahm die Brille ab und rieb sich die Augen. „Sicher, mit jedem neuen Lebensabschnitt wird es Dinge geben, die unwiederbringlich vorbei sind. Aber dafür kommen Neue, nicht weniger Schöne."
Jennifer guckte auf ihre Schuhspitzen. „Es ist so schwer, nach fast dreißig Jahren vor einem Scherbenhaufen zu stehen. Ich bin nicht mehr gut genug. Ist das nicht der Anfang vom Ende?" Sie schluckte heftig.
„Na, na, nun aber mal langsam. Niemand, wirklich niemand kann Ihnen ein Minderwertigkeitsgefühl einreden ohne Ihre Einwilligung. Wo ist Ihr unerschütterliches Selbstbewusstsein geblieben?" Wedekind setzte seine Brille wieder auf, kam um den Schreibtisch herum und legte Jennifer die Hand auf die Schulter. „Das Leben ist ein ununterbrochener Abschiedsprozess. Aber es ergeben sich daraus oft ungeahnte Möglichkeiten."
„Das haben meine Freundinnen auch gesagt", schluchzte Jennifer.
Wedekind blickte freundlich auf sie herunter. „Heute glauben Sie noch, der Schmerz wird Ihnen den Verstand rauben, aber das einzig Gute am Schmerz ist nun mal, dass er irgendwann nachlässt. Vielleicht wachen Sie schon morgen auf, und es ist ausgestanden und vorbei."
Jennifer heulte los. Das unerwartete Mitgefühl ließ sie jede Kontrolle über sich verlieren.
Wedekind schob ihr ein Paket mit Taschentüchern hin und wartete.
Als hätten die Tränen ihren Blick geklärt, sah Jennifer auf einmal alles wieder deutlich. Sie schnaubte geräuschvoll in ihr Taschentuch.
Wedekind schmunzelte zufrieden.
„Na sehen Sie, nun sieht die Welt doch schon wieder ein bisschen heller aus. Ich hab` mir gedacht, Sie sollten vielleicht, wenn Sie das aktuelle Projekt abgeschlossen haben, ein paar Tage Urlaub machen? Arbeiten Sie nicht gerade an einem Ostseebericht? Fahren Sie doch mal dort hin. Lassen

Sie sich so richtig vom Sturm durchpusten. Das soll Wunder wirken." Er zwinkerte ihr aufmunternd zu.
Jennifer nickte zaghaft. „Ich werde darüber nachdenken."
Wedekind hatte unbewusst eine tief in ihrem Innern versteckte Sehnsucht geweckt.
„Ich war als Kind oft an der Ostsee", sagte sie zögernd, als scheute sie sich noch, darüber zu reden. „Ich bin dort geboren", fügte sie leise hinzu.
Bilder aus der Kindheit tauchten vor ihren Augen auf. Sie sah das Haus mit dem Schilfdach und den bunten Fensterläden, in dem es immer nach Kakao und frisch gekochter Marmelade roch. Ihre Oma stand lachend mit Erdbeeren aus dem Garten in der Tür, und Opa, in seiner Schafwollstrickjacke, streichelte die Kaninchen. Ein verträumtes Lächeln zog für Sekunden über ihr Gesicht.
„Ach ja?" Wedekind wurde hellhörig. „Wo denn da?"
„In Prerow. Auf dem Darß", entgegnete Jennifer, in Gedanken weit weg. Das Bild in ihrem Kopf blieb. Wie hieß ihr kleiner geliebter Kater noch? Kasimir. Natürlich.
„In Prerow, mm, das ist ja sehr interessant", sagte Wedekind nachdenklich und rieb sich wieder das Kinn, „aber", und er winkte ab, „erholen Sie sich erst mal. Hören Sie auf meinen Rat, machen Sie Urlaub. Ja, fahren Sie nach Prerow."
Jennifer stand auf und reichte Wedekind die Hand. „Vielleicht haben Sie Recht." Sie schwieg einen Moment verlegen.
„Und danke. Für alles." Sie ging zur Tür.
Wedekind sah ihr hinterher. „Vergessen Sie nicht", Jennifer drehte sich noch einmal zu ihm um, „wir sind für Sie da, wenn Sie uns brauchen."
Als sie in ihr Büro kam stand ein heißer Kaffee für sie bereit. Schwarz, ohne alles.

Es gab Zeiten, da hatte Jennifer sich nicht vorstellen können, sich je an dieses dunkle Haus zu gewöhnen, an Fenster, die ihr wie tote Augen entgegen starrten und Bäume, die mit ihren herunter hängenden Ästen nach ihr griffen, wenn sie abends müde von der Arbeit kam. Am Anfang war Rüdiger häufig vor ihr zu Hause gewesen. Er konnte sich seine Zeit einteilen. Mit den Jahren kam er immer öfter spät, irgendwann sehr viel später, bis er ganz weg blieb.
Nachdenklich blieb sie an der Gartenpforte stehen und musterte das Haus. Die ersten Wochen nach Rüdigers endgültigem Auszug erschien es ihr bedrohlich und erschreckend. Es kostete sie sehr viel Überwindung, nicht

einfach umzudrehen und bei Bea oder Karin Zuflucht zu suchen. Aber sie kämpfte dagegen an. Das war die Zeit, in der ununterbrochen Licht in allen Räumen brannte. So versuchte Jennifer, die Geister der Einsamkeit zu verscheuchen. Mit mäßigem Erfolg.
Jetzt lag das Haus vor ihr, und zum ersten Mal wurde sie sich der Ruhe, die es ausstrahlte bewusst. In den unbeleuchteten Fenstern spiegelte sich eitel der Mond, und es schien, als lachte er sie an. Die Äste der Kastanien strichen im leichten Wind zärtlich über das Dach und bald würden die Vögel in den Zweigen wieder leise ihren Schlafgesang zwitschern.
So hatte Jennifer es noch nie wahrgenommen.
Der Nachbarskater kam maunzend angesprungen und strich schnurrend um ihre Beine.
Und endlich machte sie ihren Frieden mit dem Haus und, ohne es schon richtig zu begreifen auch mit ihrem neuen Leben.
Die mächtige Eingangstür knarrte. \`Guten Abend Jennifer\`, schien sie zu sagen. Und Jennifer lächelte.
Sie streifte die Schuhe mit den hohen Absätzen von den Füßen und schlüpfte erleichtert in ihre warmen Wollsocken. Was für eine Wohltat.
Das Haus war abends nicht mehr richtig warm. Rüdiger hatte nie gefroren und nur gemeint, sie sollte sich etwas anziehen, wenn ihr kalt wäre. Nun war er weg, aber die Kälte war geblieben.
Jennifer wusste nicht, wie sie die Temperatur höher stellen konnte. Vielleicht sollte sie mal einen Fachmann kommen lassen. Aber es war fast Frühling, und außerdem würde sie bald ausziehen. Sollte sich doch die neue Hausherrin damit herum ärgern.
Sie zog die Augenbrauen zusammen und machte ein trotziges Gesicht. Na und, dann machte sie sich eben den Kamin an.
Holz war genug da. Rüdiger hatte als Jäger gute Beziehungen zum Förster des Stadtwaldes. Er wollte es sich irgendwann zu seinem neuen Haus holen. Wahrscheinlich war seine neue Madam genau so verfroren, wie eben die meisten Frauen. Nur mit dem Unterschied, dass sie ihn mit ihrem jugendlichen Charme noch becircen konnte zu heizen.
Jennifer zuckte mit den Schultern. Sie würde ihm schon zeigen, dass sie auch ohne ihn klar kam.
Sie sah in den Spiegel, warf den Kopf zurück und streckte sich, löste ihr hochgestecktes Haar und brachte es mit ein paar geübten Griffen locker in Form. Genug getrauert und gehadert. Es war an der Zeit, Pläne zu schmieden. Sie trat etwas näher an ihr Spiegelbild heran und untersuchte prüfend ihre Haut. Gar nicht so übel, dachte sie, trat einen Schritt zurück und

steckte ihm die Zunge aus. Dann schaute sie sich um. Womit sollte sie beginnen? Ach ja, der Kamin.
Rüdiger Dorn, ich brauche dich nicht!
„So ein Mist! Warum brennst du nicht, du blödes Feuer?“ Jennifer schleuderte den untauglichen Kohlenanzünder wütend in die Ecke. Was für ein elendes Zeug. Wie hatte Rüdiger das noch immer gemacht? Sie hatte nie darauf geachtet. Feuer machen war Männersache. Basta. Das hatte sie nun davon. Zeitungspapier, ja, damit musste es gehen, und mit ein paar kleineren Scheiten.
Irgendwann brannte ihr Feuer tatsächlich und Jennifer empfand es als einen großen Sieg. Sie hatte Feuer gemacht. Aber warum qualmte es so schrecklich?
Als das Telefon klingelte verschluckte ein Hustenanfall ihren Namen.
„Hallo Mami, ich bins. Ich wollte nur mal hören, ob es dir gut geht. Was ist los bei dir?“
Jennifer war ein paar Schritte vom Kamin weg gegangen, aber der Rauch kratzte ohne Erbarmen in ihrem Hals.
„Ach, der doofe Kamin qualmt so. Erst wollte das Feuer nicht angehen, und jetzt das. Der Feuermelder wird noch Alarm schlagen, wenn das nicht aufhört.“ Jennifer hustete wieder und wedelte wild mit den Armen, als könnte sie den Rauch so vertreiben.
„Hast du die Lüftungsklappe zum Schornstein auf gemacht?“
„Was für `n Ding?“ Jennifer zog fragend die Augenbrauen zusammen. „Ach diesen Hebel hier? Ja, es funktioniert. Ha, wir haben es geschafft! Mein kluges Kind.“ Sie atmete erleichtert auf. „Hallo Juli, mein Schatz. Schön, dass du anrufst.“ Jennifer ließ sich erleichtert in den großen Sessel fallen. „Jetzt, wo mein Feuer endlich brennt, geht `s mir gut.“
„Schön, das zu hören. Ich hab` mir Sorgen gemacht, dass du allein nicht zu recht kommst.“
Jennifer spielte die Empörte. „He, du kennst mich doch.“
„Ja eben. Ich kenne dich.“ Julia lachte am anderen Ende der Leitung. „Erzähl mal, was machst du so?“
„Im Moment bin ich froh, dass ich keinen Schnee schippen muss.“
„Nein, das glaub ich nicht. Hier in München blüht es schon überall. Es ist so schön, kann ich dir sagen. Ich sitze gerade mit den Jungs aus der Kanzlei im Biergarten.“
„Ihr habt es ja gut. Hier ist es noch schweinekalt. Dabei freue ich mich so auf den Frühling und auf die Sonne.“ Jennifer legte ein paar Holzscheite nach. „Hast du noch ein paar Minuten Zeit, dann hole ich mir schnell ein

Glas Wein. Warte bitte eine Sekunde." Jennifer goss sich den dunkelroten Wein in ihr Glas und machte es sich wieder gemütlich. „So, da bin ich wieder. Soll ich dir mal was Tolles erzählen? Ich werde nach Prerow fahren."

„Nach Prerow? Wie kommst du plötzlich darauf? Wann warst du da überhaupt das letzte Mal?"

„Ich weiß gar nicht so genau." Jennifer schloss die Augen. Etwas über dreißig Jahre musste das her sein. Ihre ganze Kindheit lang hatte sie wunderschöne Ferien in Prerow verbracht. Dann waren von einem Jahr auf das andere plötzlich die Freunde in Berlin wichtiger geworden als die Großeltern. Sie hatte sie schlicht vergessen. Und als sie später die Sehnsucht nach Oma und Opa auf einmal wieder packte und sie zu ihnen wollte, kam der Tod dazwischen. Der unbarmherzige Tod. Tief in ihr blieben ein schlechtes Gewissen und eine quälende Traurigkeit. Sie war nie wieder nach Prerow gefahren.

„Ich dachte, mal ein paar Tage raus, das wäre gar nicht schlecht. Und irgendwie kam mir Prerow in den Sinn."

„Find ich toll. Fährst du in Omas und Opas Haus?"

„Nein. Ich kann gar nicht sagen, ob es noch steht. Seit deine Großeltern das letzte Mal da waren ist dort doch nichts mehr passiert. Ich weiß nicht mal, ob ich es noch wieder finden würde."

„Dass Oma und Opa gar nicht mehr hin fahren ist schon komisch. Meinst du nicht auch?"

„Na ja, wenn sie ihren Garten nun mal so lieben. Auf jeden Fall bin ich mächtig gespannt auf alles." Jennifer nahm einen Schluck von ihrem Wein und streckte die Füße näher an den Kamin heran. Herrlich, diese Wärme.

„Wann geht `s los?"

„Ein bisschen dauert `s noch. Zum einen muss ich erst eine angefangene Arbeit abschließen, außerdem sollte das Wetter wenigstens etwas besser sein. Aber jetzt erzähl du doch mal, wie geht es dir, meine Kleine? Sorgst du vernünftig für Recht und Ordnung bei den Bayern?"

„Oh, Mami, du wärst stolz auf mich, wenn du mich im Gerichtssaal erleben könntest. Ich kann es selber noch nicht glauben, dass ich es endlich geschafft habe und nun ausgerechnet hier arbeiten darf. Es ist total cool."

„He, ich bin stolz auf dich!"

Julia hatte nach der Schule erst einen Beruf erlernt. Sie wollte unbedingt unabhängig sein, was ihr der Job ermöglichte. Erst danach hatte sie ihren Traum vom Jurastudium verwirklicht. Jennifer war als junge Frau genau so, aber viele ihrer Erwartungen an das Leben waren dann in ihrer Ehe mit

Rüdiger verloren gegangen. Doch heute wusste sie, sie würde zu einer neuen Unabhängigkeit finden. Und sie würde sie nicht noch einmal aufgeben.
Jennifer ging zum Fenster und zog die Gardinen zu. Ihre kleine Julia war nun eine Rechtsanwältin. Wo war nur die Zeit geblieben?
„Und was machen die bayrischen Männer?"
„Ach, du weißt ja, wie das so ist. Die, die um einen rum wuseln, die will man nicht, aber der, der einem gefällt, der wuselt um andere herum. Aber ich habe ja noch eine Menge Zeit. Meine Frauenärztin hat gesagt, sechsunddreißig ist das beste Alter zum Kinderkriegen."
„Na, wenn sie meint. Ich für meinen Teil bin froh, dass ich damals noch so jung war und heute eine so phantastische erwachsene Tochter habe. Du fehlst mir."
Jennifer hatte immer behauptet, es würde ihr nichts ausmachen, dass Julia sich für München entschieden hatte. Die Kinder mussten ihr eigenes Leben führen, und Eltern sollten los lassen können. Das konnte sie auch, aber sie vermisste ihre Tochter trotzdem oft sehr.
„Dann komm doch einfach hier her, Mami. Prerow hat so lange auf dich gewartet, da kann es auch noch ein bisschen länger ohne dich sein."
„Mein Chef hat gesagt, ich soll mich am Meer vom Sturm durchpusten lassen. Du weißt, man soll auf seinen Boss hören." Jennifer hob belehrend ihren Zeigefinger, als könnte Julia das sehen. „Und du hast doch bei all der vielen Arbeit gar keine Zeit für deine alte Mutter."
„He, Mama, ich weiß genau, was du gerade tust." Julia lachte laut. „Na ja, ich habe wirklich gerade sehr viel zu tun. Das stimmt schon."
Dann druckste sie ein bisschen herum, als traute sie sich nicht so richtig zu fragen. „Hast du mal was von Papa gehört?"
Jennifers Magen zog sich zusammen. Gerade war sie noch so entspannt gewesen. Seltsam, inzwischen wusste sie genau, dass sie Rüdiger nicht zurück haben wollte, aber es tat trotzdem noch weh. Sie bemühte sich, betont locker zu klingen. Sie wollte nicht, dass Julia es merkte. Es war so schon enttäuschend und traurig genug für sie.
„Ja, wir haben uns vorgestern getroffen um noch ein paar Dinge abzusprechen. Du brauchst dir keine Gedanken machen, wir bringen uns nicht gegenseitig um, obwohl", Jennifer nahm einen Schluck Wein und lachte leise, „es gab schon Augenblicke, wo mir sehr danach war." Sie goss sich noch etwas Wein nach. „Ich kann noch eine Weile im Haus bleiben. Der neue Eigentümer hat es nicht so eilig. Der treibt sich irgendwo in Australien rum. Ich habe mich in Berlin Mitte schon mal umgesehen. Ich mag die

Gegend dort. Da ist überall was los. Du weißt ja, mir war es hier eigentlich immer zu ruhig, und ich hab `s dann nachher auch viel näher zur Arbeit. Ich denke, ich habe da eine hübsche kleine Wohnung gefunden. Na, du wirst sie dir dann ja mal angucken kommen, wenn es soweit ist."
„Klar. Das gibt dann ja wohl `ne Party. Und...", Julia suchte nach den richtigen Worten, „meinst du, dass Papa glücklich ist? Hat sich das alles gelohnt?"
Jennifer wusste, wie sehr Julia ihren Vater liebte, aber wie schwer sie mit seiner Entscheidung umgehen konnte. Julia war die Entfremdung ihrer Eltern nicht entgangen. Als es dann aber tatsächlich zur Scheidung kam, war es doch wie ein Schock für sie. Genau wie Jennifer wollte auch sie nicht wahrhaben, dass dieses Ende lange vorprogrammiert war.
„Ich denke, für ihn schon, meine Kleine", sagte Jennifer sanft. Es war nicht die Zeit und der Ort, um Julia zu gestehen, wie egal es ihr war, ob ihr Vater mit diesem jungen Ding klar kam oder nicht. Nein, es war ihr nicht nur egal, sie hegte zeitweise sogar sehr viel niederträchtigere Gedanken. Aber das würde sie Julia nicht sagen.
„Ach Mami, ich bin so froh, dass du so gut drauf bist. Du wirst sehen, es wird wieder alles richtig schön werden. Du, ich muss jetzt Schluss machen. Die anderen trinken mir mein ganzes Bier weg."
Jennifer hörte Julias Begleiter im Hintergrund singen. Fröhliche junge Leute. Die Tiefschläge des Lebens kamen erst später. Meistens.
„Ja, mein Schatz, klar. Es war schön, dich zu hören. Ich melde mich, wenn es was Neues gibt. Macht Euch noch einen schönen Abend. Ich drücke dich."
„Küsschen. Bis bald." Julia legte auf und Jennifer blieb allein zurück.
Sie ließ den Rotwein im Glas kreisen. War Rüdiger glücklich? Hatte er jetzt das, was er wollte? Ob seine Madam wohl wusste, wie er sein Steak am liebsten mochte? Konnte sie überhaupt kochen? Außerdem habe ich dir die beste Pizza der Welt gebacken, dachte Jennifer. Allerdings war das schon sehr lange her. Wann hatte sie das letzte Mal für ihn gekocht? Wann auch, die Arbeit hat alles andere verdrängt.
Da war so vieles auf der Strecke geblieben. Keine Zeit für das, was wir liebten. Wir haben uns einfach im Alltag verloren.
Was soll `s. Jennifer sprang auf und schüttelte die trüben Gedanken ab. Sie sah sich im Zimmer um. Rüdiger hatte ihr freie Hand gelassen zu entscheiden, was sie gern behalten wollte. Er war, nachdem die Trennung endgültig beschlossen war, überaus rücksichtsvoll und zuvorkommend gewesen. Was hatten sie sich vorher gestritten, beschimpft und verletzt. Er hatte lange vor

ihr begriffen, dass nicht erst seine neue Beziehung das Ende ihrer Ehe war. Aber so ganz wollte Jennifer sich das immer noch nicht eingestehen.
Was würde sie mitnehmen? Eigentlich hatte Rüdiger die meisten Möbel ausgesucht. Alles so `n Biedermeierzeug, oder welcher Epoche sie auch immer entsprungen sein mochten. Jennifer konnte sie nie richtig leiden. Sie schlenderte wie im Museum von einem Stück zum anderen. In Rüdigers noblen Kreisen war genau das die angesagte Einrichtung und er wollte eben dazu gehören. Jennifer hatte das Spiel mitgespielt.
Sie strich liebevoll über ihren rostroten Sessel am Kamin. Der musste mit. Wenn sie sich da hinein kuschelte, war sie kaum noch zu sehen und wurde eins mit ihm. Er war wie eine schützende Festung für sie.
Ihre neue Wohnung konnte sie einrichten, wie sie allein es wollte. Das wurde ihr plötzlich klar und es jubilierte in ihr. Was sie vor ein paar Tagen noch nicht für möglich hielt, nahm immer deutlicher Gestalt an. Das neue Leben umwarb sie mehr und mehr mit seiner Sonnenseite.
Von diesem Gedanken beflügelt entschied sie, außer ihrem Lieblingssessel nichts weiter mitzunehmen. Weg mit den Altlasten.
Halt! Ihre Bilder, die gehörten natürlich auch in die neue Wohnung. Ihr Blick glitt sacht über die zarten Aquarelle. Das war das einzige Mal, dass sie sich gegen Rüdiger durchgesetzt hatte. Wenn es nach ihm gegangen wäre, dann hätten irgendwelche großen Schinken neben dem Kamin ihren Platz gefunden. Wenn er schon anfing von Kunst als Geldanlage und von Wertzuwächsen zu reden. Na, er konnte sein neues Haus ja nun mit solchen kapitalträchtigen Exemplaren tapezieren.
Das Feuer war inzwischen ausgegangen und Jennifer fror. In dem Moment schlug die große Standuhr im Flur zwölf Mal. Mitternacht. Wochenende.

Ein vorwitziger Sonnenstrahl bahnte sich seinen Weg durch das Fenster. Er tanzte an den gelben Gardinen hoch, die Wände entlang, um dann über die Bettdecke zu kriechen und Jennifer an der Nase zu kitzeln. Noch etwas verschlafen blinzelte sie in das Licht und rieb sich die Augen. Was für ein wunderschöner Morgen. Jennifer räkelte sich wohlig und fühlte sich so gut erholt wie lange nicht. Sie verschränkte die Arme hinter dem Kopf, genoss den Sonnen überfluteten Raum und spürte die neu erwachte Energie in sich. Dieser Sonnabend würde der erste richtig tolle Tag ihres neuen Lebens werden. Da war sie sich ganz sicher.
Mit einem Satz war sie raus aus dem Bett. Dabei achtete sie ganz penibel darauf, mit beiden Füßen zugleich auf dem Boden aufzusetzen. Was für eine alberne Angewohnheit. Sie war nicht abergläubisch, aber es konnte ja

nicht schaden, eben nicht mit dem falschen Bein zuerst aufzustehen. Genau so, wie sie es grundsätzlich vermied, anderen über Kreuz die Hand zu geben und es auch nie übers Herz bringen würde, sich beim Anblick einer Sternschnuppe nichts zu wünschen. Aber nein, abergläubisch war sie gar nicht.
Sie zog ihre Socken an und trat ans Fenster. Der Frühling schien sich nun endlich gegen den Winter durchzusetzen. Er hatte sein ganz eigenes Licht und die Natur erwachte zum Leben.
Jennifers Schlafzimmer war kalt. Sie schlief grundsätzlich im ungeheizten Raum, am liebsten bei geöffnetem Fenster.
Aber der Rest des Hauses war schon angenehm warm. Eines der besten Dinge, die die Wende mit sich gebracht hatte, war definitiv, schon früh ein warmes zu Hause zu haben. Ohne Kohlenschleppen und Aschestaub. Es erfüllte Jennifer jeden Morgen aufs Neue mit großer Dankbarkeit. Sie erinnerte sich mit Schaudern an frühere Zeiten, als morgens eisige Kälte im ganzen Haus herrschte. Damals „heizte" sie die Küche mit dem offenen Backofen, damit Julia beim Frühstück nicht so frieren musste, bevor sie dann in aller Herrgottsfrühe das Haus verließen. Wenn sie abends von der Arbeit kamen, wurde als erstes Feuer gemacht, aber ehe die Räume warm wurden, war es schon fast wieder Zeit, ins Bett zu gehen. Jennifer schüttelte sich. Frieren war schlimmer als Hunger und Durst.
Mit der Wende kam das Erdgas und damit das Ende der Kälte.
Jennifer lief im Schlafanzug durch alle Räume und empfand eine diebische Freude dabei. Das war etwas, das Rüdiger nicht geduldet hatte. Sein Credo lautete, immer so auszusehen, dass jederzeit Besuch auftauchen konnte. Was für ein Quatsch. Wer sollte sie früh um acht oder neun Uhr schon besuchen wollen. Jennifer lachte in sich hinein. Sie wollte jetzt alles das tun, worauf sie seinetwegen, oft schweren Herzens, verzichtet hatte.
Schon erfüllte Musik das ganze Haus. Rüdiger konnte laute Musik nicht ausstehen. Jennifer drehte die Lautstärke noch ein bisschen höher. Sie war allein, brauchte auf niemanden Rücksicht nehmen. Da kam Bruce Springsteen gerade recht. Den musste man einfach richtig laut hören. Mit tänzelnden Schritten ging Jennifer in die Küche und machte sich erst mal einen Kaffee. So, jetzt konnte sie ihren Tag planen.
Die Sonne hatte sich bereits jede Ecke der Küche erobert. Jennifer liebte diesen Raum. Darauf hätte sie bei der Wahl ihrer neuen Wohnung achten sollen, dachte sie. Sie kniff die Augen zusammen und überlegte. Aber ja doch, sie hatte von ihrem kleinen Balkon aus den verzagten Sonnenstrahl entdeckt, der versuchte, sich durch die dicken Wolken durchzuzwängen.

Und ihre neuen Nachbarn, ein junges Schwulenpärchen, waren gleich mit einer Flasche Sekt angekommen. Sie würde also auch dort ihren Lieblingsplatz finden.
Sie schaute zur Küchenuhr hoch. Die glich eher einer Bahnhofsuhr, die mit penetrant lautem Ticken ständig mahnte, nur nicht zu spät zu kommen. Noch so ein Designerstück von Rüdiger. Na, sollte er sie doch mitnehmen, dann würde er wenigstens nie vergessen, welche Stunde ihm geschlagen hatte. Oh, er würde sich noch so manches Mal nach der Ruhe in dieser Küche zurück sehnen. Aber die gehörte nun ihr allein.
Jennifer liebte es schon als Kind, in der Küche zu sitzen und Mutti bei ihren Arbeiten zuzusehen, während Vati die Zeitung las. Und auch später, mit ihren Freundinnen, hockte sie am liebsten dort.
Jennifer griff zum Telefon.
„Hallo?" Jennifers Mutter klang wie immer etwas unsicher. Nach wie vor war ihr das Telefon ein wenig unheimlich. Mit jemanden zu sprechen, dem man dabei nicht in die Augen gucken konnte, fiel ihr schon immer schwer.
„Hallo Mutti, guten Morgen. Wie schön, dass ihr zu Hause seid."
„Hallo, Lieblingstöchterchen", Jennifer spürte, wie die Spannung sofort von ihrer Mutter abfiel, als sie hörte, wer am Apparat war. „Ach, das ist aber schön, dass du anrufst. Wie geht es dir? Vati ist gerade zum Markt gegangen. Er wird wohl in einer Stunde zurück sein."
„Na klar, pünktlich zum Cappuccino um halb elf", Jennifer liebte die Rituale, die das Leben ihrer Eltern bestimmten. Es lag so viel Geborgenheit und Beständigkeit darin. „Wie sieht's aus, habt ihr für mich auch einen?"
„Natürlich, Kind, wir freuen uns doch, wenn du kommst. Ich habe auch ganz frische Plätzchen. Soll Vati dich abholen? Dann rufe ich ihn an. Er hat das Handy mitgenommen. Er hat gesagt, falls ich was vergessen habe. Als wenn ich etwas vergessen würde. Dafür ist er doch zuständig."
„Nein, nein, ich nehme die Bahn, ist schon gut. Also, bis gleich."
Jennifer beschlich ein schlechtes Gewissen. Sie besuchte ihre Eltern viel zu selten, obwohl sie gar nicht so weit auseinander wohnten. Ja, sie telefonierten häufig. Besonders in der letzten Zeit. Jennifer tat es so gut, sich bei ihren Eltern den Schmerz von der Seele reden zu können. Da konnte sie ganz sie selbst sein, durfte das Kind sein, das gerade mal auf die Nase gefallen war und nun jemanden brauchte, der ihm wieder hoch half und es tröstete. Sie hatten getan, was Jennifer am meisten brauchte, sie hatten einfach zugehört.
Sie machten ihr keine Vorwürfe oder klagten, aber Jennifer spürte bei ihren seltenen Besuchen, dass sie sie gern öfter sehen würden, und dass sie sich

große Sorgen um sie machten. Es war schon seltsam. Egal, wie alt man wurde, für die Eltern würde man immer das Kind bleiben.
Jennifer warf schnell noch einen Blick auf die Bahnhofsuhr. Na dann, ab unter die Dusche.
Das heiße Wasser prasselte auf sie nieder, während sie ihren Gedanken freien Lauf ließ. Ihre Eltern waren bald fünfzig Jahre verheiratet. Diese Generation war dazu noch in der Lage. Ob das in ihrer eigenen Altersgruppe überhaupt noch jemand schaffte? Oder gar von den noch Jüngeren?
Vati hatte damals aus Liebe zu Mutti sein ganzes Leben umgekrempelt. Vom Landei zum Großstadtmenschen. Das war ihm bestimmt nicht leicht gefallen. Nach all dem, was Jennifer wusste, war ihr Vater anfangs alles andere als der geborene Familienmensch.
Die Scharmbergs waren eine alteingesessene Prerower Familie. Oma kam als Dienstmädchen nach Prerow, und der erfolgreiche Fuhrunternehmer Emil Scharmberg wurde ihre Fahrkarte in ein besseres Leben.
Ihren einzigen Sohn hatte sie von Anfang an besonders verwöhnt. Alles drehte sich nur um „Amigo“. Er war ein toller Mann, konnte fast jedes Mädchen haben, das er wollte. Aber bei keiner war er geblieben. Bis Mutti kam. Jennifer schmunzelte bei dem Gedanken an Vatis alten Freund, der von dem Abend erzählte, als sie Mutti das erste Mal beim Tanz sahen.
„Guck dir die Kleine da drüben gut an“, hatte Vati zu ihm gesagt, „die wird mal meine Frau.“
Mutti kam aus Berlin. Sie war zur Kur nach Prerow verschickt worden. Wahrscheinlich sollte auch sie sich vom Sturm durchwehen lassen. Das war im Dezember.
Im April war schon Hochzeit. Sie kam im September sozusagen als „Sechs-Monats-Kind“ zur Welt. Ja, das ging alles ruck zuck damals.
Ihre Eltern wohnten bei Oma und Opa in einem kleinen Zimmerchen. Aber Mutti und Oma, das war wie Feuer und Wasser. Opa war immer lieb zu ihr, hatte aber leider nicht viel zu melden.
Vati wollte Mutti, aber zugleich auch sein altes freies Leben, und Oma hat ihrem Kronsohn grundsätzlich den Rücken gestärkt. Mutti hatte das Nachsehen.
Jennifer drehte das Wasser ab und hangelte nach dem Handtuch.
Irgendwann war Mutti mit ihr und ein paar Sachen zurück nach Berlin gegangen. Sie hatte es nicht länger ausgehalten. Da war Vati aufgewacht, hinterher gefahren und geblieben.
Jennifer rubbelte ihr langes Haar und fönte es dann trocken. Was wohl aus ihr geworden wäre, wenn ihre Eltern Prerow nicht verlassen hätten?

Jennifer durfte in den Ferien immer zu Oma und Opa fahren. Sie liebte die Zeit bei ihren Großeltern. Sie hatte die Spannungen zwischen ihrer Mutter und Oma erst viel später begriffen, als sie selbst schon nicht mehr nach Prerow fuhr. So blieb ihr die ungetrübte Erinnerung an eine wunderschöne Kindheit.
Aber heute in Prerow zu leben, das konnte sie sich beim besten Willen nicht vorstellen.
Trotz des herrlichen Sonnenscheins war die Luft noch kalt. Jennifer entschied sich für den grauen Hosenanzug und den blauen Kaschmirpullover.
Sie steckte das Haar mit Klammern fest nach oben und schminkte sich sorgfältig.
Sollte sie Stiefel anziehen? Ach was, so weit war es ja nicht, dachte sie und fuhr in die schwarzen Pumps. Sie war schon fast aus der Tür, als sie noch einmal kehrt machte und nach ihrem langen wollenen Schal griff und sich darin einkuschelte.
Eine halbe Stunde später stand sie vor dem Mehrfamilienhaus, in dem sie groß geworden war. Im Fenster hingen immer noch die selbst gehäkelten Gardinen, nur die beiden Turteltauben, die vor den Scheiben hin und her schaukelten waren neu.
Ihre Eltern nahmen sie ganz fest in die Arme, als sie die Wohnung betrat. Es bedurfte keiner weiteren Worte. Jennifer wollte nicht mehr über ihre gescheiterte Ehe sprechen und ihre Eltern akzeptierten das.
Ihre Mutter hatte nur vorwurfsvoll mit dem Kopf geschüttelt und ihr ungefragt die warmen Hausschuhe hingehalten. „Du wirst dir noch den Tod holen in diesen Trittchen. Bei diesen Temperaturen.“ Der Tadel fiel allerdings recht halbherzig aus. Sie hatte in ihrer Jugend selber nur solche Schuhe getragen. Sie konnten gar nicht elegant und hoch genug sein. Heute machten die Füße das nicht mehr mit.
In der Küche war es mollig warm. Es hatte sich in all den Jahren nichts verändert. Sogar das betagte Transistorradio spielte immer noch dieselbe Musik. „Der Blinden- und Sehschwachenverein gratuliert allen Einhundertfünfzigjährigen mit beliebten Liedern von Fred Frohberg und Co.“
Die Küchenmöbel waren uralt, aber blitzsauber geschrubbt. Jennifers Mutter gehörte zu den Frauen, denen man nachsagte, beim Saubermachen sogar die Fußleisten abzunehmen, um ja kein Staubkörnchen zu übersehen.
Jennifer schmunzelte, als sie sich an den Rat ihrer Mutter erinnert, bevor Rüdiger und sie ihren eigenen Hausstand gründeten. „Immer so viel, wie nötig, nicht wie möglich“, hatte sie gesagt, sich selbst aber nie daran gehalten.

Sie putzte eben gern. Sie empfand es nie als eine Belastung.
Jennifer teilte diese Begeisterung nicht, und so war es ihr leicht gefallen, ihren Rat zu befolgen.
Vor Jennifer dampfte der Cappuccino aus der Tasse und die Plätzchen verströmten ihren Vanilleduft im ganzen Raum. Auf dem Tisch stand ein kleiner Strauß gelber Rosen. Vati brachte immer Blumen vom Markt für Mutti mit.
„Erzähl, was gibt's Neues", ihr Vater griff beherzt in die Keksdose und stippte einen Stern mit Schokostreußeln in seinen Kaffee.
„Nun lass das Kind doch erst mal einen Schluck trinken", ermahnte ihn seine Frau. „Sie wird schon reden."
Jennifer lächelte. So verlief jeder Besuch bei ihren Eltern, und genau so liebte sie es.
„Ich fahre nach Prerow", sagte sie und schlürfte vorsichtig ihren heißen Cappuccino.
Ihre Eltern sahen sie an, als hätte sie gerade verkündet, auf den Mond reisen zu wollen.
„Na, das ist ja eine Überraschung." Jennifers Vater beugte sich über seine Kaffeetasse und lächelte verschmitzt in sich hinein.
Ihre Mutter sagte nichts. Sie kniff die Lippen zusammen.
Immer noch quälten sie zu viele schlechte Erinnerungen an ihr Leben in Prerow. So lange ihre Schwiegereltern lebten, hatte sie gute Mine zum bösen Spiel gemacht und sie ein Mal im Jahr zusammen mit ihrem Mann besucht. Nach deren Tod wurden die Reisen nach Prerow immer seltener. Ihr Mann hatte im Schrebergarten seine neue Heimat gefunden und Prerow anscheinend nicht vermisst. Wozu sollten sie also noch dort hin fahren?
Sie konnte sich nicht erklären, warum es so war, aber ihr gefielen Jennifers Reisepläne nicht.
„He, Muttchen, mach nicht so ein Gesicht. Ich will nicht auswandern, ich mache nur ein paar Tage Urlaub", Jennifer lachte und nahm ihre Mutter in den Arm. Sie wurde immer kleiner und zerbrechlicher.
Frau Scharmberg strich ihrer Tochter übers Haar und guckte besorgt. „Die Gene fordern ihr Recht. Ich hätte es wissen müssen, dass du eines Tages zurückgehst", sagte sie leise wie zu sich selbst.
„Du tust ja gerade so, als wäre Prerow ein total unmögliches Reiseziel", Jennifer lachte immer noch. „Wahrscheinlich werde ich nach drei Tagen wieder kommen, weil ich mich zu Tode langweile." Sie kniff nachdenklich die Augen zusammen. „Ich weiß nicht, was es ist, aber irgendetwas zieht mich hin. Das will ich raus finden." Sie nahm die Hände ihrer Mutter und

blickte ihr in die Augen. „Sag mal, ist da was dran, an dem Sturm am Meer, der einem die Seele frei pustet?“

Ihre Mutter drehte sich verschlossen zur Seite und schwieg, aber ihr Vater grinste nun breit über das ganze Gesicht. „Worauf du dich verlassen kannst, mein Mädchen“, er lehnte sich zufrieden zurück, „worauf du dich verlassen kannst.“

Er sah seine Frau liebevoll an. „Nun gib’s schon zu Rike, dir ging es doch damals genau so.“

Jennifers Mutter schob ihre Hand zu ihrem Mann rüber und nickte nun doch zaghaft mit dem Kopf. „Ja, der Sturm, der lässt oft seltsame Dinge geschehen.“

Sie verstanden sich ohne weitere Worte. Jennifer guckte fragend.

„Du wirst es erleben, Kind“, flüsterte ihre Mutter.

Würde sie ihre Jenny an Prerow verlieren? Sollte sie der Fluch ihrer Schwiegermutter nun doch noch einholen?

„Ja, da hat deine Mutter Recht. Wer weiß, was der Sturm mit dir anstellen wird.“

Jennifer griff nach einem dicken Schokoladenkeks. „Was sollte er mit mir schon anstellen? Was ist übrigens aus dem Haus geworden?“

„Nichts ist damit. Der alte Grell nebenan guckt immer mal nach dem Rechten. Aber viel los ist wohl nicht mehr damit. Es müsste allerhand dran gemacht werden.“ Jennifers Vater zog die Schultern hoch. „Wir hätten es schon hundert Mal verkaufen können, aber ich hab’s einfach nicht über’s Herz gebracht. Es ist dein Haus, Jenny. Für dich habe ich es behalten.“ Er lächelte wehmütig. „Vielleicht packt dich ja doch noch der Prerow-Virus?“

„Mich? Na, das ist ja wohl nicht dein Ernst. Ich und Dorf, das ich nicht lache.“ Nein, das war das letzte, was Jennifer wollte.

„Nun, andere würden sonst was geben für ein Ferienhaus an der Ostsee“, meinte ihr Vater und guckte etwas gekränkt.

„Andere.“ Jennifer winkte abfällig ab. „Für eine Mütze voll Sturm brauche ich kein eigenes Haus. Ja, wenn das Haus in Nizza stehen würde.“

Sie entdeckte den verletzten Ausdruck in den Augen ihres Vaters und lenkte ein. „Andererseits, vielleicht ist es ja wirklich ganz schön.“

Sie hätte nie vermutet, dass er Prerow immer noch so sehr liebte.

War das grundsätzlich so, dass man für eine große Liebe eine andere aufgeben musste?

Mutti wollte sie überzeugen, zum Mittag zu bleiben, aber Jennifer musste noch einkaufen. Den Wochenmarkt hatte sie verpasst, also ab in den Supermarkt. Schließlich kamen heute Abend ihre Mädels, für die sie kochen wollte. Dem bevorstehenden Urlaub entsprechend wollte sie Fisch braten. Jennifer war eine recht gute Köchin, aber von Fisch hatte sie nicht viel Ahnung. Rüdiger aß grundsätzlich nichts, was aus dem Wasser kam, außer Enten natürlich. Aber so viel konnte da ja wohl nicht falsch zu machen sein.

Sie prüfte das Angebot in der Tiefkühltruhe. Gibt es in der Ostsee Thunfisch? Egal, bei mir gibt `s heute Abend welchen. Jennifer entschied sich noch für eine Variation von Salaten. Damit kannte sie sich aus.

Als Bea kam, hatte sie den Fisch schon in der Pfanne.

„He, der sieht hier auf der Packung aber dunkelrot aus, nicht weiß." Bea fuchtelte mit dem Karton vor Jennifers Nase herum. „Hast du überhaupt schon jemals Fisch gebraten? Oder sind wir deine Versuchskaninchen?"

„Na ja, nicht so direkt. Ich ekle mich vor rohem Fisch. Und wenn der mich womöglich noch mit seinen großen toten Augen anguckt, dann bin ich gleich satt. Darum habe ich die küchenfertige Variante genommen. Ich esse Fisch sonst immer nur im Restaurant." Jennifer versuchte, die Filets möglichst geschickt zu wenden. „Warum der nicht rot ist, weiß ich auch nicht."

„Vielleicht wird der das erst, wenn er eine Weile gebraten wird?" Bea verstand gar nichts vom Kochen.

Karin kam in die Küche. „Entschuldigt die Verspätung, Mädels. Ich weiß auch nicht, irgendwer hat mir in meiner Kindheit mal zwanzig Minuten geklaut, denen renne ich heute noch hinterher." Sie guckte den Freundinnen über die Schulter. „Den kannst du braten, bis er schwarz wird, aber rot wird er niemals. Das ist kein Thunfisch, das ist Seehecht. Da haben sie dir was Falsches in die Packung gemogelt." Sie war die Hausfrau in der Runde und konnte sich über die Unzulänglichkeiten ihrer Freundinnen in Sachen Küchenarbeit nur amüsieren.

„Nun", Jennifer füllte den dunklen Rotwein in die Gläser, „das hat dann den Vorteil, dass er farblich sehr viel besser zum Wein passt. Prost."

Karin nahm ihr Glas und stieß mit den Freundinnen an. „Ich bin ja froh, dass du uns so ein leichtes Essen servierst. Martin und ich sind nämlich auf Diät", sagte sie scheinbar beiläufig und versuchte, ganz unbefangen zu wirken. „Keine Rundumtischmast mehr", fügte sie dann aber doch schmerzverzerrt hinzu.

„Nein, das glaub ich nicht! Dickie- Schlaukopf auch?" Bea riss die Augen weit auf und prustete los. „Hat da nicht vor ein paar Tagen gerade jemand was von *ich liebe meinen Körper wie er ist* und so weiter gesagt?"

„Na ja, wisst ihr“, Bea druckste ein wenig herum, „Martin und ich haben entsetzt feststellen müssen, dass viele unserer Sachen auf einmal zu körperbetont sitzen. Auf gut deutsch“, sie zog resigniert die Schultern hoch, „wir sind zu fett. Jetzt haben wir jeder eine Zielsetzungshose…“
„Eine was?“
„Na ja, eine Hose eben, die zurzeit etwas zu eng ist, aber bald wieder passen soll. Und wenn wir das geschafft haben, dann ist es wieder genug.“
Karin schaute ihre Freundinnen mit gespielter Verzweiflung an.
Die beiden wussten, dass Karin nie der gertenschlanke Typ war, und es auch nicht sein wollte. Sie hatte stets behauptet, Opfer der *Fettconnection* zu sein.
„Was ist das denn?“ Davon hatten ihre Freundinnen noch nie gehört.
„Na, ist doch ganz klar. Das ist eine Verbindung, so eine Art Mafia, der die Lebensmittelindustrie, wahrscheinlich auch die Winzergemeinschaft und mit Sicherheit auch die Arzneibranche angehören, die es darauf anlegt, den Verbrauch an Lebensmitteln zu erhöhen und zugleich auch all dessen, was daraus dann folgt. Die sorgen dafür, dass Babys gleich bei der Geburt Fressgene eingeimpft bekommen, so dass sie in ihrem ganzen Leben gar nicht anders können, als immerzu essen, naschen und trinken zu müssen. Ich denke mal, die Quote liegt bestimmt bei dreißig Prozent. Also jedes dritte Kind ist von vorn herein dazu verdammt, sein ganzes Leben lang zu dick zu sein oder frustriert in permanenten Versagungszuständen zu leben. So werden nicht nur mehr Lebensmittel konsumiert, nein, auch der Bedarf an Gewichtsreduzierungsmitteln und Medikamenten gegen Übergewichts bedingte Beschwerden steigt enorm. Wahrscheinlich hängen da noch viel mehr Branchen mit drin. Die Textilindustrie zum Beispiel. Große Größen kosten nun mal mehr. Und mit ein bisschen Bestechung von Seiten der interessierten Parteien kann die Quote der betroffenen Kinder jederzeit erhöht werden. Was denkt ihr wohl, warum es so viele dicke Menschen gibt. Also, was soll ich mich wehren?“
Und nun wollte sie den Pfunden doch den Kampf ansagen. Zumindest einigen.
„Und da darfst du Wein trinken? Möchtest du lieber Mineralwasser?“ Jennifer sah Karin belustigt an und griff nach der Wasserflasche.
„Nein, nein, bei dieser Diät darf ich ein Glas Wein am Tag trinken. Na ja, und da ich ja nicht jeden Tag..., nun, da kann ich heute ja auch mal eins mehr. Oder was meint ihr?“

Jennifer und Bea konnten sich kaum beruhigen vor Lachen. Das war wohl das erste Mal, dass sie Karin so auf dem falschen Bein erwischten. Ihre disziplinierte Karin.
„Komm, nimm noch eine Erinnerungskartoffel“, lästerte Bea gackernd, „heute Abend kommt es auf ein Kalloriechen mehr oder weniger nicht an.“
„Mensch, Karin, tu dir so was doch nicht an. Du wirst doch nicht auf deine alten Tage mit diesem Diätenwahnsinn anfangen.“ Jennifer schüttelte den Kopf. Karin und ihre Rundungen gehörten einfach zusammen.
Bea nahm einen kleinen Happen von dem Fisch. Ihr ganzes Leben bestand aus einer einzigen Diät. Immer hatte sie Karin um ihre Einstellung zu ihrem Körper beneidet, konnte aber selber nie über ihren Schatten springen. Sie hatte sich so oft gewünscht, es wäre sexy, fett zu sein. Wie gut hatten es die Frauen im 16. Jahrhundert, wo es schick war, 100 Kilo zu wiegen. Im Gegenteil, es durfte ruhig etwas mehr sein. Ein Zeichen von Wohlstand und Zufriedenheit. Aber heutzutage wurde jedes Gramm Gewichtszunahme von der Umwelt mit Argusaugen wahrgenommen und mit Verachtung bestraft. Schlank bleiben war für sie zur Droge geworden. Aber über Drogen sprach man nicht. Jenny hatte es gut! Sie brauchte nie aufpassen und auf nichts verzichten.
Jennifer war in der glücklichen Situation, immer nur so viel essen zu wollen, wie gut für sie war. Außerdem liebte sie die gesunden leichten Sachen seit je her am meisten.
„Vielleicht solltest du es, statt zu hungern, mal mit ein bisschen Sport versuchen? Ich könnte dich in mein Fitnesscenter mitnehmen.“
„Ich kenne das, Bea. Ich war da schon. Ich kenne auch all die Schleichwege, um drum herum zu kommen.“ Bea schob sich mit Genuss den letzten Bissen in den Mund. „Es ist schon erstaunlich, wie schnell man sich in so einem Studio an-, und auch wieder abmelden kann Diese ganzen Geräte sind mir einfach zu öde. Mit Yoga hab ich es auch schon probiert, aber ich warte heute noch auf die angekündigte Erleuchtung. Ich finde Sport einfach grauenvoll.“ Sie trank einen großen Schluck Wein hinterher.
Jennifer schüttelte sich. „Das schlimmste ist, du machst einen Vertrag mit dem Fitnessstudio, bezahlst jeden Monat hundert Euro, und nach ein paar Mal gehst du nicht mehr hin. Am Ende verpasst du auch noch den Kündigungstermin, und das passiert meistens, und sowohl der Vertrag als auch das Martyrium deines schlechten Gewissens verlängern sich automatisch um ein weiteres Jahr. Oh nein, das wäre für mich auch nichts. Wenn ich rennen muss, um meine Bahn oder eine grüne Ampel zu erwischen und im

Büro andauernd Treppen steigen muss, weil der Fahrstuhl mal wieder total versagt, dann ist das für mich Sport genug."

Karin nickte zustimmend. „Wenn ich es richtig betrachte, sollte ich mir vielleicht doch besser eine neue Hose kaufen. Sag mal Jenny, was schiebst du den Fisch immerzu auf deinem Teller hin und her?"

Jennifer guckte etwas verlegen. „Ich weiß ja, das ist eine bescheuerte Angewohnheit, aber ich hebe mir immer das Beste bis zum Schluss auf."

„Ha, das kenne ich. Meine Mutter hat mir erzählt, dass es in den schlechten Zeiten manchmal Schiebeschinken gab", sagte Bea.

„Schiebeschinken?"

„Nun, es gab für jeden nur ein winziges Stück Schinken, oder meinetwegen auch Wurst oder so was. Das wurde dann auf die Brotscheibe gelegt und vorm Abbeißen immer erst ein Stück nach hinten geschoben, so dass es für den letzten Happen übrig blieb. Schiebeschinken eben. Die fast perfekte Illusion einer Schinkenstulle."

Karin war skeptisch. „Klar, damals, das war zu verstehen. Aber wenn du das heute so machst, Jenny, kann dir doch passieren, dass du, wenn dein Schiebestück dran ist eigentlich schon satt bist. Dann kannst du das doch gar nicht mehr richtig genießen."

„Das kommt schon mal vor. Aber heute ist noch Platz für einen Nachtisch. Was meint ihr, Mädels?"

„Aber immer. Wir lassen nichts aus. Was hast du denn Feines?" Karins Augen glänzten.

„Vanilleeis mit heißer Chilischokolade."

„Das klingt super. He, Karin, das wäre doch auch was für Martin. Damit kannst du ihn ein bisschen anheizen." Bea lästerte zu gern über Karins fülligen Ehemann.

„Mein Mann verträgt kein scharfes Essen. Er spuckt dann Feuer", kicherte Karin, löffelte das Eis und schloss genießerisch die Augen dabei. Sie kratzte den letzten winzigen Rest Eis von ihrem Teller.

Jennifer und Bea sahen sie erwartungsvoll an.

„Mm, das hat mir ..."

Da prusteten die beiden Frauen laut los und vervollständigten gemeinsam den Satz. „..aber gut geschmeckt."

Karin tat ein wenig gekränkt, lachte aber dann mit ihnen zusammen.

Jennifer stellte die Teller zusammen, um sie in die Küche zu bringen. „Kaffee?", fragte sie im Gehen.

„Gute Idee. Sag mal, was ist das für ein irrer Song, der da gerade läuft?" Bea ging zum Radio und drehte die Musik lauter.

„Bruce Springsteen, *tougher than the rest.* Toll, nicht?"
„Oh mein Gott", Bea legte verzückt die Hand auf ihr Herz, „das ist Musik, bei der kann dir alles passieren."
„Ich liebe alle seine Titel, aber dieses Lied ist absolute Spitze." Jennifer strich sich über die Unterarme, auf denen sich die feinen Härchen hoch gestellt hatten.
Karin nahm Jennifer die Tassen ab und verteilte sie auf dem Tisch. „Na, ich stehe ja mehr auf die rockigen Sachen. Diese ganze Gefühlsduselei ist nicht so mein Ding."
Jennifer und Bea grinsten sich an. Im Gegensatz zur pragmatischen Karin waren sie beide sehr romantisch veranlagt, eben die Schmusesong- und Duftkerzentypen. Jennifer konnte diese Neigung bisher allerdings nicht ausleben, weil Rüdiger es nicht zuließ. Er fand immer gerade das gut, was seine einflussreichen Freunde favorisierten, und das war vor allem *anders* als das, was Jennifer mochte. Angefangen bei der minimalistischen Einrichtung mit musealen Möbeln, über seine fragwürdigen Kunstwerke bis hin zu Musikrichtungen, die in den Ohren bleibende Schäden hinterließen. Kein Wunder, dass er die nur hörte, wenn eben diese Freunde anwesend waren und ansonsten Stille bevorzugte.
Was war an ihm überhaupt echt? Seine Liebe zur Jagd, ja, die mochte ehrlich sein, die Stunden im Wald, in denen er ganz er selbst war. Aber da war er mit sich allein. Jennifer erlebte in all den Jahren nur den anderen Rüdiger. Sie hatte sich angepasst, mit dieser Lüge gelebt. Es war höchste Zeit herauszufinden, was sie selber mochte und zu lernen, auch so zu leben.
„Oh, bin ich voll und träge." Karin lehnte sich zurück und schnaufte. „Aber keine Müdigkeit vorschützen. Los, sag uns, Jennifer, was sollen wir machen?"
Bea sprang behände auf. „Ja, Elan, Elan! Lasst uns am besten gleich erst mal all diesen Plunder rausschmeißen." Sie stieß mit dem Fuß derb gegen einen großen Karton, auf dem Rüdigers Name stand.
„Vorsicht, Bea. Wenn da nun etwas Zerbrechliches drin ist." Karin fuhr erschrocken auf.
„Keine Sorge", Jennifer reagierte gelassen, „da sind nur Rüdigers Jagdtrophäen drin, die da drüben an der Wand hingen. Die hat er vor ein paar Tagen schon abgenommen. Tritt nur ordentlich dagegen." Sie lachte trotzig. „Aber wisst ihr, ich habe gestern Abend entschieden, dass ich außer meinem Sessel und den Aquarellen nur meine Klamotten mitnehmen werde. Soll er doch mit all seinem Mist hier glücklich werden. Ich will den ganzen Krempel nicht."

„He, so gefällst du mir. Endlich bist du mal wütend. Das ist gut. Wut macht stark. Traurigkeit verleitet einen viel zu sehr zum Schwachsein." Karin nickte zufrieden mit dem Kopf.
Bea verschränkte die Arme vor der Brust und atmete tief ein. „Ich finde es auch Klasse. Und jetzt, wo du so weit bist, kann ich es dir ja auch sagen: Ich fand deinen Mann schon immer Scheiße."
Karin zuckte entsetzt zusammen. So eine Ausdrucksweise kannte sie von Bea ja nun überhaupt noch nicht. Aber Jennifer war ab und an schon Zeuge von Beas verbalen Explosionen geworden, wenn mal wieder etwas so gar nicht nach ihren Vorstellungen gelaufen war. Sie hörte belustigt zu, während Bea unbeirrt weiter sprach. „Also, wenn sich einer auf die Stirn tätowieren lässt, dass er ein Intellektueller ist, kann ich das ja vielleicht gerade noch so verstehen. Aber einer, der mit einer Leuchtreklame herumläuft, auf der steht, *ich bin klug, ich bin klug*, na, der ist ja wohl das Letzte. So, nun weißt du es endlich."
„Na, du bist mir ja eine schöne Freundin", Jennifer lachte. Sie wusste, dass Bea Rüdiger nicht mochte, aber das war nur selten ein Thema zwischen ihnen gewesen. Rüdiger war nun mal ihr Mann, da gab es nichts zu diskutieren. Jennifer hatte stets abgeblockt, wenn Bea auf sie eingeredet hatte, dass sie in dieser Ehe mehr und mehr auf der Strecke blieb. Sie wusste ja, dass Bea Recht hatte. Aber sie konnte sich nicht befreien. Jetzt war sie frei, und es war nicht zu spät für sie.
„Das sagst du mir jetzt erst", spielte sie die Empörte.
Bea fuchtelte wild mit den Händen durch die Luft. „Ich durfte ja nie reden."
Jennifer lachte immer noch. „Ich weiß, ich weiß. Nun sag schon, dass ich eine dumme Gans bin."
„Na, wenn du nun endlich flügge bist, dann ist es ja in Ordnung. Was sagst du, Karin, wir können schließlich nicht unser ganzes Leben auf Jenny aufpassen."
Die Frauen ließen die Gläser klingen.
„Ach übrigens", Jennifer sah ihre Freundinnen triumphierend an, „ich habe mir heute auf dem Weg zu meinen Eltern noch ganz schnell ein Paar wunderschöne Pumps gekauft."
Wie sie erwartet hatte nahm Karins Gesicht diesen *Oh-Mein-Gott-Nicht-Schon-Wieder-Blick* an während Bea aufsprang und sie sofort sehen wollte.
„Was ist denn hier los?" Karin sah sich irritiert in Jennifers Schlafzimmer um. Überall standen Schuhe.

„Gut, was?“ Jennifer strahlte. Rund um ihr Bett herum hatte sie alle ihre Schuhe aufgestellt. „Es gibt ja niemanden mehr, der auf die Idee käme, vorwurfsvoll zu zählen. Ich kann sie mir endlich in aller Ruhe angucken, zu jeder Zeit, auch gleich morgens, wenn ich aufwache.“ Jennifer lehnte sich zufrieden an die Wand.
Karins Begeisterung hielt sich in Grenzen, aber Bea kam aus dem Oh und Ah nicht raus.
„Was für ein Luxus“, hauchte sie tief beeindruckt. Nicht dass sie weniger Schuhe hätte als Jennifer, aber dieses Bild faszinierte sie sehr.
„Unfug, wahrer Luxus ist mit Geld nicht zu bezahlen.“
„Ach Karin, sag nicht so was. Luxus ist Entspannung für die Seele. Und was könnte entspannender sein, als sich schöne Dinge zu kaufen. Gut, so ein Wellness-Wochenende kommt dem auch sehr nahe. Kostet aber auch Geld.“ Bea nahm bewundernd einen roten Pumps in die Hand. „Zu dumm nur, dass meine Bank derzeit mal wieder nichts Besseres zu tun hat, als mich mit Drohbriefen zu bombardieren. Sie stößt sich an meinem schwindsüchtigen Konto.“
Jennifer hielt ihr ein schwarzes Exemplar zur Begutachtung hin. „Du solltest vielleicht deine regelmäßigen Fördergelder zu Gunsten des KaDe-We etwas reduzieren?“
„Ich gucke eigentlich immer nach Sonderangeboten, aber ich kann greifen, wonach ich will, es ist immer das Teuerste. Und wenn ich dann gerade ein bisschen traurig bin oder so, dann darf so ein Trostpflaster schon mal aus feinstem Nappaleder oder Seide bestehen.“
„Und hinterher machst du Klimmzüge am Brotkasten, weil die Kasse leer ist“, Karin konnte die Freundin einfach nicht verstehen.
„Du weißt doch, dass Bea es mit dem Essen nicht so hat“, witzelte Jennifer und stellte die Schuhe wieder zurück.
Jennifer hatte sich über Geld in all den Jahren ihrer Ehe keine Gedanken machen müssen, und das würde auch in Zukunft so bleiben. Sie konnte aber auch gut damit umgehen. Sie kaufte sich nicht viele Stücke, die dann aber grundsätzlich edel und in bester Qualität. Nur bei Schuhen, da wurde sie öfter mal schwach.
Manchmal beneidete Karin ihre schicken Freundinnen. Um ihre schlanken Figuren, ihre modernen Klamotten und die Fähigkeit, auf den Schwindel erregend hohen Pumps sogar noch der Bahn hinterher rennen zu können. Aber allein der Gedanke daran, in eben solchen Schuhen den ganzen Tag laufen zu müssen, schreckte sie ab (Eitelkeit kennt keine Schmerzen, hatte Bea mal gesagt) und versöhnte sie mit ihrer Bequemmode.

„Stellt euch mal vor, neulich wollte ich mal so einen sündhaft teuren roten Seidenfetzen anprobieren. Ich wollte einfach mal sehen, wie ich damit wirke. Die Olle in der Boutique hat mich so abschätzend von oben bis unten angesehen, hat genau erkannt, dass ich das Teil sowieso nicht kaufen wollte. Ich hab's dann gelassen. Wozu eigentlich auch." Karin klang ein bisschen traurig.
„He, dann machen wir das mal zusammen. Glaube mir, keiner wird sich trauen, dich so zu behandeln." Bea schlug mit der Faust auf den Tisch, dass die Gläser leichte klirrten.
„Und am Ende kaufst *du* es dann." Jennifer stieß Bea in die Rippen. „Du sollst sparen. Sparen, Bea. Kennst du das Wort? Sonst erklärt dir deine Bank doch noch den Krieg." Sie füllte die Gläser der Frauen auf.
„Ich habe übrigens noch eine Neuigkeit für euch. Es gab ja schließlich nicht umsonst Fisch heute." Sie genoss für einen Moment die gespannten Gesichter ihrer Freundinnen, bevor sie zum zweiten Mal an diesem Tag sagte: „Ich fahre nach Prerow."
Bea guckte genau so entgeistert, wie Jennifer es erst am Vormittag bei ihren Eltern erlebt hatte.
„Warum Prerow?"
„Ich hab gedacht, was gute Erinnerungen weckt, kann nicht ganz schlecht sein."
„Mm." Verhaltene Begeisterung.
„Was ist nur los mit euch allen? Ihr tut ja alle gerade so, als wäre das das Unmöglichste, was ich überhaupt machen könnte."
„Nein, nein", Bea beeilte sich einzulenken, „es ist nur so, dass ich mich wundere. Dein erster Urlaub in Freiheit und du begibst dich wie eine alte Frau auf die Suche nach der Vergangenheit. Ob du es glauben willst oder nicht, du kannst die Zeit nicht zurück drehen." Wie um Zustimmung bittend blickte sie zu Karin rüber, die zaghaft nickte.
„Ich hätte auch gedacht, dass du jetzt erst mal etwas machen würdest, was mit Rüdiger eben nicht drin war."
„Und was sollte das eurer Meinung nach sein?" Jennifer hatte seltsamer Weise geglaubt, Karin und Bea würden von ihrer Idee begeistert sein.
„Na fremde Städte, Nightlife, Kultur und Wellness. Wenn du jetzt gesagt hättest, du willst nach Barcelona, Rom oder London. Aber Prerow? Da ist doch der Hund begraben." Bea konnte sich gar nicht beruhigen.
„Was weißt du denn von Prerow?"
„Na ja, eigentlich nicht viel. Ich bin mal mit so einem Typen in Zingst gewesen",

„Ach ja? Erzähl mal, welcher war das?“ Karin fand Beas Bekanntschaften sehr spannend und wollte am liebsten immer alles wissen. Sie stellte ihr eigenes geordnetes Leben keinen Moment in Frage, aber manchmal war das Leben anderer eben doch interessanter.
„Er war verheiratet. Ihr kennt ihn nicht“, wiegelte Bea schnell ab. „Zingst ist ziemlich mondän, ein schicker Ort. Da kannst du glatt ohne Koffer hin fahren. Du kriegst alles, was du brauchst. Na ja, fast alles. Natürlich haben wir uns da auch die Umgebung angesehen, so richtig schön mit dem Cabrio. Ein herrliches Gefühl, kann ich euch sagen.“ Bea geriet ins Schwärmen. „Aber Prerow, ich sage euch, das geht gar nicht! Da fahren die Leute hin, um am Strand rum zu liegen, mit ihren Fahrrädern die Gegend unsicher zu machen und mit den Hühnern ins Bett zu gehen. Da ist nichts los. Gar nichts.“
„Und was ist mit dem Sturm?“
„Was für'n Sturm?“, fragten Bea und Karin wie aus einem Munde und schauten Jennifer verwundert an.
„Ach vergesst es. Ich kann es nicht erklären, aber ich muss einfach hin. Vielleicht, weil es eine Art Neuanfang ist. Und es sind doch nur ein paar Tage.“ Jennifer fand nicht die richtigen Worte, aber Karin schien sie zu verstehen.
„Wenn du dort damals eine tolle Zeit hattest, ist es möglicher Weise tatsächlich ein guter Neustart. Wann soll es losgehen?“
„Ich denke mal, in zwei, drei Wochen etwa“, antwortete Jennifer nachdenklich, ihrer Sache gar nicht mehr so sicher. Warum waren ihre Freundinnen so skeptisch?
„Weißt du“, rückte Bea nun doch mit der Sprache raus, „es ist ja nur, weil ich so ein blödes Gefühl habe, du könntest dich dort zu wohl fühlen. Wenn ich mir vorstelle, du wärst nicht mehr hier…, Karin, sag doch auch mal was.“
„Nein, Bea“, Karin schüttelte heftig den Kopf, „das wird Jenny uns nicht antun.“ Aber ihre Sorglosigkeit klang nicht echt.
Jennifer konnte nicht nachvollziehen, was ihre Freundinnen befürchteten. „Ich in so einem Nest? Du sagst doch selbst, Bea, dass da nix los ist. Das wäre ja wohl das Allerletzte. Punkt! Und nun freut euch gefälligst mit mir auf meinen Kurzurlaub.“ Damit war das Thema für sie erledigt. Von dem Haus hatte Jennifer ganz bewusst noch nichts erzählt. Dann wären Bea und Karin wohl gleich ausgetickt und hätten sie sofort abgeschrieben. Nein, sie wollte das Haus gar nicht. Wozu auch?

Komisch, noch nie hatten ihre Freundinnen so ein Theater um ihre Urlaubsreisen gemacht. Und wo hatte Rüdiger sie überall hin geschleppt. Ja, wenn sie es richtig betrachtete, hatte immer Rüdiger ihre Reiseziele ausgesucht. Um die Details musste sie sich dann kümmern.
Naturgemäß waren sie oft auf Jagdreisen. Einfachste Bushcamps, aus denen Jennifer von Insekten zerstochen und mit dem Gefühl vollkommener Verschmutzung zurückkam, bis hin zu 5-Sterne-Lodgen mit allem nur erdenklichen Luxus, alles hatte sie mit gemacht. Afrika, Kanada, Australien, USA, überall waren sie gewesen. Auch an den Orten, wo die oberen Zehntausend zu verkehren pflegten, wie Nizza, Monaco, Montecarlo. Das waren die Reisen, an die sich gern erinnerte, obgleich sie mit den Leuten, deren Gesellschaft Rüdiger dort suchte, meist nichts anfangen konnte.
Nie hatten Bea und Karin auch nur ein Wort darüber verloren. Was der Herr getan, ist wohl getan und so wurden Rüdigers Entscheidungen auch von ihnen wortlos hingenommen. Da hatten sie auch keine Angst, sie könnte nicht zurückkommen wollen. Aber jetzt, wo sie zum ersten Mal allein ein Kurzreiseziel auswählte, hatten sie plötzlich das überwältigende Bedürfnis, ihre ablehnende Meinung dazu kund zu tun. Eine Meinung, die sie so nicht hören wollte, weil sie nur zu sehr ihre eigenen Zweifel bestärkte.
So kam es, dass der schöne Abend mit ihren Freundinnen am Ende einen leicht bitteren Nachgeschmack zurück ließ.

In den folgenden drei Wochen kam Jennifer kaum dazu, weiter darüber nachzudenken. Die Arbeit häufte sich stapelweise auf ihrem Schreibtisch, und sie wollte nicht eher in den Urlaub gehen, bis alles aufgearbeitet war. Unerledigte Aufgaben waren ihr grundsätzlich ein Gräuel, beruflich wie privat. Jennifer wäre auch nach einer Party in ihrem Haus nie auf die Idee gekommen ins Bett zu gehen, bevor nicht alles aufgeräumt und sauber war. Was für eine schreckliche Vorstellung, den Morgen mit einem Chaos aus leeren Flaschen, schmutzigem Geschirr und überquellenden Aschenbechern zu beginnen.
Die Vorfreude auf die Fahrt nach Prerow ließ die Arbeit leicht von der Hand gehen und nachdem sie den letzten Ordner geschlossen und von sich geschoben hatte, lehnte sie sich mit einem zufriedenen Lächeln in ihrem schwarzen Büroledersessel zurück und drehte sich zufrieden um ihre eigene Achse. Jetzt konnte der Urlaub kommen.

Es regnete in Strömen und ein stürmischer Wind fegte ums Haus als Jennifer ihr Auto packte. Das war ja ein toller Start in den Urlaub. Andererseits, gab es etwas Besseres, als gerade solchem Wetter zu entfliehen? Im Fernsehen hatten sie für den Norden ein kräftiges Hochdruckgebiet angekündigt. Es war wie so oft: Deutschland versank in Niederschlägen, aber an der Küste schien die Sonne.
Sie fluchte laut, als sie in eine Pfütze trat und auf ihre total durchweichten Schuhe herunter sah. Wie zum Hohn ergoss sich in dem Augenblick auch noch ein Wasserfall aus der Regenrinne, die der Heftigkeit des sintflutartigen Regens nicht mehr gewachsen war, über sie. Ein Blick in den Spiegel sagte ihr, dass sie so auf keinen Fall losfahren konnte, der auf die Bahnhofsuhr in der Küche, dass sie eigentlich schon lange weg sein wollte.
Schon am Abend zuvor hatte Jennifer einen schweren Kampf mit sich selbst auszukämpfen. Welche Sachen sollten in den Koffer? Es war jedes Mal dasselbe, sie konnte sich nie entscheiden, wie viel mit durfte und was dazu verdammt war, zu Hause zu bleiben. Sie besaß fast nur Lieblingstücke. Viele davon passten mit einem oder mehreren Teilen so gut zusammen, dass es ihr vorkam, als würde sie Zwillinge gewaltsam auseinander reißen, wenn sie eins davon zu Hause ließe. Dieses Mal war es besonders kompliziert, weil sie doch nicht wusste, was sie erwartete. Nun gut, Bea meinte ja, in Prerow wäre nichts los. Da wollte sie nicht tot über dem Gartenzaun hängen, hatte sie gesagt. Also schieden die eleganten Sachen und somit ihre neuen Highheels ganz sicher schon mal aus. Schade eigentlich. Aber die Hinterwelt erwartete sie doch dort hoffentlich auch nicht?
Sie versuchte krampfhaft, sich an Bilder ihrer Kindheit zu erinnern. Sie sah sich an einem breiten schneeweißen Strand und flachem Wasser spielen. Sie entdeckte sich im Wald beim Blaubeerenpflücken. Oma hatte ihr eine Plastiktüte über den Kopf gestülpt, in die sie zwei Löcher zum Gucken und eins zum Atmen geschnitten hatte. So sollte sie ein wenig gegen die Mücken gewappnet sein. Jennifer wusste nicht mehr, ob das funktioniert hatte. Aber Omas Blaubeerkuchen war auf jeden Fall der Beste von der Welt.
So sehr sie sich mühte, es gelang ihr nicht, ein Bild von dem Ort Prerow selbst zu bekommen.
„Hallo, Bea", Jennifer hielt das Telefon mit der Schulter ans Ohr gedrückt, während sie die Pullover vor sich auf dem Bett sortierte und nebenbei einen Schluck Rotwein trank, „ich bin beim Packen. Was brauche ich da bloß für Klamotten? Sag mal, es gibt doch befestigte Straßen in Prerow?"
„Ich denke, du kennst Prerow?"

„Mensch, das ist hundert Jahre her, dass ich das letzte Mal da war. Ich war noch ein Kind. Glaubst du, dass es ein Kind interessiert, ob es Straßen gibt oder nicht. Oder Restaurants?“ Jennifer klang genervt. „An die Milchbar gegenüber kann ich mich erinnern. Das Eis war Spitze. Da musstest du immer Stunden lang anstehen.“
„Klar gibt's Straßen“, Bea kicherte, „so hab ich das doch auch nicht gemeint neulich. Prerow ist schon ganz schön, es ist eben nur so ...“ sie suchte krampfhaft nach den richtigen Worten, „so dörflich.“
„Bea, es *ist* ein Dorf.“
„Ja schon, eben. Ich wollte sagen, dass in Zingst eben alles vornehmer, feiner ist, wenn du weißt, was ich meine.“
„Nein, das weiß ich nicht“, antwortete Jennifer gereizt.
„Hast du etwa keinen Reiseführer?“, fragte Bea spöttisch.
„Ach, ich hatte doch keine Zeit. Ich wusste die letzten Wochen nicht, wo mir der Kopf steht vor Arbeit.“
„Ich würde auf jeden Fall sagen, lass die neuen Pumps getrost zu Hause, und dein blaues Seidenkleid brauchst du da ganz gewiss auch nicht.“
„Aber Gummistiefel muss ich mir nicht kaufen?“
„Wer weiß das schon?“ Bea kicherte wieder. „Hast du überhaupt schon eine Bleibe?“
„Ich hab mir ein Zimmer in einer Pension vorgebucht.“
„Hast du wenigstens ein eigenes Bad?“
„Wenn gerade niemand anders da ist, dann wohl schon“, spottete Jennifer.
„Ist ja gut. Ich hatte nur Sorge, du würdest dir irgend so eine fragwürdige Unterkunft nehmen. Nicht auszudenken, was dich da womöglich erwartet hätte. Ich habe mal gehört, dass manche Leute an der See sogar ihre Hühnerställe zu Urlauberzimmern ausgebaut haben.“
Jennifer konnte förmlich sehen, wie es Bea schüttelte.
„Wenn du dich gar nicht wohl fühlen solltest, dann kannst du ja immer noch nach Zingst in die Zivilisation wechseln.“
„Du bist mir wirklich eine große Hilfe. Mensch, wir haben fast zwanzig Jahre nach der Wende. *Hühnerställe.*“ Jennifer hatte gerade so gar keinen Nerv für Beas Scherze, obwohl sie sich genau wegen solcher Befürchtungen für eine Pension entschieden hatte. Sicher war sicher.
„He, Jenny, es ist schon okay. Es wird dir gefallen. Zieh einfach an, worin du dich wohl fühlst. Verbieg dich nicht. Und mach mir nicht gleich die Männer alle verrückt.“
„Welche Männer?“

„Ich fürchte, du hast Recht. Ich kann mir nicht vorstellen, dass es in Prerow Männer gibt, die einen intensiveren Blick Wert wären. Ruf mal an. Ich wünsche dir eine tolle Zeit. Und tu nichts, was ich nicht auch tun würde."
Hätte Jennifer auch nur eine blasse Ahnung davon, was sie selbst von diesem Urlaub erwartete, was sie sich von dieser Reise erhoffte, die Vorbereitungen wären ihr sicher leichter gefallen.
Am Ende fand ein großer Koffer seinen Weg in den Mercedes, und sicherheitshalber noch die Tasche mit den Schuhen. War ja auch egal, sie brauchte die Sachen ja nicht schleppen. Schnippisch zuckte sie mit den Schultern. Was machte sie sich nur für einen Stress.
Sie kontrollierte noch einmal alle Fenster im Haus, drehte den Hauptwasserhahn zu (das hatte Rüdiger auch immer so gemacht) und löschte das Licht. Die große Eingangstür fiel laut knallend ins Schloss. Es klang endgültig, wie ein Abschied für immer. Jennifer schüttelte den Kopf. So ein Unfug. Was ihr nur immer in den Sinn kam. Sie drehte den Schlüssel zweimal um und atmete erleichtert auf. Jetzt konnte es endlich losgehen.
Sorgfältig achtete sie dieses Mal auf die Pfützen. Am Auto guckte sie sich noch einmal zum Haus um. Hatte sie an alles gedacht? Sie riss sich von dem Gedanken los. Immer diese Kontrollsucht. Schluss jetzt damit.
Sie stieg in den Mercedes und fuhr vorsichtig vom Grundstück auf die Straße.
Sie war nicht oft mit dem Auto unterwegs und fühlte sich etwas unsicher. Eigentlich war sie noch nie gern Auto gefahren. Sie hatte es als junge Frau gelernt, weil es nun mal alle so machten. Aber in Berlin kam man auch gut ohne klar. Sie mochte die Bahn, liebte es, während der Fahrt ihre Zeitung zu lesen, die Leute zu beobachten oder einfach zu entspannen. Bei den Autofahrten mit Rüdiger genoss sie als Beifahrer die vorbei rauschenden Landschaften. Für Rüdiger war das Fahren eine Leidenschaft, sie ergänzte ihn als die perfekte Kartenleserin. So gab es keine Diskussionen und beide Seiten waren zufrieden.
Trotzdem bestand Rüdiger darauf, dass Jennifer einen eigenen Wagen kaufte. Nicht irgendeinen, schon gar keinen kleinen, nein, es musste ein Statussymbol sein. Da war der 500 SL gerade angemessen. Meinte er.
Es regnete immer noch. Jennifer ließ Berlin hinter sich. Wenn sie wieder zurück war, sollte sie sich vielleicht um ein anderes Auto kümmern. Sie würde für diesen Wagen als Liebhaberstück bestimmt einen guten Preis bekommen. Sie achtete auf die Autos, die flott an ihr vorüber zogen. Ja, das würde sie tun, und sich dann vielleicht einen Golf zulegen. Der brauchte nicht viel Platz, und sie käme viel besser mit den meist winzigen Parklücken

überall zurecht. Diese Idee setzte sich in Jennifer fest und sie fühlte gute Laune in sich aufsteigen. Wieder ein Stück weiter in ihrem neuen Leben.
Sie machte das Radio an. Die schrillen Klänge passten so gar nicht zu dem trüben Wetter. Was machten die heutzutage nur für seltsame Musik. War das wirklich das, was die jungen Zuhörer wollten, endlose Wiederholungen, ordinäre Wortwahl bis hin zur Fäkalsprache und ganz neu solche Titel, bei denen man das Gefühl hatte, der Sender würde schwanken und ins Nirwana abdriften? Und überhaupt, wer fragte noch nach dem Musikgeschmack der Älteren? Aber schon kurze Zeit später merkte sie plötzlich, dass sie genau so einen verrückten Titel, der garantiert für Leute, die noch dem strengsten Jugendschutz unterlagen, geschrieben wurde, mitträllerte und ihre Hände auf dem Lenkrad den Takt mit klopften. Wann hatte sie das zum letzten Mal gemacht?
Sie beugte sich etwas nach vorn, um den nördlichen Himmel besser sehen zu können und stellte erfreut fest, dass sich die Wolkendecke lichtete. Sie öffnete ihr Fenster ein wenig und der Geruch von jungem Frühling wehte zu ihr herein. Konnte es sein, dass die Luft sogar schon etwas salzig schmeckte? Mit jedem Kilometer, den sie ihrem Ziel näher kam, wuchsen ihre Spannung und Vorfreude.
Immer noch fünfzig Kilometer Autobahn. Es gab doch kaum etwas Langweiligeres als Autobahn, selbst wenn die Landschaft zu beiden Seiten wirklich reizvoll war. Woran lag das nur? Jennifer kam zu dem Schluss, dass das mit den Menschen zu tun haben musste. Die Neugier auf das Leben anderer, die ein wenig durch den Anblick von Dörfern und Städten gestillt werden konnte, musste es sein. Hinter jeder Tür verbarg sich ein Schicksal, waren Glück und manchmal auch maßloses Elend zu Hause. Die Autobahnen verliefen meist weit ab von all dem. Straßen, die am Leben vorbei führten.
Jennifer gehörte zu den Leuten, die liebend gern abends von der Bahn aus im Vorbeisausen in fremde erleuchtete Fenster schaute. Sie würde das natürlich nie zugeben, aber sie war immer wieder fasziniert von der Vorstellung dessen, was sich dort abspielte. Von Liebesgeschichten bis hin zu Mord und Totschlag war alles dabei.
Als sie endlich die ersten Gebäude von Rostock erblickte, war der Himmel immer noch Wolken verhangen, aber es regnete nicht mehr. Sie hatte sich für die Strecke über Gral Müritz entschieden. Bea meinte, dies wäre der deutlich schönere Weg nach Prerow.
Rostocks Stadtrand erinnerte sie an die Vorstadtbezirke Berlins. Baumärkte, Einkaufszentren und Tankstellen, es sah überall enttäuschend gleich aus.

Als sie die Gewerbegebiete dann aber hinter sich gelassen hatte und durch die ersten kleinen Dörfer kam, stieg das Gefühl unbändiger Freude wieder in ihr auf. Farbenfrohe, mit Schilf gedeckte Häuser, hübsche kleine Geschäfte, Pensionen und Hotels säumten die Straße. Dann breiteten sich wieder weite Wiesen mit frischem Grün aus, die atemberaubende Blicke über den Bodden frei gaben. Und immer wieder Wald.
Je näher sie ihrem Ziel kam, umso zauberhafter wurden die Landschaft und die Orte. Die Zeit schien stehen geblieben zu sein. Sie dachte an das Klischee von den Seefahrer- und Fischerdörfern, dem hier tatsächlich immer noch vieles gerecht wurde. Sogar die neu erbauten Häuser passten sich dem Charakter der Dörfer an.
Inzwischen schmeckte die Luft tatsächlich salzig. Jennifer wusste, dass sie nur wenige Meter von der Ostsee trennten. Die Sehnsucht nach Strand und Meer packte sie mit jedem Kilometer stärker und sie konnte kaum der Versuchung widerstehen, auf der Stelle anzuhalten. Aber nein, jetzt wollte sie erst mal nach Prerow.
Noch ein letztes Stück Wald, eine letzte angrenzende Wiese, auf der ein paar Pferde mit wehenden Mähnen herum galoppierten, und Jennifer hatte ihr Ziel erreicht.
HERZLICH WILLKOMMEN IM OSTSEEBAD PREROW.

Jennifer drosselte die Geschwindigkeit und rollte langsam in den Ort hinein. Ein Blick in den Rückspiegel bestätigte ihr, dass sie allein auf der Straße war. Sie behinderte also niemanden, der es vielleicht deutlich eiliger hatte als sie. Ihr Gehirn arbeitete auf Hochtouren, als sie die ersten Häuser sah. Moment mal, war hier nicht damals eine Milchbar? Na klar, und gegenüber war der Textilkonsum, in dem Oma ihr den warmen roten Pullover mit den weißen Punkten gekauft hatte. Das war in dem Sommer, der so verregnet und kalt war. Jennifer hielt am Straßenrand an. Die Milchbar gab es nicht mehr. Den Laden auch nicht. Ein großes Schild an dem beräumten Grundstück sagte ihr, dass hier in Kürze ein Ferienhaus gebaut werden würde.
Ein Bus kam aus der schmalen Seitenstraße und hupte, weil Jennifer in seinem beengten Wendekreis parkte. Sie winkte dem Fahrer entschuldigend zu und fuhr weiter.
Sie gelangte an eine Kreuzung, die sie sofort wieder erkannte. Rechts war einmal die Tankstelle. Das wusste sie deshalb so genau, weil sie damals die Jungs und Mädchen, die in den Ferien dort arbeiteten so beneidet hatte. Ihre Freundin hatte ihr von den enormen Trinkgeldern erzählt, die die

jungen Leute meist zugesteckt bekamen. Abgesehen davon fand sie die Vorstellung unheimlich interessant, den ganzen Tag neue Leute kennen zu lernen. Und eine schwere Arbeit war es ja auch nicht gerade. Aber als sie selbst in das Alter kam, in dem sie diesen Ferienjob hätte machen können, kehrte sie nicht mehr nach Prerow zurück. Die Tankstelle war weg, aber eine kleine Gaststätte an der Stelle nannte sich immer noch so.

Genau gegenüber befand sich damals eine große, mit Schilf gedeckte Turnhalle. Ja, das musste hier gewesen sein. Sie war doch mit, oh Gott, wie hieß sie noch, Jennifer kaute nervös auf dem Daumennagel, na klar, mit Irene zum Sportfest hier. Kurz danach war das Gebäude bis auf die Grundmauern abgebrannt.

Irene und sie waren während der Ferienzeiten, in denen Jennifer in Prerow war, unzertrennlich. Oma meinte immer, sie wären wie Latsch und Bommel. Wo sie das wohl her hatte?

Den Rest des Jahres schrieben sie sich lange Briefe. Auch als Jennifer dann nicht mehr kam, blieben sie noch eine Weile in Kontakt. Aber aus den Augen, aus dem Sinn, und irgendwann hatten sie sich beide vergessen.

Ob Reni, ja, so hatte sie sie immer genannt, noch hier lebte? Was würde sie sagen, wenn sie nach so langer Zeit plötzlich auftauchte? Sie könnten noch einmal gemeinsam über ihre Kindheitserlebnisse lachen. Aber vielleicht würden sie sich auch gegenüberstehen und hätten sich nichts mehr zu sagen? Jennifer war unsicher. Na, das würde sie sich noch überlegen. Wie wunderbar, mal nicht sofort eine Entscheidung treffen zu müssen. Ihr Urlaub fing ja schließlich erst an.

Brachial wurde sie aus ihren Gedanken gerissen, als plötzlich aus der Seitenstraße ein Auto heraus geschossen kam. Jennifers Bremsen quietschten, sie wurde ruckartig vor- und zurück geschleudert, und zu Tode erschrocken kam sie gerade noch rechtzeitig zum Stehen, während dieses grüne Monster, irgend so ein altertümlicher Jeep, laut dröhnend davon jagte. Ihr Puls raste und sie schnappte nach Luft. Hatte der Typ den Verstand verloren? Was für ein Idiot! Jennifer guckte ihm grimmig hinterher. Hallo Bea, hier hast du schon mal so ein Exemplar Mann aus Prerow, dachte sie sauer.

Jemand klopfte an das Fenster auf der Beifahrerseite. „Junge Frau, hier im Ort gilt Rechts vor Links. Passen Sie bloß auf. Wäre doch zu schade um Ihr schönes Auto.“ Jennifer nickte dem beleibten Mann zerstreut zu, in ihrer Wut unfähig zu antworten. Rechts vor Links? Wer hat sich denn so was ausgedacht? Mein Gott, darauf sollte nun einer kommen, dass einer, der aus so einem holperiger Sandweg kam, Vorfahrt hatte. Sie musste irgendwo ein

Hinweisschild übersehen haben. Mist. Trotzdem war das noch lange kein Grund, so um die Ecke gefegt zu kommen. Rücksichtsloser Kerl.
Sie fuhr langsam weiter und suchte nach einem Anhaltspunkt, wo sie sich überhaupt befand. Ah, die Kurverwaltung, dort konnte sie sich erst mal informieren.
Was hatte sie auch erwartet? Dass sie nach über dreißig Jahren nach Prerow zurück kam und alles noch genau so wie damals vorfinden würde, sich nichts verändert hatte? Und dass sie vor allem auch noch die totale Erinnerung daran im Kopf hatte? Nein, das konnte wohl nicht funktionieren. Nichts würde mehr sein, wie es mal war. Noch nicht mal ihre Erinnerung war es.
Jennifer stand vor dem Ortsplan und sah, dass sie sich bereits in *ihrer* Straße befand. Genau hier am Gemeindeplatz fing die Waldstraße an.
Ihr Finger glitt auf der Karte entlang bis zu der Stelle, an der sie ihr Haus vermutete. Von dort wanderte ihr Blick die verschiedenen Wege entlang, die sich weit verzweigt durch Prerow zogen, bis hin zum Friedhof. Ihr war klar, sie würde erst Ruhe finden, wenn sie bei ihren Großeltern gewesen war. Es war wie eine Schuld, die schwer auf ihr lastete.
Jennifer bekam eine leichte Gänsehaut. Sie hatte Angst vor der Begegnung mit ihrer Vergangenheit. Sie lehnte sich mit dem Rücken an das Schild und schloss für einen Moment die Augen. Diese Angst ist doch nicht neu, dachte sie. Sie hatte sie doch schon seit Omas und Opas Tod fest im Griff. Nur deshalb war sie nie wieder her gekommen. Sie hatte sich stets davor gefürchtet, dass sich die heile Welt von damals als Enttäuschung heraus stellen konnte. Vor allem aber quälte sie nach wie vor das schlechte Gewissen, Oma und Opa damals so im Stich gelassen zu haben. Die beiden hatten sie so lieb. Wie sollten sie je verstanden haben, dass Jennifer einfach so weg blieb. Konnte sie jetzt endlich mit sich ins Reine kommen? Auf jeden Fall nur dann, wenn sie sich all dem stellte.
Sie ertappte sich dabei, froh zu sein, dass ihre Pension ein ganzes Stück vor ihrem Haus lag. So bekam sie noch einen kleinen Aufschub. Die Waldstraße war die Hauptstraße im Ort, auch wenn sie so niederträchtig ihrer Vorfahrtsrechte beraubt wurde, und führte im Grunde überall hin. Vorbei an der Pension, hin zu ihrem Haus. Sie warf einen Blick auf ihre Armbanduhr. Es war erst halb drei, vor fünfzehn Uhr konnte Jennifer ihr Zimmer nicht beziehen. Warum ging sie also nicht erst einmal einen Kaffee trinken? Sie sah sich um, entdeckte aber nur eine Bibliothek und ein Reisebüro. Oder sollte sie doch erst zum Haus fahren?
„Kann ich Ihnen helfen?“

Jennifer schreckte aus ihren Gedanken auf. Vor ihr stand ein stattlicher Mann im eleganten dunkelblauen Anzug. Jennifers Blick blieb entsetzt an seiner Krawatte hängen, auf der kleine gelbe Enten herum watschelten. So ein hässliches Teil konnte doch nur ein Kind gekauft haben. Sie riss sich von dem Schlips los.
„Nein danke, mir ist nicht zu helfen“, antwortete sie hastig. Was musste der Kerl von ihr denken, wenn sie ihn so anstarrte.
Sein Blick war ihrem gefolgt und er grinste breit. „Die ist von meiner Enkeltochter. Sie besteht darauf, dass ich sie trage. Was soll ich machen?“ Er lachte und streckte Jennifer die Hand entgegen. „Friedrich Korella, ich bin der Kurdirektor von Prerow. Entschuldigen Sie, dass ich Sie so von der Seite angesprochen habe, aber ich kam gerade vorbei und dachte, Sie könnten Hilfe gebrauchen.“
„Helfen? Wobei?“ Jennifer fühlte sich überrumpelt. Aber dann kam sie wieder zu sich. Sie stand hier unschlüssig vor der Informationstafel rum, und er war der Kurdirektor. Warum sollte er ihr also nicht helfen wollen. Sie gab ihm die Hand. „Nein, nein, ich komme zurecht, aber trotzdem danke. Es ist alles in Ordnung. Ich war lange nicht hier und wollte mich nur orientieren. Danke.“ Sie wendete sich ab, drehte sich dann aber doch noch einmal um. „Doch, Sie können mir vielleicht doch helfen. Wo bekomme ich hier in der Nähe einen guten Kaffee?“
„Den besten Kaffee gibt es garantiert bei mir“, er lachte wieder, etwas zu laut nach Jennifers Geschmack, „aber wenn Sie die Waldstraße ein kleines Stück weiter gehen“, er zeigte in die Richtung, die Jennifer später fahren wollte, „dann kommt das Café ‚Strandeck', da gibt's alle Sorten Kaffee. Und großartigen Kuchen.“ Er klopfte mit bedauerndem Blick auf seinen Bauch.
„Kann ich mein Auto hier stehen lassen?“ Jennifer überhörte die erste Bemerkung und schaute sich um, als suchte sie nach einer anderen Parkmöglichkeit.
Friedrich Korella sah zu dem Mercedes rüber und hob bewundernd die Augenbrauen. „Aber natürlich. So lange Sie wollen. Und wenn Sie sonst noch etwas brauchen, Sie finden mich hier im Amt. Es wäre mir ein Vergnügen.“
Jennifer bedankte sich noch einmal, hatte aber in keiner Weise das Bedürfnis, ihm irgendwelche Vergnügen zu bereiten.
Sie merkte nicht, dass Friedrich Korella ihr träumerisch hinterher schaute als sie ging.
Es wehte ein kräftiger frischer Wind, der die Wolken im Eiltempo auseinander trieb. Die ersten Sonnenstrahlen ergossen sich wie Goldregen über

Jennifer. Wärme durchflutete sie und gab ihr ein Gefühl von Freiheit und Glück, wie sie es lange nicht mehr gespürt hatte.
Es war tatsächlich nicht weit zu dem Café.
Auf dem kurzen Weg kam sie am Kino vorbei. Fünfundzwanzig Pfennig hatte eine Eintrittskarte damals gekostet, schoss es ihr in den Kopf. Sie blieb einen Augenblick stehen und guckte auf die Plakate, als könnte sie dort die Filme aus ihrer Kindheit wieder finden. Ihr fiel der kleine Maulwurf ein, der sich sehnsüchtig eine Hose mit ganz vielen Taschen wünschte, und dem dann alle Tiere dabei halfen, sie zu bekommen. Jennifer hatte dieses ungarische Zeichentrickmärchen bestimmt hundert Mal gesehen. Das war unendlich lange her.
Das „Strandeck" hatte eine kleine hübsche Terrasse, auf der Jennifer an einem vom Wind geschützten Tisch Platz nahm. Außer ihr saßen noch ein paar andere Gäste da. Einige davon hatten sich sofort auf ihren Stühlen weit nach hinten gelehnt und die Gesichter der Sonne zugewendet. Jennifer beobachtete sie. Waren das Erholungssuchende wie sie?
Ihr Blick fiel auf einen Mann, der ein paar Tische von ihr entfernt saß. Er hatte die Beine entspannt weit von sich gestreckt und übereinander gekreuzt. In einer Hand hielt er eine Zigarette, in der anderen die Kaffeetasse. Vor ihm lag ein dicker Ordner. Der Typ war wohl kein Urlauber. Mit seinen grünen Klamotten sah er eher wie ein Förster oder so was aus.
Die Kellnerin kam zu ihr. „Hallo", sie wischte kurz über den feuchten Tisch, „Kaffee können Sie bei mir bestellen, den Kuchen müssen Sie sich drinnen aussuchen und bezahlen." Sie sah Jennifer fragend an.
„Ich möchte nur einen Kaffee, schwarz, ohne alles, danke", sagte Jennifer.
„Keinen Kuchen? Sie sollten sich unseren Kuchen nicht entgehen lassen. So guten Kuchen…"
„Okay, okay", lachend unterbrach Jennifer die Bedienung, „Sie haben mich überzeugt."
Die Kellnerin hatte nicht übertrieben. Das Angebot war phantastisch, und die Entscheidung fiel Jennifer schwer.
Wieder an ihrem Tisch schaute sie zu dem Förster rüber. Der hatte das Gespräch an ihrem Tisch anscheinend mitverfolgt und grinste. Das kannte er wohl. Er hatte keinen Kuchenteller vor sich.
Er beugte sich nach vorn, die Ellenbogen auf die Oberschenkel gestützt und studierte die Unterlagen vor sich. Mit seinem linken Daumen strich er nachdenklich über seine Unterlippe Er schnippte die Asche achtlos auf den Boden, bevor er die Zigarette im Ascher ausdrückte und sich fast zeitgleich eine neue ansteckte. Was war das denn für ein gestörter Typ? Dennoch

konnte Jennifer sich kaum von seinem Anblick losreißen. Oh Mann, der hatte aber Hitze. Trotz der Sonne war es noch empfindlich kühl, aber der saß da ohne Jacke, die Hemdsärmel hochgekrempelt. Jennifer hing wie gebannt an seinen Muskeln, die sich unter dem Hemd abzeichneten und seinem vollen, dunkelblonden Haar. Er strahlte eine stoische Ruhe aus. Wie alt mochte er sein? Fünfzig? Mit seiner männlichen Gestalt und dem Dreitagebart, nein, es waren wohl eher fünf Tage, konnte er glatt einem der billigen Heimatfilme entsprungen sein.
Plötzlich, für einen ganz kurzen Moment, trafen sich ihre Augen. Wie ein Blitz schoss sein Blick in sie hinein, versprühte glühende Funken und eine Feuerkugel stob durch jeden Teil ihres Körpers, eine Explosion löste die nächste aus und hinterließ ein brennendes Schlachtfeld.
Jennifer suchte verwirrt mit zitternden Händen Halt an dem Kaffee, den die Kellnerin ihr in dem Augenblick brachte. Sie verstand die Welt nicht mehr. Was war da eben mit ihr passiert? Ihr Atem ging schwer und ihr Puls beruhigte sich nur langsam.
Irritiert schaute sie noch einmal zu ihm rüber und sah, dass er sich gerade eine neue Zigarette anzündete und in den Papieren auf seinem Tisch blätterte.
Ihr Handy klingelte. Hektisch griff sie nach ihrer Handtasche, die auf dem Stuhl neben ihr lag und suchte vergeblich nach dem Telefon. Bevor sie es endlich fand, war es schon wieder verstummt. Irgendwo hatte sie mal gelesen, dass Handtaschen schwarzen Löchern im Universum gleich kamen. Sie waren einfach unergründlich. Ihre gehörte zweifellos dazu. Aus dem Augenwinkel konnte sie sehen, dass der Förster sie belustigt beobachtete. Jennifer erschauderte erneut und spürte eine heiße Welle durch sich hindurch rauschen. Sie meinte, vor Scham im Boden versinken zu müssen. Warum musste sie nur immer so rot werden, wenn sie aufgeregt war.
Jennifer sah, dass Bea versucht hatte, sie zu erreichen. Sie steckte das Telefon in die große Tasche zurück. Sie würde Bea später zurück rufen. Nicht jetzt. Vor allem nicht hier.
Der Förster hatte inzwischen seine Akten zusammengepackt, nahm seine Jacke und trank im Stehen seinen Kaffee aus. Er lächelte noch einmal kurz zu Jennifer rüber als er ging, aber sie hantierte umständlich mit ihrer Tasse herum, um ihn nicht noch einmal ansehen zu müssen. Warum brachte sie dieser Kerl so durcheinander? Sie ärgerte sich über sich selbst. Herr Gott, sie war doch kein Backfisch mehr.
Erst als er weg war, konnte sie sich ein wenig entspannen. Was war nur los mit ihr? Das lag wohl an ihrer Urlaubsstimmung, versuchte sie sich einzu-

reden. Aufgewühlt lehnte sie sich zurück. Na und, was war schon passiert. Nichts, gar nichts.
Erst nach der zweiten Tasse Kaffee hatte sie sich wieder beruhigt.
Hin und her gerissen von dem Wunsch, in ihre Kindheit einzutauchen einerseits und der Scheu davor andererseits entschied Jennifer sich, erst einmal in die Pension zu fahren.
Sie rollte auf ein weitläufiges Grundstück.
PENSION LINDE, las sie.
Das Haus gefiel ihr auf Anhieb. Sie hatte sich gut entschieden.
Ein attraktiver grauhaariger Mann im Blaumann, anscheinend der Hausmeister, kam auf sie zu und begrüßte sie charmant. Als Jennifer ihn nach dem Chef des Hauses fragte, guckte er allerdings ziemlich grantig. Kurz danach verstand sie dann auch, warum. Er war der Chef.
Er führte sie durch ein helles freundliches Haus über eine breite Treppe in die obere Etage zu ihrem Zimmer. Sie übersah dabei geflissentlich sein spöttisches Grinsen über all ihr Gepäck. Ja, ja, sie hatte zu viele Sachen für die paar Tage mit. Aber was wusste dieser Kerl schon von den Qualen einer Frau.
Das Zimmer war wunderschön. Warme Farben, gemütliche Möbel und viel Licht. Als Jennifer etwas später vor das Haus trat, wehte der Wind noch stärker als vorher. Gerade hatte er eine schwarze Wolkenwand vor die Sonne geschoben. Sie wickelte ihre Jacke enger um sich und hielt ihren Schal schützend vors Gesicht. Besorgt sah sie zum Himmel. Es würde doch nicht wieder regnen?
Sie lief die Waldstraße entlang und wurde mit jedem Schritt, dem sie ihrem Haus näher kam, langsamer. Sie hätte später nicht sagen können, was ihr auf dem Weg begegnet oder an welchen Gebäuden sie vorbei gekommen war. Sie war wie blind.
Innerlich zerrissen blieb sie vor dem Häuschen ihrer Großeltern stehen und suchte mit beiden Händen Halt an dem verrosteten Gartenzaun. Tränen verschleierten ihren Blick und sie schluchzte wie ein kleines Mädchen.
Winkte da nicht Oma hinter dem Fenster? Jennilein, komm rein.
Jennifer zwang sich, weiter zu gehen. Sie wollte zum Strand. Sie musste zum Strand. Sie brauchte jetzt die Weite, das Meer, den Wind. Morgen. Morgen würde sie ins Haus gehen.
Im Bernsteinweg hatte sie alle Mühe, auf dem engen Weg zwei sich entgegen kommenden Autos auszuweichen. Aha, es hatte in Prerow in den letzten Tagen auch viel geregnet. Die Straße war eine einzige riesige Pfütze.

Na, das sah ja viel versprechend aus. Jennifer rümpfte die Nase. Bea, ich werde doch Gummistiefel brauchen.
Sie musste mit ihren hohen Absätzen auf dem unebenen Fußweg sehr aufpassen. Sie sah an sich herunter. Ihr ganzes Outfit passte so gar nicht hier her. Aber was soll's, für die paar Tage würde sie sich nicht extra Dorfgarderobe zulegen.
Gleich an der Ecke entdeckte Jennifer das H&S-Immobilienbüro. Sie fragte sie sich, ob hier wohl viele Leute Häuser oder Wohnungen kaufen wollten. Sicher, es gab hier den Strand, aber musste man deswegen gleich was Eigenes hier haben?
Ob hier im Sommer immer noch so viele Urlauber herkamen? Sie erinnerte sich, dass schon damals massenhaft Gäste hier waren. Natürlich, warum sollte sich das geändert haben. Sie schaute sich die aktuellen Angebote im Fenster an. Oh Mann, das waren ja saftige Preise. Möglicherweise konnte sie hier ihr Haus zum Verkauf anbieten?
Sie kam am Hotel „Waldschlösschen" vorbei. Sie erkannte das idyllische Fachwerkhaus sofort. Das Hotel war damals ein Ferienheim. Irenes Mutter hatte hier als Köchin gearbeitet, und die Mädchen waren von hier aus oft zusammen zum Strand gegangen. Es gab also tatsächlich doch noch Dinge, die sich in den dreißig Jahren nicht ganz und gar verändert hatten.
Sie hörte den LKW kommen, dachte aber in dem Moment nicht an das viele Wasser auf der Straße. Der Fahrer wohl auch nicht, oder es war ihm gleichgültig, als er in vollem Tempo mitten durch die Pfütze raste und Jennifer von oben bis unten nass gespritzt zurück ließ.
Schon wieder so ein Monster! Das konnte doch nicht wahr sein. Gab es denn hier nur Idioten auf der Straße? Jennifer guckte wütend an sich herunter. Wie sie aussah!
Sie überlegte kurz, ob sie noch einmal zurückgehen sollte, um sich umzuziehen, aber dann entschied sie sich trotzig dagegen. Egal, sie war hier nun mal in einem Dorf mit fürchterlichen Straßen und ungehobelten Autofahrern. Außerdem wurde es schon ein bisschen schummerig. Oder lag das nur an den dicken Wolken? Der Wald schien sich mehr und mehr in eine dunkle, unheimliche Masse zu verwandeln, und die Bäume bogen sich unter dem Druck der Sturmböen, wie Gestalten aus dem Schattenreich, knarrend hin und her. Jennifer gruselte sich. Schnell lief sie weiter und atmete erleichtert auf, als der Weg wieder etwas breiter und lichter wurde. Auf der rechten Seite tauchte das Grundstück mit den Resten der ehemaligen Armeekaserne auf. Jennifer hatte die schicken Uniformen der Matrosen, die damals hier dienten, immer bewundert und die großen Mädchen, die durch den

Zaun hindurch mit den jungen Männern erzählten und flirteten, bestaunt und heimlich beneidet.
Sie blieb stehen. Warum sah hier alles so herunter gekommen aus? Überhaupt, warum hatte an dieser Stelle noch niemand investiert? Gab es ein lukrativeres Stück Land in Prerow? Das war schon eigenartig. Was könnte man hier alles machen. Sie bremste ihre Gedanken. Ach was, sie hatte Urlaub.
Der Wind wurde immer stärker und Jennifer hörte schon das Meer rauschen als sie ihren Weg fortsetzte.
Kindliche Freude stieg in ihr auf, als sie bei einer runtergekommenen Baracke ankam, in der sie Fahrräder stehen sah. Früher gab es da Lebensmittel. Die Betreiber waren mit ihrer Großmutter befreundet. Die Bude war zwar absolut kein Schmuckstück mehr, nein, das war sie nie gewesen, aber sie war tatsächlich ein reales Stück Vergangenheit. Jennifer hätte nie für möglich gehalten, dass sie sich je über Stillstand in der Entwicklung dermaßen freuen könnte.
He, aber was war das denn? Vor ihr tauchte ein Blockhaus auf. Ein richtiges Blockhaus, wie sie es aus Amerika und Kanada kannte. Ein warmes Licht drang einladend durch die Fenster nach außen. Sie lugte durch die Scheibe in einen gemütlichen Gastraum hinein. Hier hatte wohl ein Karl-May-Leser seine Kindheitsträume verwirklicht und sich ein Stückchen Wilden Westen geschaffen. Das Bild des Försters blitzte kurz vor ihrem Auge auf, aber sie verdrängte es gleich wieder. Nun ist es aber genug, Jennifer, schalt sie sich.
Hatte sie selbst auch so einen Traum? Sie wusste es nicht. Sie fing doch gerade erst an wieder zu leben. Sie würde es herausfinden.
Der Sturm kam donnernd wie ein D-Zug über die Düne gerast und drohte Jennifer regelrecht zu überrollen. Sie musste sich ihm mit aller Kraft entgegen stemmen, um nicht umgeworfen zu werden. Er peitschte das Wasser bis an die Dünen hoch, zerrte an ihrer Jacke, wirbelte ihren Schal durch die Luft und zerzauste ihr das Haar, als wollte er sie mit sich durch die Lüfte nehmen.
Welch eine Gewalt! Was für eine unbändige Energie! Jennifer breitete die Arme aus. Und plötzlich wusste sie, was ihr Vater meinte, als er von der Macht des Sturmes sprach.
Nie würde sie diesen Augenblick vergessen.
Jennifer fühlte sich in diesem Moment so aufgewühlt und glücklich, das musste sie mit jemand teilen.

„Bea, du glaubst nicht, was hier los ist", brüllte sie gegen den Sturm an, der ihre Worte weit über den Strand trug, „es ist der absolute Wahnsinn."
„Wo bist du? Was ist Wahnsinn?"
„Das müsstest du sehen, wie der Wind, ach, was sag ich, der Sturm das Meer aufwühlt. Der schleudert das Wasser hoch und jagt es über den Strand bis hier auf die Düne. Ich fühle mich wie ein Salzhering, der mit dem Westwind tanzt." Jennifer lachte begeistert über den salzigen Geschmack auf ihren Lippen und strich sich das zerzauste Haar aus dem Gesicht.
„Sie tanzen mit Nordost, Lady, nicht West", hörte sie plötzlich eine dunkle Stimme neben sich. Als sie sich zur Seite drehte, war der Mann schon an ihr vorbei.
„Oh, mein Gott…"
Eine Sturmböe trieb noch seinen schrillen Pfiff zu ihr herüber, mit dem er seinen Hund zurück orderte. Sie konnte durch den stiebenden Sand nichts erkennen, aber sie wusste, dass *er* es war.
Auf einmal war ihr der Sturm egal. Die Begeisterung war erloschen.
„Was ist los, Jenny? Ist was passiert?" Bea klang erschrocken.
„Nein, nein, ist schon okay", Jennifer schluckte, „es ist nur, nun, da war gerade dieser Typ wieder …"
Bea unterbrach sie aufgeregt. „Ich glaub es nicht. Du bist noch gar nicht ganz da und hast schon Männerbekanntschaften gemacht?"
„Nein, so ist das nicht", Jennifer wusste nicht, wie sie Bea das erklären sollte, „ach, ich erzähl's dir, wenn ich wieder da bin."
Bea würde vor Neugier fast platzen, das war Jennifer klar. Aber eigentlich gab es ja auch gar nichts zu sagen. Der Förster und sein Hund waren inzwischen so weit weg, dass Jennifer nur noch zwei kleine Punkte erkennen konnte.
Sie fühlte sich plötzlich unheimlich traurig und ihr war kalt. In ihrem Glühwein, in der gemütlichen Gaststube des Blockhauses, flackerte das Bild des Försters und grinste sie auf eine sehr erregende Art an. Jennifer trank schnell aus, um sich von dem Anblick zu befreien. Der heiße Alkohol durchströmte ihren Körper und löste alle Verspannungen. Eine wohlige Wärme und eine schwere Müdigkeit legten sich über sie.
Nur wenig später lag sie in ihrem Bett und schlief traumlos bis in den Vormittag hinein, während der Sturm ums Haus pfiff und die Wolken vertrieb.

Ein strahlend blauer Himmel erwartete sie. Was für ein Urlaubsmorgen. Voll Vorfreude auf diesen Tag sprang Jennifer aus dem Bett und saß schon kurze Zeit später im sonnigen Wintergarten der Pension. Das Frühstücksbüfett war große Klasse. Sie ließ sich ihren Kaffee und die frischen Brötchen schmecken und las nebenbei die Ostseezeitung. Vor allem die Lokalseite mit den Informationen zu Prerow und Umgebung interessierten sie.
Na, das war ja ein Ding. Jennifer faltete die Zeitung etwas zusammen, um besser lesen zu können.
Während der Gemeinderat in Prerow seit Jahren einen unermüdlichen Kampf gegen Windmühlen jeder Art führte, schöpften die Zingster alle nur erdenklichen Fördergelder ab und bauten, was das Zeug hielt. Für Prerow blieb nichts übrig.
Bea, du hast wohl doch Recht gehabt.
Jennifer las weiter. Es wurde darüber berichtet, dass Zingst nunmehr seine letzte Straße fertig saniert hatte, während Prerow nicht mal die Eigenmittel für Notreparaturen aufbringen konnte. Oh ja, das hatte sie ja gestern am eigenen Leibe zu spüren bekommen. Den Bernsteinweg konnte man ja wohl kaum Straße nennen. Ihr fielen ihre schmutzigen Sachen ein. Ob es hier im Ort wohl eine Reinigung gab?
Jennifer legte die Zeitung beiseite. Sie würde sich selber ein Bild von allem machen. Mit den Journalisten war das ja immer so eine Sache.
Sie blickte aus dem Fenster ihres Zimmers und sah gerade noch den grünen Jeep von gestern vorbei fahren. Der schien tatsächlich von hier zu sein. Na, den würde sie schon noch erwischen. Sie war immer noch wütend auf ihn, und das würde sie ihm deutlich klar machen, wenn sie ihn traf, den Rowdy.
Zufrieden stellte sie fest, dass ihre unfreiwillige Dusche am Abend keine Flecken hinterlassen hatten. Es war nur Sand an den Sachen, der sich einfach abbürsten ließ.
Jennifer entschied sich, zu Fuß zu ihrem Haus zu gehen. Sie starrte auf den Haustürschlüssel in ihrer Hand und zögerte. Das Wetter war so phantastisch, vielleicht sollte sie lieber erst einmal den Ort besichtigen, am Strand spazieren gehen oder …?
Ihr Telefon riss sie aus den Gedanken.
„Jenny, du hast mich total verrückt gemacht. Ich habe die ganze Nacht nicht geschlafen vor Neugier.“ Beas Stimme schwappte wie ein Wasserfall über Jennifer hinweg. „Na los, erzähl schon.“
„Was soll ich erzählen?“ Jennifer tat ahnungslos und trieb Bea damit bald in den Wahnsinn.

„Also weißt du“, Bea reagierte empört, „erst solche Andeutungen machen und dann nichts sagen. Also raus mit der Sprache, was ist das für ein Typ, der dich da gestern so aufgeregt hat.“
„Ach, Unsinn, du solltest es besser wissen. Du warst es doch, die gesagt hat, hier könnte es keine vernünftigen Männer geben.“ Jennifer versuchte, Bea zu beschwichtigen. Sie wollte ihr auf gar keinen Fall von dem Förster erzählen. Sie verstand ja selbst nicht mal, was da in ihr vorgegangen war. Wie sollte Bea das dann kapieren.
„Die einzigen Männer, die ich gestern zu Gesicht bekommen habe, spielen tatsächlich in der untersten Liga. Der eine hat mir fast mein Auto kaputt gefahren, der nächste trug Quietschenten auf seinem Schlips und der dritte …, ach, vergiss es. Du brauchst dir also keine Gedanken zu machen.“
„Du verschweigst mir was, das merke ich ganz genau.“
„Nein, Bea“, Jennifer lenkte sachte ab, „ich gehe jetzt übrigens zum Haus.“
„Was für ein Haus?“
„Das Haus meiner Großeltern. Das heißt, das, was davon noch übrig ist.“
„Ihr habt ein Haus in Prerow? Ich werd verrückt. Und da warst du gestern noch nicht? Oh, ich hätte es nicht ausgehalten. Das ist doch spannend. Ich wäre so gern dabei.“
„Warum bist du denn nicht mit gekommen?“
„Darf ich dich daran erinnern, dass du mich nicht gefragt hast“, antwortete Bea beleidigt.
Jennifer überlegte. Sie hatte an diese Möglichkeit keinen Moment gedacht. Vielleicht wäre alles viel einfacher? Außerdem hätten sie bestimmt einen Heidenspaß zusammen. Aber nein, hier ging es um ihr eigenes Leben. Diesen ersten Schritt musste sie allein machen.
„Bea, wir fahren im Sommer her. Vielleicht kann Karin sich auch ein paar Tage frei machen. Was hältst du davon?“, fragte Jennifer mit zuckersüßer Stimme. „Und ich werde dir auch alles haarklein erzählen, wenn ich wieder da bin. Ehrenwort.“
Jennifer schnappte sich ihre große Tasche, packte Telefon und Schlüssel ein und machte sich auf den Weg.
Als sie aus dem Haus trat, sah sie, dass die Pfützen überall fast weg getrocknet waren.

Das Gartentor quietschte, als Jennifer es vorsichtig aufschob. Erschrocken sah sie sich um. Sie kam sich vor wie ein Eindringling. Hätte sie sich erst beim Nachbarn melden sollen, damit der nicht denkt, dass jemand hier unrechtmäßig herum schnüffelt? Es war niemand zu sehen. Jennifer konnte

sich nur sehr schwach an Grells erinnern. Die Frau war eine sehr füllige Person. Reni und sie hatten, um Frau Grell zu imitieren immer die Wangen ganz dick aufgeblasen. Dafür glich er eher einer Bohnenstange. Sie grinste über diesen kindlichen Vergleich, aber genau so hatten Reni und sie das damals gesehen.
Langsam ging Jennifer die paar Schritte auf das Haus zu. Es war viel kleiner, als sie es in Erinnerung hatte und es duckte sich verschämt in den ungepflegten Garten hinein. Dazu hatte es auch allen Grund. Aus dem graue Schilfdach wehten trockene Halme heraus und ließen ausgefranste Löcher zurück. Die Fensterläden hingen schief in verrosteten Scharnieren und stießen leise gegen die Hauswand, deren Farbe ausgerupften Blütenblättern gleich vom Wind getragen über den Hof wehte. Das Haus flehte um Hilfe.
Jennifer hörte es, und ein Gefühl von Liebe, Mitleid und ungebrochener Zusammengehörigkeit erfüllte sie. Es war, als würde ein Sturm sie zum zweiten Mal mit sich reißen, nur leiser. Diese Empfindung war so stark, dass sie darauf wartete, dass sich die Tür öffnen und Oma ihr mit ausgestreckten Armen entgegen kommen würde. Sie konnte nichts gegen die Tränen machen, die ihr schon wieder über die Wangen rollten.
Energisch wischte Jennifer sie mit dem Handrücken weg und ging zur Tür. Ja, sie kam spät, aber nun war sie hier. Sie würde dem Häuschen sein Leben zurückgeben und dann weiter sehen. Vielleicht würde sie es doch nicht verkaufen. Sie konnte es vermieten und von Zeit zu Zeit auch mal allein herkommen.
Jennifer hielt krampfhaft den Schlüssel fest und entschied sich dann doch erst einmal, um das Haus herum zu gehen. Es barg keine weiteren Überraschungen, es wirkte von allen Seiten gleichermaßen traurig.
Sie versuchte vergeblich, den Schlüssel herumzudrehen. Er ruckte und rührte sich nicht. Das Schloss schien vollkommen verrottet oder eingerostet zu sein.
„He, Sei do! Wat hem Sei do tau seuken?“ Eine barsche Stimme herrschte sie an.
Jennifer drehte sich um und erkannte Herrn Grell. Er war noch genau so dünn wie früher, vielleicht ein bisschen kleiner. Er sah sie prüfend an.
Jennifer ging auf ihn zu und streckte ihm die Hand entgegen. Er reagierte nicht.
„Guten Morgen, Herr Grell.“
„Gauden Moin?“ Er blickte strafend auf die Uhr. „Denn möten sei ok moins komm“, brummte er. „Wer sünd Sei egentlich un wat willn Sei?“

Jennifer lächelte verlegen. „Ich habe Urlaub“, sagte sie entschuldigend. „Ich bin Jennifer Dorn, die Enkeltochter von Johanna und Emil Scharmberg.“
Grell sah sie ungläubig an. „De lütt Jenny?“ Er kniff die Augen etwas zusammen und musterte sie, als wenn er nach Ähnlichkeiten mit dem Kind suchte, an das er sich erinnern konnte und nickte dann billigend.
„De ollen Lüd häm domols tämlich lang up Sei teuft“, grummelte er vorwurfsvoll. „Wat is, kriegen Sei dei Dör nich up? Is allens düchtig runner komm in de välen Joren. Keen een hat sich um det hus kümmert.“
Jennifer hatte Mühe, ihn zu verstehen und ärgerte sich über sein unfreundliches Gemurre. Was ging ihn das an, dass sie so lange nicht hier war. Und wenn er hundert Mal Recht hatte. Aber da sie ihn brauchte, machte sie gute Mine zum bösen Spiel und ging freundlich auf ihn zu.
„Ja, das Schloss klemmt wohl. Könnten Sie mir wohl helfen?“ Sie spielte die Rolle der hilflosen Frau perfekt. Das hatte sich schon an Tankstellen, beim Einparken oder in anderen kniffligen Situationen als praktisch erwiesen. Jennifer gehörte nicht zu den Frauen, die den Eindruck erwecken mussten, alles allein zu können. Emanzipation ja, aber nicht um jeden Preis. Das funktionierte auch hier. Grell stemmte seinen ausgemergelten Körper mit ganzer Kraft gegen die Tür, bis sie knarrend nachgab.
Jennifer beobachtete ihn dabei. Er war deutlich jünger als ihre Großeltern, musste aber inzwischen auch schon über achtzig sein. Er war ein guter Freund von Oma und Opa gewesen, konnte sie sich erinnern. Vielleicht war er ja doch ganz nett.
„Ick heff noch son Schlossspray tu Hus“, er schnaufte, „dat hol ick Sei mol.“ Ein flüchtiges Lächeln, kaum wahrzunehmen, erhellte für Sekunden sein Gesicht, ehe er durch eine kleine Pforte zu seinem Grundstück rüber schlurfte. Jennifer wusste, dass diese Geste der Freundlichkeit einer Fremden gegenüber schon einem gewaltigen Privileg gleichkam. So waren die Menschen hier, eher verschlossen und unnahbar, aber im Fall der Fälle doch für den anderen da. Oder sah er in ihr womöglich gar keine Fremde?
Nun stand sie allein vor der halb geöffneten Tür. Nur noch ein Schritt. Sie zögerte eine Sekunde. Oma, ich bin wieder da, dachte sie und trat in den kleinen dunklen Flur, in den nur durch ein winziges Fensterchen und den Türspalt Licht hinein fiel.
Sie nahm den muffigen Geruch nicht wahr. Sie war auf einmal wieder zwölf, kam herein gestürmt und sog den Duft von frischen Pfannkuchen ein. Ihre Oma stand in ihrer bunten Kittelschürze in der Küche, das Mehl bis an die Ellenbogen und im ganzen Gesicht verteilt und lachte.

„Da bist du ja endlich, Jennilein. Lauf und hol Opa rein. Er ist bei den Kaninchen."
Jennifer sah sich hinters Haus rennen. Es war eine glückliche Zeit.
„Fru Dorn", Grell steckte den Kopf zur Tür rein und riss sie aus ihren Träumen, „jetzt soll dat wedder gohn." Wie zur Erklärung hielt er das Schlossspray in die Höhe und wendete sich schon wieder zum Gehen ab.
„Herr Grell", Jennifer hielt ihn am Jackenzipfel fest, „Dankeschön, ich wollte mich bedanken", sagte sie schüchtern.
Er winkte mürrisch ab. „Wulln Sei länger blieben?" Er schaute sich skeptisch in dem baufälligen Haus um. „Is fäl tu daun hier. Sei wulln doch nich övernacht do blieben?"
„Nein, nein, ich wohne in einer Pension. Ich bin nur für ein paar Tage hier."
Grell schaute sie prüfend an, als wollte er ihre Gedanken lesen.
„Aber ich komme bestimmt wieder", beeilte Jennifer sich zu sagen.
Er nickte zufrieden mit dem Kopf, als wollte er genau das hören. Warum fühlte sie sich dem Mann gegenüber schuldig? Sie hatte sich vor ihm nicht zu rechtfertigen, und doch wollte sie, dass er nicht schlecht von ihr dachte. Sie verstand sich selbst nicht.
„Na, wenn Sei mol 'n Rot bruken oder so, min Söhn künn En helpen." Damit meinte er wohl, genug gesagt zu haben und ließ Jennifer allein.
Der Zauber der ersten Minuten war verflogen. Weg waren Oma und die Pfannkuchen. Was blieb, waren der muffige Geruch, das Halbdunkel und eine unheimliche Stille.
Jennifer tastete sich wie blind durch die finsteren Räume und suchte nach den Lichtschaltern. Dann öffnete sie die klapprigen Fenster und die verrotteten Fensterläden.
Mit dem plötzlich einfallenden Sonnenlicht begann das Haus sich nach allen Seiten zu recken und zu strecken und Jennifer glaubte, es knacken und knirschen zu hören, als würde es aus dem Dornröschenschlaf erwachen.
Jetzt konnte sie erst einmal eine Bestandsaufnahme machen. Seltsam, nichts schien verändert. Die Zimmer sahen aus wie damals, sie waren nur deutlich kleiner als in ihrer Erinnerung. Die gleichen großgemusterten Tapeten drückten die Wände zusammen, der alte Läufer, den der Kater damals angefressen hatte, kroch nach wie vor über den Fußboden und dieselben Möbel posierten angeberisch vor ihr.
Jennifer hörte Papa noch, der Oma und Opa immer wieder davon überzeugen wollte zu renovieren und sich neu einzurichten, aber die beiden hatten nur abgewinkt und gemeint, das würde sich für sie nicht mehr lohnen.

Mutti hatte dabei gesessen und gar nichts gesagt. Es hat sie nicht interessiert, aber das begriff Jennifer erst sehr viel später.
Jennifer öffnete eine schmale Tür, die vom Schlafzimmer in ein kleines Badezimmer führte. Also doch etwas Neues. Sie musste sich früher noch in der Küche waschen. Ein Mal in der Woche wurde in der Waschküche hinterm Haus der große Kessel für Badewasser angeheizt. Jennifer kippte das winzige Fenster an, damit auch hier frische Luft rein kam. Ein prüfender Blick sagte ihr, dass nichts bleiben konnte wie es war. Oh Gott, diese hässliche blaue Ölfarbe an den Wänden, und die stumpfen grauen Fußbodenfliesen, nein, das war ja ganz schrecklich.
Jennifer gelangte in ein weiteres Schlafzimmer, eher eine winzige Kammer. Mehr war es nicht.
Das war ihr eigenes kleines Paradies gewesen. Ein Bett, ein Nachttisch und ein Schränkchen.
Jennifer lehnte sich an den Türrahmen. Hier hatte sie oft bis in die Nacht hinein heimlich gelesen und sich eingebildet, Oma hätte es nicht gemerkt. Sie lächelte. „Pietro, der Schmuggler" war der erste „Mann", mit dem sie das Bett geteilt hatte. Wie hatte sie diese alte abgegriffene Schwarte geliebt. In der Geschichte ging es um ein Mädchen, deren Vater sie aus Sorge um ihr Wohlergehen als Sohn ausgab und großzog. Sie schloss sich als Jüngling den Schmugglern an und erfuhr dort ihre erste Liebe, hin und her gerissen zwischen ihrer versteckten Identität und ihren wahren Gefühlen.
Das Buch triefte vor Herz-Schmerz-Rührung, aber es weckte in Jennifer eine große Sehnsucht nach eben solcher romantischen Liebe. Eines Tages.
Später musste sie erkennen, dass das Leben kein Liebesroman war, sondern eine meist sehr nüchterne Angelegenheit.
Sie kam in das Wohnzimmer. Eine breite Schiebetür trennte es von der Veranda. Die hatte sie ganz vergessen. Natürlich, nur im Winter saßen sie im Wohnzimmer. Da, der große runde Tisch, an dem sie abends immer Kanaster spielten. Oma schummelte perfekt wie ein Hütchenspieler, wie hätte sie sonst immer alle Joker bekommen können. Aber wie sie das gemacht hat, war Jennifer bis heute nicht klar. Jennifer lachte leise.
Im Sommer fand das Leben in der Veranda statt. Sie schob die Tür auf. Was für ein wunderschöner Raum, drei Seiten nur Fenster, Sonne von mittags bis spät abends. Sie drehte sich zum Wohnzimmer um und überlegte, wie es wohl wäre, die Tür raus zu nehmen und so einen großen hellen Raum zu bekommen. Andererseits, wenn es draußen schneite, im Wohnzimmer mit dem Rücken am Ofen sitzen, gab es etwas Herrlicheres? Aber wo waren die Öfen? Damals gab es in jedem Raum einen. Einen gelben

hier, einen grünen im Schlafzimmer, und die Küche wurde mit dem Kohleherd geheizt. Der war auch weg. Die Zentralheizung hat die alte Gemütlichkeit abgelöst. Jennifer trauerte einen Moment der molligen Wärme nach, die die Kachelöfen verbreitet hatten. Aber sie wollte ja selbst zu jeder Zeit und möglichst bequem ein warmes Haus haben. Nur nicht frieren! Also musste auf jeden Fall auch Gas her. Sie stutzte. Würde sie überhaupt jemals im Winter hier sein? Würde sie überhaupt wieder kommen? Sie tat ja gerade so, als wollte sie hier Wurzeln schlagen.

Die winzige Küche neben dem Wohnzimmer hatte einen eigenen Zugang zur Veranda. Hier schien morgens keine Sonne herein, aber dafür dann den ganzen Tag lang.

Jennifer legte den Kopf schräg und überlegte. Ich könnte mir ja im Schlafzimmer einen kleinen Tisch ans Fenster stellen und dann dort mit der Sonne den ersten Kaffee trinken.

Schon wieder sah sie sich in der Zukunft hier. Es gelang ihr nicht, zu ihrer gewohnten Sachlichkeit zurück zu finden. Von Euphorie gepackt, hätte sie am liebsten sofort angefangen auszuräumen und umzubauen, aber sie wusste, dass dieses Unterfangen gute Vorbereitung brauchte.

Sie schaute auf die wurmstichigen Schränke und Kommoden. Alles was für den Sperrmüll. Aber erst einmal würde sie auf jeden Fall alles durchsuchen. Vielleicht gab es doch noch ein paar Sachen von Oma und Opa, die sie behalten wollte?

Sie hörte ein Auto auf den Hof fahren. Nanu, wer hatte außer ihr hier etwas zu schaffen? Sie ging vor die Tür, um den Eindringling entsprechend zu begrüßen.

Ein großer schlaksiger Mann, dem die Arbeitshose in die Kniekehlen zu rutschen schien kam auf sie zugelaufen, und ehe sie begriff, was geschah, nahm er sie in die Arme und wirbelte sie lachend herum.

„Jenny, du bist wieder gekommen! Mensch, du glaubst gar nicht, wie ich mich freue. Lass dich ansehen, oh Mann, siehst du Klasse aus."

Jennifer versuchte sich aus dem festen Griff des Mannes zu befreien. „Was fällt Ihnen ein, Sie…", aber in dem Moment erkannte sie ihn. Georg, Georg Grell, der Nachbarssohn, der Spielgefährte aus Kindheitstagen.

„Oh mein Gott", stotterte Jennifer.

„Nein", erwiderte er strahlend, „nicht Gott. Georg, dein Seelentröster und Höhlenbauer, erinnerst du dich nicht?"

„Ich weiß gar nicht, was ich sagen soll", Jennifer war total überrascht. Jetzt fiel ihr alles wieder ein. Dass sie vorhin, als Herr Grell von seinem Sohn sprach nicht gleich an Georg gedacht hatte. Er war mit ihr und Reni durch

dick und dünn gegangen, kein Unfug, den sie nicht zusammen angestellt hätten. Wie konnte sie ihn nur vergessen.
Sie sah zu ihm hoch. „Georg, entschuldige, aber ich muss zugeben“, hilflos schlug sie die Augen nieder, „mit dir hab ich gerade gar nicht gerechnet.“ Sie wollte ihm nicht eingestehen, dass er bis eben eine Lücke in ihrem Gedächtnis war. Aber nun sah sie die Bilder vor sich. Georg, der im Wald die schweren Äste für ihr Baumhaus heranschleppte, der im Konsum eine Tüte Bonbons für sie klaute und der sie auf seinem Fahrrad mitnahm. Die Anspannung fiel von ihr ab. Sie lachte befreit auf und erwiderte seine herzliche Umarmung.
„Ich fasse es nicht, mein Freund Georg. Klaust du immer noch Süßigkeiten und versteckst sie in der Höhle im Wald?“, neckte sie ihn verschwörerisch.
Er legte den Arm um ihre Schulter. „Oh nein, heute entführe ich vornehme Frauen, am liebsten welche aus Berlin, und erpresse Lösegeld. Na komm, Kleine“, so hatte er sie früher immer schon genannt, „ich nehme mal an, in dieser Hütte gibt’s keinen Kaffee für uns? Ich lad dich ein.“ Er drückte sie etwas fester an sich. „Höchste Zeit zu hören, wie’s dir geht, was du in all den Jahren so getrieben hast. Ich konnte es gar nicht glauben, als mein Vater eben sagte, dass du da bist. Mann, du warst eine Ewigkeit weg.“
Jennifer hätte heule können vor Glück. Sie hatte sich damals davon gestohlen, ihre Großeltern und ihre Freunde einfach so zurück gelassen und sich nicht mehr gemeldet. Und nun kam er und tat, als wären all die Jahre nicht gewesen. Er nahm sie einfach in den Arm und alles war gut.
„Unsere Milchbar gegenüber gibt es nicht mehr“, sagte sie mit erstickter Stimme.
„Nein. Komisch, nach der Wende wollte sie plötzlich keiner mehr haben. Wenn ich daran denke, wie wir uns die Beine in den Bauch gestanden haben, um an eine Kugel Eis zu kommen, und dann auf einen Schlag war alles anders.“ Er schüttelte den Kopf. „Na los, Eis gibt’s da nicht mehr, aber tausend Sorten Tee und Kaffee natürlich auch. Die backen ihren Kuchen selber. Das machen die richtig gut.“
Er schob Jennifer sachte beiseite, schloss die Tür, drückte ihr den Schlüssel in die Hand und zog sie mit sich.
Aus der alten langweiligen Milchbar war ein Schmuckstück geworden. Die „Teeschale“. Das Kleine Haus mit dem Schilfdach und der Veranda dran sah aus, als hätte es genau so schon vor hundert Jahren hier gestanden. Dass ihr das gestern gar nicht aufgefallen war. Aber da hatte sie ja, verheult wie sie war, nur nach ihrem Haus Ausschau gehalten.

Sie saßen sich in der gemütlichen Teestube gegenüber. Jennifer musterte Georg. Seltsam, dass ein Mensch dreißig Jahre älter werden und sich trotzdem kaum verändern konnte. Er hatte immer noch die weichen Gesichtszüge und scheinbar kaum Bartwuchs. Schlagartig tauchte das Bild des unrasierten Försters vor Jennifers Auge auf. Sie merkte, dass sie wieder knallrot anlief.
„Irgendwas nicht in Ordnung? Geht es dir nicht gut?"
„Nein, nein, ich musste nur gerade an etwas denken." Dankbar griff Jennifer den Faden auf. „Nein, mir geht's blendend. Ich frage mich nur, wie habe ich es nur so lange ohne Prerow ausgehalten. Bitte, erzähl mir, wie geht es dir, was machst du? Bist du verheiratet? Hast du Kinder?"
„Langsam, langsam Jenny, eigentlich wollte ich dich ausfragen, erinnerst du dich?" Heiter lehnte er sich zurück und wartete geduldig, dass sie zuerst sprach.
Anfangs noch etwas unsicher, begann sie in kurzen Zügen ihr Leben zu schildern. Aber dann sprudelten die Worte wie von selbst aus ihr heraus. Es war wie früher, sie erzählte, Georg hörte zu.
Er unterbrach sie nicht ein Mal, bis sie ihren Bericht beendet hatte.
„Wir sollten deinem Mann einen Blumenstrauß schicken oder besser noch, seiner neuen Flamme. Hat sie gut gemacht, meine ich. Sonst wärst du vielleicht nie mehr zurückgekommen."
„Na höre mal. Ich bin ja auch froh, hier zu sein, aber deswegen hätte ja nicht gleich mein ganzes Leben den Bach runter gehen müssen."
„Wer weiß das schon, vielleicht stellt sich das viel mehr als Glücksfall heraus." Georg grinste frech.
„Hey, du willst mich doch wohl nicht anbaggern?", lästerte sie.
„Na, wenn ich dich so ansehe, könnte ich glatt in Versuchung geraten."
„Genug, genug", Jennifer lachte. Sie war so erleichtert, dass es so unkompliziert zwischen ihnen war. „Ich möchte dich so vieles fragen, aber als erstes", sie knetete nervös ihre Hände und machte eine kleine Pause, als traute sie sich nicht weiter zu sprechen, „sag mal, ist Reni noch hier in Prerow?" Ihr Gesicht sprach Bände von schlechtem Gewissen. „Ich habe nämlich nicht nur dich sträflich vernachlässigt, sondern auch sie", flüsterte sie schuldbewusst.
„Na, das will ich doch hoffen, dass sie noch hier ist. Heute früh war sie es auf jeden Fall." Georg lachte schallend über Jennifers erstaunten Blick. „Wir sind fast fünfundzwanzig Jahre miteinander verheiratet."
Die Überraschung war gelungen.

„Oh Georg, du glaubst gar nicht, wie ich mich darüber freue“, Jennifer versagte beinahe die Stimme. Ihre beiden Jugendfreunde waren ein Paar.
„Wo ist sie? Ich muss sie unbedingt sehen“, Jennifer sprang von ihrem Stuhl hoch, dass er fast umfiel. Jetzt hatte sie keine Angst mehr vor dem Wiedersehen, im Gegenteil, sie konnte es kaum noch erwarten.
„Nun mach mal langsam, Kleine“, Georg zog sie auf ihren Stuhl zurück. „Meine Frau trägt sich selbst“, sagte er lachend, „sie ist auf Arbeit. Einer muss schließlich das Geld verdienen, während ich hier sitze und feine Damen aus der Großstadt unterhalte. Sie führt hier ein kleines Reisebüro, gleich neben der Kurverwaltung…“
„Da war ich gestern schon. Ich fasse es nicht, da hätten wir uns glatt über den Weg laufen können.“ Jennifer konnte es kaum glauben. Ihr Gesicht glühte vor Aufregung. Aber dann sah sie Georg verunsichert an.
„Werde ich sie wieder erkennen?“, fragte sie ein wenig zaghaft.
Georgs Gesicht leuchtete auf und Jennifer sah die Liebe darin, als er an seine Frau dachte. „Unbedingt.“
Dann wurde er ernst. „Aber mal was anderes. Mein Vater meinte, du willst vielleicht was an dem Haus machen lassen?“
Jennifer schmunzelte. „So, sagt er das?“ Der schlaue Fuchs hatte sie doch gleich durchschaut.
Sie drehte die Teetasse in ihrer Hand herum. „Um ehrlich zu sein, als ich gestern hier ankam, dachte ich, ich würde ein letztes Mal nach meiner Kindheit gucken und dann alles für den Rest meines Lebens hinter mir lassen.“ Sie nippte an ihrem Tee. „Stell dir vor, ich war noch gar nicht richtig in Prerow angekommen, da hat mich an der einen Kreuzung doch so ein Ungetüm von Jeep fast aufgeraucht. Da war ich schon bedient und wäre am liebsten sofort umgekehrt.“
„Grün?“
„Was?“
„Ich meine, war es ein grüner Landrover?“
„Landrover? Weiß nicht, aber grün war er. Wieso, kennst du ihn? Dann kannst du ihm schon mal schöne Grüße bestellen, ich werde ihm…“, ach, sie wusste nicht, was sie tun wollte, aber Georg verstand sie auch so.
„Und etwas später meinte dann ein LKW, mich auf eurem tollen Bernsteinweg von oben bis unten nass spritzen zu müssen. Ich kann dir sagen, ich hatte die Nase gestrichen voll.“ Jennifer nahm einen Schluck von dem heißen Tee. „Aber dann“, verträumt blickte sie durch das Fenster in die Sonne, „dann war da der Sturm, als ich an den Strand kam.“ Sie sah Georg an. „Von dem Moment an war alles anders.“

Georg verstand. „Oh Herr, ich danke dir, dass du uns den Sturm geschickt hast." Er hob schelmisch die Augen nach oben. „Ja, der Nordost!" Er machte eine bedeutungsvolle Pause, bevor er weiter sprach. „Also das Haus. Ich kann dir da helfen, wenn du willst."
„Du hast wohl sonst nichts zu tun?"
„Na ja, nicht so richtig. Ich habe jahrelang bei der Forst gearbeitet. Bis der Unfall passierte. Danach konnte ich die schwere Arbeit nicht mehr Tag für Tag machen. Ich bin jetzt selbständig, mache kleinere Arbeiten an Häusern und halte Grundstücke in Ordnung. Du siehst, ich bin der richtige Mann für dich."
„Was für ein Unfall?" Jennifer guckte erschrocken.
„Wenn du große Bäume fällst, da kann schon mal was schief gehen. Aber ich habe noch Glück gehabt." Georg wollte nicht darüber reden, schien es Jennifer.
„Das Haus ist in einem furchtbaren Zustand."
„Na ja, da ist schon noch Hilfe dran", Georg war zuversichtlich.
„Aber du wirst das nicht allein machen können."
„Nein, ganz sicher nicht alles, aber ich habe Freunde, die alle zwei rechte Hände haben. Unter anderem einen mit einem grünen Landrover." Er lächelte verschmitzt.
Jennifers Blick verfinsterte sich kurz, aber dann dachte sie an die viele Arbeit.
„Kannst du dir alles Mal in Ruhe angucken und mir sagen, was da so auf mich zukommt? Möglicher weise muss ich erst noch schnell im Lotto gewinnen."
„Mein Vater hat den Zweitschlüssel. Ich kümmere mich darum. Wie lange bleibst du?" Er sah sie erwartungsvoll an.
„Ich hab eine Woche Urlaub."
„Was, eine Woche nur?"
„He, ich bin hier. Ist das nichts?"
„Okay, okay. Heute Abend kommst du erst mal zu uns zum Essen. Ich werde Reni nichts verraten. Sie wird Augen machen." Er freute sich höllisch und rieb sich die Hände. „Aber jetzt muss ich erst mal wieder was tun. Müllers Hecke ruft." Er stand auf. "Ich hole dich halb sieben ab. Wo wohnst du überhaupt?"
„Ich bin in der Pension ‚Linde' untergeschlüpft."
„Gute Wahl, aber warum bist du nicht gleich zu uns gekommen? Na, das klären wir später."

Jennifer sah ihm hinterher, als er mit seinem kleinen Transporter davon brauste. Ihr Freund Georg.

Sie stand unschlüssig auf der Straße. Sie konnte anfangen, im Haus aufzuräumen, aber andererseits war das Wetter eigentlich zu schön, um im Mief vergangener Jahre zu wühlen. Sie entschied sich zu einem Spaziergang. Schließlich wollte sie etwas von Prerow sehen.
Jetzt, wo sie zu Fuß durch die Straßen lief, fielen ihr die vielen neuen Gebäude erst richtig auf. Die meisten schienen nach der Wende entstanden zu sein. Von dem Grau damaliger Zeit war so gut wie nichts übrig geblieben. Nur ganz wenige ältere Häuser schmückten sich noch mit der tristen DDR-Farbe.
Und wie viele Restaurants es inzwischen gab. Jennifer erinnerte sich an die Ferienheime, in denen die Urlauber damals verpflegt wurden. Und dann gab es da noch ein paar kleinere Kneipen. Aber Oma und Opa waren da nie mit ihr hin gegangen. Gegessen wurde zu Hause. Jennifer liebte es, außer Haus zu essen. Nein, zum Italiener wollte sie in Prerow nicht, und türkisch oder asiatisch kamen hier für sie genau so wenig in Frage.
An der Ostsee aß man Fisch.
Dort, in das kleine Restaurant mit dem Schilfdach, „Klönsnack“ stand auf dem Schild, würde sie schon gern mal gehen. Sie schaute auf die Speisekarte im Aushang und das Wasser lief ihr im Mund zusammen. Hierher würde sie Reni und Georg einladen.
Sie bog in die Grüne Straße ein. Zwei alte Männer standen am Gartenzaun und unterhielten sich lautstark, der eine auf seine Pforte gelehnt, der anderer stütze sich auf ein altes klappriges Fahrrad. Sie schimpften über volle Papierkörbe, Löcher in Straßen und darüber, dass wieder mal die Falschen an der Macht waren. Überall dasselbe.
Die Zahl der Ferienhäuser nahm kein Ende. Wenn die im Sommer alle belegt waren, was musste dann hier los sein.
Die Grüne Straße zog sich unendlich hin, so dass Jennifer sich entschied umzukehren. Sie wollte sich am nächsten Tag ein Fahrrad ausleihen. Sonst würde ihre Woche wohl nicht ausreichen, um Prerow zu erkunden.
Vor dem Edeka- Markt sah sie schon von weitem den grünen Jeep auf der Straße stehen. Was hatte Georg gesagt, ein Landrover? Ach was, Jeep ist Jeep. Als sie näher kam, hörte sie Musik aus dem Auto dröhnen. Plötzlich blieb ihr fast die Luft weg. Diese dunklen Töne, die bis tief in den Bauch vordrangen, den Puls zum Rasen brachten und ihr eine Gänsehaut verpassten kannte sie doch. Bruce Springsteens *tougher than the rest.* Bea hatte Recht,

bei dieser Musik konnte einem wirklich alles passieren. Jennifer verlangsamte ihre Schritte. Schon wieder drängelte sich das Bild des Försters wie ein Schnappschuss in ihr Bewusstsein, aber sie rief sich zur Ordnung. Er war doch gar nicht ihr Typ. Warum also ausgerechnet der? Aber wem gehörte das Auto?

Sie sah sich um. Niemand zu sehen. Verstohlen warf sie einen Blick ins Innere des Wagens. Da lag ein Haufen Gerümpel herum, und eine Generalreinigung hätte ihm sicher auch mal nicht geschadet, aber es gab keinen Hinweis auf den Besitzer. Jennifer überlegte. Sie konnte hier warten, schließlich hatte sie ja noch ein Hühnchen mit dem Kerl zu rupfen. Andererseits, konnte sie mit jemandem streiten, der solche Musik hörte? Zerknirscht entschied sie sich weiter zu gehen. Mit jedem Schritt, den sie sich entfernte, fühlte sie sich ein wenig mehr verloren, dabei war es doch nur Musik. Oder? Eigentlich hätte sie gern noch einmal zurück geschaut, aber sie erlaubte es sich nicht. Wer war sie denn, dass sie so einem Strolch auch noch Aufmerksamkeit zukommen ließ.

Beas kleine Teufel redeten wild auf sie: „Los, schnapp ihn dir. Sag ihm, was du von ihm hältst. Mach ihn fertig!“ Aber Karins Engel hielten sie davon ab. „Jenny, da stehst du doch drüber. Außerdem hatte er doch nun mal Vorfahrt.“

Jennifer drehte sich nicht um, als sie den Motor des Jeeps aufheulen hörte. Sie war verunsichert, erkannte sich nicht wieder. Was war los mit ihr? Prerow brachte sie total durcheinander. Wo war die starke, selbstbewusste Jennifer, die immer ganz genau wusste, was sie wollte? Nur, weil sie auf den Spuren ihrer Kindheit wandelte, musste sie doch nicht wieder zu einem kleinen dummen Mädchen werden.

Als sie am „Strandeck“ vorbei kam, schweifte ihr Blick dann doch wie zufällig über die Terrasse. Er war nicht da.

„Ich bin verrückt“, sagte sie zu sich selbst.

Sie spazierte über den Deich, am Strom vorbei, bis sie zu den kleinen Buden kurz vorm Strand kam, die dem Weg seinen Namen gaben. Budenstraße. Auch hier schien die Zeit stehen geblieben zu sein. Viel hatte sich nicht verändert. Sogar die Zeichnungen von Gerhard Vontra waren noch die Selben, die sie aus ihrer Kinderzeit kannte. Das wusste sie deshalb so genau, weil eine Freundin von ihm, die ihm häufig Modell gesessen hatte, damals öfter bei ihren Großeltern zu Besuch war.

Oma und Opa. Immer wieder drängte sich die Erinnerung an die beiden mahnend in ihr Gedächtnis. Aber Jennifer war noch nicht bereit, ihr Grab

zu besuchen. Das redete sie sich zumindest ein. Es war wohl eher so, dass sie sich einfach davor drückte.
Schnell ging sie weiter.
Da war ja auch der Laden mit den tausend kleinen Dingen, die die Welt nicht braucht, aber an dessen Scheiben sich Jennifer als Kind immer die Nase platt gedrückt hatte. Das Angebot hatte sich nicht verändert und am Haus nagte gewaltig der Zahn der Zeit.
Andere hatten aus ihren Buden wahre Schmuckstücke gemacht. Zauberhafte kleine Läden boten Schmuck, Bücher, Kunstgewerbe und Leckereien an.
Aber was war denn aus dem Dünenhaus geworden? Irene und sie hatten damals gemeinsam davon geträumt, endlich alt genug zu sein, um auch zum Zeltlerball gehen zu dürfen. Sie dachte an die wilden Geschichten, die man sich von diesen Abenden erzählte, von barfuss auf den Tischen tanzenden barbusigen Frauen und einem ungezügelten Gefühl von Freiheit, was auch immer das bedeuten mochte.
Aber dieses Dünenhaus hatte mit dem, das sie kannte nichts mehr gemein. Ihr fiel auf, dass es geschlossen war.
Gut für das Restaurant gegenüber, das mit seiner großen Dachterrasse seinem Namen „Seeblick“ alle Ehre machte. Da saß man beim Sonnenuntergang wirklich in der ersten Reihe. Früher befand sich in diesem Gebäude unter anderem das Warmbad des Ortes. Jennifer war mit Irene ein paar Mal dort gewesen. Ihr gefiel die traditionelle Bäderbauweise des Hauses besonders gut.
Ihre Wirtin erzählte später, dass es für das Dünenhaus schon das dritte Jahr niemanden gab, der es betreiben wollte oder konnte. Aber so richtig war Jennifer aus dem, was sie ihr sagte nicht klug geworden. Nur so viel hatte sie mitbekommen, dass es schon seit Ewigkeiten keinen Zeltlerball mehr gab.
Als Jennifer über die Seebrücke weit aufs Meer hinaus lief, war es wieder der Wind, der sie gefangen nahm. Er umschmeichelte sie, säuselte ihr liebevolle Worte ins Ohr und lenkte ihre Blicke auf die traumhaften Weiten, den breiten weißen Strand entlang bis zum Zeltplatz und den Leuchtturm. Stand der nicht damals viel weiter vorn auf der Landspitze?
Sie hatte ganz vergessen, wie schön es hier war.

Georg hatte Wort gehalten und Irene nicht verraten, wen er mitbringen würde.

Als er mit Jennifer auf den Hof fuhr und sie aus dem Auto stiegen, stand Irene mit einem Geschirrhandtuch in den Händen in der Haustür und sah ihnen neugierig entgegen.
Jennifer ging langsam auf sie zu. Im ersten Moment wussten beide nicht, was sie sagen sollten.
Jennifer fasste sich als erste. „Hallo, Reni“, hauchte sie schüchtern.
„Jenny?“, fragte Irene ungläubig. „Jenny!“ Es schien, als traute sie ihren Augen nicht. Sie sah zu ihrem Mann rüber, als wollte sie von ihm die Bestätigung bekommen. „Ich glaub es nicht“, rief sie dann laut, „du bist es wirklich!“ Sie umarmte Jennifer stürmisch und knuffte sie in die Seite, wie sie es früher schon immer getan hatte, während Jennifer mühsam um Fassung kämpfte.
Später erzählten Irene und Georg Jennifer, dass sie sich sehr oft über ihre Kindheit unterhielten und sich oft gefragt hatten, was wohl aus ihr geworden war. Sie machten sich Vorwürfe, dass sie zwar immer mal wieder daran gedacht hatten, Jennifer ausfindig zu machen, es aber bei dem Gedanken geblieben war.
Jennifer war sprachlos. Sie selbst hatte all die Jahre gar nicht an ihre Freunde gedacht, und nun fühlten ausgerechnet die beiden sich auch noch schuldig. Dabei war sie doch diejenige, die sie hat sitzen lassen.
„So ein Unfug“, sagte Irene barsch, „dein zu Hause war nun mal Berlin. War doch klar, dass du dort deinen Weg gehst, auch wenn wir immer der Meinung waren, dass du eigentlich hier her gehörst. Oder was denkst du, Georg?“ Irene zuckte mit den Schultern, als gäbe es da sowieso nichts gegen zu sagen. „Und dass wir uns so ganz aus den Augen verloren haben, lag an uns genau so wie an dir.“ Sie strahlte Jennifer an. „Wichtig ist doch nur, dass du jetzt hier bist. Los, du musst mir alles erzählen, was du so angestellt hast in all den Jahren.“
„Warum fängst du nicht an?“ Jennifer lachte über Irenes Ungeduld und war erleichtert, den eigenen Bericht so noch etwas hinaus schieben zu können.
Irene stützte die Ellenbogen auf den Tisch. „Na gut, das ist schnell getan. Hier passiert ja nicht viel. Also, als du nicht mehr kamst, konnte Georg sich beruhigt für mich entscheiden. Du hast ihm die Wahl leicht gemacht.“ Sie feixte.
„Halt Reni, das stimmt so nicht. Georg hatte immer nur Augen für dich. Ich weiß noch, dass ich öfter damit gedroht habe, eher nach Berlin zurück zu fahren, weil ich eure pubertären, verliebten Blicke nicht mehr ausgehalten habe“, unterbrach Jennifer sie mit erhobenem Zeigefinger.

„Ach ja? Und ich habe immer gedacht, du wärst absichtlich länger geblieben als du durftest, nur damit Georg und ich nicht allein sein konnten." Irene lachte. „Aber als du dich dann nur noch deiner großstädtischen Entwicklung gewidmet hast, hatten wir endlich Zeit für uns und die wichtigen Dinge des Lebens. Wir haben uns ein Haus gebaut, zwei herrliche Söhne bekommen, die inzwischen ausgeflogen sind und dann", sie machte eine bezeichnende Pause, „wieder darauf gewartet, dass du endlich zurück kommst." Belustigt lehnte sie sich auf ihrem Stuhl zurück.
Jennifer beugte sich vor. „Weißt du, was ich so phantastisch finde? Dass ich euch nicht fragen brauche, ob ihr glücklich seid."
Irene kräuselte fragend die Nase, aber Jennifer fuhr unbeirrt fort. „Ich sehe es! Ihr habt dieses Strahlen."
„Haben wir?"
„Oh ja. Mit einem Partner, der einen nach so vielen Jahren immer noch so anhimmelt, kann das Leben ja nur schön sein."
„Na", unterbrach Georg sie, „da fühle ich mich ja geschmeichelt. Aber sollten wir nicht erst mal essen? Ich habe einen Bärenhunger."
Jennifer und Irene schienen ihn nicht zu hören.
„Nun, ich gehe schon mal in die Küche", versuchte Georg es ein weiteres Mal.
Aber es war wie in alten Zeiten. Der Redefluss der Frauen war nicht mehr zu bremsen.
Er guckte gespielt gekränkt. „Nein, nein, bleibt nur sitzen, ich schaffe es schon allein. Danke für die angebotene Hilfe." Aber eigentlich fand er es gut so. Sollten die beiden doch erst mal ein wenig nachholen, was sie so lange versäumt hatten.
Irene musterte Jennifer von Kopf bis Fuß. „Du hast dich ganz schön verändert, Jenny, nichts übrig von dem Wildfang von damals, als du so viel lieber ein Junge gewesen wärst. Berlin hat eine Dame aus dir gemacht."
„Das glaub nur nicht. Das Äußere ist nur Tarnung." Jennifer bemühte sich, unbeschwert zu klingen, aber Irene durchschaute sie.
„Du bist nicht glücklich in Berlin?" Irene sah Jennifer eindringlich an.
„Ich habe eine ziemlich blöde Zeit hinter mir." Jennifer berichtete kurz, was in letzter Zeit alles passiert war.
„Der Kerl muss ja total bescheuert sein. Eine Frau wie dich lässt man doch nicht sausen." Irene war empört.
„Wer weiß das schon. Vielleicht bin ich eine karrieregeile Emanze geworden, eine Zicke oder so was? Älter auf jeden Fall."

Irenen fixierte sie. „Nein, ich denke, die teuren Klamotten, dein angepinseltes Gesicht und überhaupt, all der schöne Schein, der dich umgibt, ist nur Fassade. In dir drinnen steckt bestimmt immer noch etwas von dem kindlichen Rabauken. Nicht nur du kannst tiefer gucken, nein, ich sehe auch, was mit dir los ist. Ich sehe's in deinen Augen."
Jennifer zog die Stirn in Falten.
„Zieh nur wieder so ein Gesicht. Das konntest du ja schon immer gut." Irene lachte aus vollem Hals. Aber dann wurde sie ernst. „Ich habe allerdings das Gefühl, dass du dir dessen vielleicht gar nicht mehr bewusst bist. Hast du dich schon mal gefragt, ob du dir dein Leben so vorgestellt hast, wie es ist? Wo sind deine Träume geblieben?"
„Ach Reni, nun mach mal halblang. Träume! Wer lebt schon wirklich seinen Traum."
„Ich schon."
„Wie schön für dich."
„Du, ich meine ja nicht deine derzeitige Situation. Aber ich frage mich, ob du damals in Berlin nicht deinen Traum von vorn herein begraben hast. Ich hätte wetten können, dass du eigentlich hier her gehörst. Und was du von deinem Mann erzählst, der war doch genau das Gegenteil von dem, was du dir immer gewünscht hattest. Hast du dein Schmugglerbuch eigentlich noch?"
Jennifer lief rot an. „Reni, das ist doch Kinderkram. Welches Mädchen träumt nicht von einem Prinzen. Das hat doch nichts mit dem wirklichen Leben zu tun. Und das Buch ist auch weg."
„Wenn man aber statt eines Schmugglers einen Unternehmensberater bekommt, ist das schon ein gewaltiger Unterschied. Obwohl, wenn ich es richtig betrachte, eine gewisse Ähnlichkeit könnte vielleicht da sein."
„Reni!"
„Ich sehe nur eins, dass du deine Ideale verraten hast. Du siehst nicht mehr aus, wie du selbst, du hast die verkehrten Männer und lebst im falschen Leben", behauptete sie stur.
„Aber ich habe immer noch dieselben Freunde."
„Das ist wahr."
„Und was soll ich deiner Meinung nach jetzt machen?"
„Besinn dich auf das, was dir wichtig ist. Was dir *wirklich* wichtig ist. Du fängst in gewisser Weise gerade wieder von vorn an, warum also nicht gründlich."
Jennifer schwieg überrascht. Alle Menschen, die ihr nahe standen, die ihr etwas bedeuteten, sagten das gleiche.

„Ha, ich sehe, wie dein Gehirn arbeitet. Aber heraus zu finden, was du willst, liegt allein bei dir."
Georg steckte den Kopf zur Tür rein. „Mädels, es ist serviert."
Irene und Georg aßen mit viel Appetit und sprudelten nur so über vor guter Laune.
Jennifer bewunderte die Normalität, die von den beiden ausging. So war es zwischen ihr und Rüdiger nie. Ihr Leben war in jeder Phase eine Inszenierung gewesen, und sie fühlte sich in diesen Zwängen immer noch gefangen.
Irene nahm einen kräftigen Schluck aus ihrem Bierglas. „Was arbeitest du, Jenny? Oder ...?"
„Oh ja, keine Sorge. Ich arbeite tatsächlich. Wenigstens in dieser Frage konnte ich mich gegen meinen Mann durchsetzten. Gott sei Dank. Wenn ich mir vorstelle, wo ich heute stünde, wenn ich nur sein schmückendes Beiwerk gewesen und auf seine Almosen angewiesen wäre. Nicht auszudenken." Jennifer schüttelte sich. „Ich habe damals trotz Heirat und Kind mein Journalistikstudium durchgezogen."
Stirnrunzelnd erinnerte sie sich an Rüdigers Kommentar damals. Journalismus, na ja, was ist das schon gegen ein Wirtschaftsstudium. Er hatte es immer verstanden, ihre Leistungen gegenüber seinen schön klein zu halten.
„Ich erinnere mich." Irene hob wie zur Bestätigung ihren Zeigefinger in die Luft. „Du hast damals schon Geschichten und Gedichte geschrieben. Du wolltest Schriftstellerin werden."
Jennifer ging auf Irenes letzte Bemerkung nicht ein. Dieser Traum, irgendwann tatsächlich mal ein eigenes Buch zu schreiben, ruhte tief in ihr. Immer noch. Aber sie zögerte seit Jahren, es in Angriff zu nehmen. Zu groß war ihre Angst davor zu entdecken, dass sie dem gar nicht gewachsen war. So lange man nicht begann, konnte man auch nicht an seine Grenzen stoßen und versagen. Darum sprach sie auch nicht darüber.
„Ich hab einen tollen Job. Ich bin Reisejournalistin. Wir sind also sozusagen Kollegen", Jennifer zwinkerte Irene zu, „allerdings schreibe ich über die Dinge, die du an den Mann bringst. Bei uns entstehen die Reiseberichte, die eher Reisebeschreibungen sind. Nicht nur nüchterne Fakten, sondern mehr die gefühlte Seite einer Region. Und immer spezifisch, zum Beispiel auf bestimmte Altersgruppen oder Interessengruppen ausgerichtet."
„Du meinst also, für junge oder alte, faule oder aktive Reisewillige?", fragte Georg, während er auf seinem Steak kaute. „Auch für Reiche oder Arme?"
„Nein, das eher weniger. Obwohl, so ganz Unrecht hast du nicht. Das Portmonee nimmt einem sicher manche Entscheidung im Vorfeld ab."
„Für welchen Verlag arbeitet ihr?"

„Für verschiedene. Es sind überwiegend Auftragsarbeiten. Manchmal ganze Bücher, meistens aber Beiträge für einschlägige Literatur."
„Diese Art von Reiselektüre kommt bestimmt gut an."
„Ja, das tut sie tatsächlich. Wir kriegen immer eine Menge Post mit neuen Vorschlägen, Ergänzungen, aber eben auch positivem Feedback."
„Feedback. So, so." Georg grinste.
„Na ja, positive Resonanz eben", meinte Jennifer verlegen.
Irene hatte aufmerksam zugehört und atmete erleichtert auf. Sie hatte sich Gott sei Dank geirrt. Jennifer hatte nicht alle ihre Ideale aufgegeben. Dieser Job passte zu der Jennifer, an die sie sich von früher erinnern konnte.
„Da bist du doch bestimmt auch viel unterwegs?"
„Ja, schon. Manchmal. Natürlich müssen wir uns viele Dinge vor Ort ansehen, uns reinfühlen, sie erleben. Aber es ist immer Teamwork und die Aufarbeitung all dessen ist dann akribische Schreibtischarbeit. Telefon und Internet sind da neben demjenigen, der vorher vor Ort war unsere engsten Verbündeten."
„Kannst du da auch dienstlich viel ins Ausland reisen?"
„Hätte ich können. Sollte ich auch. Aber Rüdiger ...", sie ließ den Satz offen.
„Aha", Irene guckte, als hätte sie es gleich gewusst, „hast dich also von deinem Mann bremsen lassen."
„Wir waren gemeinsam fast überall auf der Welt", Jennifer zuckte resigniert mit den Schultern. „Man kann nicht alles haben."
„Und was ist aus der Schriftstellerin in dir geworden?", hakte Irene nach.
Jennifer versuchte lachend abzulenken. „Keine Zeit. Vielleicht später, wenn ich alt und grau bin."
Irene musterte sie schweigend, entschied sich dann aber doch, ihre Freundin erst mal nicht weiter zu bedrängen.
Sie wollte ihr noch etwas Fleisch nach nachlegen, aber Jennifer hielt sich ihren Bauch und winkte ab.
„Nein, danke. Ich platze gleich. Es war großartig." Sie legte Georg lachend die Hand auf den Arm. „Also, sollte je ein Reiseführer für verwöhnte Vielfraße auf dem Programm stehen, werde ich deine exzellenten Kochkünste auf jeden Fall darin anpreisen. Wer weiß, vielleicht heuert man dich dann im nächsten neuen Hotel an, das hier entstehen wird."
„Da kannst du wohl lange drauf warten. Hast du dich schon ein wenig umgesehen?" Georg reagierte unerwartet aggressiv. „Wir haben bald zwanzig Jahre nach der Wende, aber Prerow verschläft den Fortschritt. Die Tage stand gerade etwas über Australien in der Zeitung. Wahnsinn. Wenn man

bedenkt, was die in nur zweihundert Jahren aus dem nackten Boden gestampft haben. Wenn die sich im gleichen Tempo wie Prerow bewegt hätten, würden sie heute noch nackt den Kängurus hinterher jagen."
„Georg, du weißt, dass das so nicht stimmt. Du willst doch auch nicht, dass Prerow wie Zingst aussieht", sagte Irene verärgert.
„Nein, das will ich weiß Gott nicht. Aber deshalb kann doch trotzdem endlich was voran gehen." Er wendete sich Jennifer zu. „Kommst du in den Ort rein, empfängt dich als erstes dieses alte zugenagelte Toilettenhaus aus DDR-Zeiten. Unsere Ortsväter bekommen es weder instand gesetzt, noch abgerissen. So ein Schandfleck!" Georg schnappte erregt nach Luft und fuhr fort. „Und dann die Ruinen im Ort. Dir ist doch bestimmt die alte Kaserne aufgefallen, auf dem Weg zum Strand."
„Oh ja, gleich nach den riesigen Pfützen im Bernsteinweg", pflichtete sie ihm bei. „Dabei steckt in diesem Grundstück doch ein riesiges Potential. Wie kommt es, dass es dafür noch keinen Interessenten gegeben hat?"
„Gute Frage. Es gab schon welche, die mit den kühnsten Plänen hier antraten. Aber als es Ernst wurde, waren sie genau so schnell wieder weg, wie sie aufgetaucht waren. Schaumschläger. Wenn du morgen unterwegs bist, wirst du noch mehr heimlichen Reserven Prerows entdecken. Nimm nur das ehemalige Altersheim oder das GST-Lager." Er schnaufte wild. „Und dann unsere katastrophalen Straßen."
„Hör auf, hör auf", Jennifer und Irene versuchten gemeinsam Georg zu stoppen.
Er konnte seine Wut kaum noch unterdrücken. „Irene, erinnerst du dich, wir haben früher immer gesagt, so etwas würde es im Westen nicht geben. Jetzt sind wir selber Westen, aber es kommt mir schlimmer vor als je zuvor."
„In vielem hast du ja Recht, Georg", warf Irene beschwichtigend ein, „aber dafür haben wir hier keine Riesenpaläste wie Zingst. Wenn sich gleich in den neunziger Jahren jemand für die alten Objekte gefunden hätte, würden in Prerow heute vielleicht auch so große Hotels stehen. Wir sollten uns unseren dörflichen Charme unbedingt erhalten. Es wird schon was passieren in nächster Zeit. Reden tun sie ja schon lange davon. Aber ich glaube, inzwischen ist man sehr viel sensibler, wenn es um die Bebauung geht. Es wird kleiner, feiner werden."
„Ha, das ich nicht lache. Kleiner! Feiner! Wenn ich mir die Anzahl der Ferienwohnungen ansehe, und es werden jedes Jahr mehr, dann sehe ich nur Masse statt Klasse. Wie viele Menschen verkraftet Prerow noch? Wir hatten unsere Chance, aus Prerow die Perle vom Darß zu machen. Prerow

ist eindeutig der schönste Ort in der Region. Wir haben alles das vor der Tür, von dem andere Orte nur träumen können, den Nord- und den Weststrand, den märchenhaften Wald, die traumhafte Boddenlandschaft. Und was haben wir daraus gemacht? Nichts, außer Massenbeherbergung." Georg verschränkte gnatzig die Arme.
„Wolltest du lieber eine Schickimickigesellschaft hier haben, wie sie auf Sylt vorherrscht?" Irene konterte nicht weniger verärgert.
„Nein, und das weißt du genau", Georg hatte sich wieder etwas beruhigt, „ ich finde es ja auch gut, dass hier jeder Urlaub machen kann. Aber wenn unser Gemeinderat rechtzeitig mit einem soliden Bebauungsplan reagiert und so mehr kleinen ortstypischen Häuschen den Vorrang vor den großen Ferienwohnungsanlagen gegeben hätten, wäre das für Prerow, seine Einwohner und unsere Gäste viel besser gewesen. Das musst du ja wohl zugeben."
Jennifer sah die kleinen Häuser, wie ihr eigenes vor sich.
„Und warum war Zingst in der Lage, im Laufe der Jahre alle seine Straßen in Ordnung zu bekommen und die Prerower fallen immer noch von einem Loch in das nächste?", wollte sie wissen.
„Es macht sicher viel aus, dass Zingst als größerer Ort von vorn herein mehr finanzielle Zuwendungen zu beanspruchen hatte. Außerdem sind sie als eigenständige Gemeinde mit einem hauptamtlichen Gemeinderat viel flexibler, wenn es darum geht, alle Möglichkeiten auszuschöpfen."
„Ach, Prerow nicht?"
„Nein, Jenny. Prerow hat nur etwa die Hälfte Einwohner, das reicht nicht für eine hauptamtliche Regierung, um es mal so auszudrücken. Unser Bürgermeister und seine Gefolgsleute, also unsere Gemeinderatsmitglieder, sind alle durch die Bank Ehrenamtliche, die sich in ihrer Freizeit um die Belange Prerows kümmern. Bei einem Badeort mit über viertausend Ferienbetten, etlichen tausend Campern und ich weiß nicht wie vielen Tagesgästen ist das eigentlich nicht zu verstehen. Das können unsere Gemeindevertreter gar nicht packen. Es ist eine vertrackte Situation." Georg zog resignierend die Schultern hoch.
„Na ja, dazu kommt, dass die Zingster eher einen Blick für Gestaltung und Schönheit haben, der unseren Leuten anscheinend abgeht. Du warst noch nicht wieder in Zingst?" Irene sah Jennifer fragend an.
„Nein, noch nicht. Ich bin doch gestern erst gekommen. Aber meine Freundin Bea hat von Zingst geschwärmt. Ich glaube allerdings, wir haben grundsätzlich etwas unterschiedliche Geschmäcker."

„Aber sicher nicht in dieser Beziehung. Ganz Zingst leuchtet voll Frühlingsblüher. Es ist phantastisch. Und überall wurden Bäume gepflanzt. Das würde ich mir hier auch wünschen." Irene guckte traurig. „Weißt du, die Zingster dachten schon immer, sie wären was Besseres. Das Schlimme ist, sie sind es inzwischen auch."
Aber dann machte sie eine Handbewegung, als wollte sie alles Unangenehme beiseite wischen. „Wisst ihr was", schloss sie das leidige Thema ab, „ich denke, wir haben genug gemeckert. Lasst uns über was Schönes reden.
Georg prostete den Frauen zu und ging dann hinaus.
„Ist er sauer?"
„Georg? Oh nein. Er regt sich zwar oft wahnsinnig auf, und bei vielem hat er ja auch Recht, aber genau so schnell ist er auch wieder runter." Irene beugte sich etwas zu Jennifer rüber. „Er ist eine rauchen", flüsterte sie, als würde sie Jennifer ein Geheimnis verraten, „er kann es einfach nicht ganz lassen."
„So ein Exemplar kenne ich auch."
Wieder schoss Jennifer der Förster in den Kopf. Aber von Kennen konnte ja nun wirklich keine Rede sein. Ließ er sie denn gar nicht los? Sie riss sich gewaltsam von dem Gedanken los.
„Georg hat mir schon von deinem Reisebüro erzählt. Er ist vor Stolz fast geplatzt."
„Ach ja? Na ja, es ist ein ganz kleines. Vorrangig vermittle oder verkaufe ich Tagesausflüge oder Fahrten zu Veranstaltungen in der Umgebung. Du hast vielleicht schon mal was von den Störtebekerfestspielen auf Rügen gehört? Und da gibt es noch eine Menge mehr solcher tollen Events im Sommer. Ab und an vermittle ich auch mal was Größeres. Ich arbeite dann mit einem Reisebüro in Rostock zusammen.
Ich habe damals eine Ausbildung zur Reiseverkehrskauffrau gemacht, wollte eigentlich in der Weltgeschichte herum reisen. Aber als Georg und ich ein Paar wurden, wollte ich natürlich bei ihm sein. Na ja, und dann wurde ich schwanger. Mir ging's ziemlich dreckig. Ich musste viele Monate liegen." Sie guckte zu einem Foto an der Wand rüber, auf dem zwei junge Männer strahlend herüber lachten. „Du solltest Pit sehen. Er war jede Sekunde Schmerzen wert."
Irene hing einen Moment ihren Gedanken nach. Sie strich sich ihr kastanienbraunes Haar leicht hinter die Ohren und ihre dunklen Augen glänzten. Siehst du Reni, dachte Jennifer, ein paar Träume und Ideale bleiben bei jedem auf der Strecke, aus welchem Grund auch immer. Die größten Träume sind die unrealistischsten.

„Zwei Jahre später erwartete ich wieder ein Kind. Ich weiß noch, Georg hatte eine wahnsinnige Angst um mich, aber ich wusste irgendwie, dass alles gut gehen würde. War auch so. Ich fühlte mich von Anfang bis Ende blendend. Kalle war ein Sonntagskind."
„Kalle? Das ist ja ein lustiger Name."
Georg kam von draußen rein und schenkte Wein nach. „Ich konnte ihn ihr nicht ausreden. Ich weiß bis heute nicht, welchem Nebenbuhler unser Sohn seinen Namen zu verdanken hat", scherzte er.
„Ich wusste schon mit sechzehn, dass meine Söhne mal Pit und Kalle heißen sollten."
„Ist ja ein Ding, mir ging's mit Julia genau so."
„Sie fahren zur See. Beide auf demselben Kahn rund um die Welt. Sie leben meinen Traum. Ist doch schön, oder?"
„Da seht ihr euch bestimmt nicht oft."
„Nein, aber machen wir uns doch mal nichts vor, meistens sind sie doch schon weg, lange bevor sie wirklich gegangen sind, wenn du mal von gelegentlichen Begegnungen am Kühlschrank absiehst."
„Das kenne ich. Ich hab weiß Gott oft gedacht, ich bin im falschen Film, bis ich kapiert habe, dass es normal ist, dass sie ihr eigenes Leben führt."
„Ich muss nur wissen, dass es ihnen gut geht. Wir haben da einen Deal abgeschlossen, regelmäßig zu telefonieren. Ich hatte nie Angst davor, dass sie gehen. Ich weiß nicht, ob du verstehst, was ich meine, ich liebe meine Jungs über alles, aber Georg und ich, wir sind uns auch so genug." Liebevoll streichelte Irene seine Hand.
„Julia ist gerade mit ihrem Jurastudium fertig und lebt jetzt in ihrer Traumstadt München. Manchmal fehlt sie mir schon wahnsinnig, aber ich komme klar."
„Georg, was meinst du, da sollten wir uns vielleicht mal nach einem geeigneten Kandidaten für Jenny umsehen, Marke Schmuggler oder so. Auf die Dauer ist Alleinsein doch doof."
„Reni, lass mich doch erst mal den Letzten verdauen." Jennifer stand lachend auf. „Ich glaube, ich gehe jetzt besser, bevor dir noch mehr so tolle Ideen kommen. Ich danke euch für den wunderschönen Abend."
„Jenny, du kannst doch hier schlafen, im Gästezimmer. Warum bist du überhaupt in eine Pension gegangen?"
„Reni, du bist so lieb. Aber zum einen konnte ich ja nicht ahnen, dass ihr seit Jahren damit beschäftigt seid, nur noch auf mich zu warten, und außerdem werde ich nicht noch einmal den Fehler machen, eure Zweisamkeit zu stören. Das bekomme ich dann mit achtzig noch auf's Brot geschmiert."

„Komm, ich bring dich." Georg griff nach den Autoschlüsseln.
„Na, so weit kommt das noch, nach all dem Wein und deinem Selbstgebrannten. Ich will nicht Schuld sein, wenn du auf's Fahrrad umsteigen musst."
„Ach, wir nehmen die Cognac-Allee."
„Welche Allee?"
Irene legte den Arm um Georg. „Die Cognac-Allee ist der Weg durch den Wald, den diejenigen lang fahren, die der Polizei besser nicht mehr begegnen sollten."
„Das klingt ja sehr abenteuerlich. Aber dann bleibt immer noch ein Stück durch den Ort. Nein, nein, ich gehe, es ist doch nicht weit. Die paar Schritte an der frischen Luft werden mir gut tun."
„Wirst du dich auch nicht verirren?" Irene klang besorgt.
„Na höre mal, so fremd bin ich hier doch nun auch nicht." Jennifer umarmte ihre Freunde. „Mann, das hätte ich ja fast vergessen", fiel es ihr gerade noch ein, „ich wollte euch morgen gern zum Essen einladen. Na ja, und da meine Küche noch nicht ganz hergerichtet ist, dachte ich, wir gehen in den Klönsnack."
Georg brachte Jennifer noch bis zur Pforte.
„Morgen ist Mittwoch, da haben die Ruhetag. Aber das können wir ja noch besprechen. Wir sehen uns doch morgen früh beim Haus. Um zehn?"
Jennifer lief fasziniert durch das nächtliche Prerow. Zu keiner Zeit konnte man in Berlin eine solche Stille, eine so tiefe Dunkelheit und einen so phantastischen Sternenhimmel erleben. Das ist Glück, dachte Jennifer.

„Ja, Kleine, um das Dach wirst du nicht herum kommen. Das wird der größte Kostenfaktor." Georgs Blick schweifte über die löchrige Schilfdecke. „Die Marder haben ganze Arbeit geleistet. Klar, Wind und Wetter auch. Aber ich denke mal, es ist auch schon ganz schön betagt, oder?"
Jennifer guckte etwas kläglich. „Ich weiß nicht, wann an dem Haus überhaupt das letzte Mal etwas gemacht wurde. Nur gut, dass dein Vater ab und zu nach dem Rechten gesehen hat. Mir kommt seit meiner Kindheit alles erschreckend vertraut vor. Das ist wohl kein gutes Zeichen?"
„Nun sei mal nicht traurig. So schlimm wird das alles nicht. Ich kenne eine Menge gute Leute. Wir machen das schon."
„Und die Marder, die kommen nicht wieder, wenn das Dach neu ist?"
„Doch, schon. Aber das eine oder andere kann man dagegen tun. Laute Musik soll sehr gut sein."

„Na, dein Vater wird sich bedanken, wenn ich eine Dauerbeschallung vornehme."
„Auch wieder wahr. Na, wir werden sehen. Die Dachdecker kennen bestimmt ein paar Kniffe."
Georg ging ins Haus und Jennifer folgte ihm. Gemeinsam begutachteten sie die Räume und entschieden, was unbedingt gemacht werden sollte.
„Und vergiss nicht die Kette für die Tür."
Georg sah sie seltsam an. „Was für eine Kette?" Er schüttelte verständnislos den Kopf. „He, wir leben hier auf dem Dorf. Hast du's vergessen, früher wurden überhaupt keine Türen abgeschlossen. Aber wenn du willst." Er machte sich eine Notiz. „Wegen der Malerarbeiten frag ich Picasso."
Jennifer stutzte. „Picasso?"
„Ja. Mm, ich weiß gar nicht, wie er richtig heißt. Ist eben Picasso."
Georg kritzelte sich alles auf einen Zettel.
Halb belustigt, halb besorgt, dass er seine eigene Schrift später nicht mehr lesen könnte, registrierte Jennifer, dass er noch genau so unmöglich schrieb wie früher.
„Ich mach dir mal einen Kostenplan fertig und dann kannst du dir eine Bank aussuchen."
„Eine Bank?"
„Ja, eine Bank, die du entweder überfallen oder um einen Kredit bitten kannst." Georg grinste verschlagen. „Es sei denn, du hast das nötige Kleingeld zu Hause. Wie war gleich noch deine Adresse?" Er zückte noch einmal seinen Stift.
„Zu deiner Information, ich habe einen Asylkater, der mein Geld bewacht."
„Was ist ein Asylkater?"
„Pedro kommt und schleicht ums Haus, wenn er Hunger hat und gerade woanders nichts kriegt. Dafür hält er Wache. Hoffe ich. Ich hab keine Ahnung, wem er gehört."
„Na, dann weiß ich ja, wie er zu bestechen ist. So, Kleine, ich muss dann mal wieder. Ach, ich hab dir übrigens einen Container für deinen Müll hier bestellt. Der wird nachher gebracht. Da kannst du alles entsorgen, was übrig ist." Georg sah sich skeptisch im Haus um. „Das wird allerhand sein. Ist wohl nicht viel Wertvolles bei."
„Ich fürchte auch. Mir fehlt der Sinn für so viel Nostalgie, als dass ich dem alten Zeug etwas abgewinnen könnte. Außerdem ist der Geruch doch sehr gewöhnungsbedürftig", Jennifer zog die Nase kraus.
„Na dann, viel Spaß beim Aufräumen. Was dir zu schwer ist, lass einfach stehen. Das schmeiß ich dann später raus", sagte Georg im Hinausgehen.

„Ach ja, und wegen heute Abend, wir gehen zusammen zu Freunden. Angrillen. Ich hole dich ab."
„Zu Freunden? Kann ich da denn einfach mitkommen?"
„Na was denn sonst." Es schien für Georg das Normalste von der Welt zu sein.
Jennifer war etwas unsicher, ließ sich dann aber doch überreden.
„Sehr schön, also bis später dann."
Sie sah ihm Gedanken versunken hinterher. Wie sich die Dinge manchmal wiederholten, dachte sie. Wieder war es Georg, der ihre Höhle baute. Wie in alten Zeiten.
Aber nun sollte sie sich erst einmal von all den vermufften Sachen trennen, die tatsächlich nichts mehr Wert waren, an denen dennoch so viele schöne Erinnerungen hingen.
Ob ihre Marmeladenstullen immer noch unterm Küchenschrank lagen? Wohl nicht. Jennifer kicherte in sich hinein.
Sie war als Kind ein schlechter Esser. Einmal hatte sie in einem unbeobachteten Moment ihre Frühstücksbrote unter den Schrank geschoben und sich dann noch mehr abgefordert. Oma hatte sich über ihren ungewöhnlichen Appetit gefreut. Seltsam, sie hat später nie ein Wort darüber verloren.
In der mittleren Schublade des Küchenschrankes hatte Oma immer ihr Portmonee liegen. Beschämt erinnerte sich Jennifer daran, dass sie sich einige Male ein paar Pfennige gemopst hatte für irgendwelchen Krimskrams. Aber eigentlich war sie ein liebes Kind. Hatte Oma zumindest immer behauptet.
Jennifer stellte beim Aufräumen fest, dass es tatsächlich kaum etwas gab, was sich aufzuheben lohnte. Am Ende blieben nur ein paar wunderschöne, anscheinend sehr alte Rotweingläser in verschiedenen Farben und mit kunstvollem Schliff, zwei verspielte Sammeltassen (aber nur, weil Oma sie so sehr geliebt hatte) und eine Kristallbonboniere übrig. Diese Dinge wollte Jennifer als Erinnerung behalten.
In der hintersten Ecke des Büfetts im Wohnzimmer entdeckte sie das Fotoalbum. Sie sackte auf die Kannte der durchgesessenen Couch und ihr Herz pochte so laut, dass sie es zu hören glaubte, als sie das Buch aufschlug. Oma und Opa lachten ihr auf einem vergilbten Hochzeitsbild entgegen. Und da war Vati als kleiner Junge im Matrosenanzug. Auf einem anderen Bild sah sie ihn als stolzen Jüngling am Strand in den Dünen stehen. Was für ein toller Mann! Auf der nächsten Seite kam das Hochzeitsbild ihrer Eltern. Mutti blickte sehr ernst in die Kamera. Hatte sie

damals schon gewusst, wie schwer das Leben in den nächsten Jahren werden würde?
Und dann tauchte sie selbst auf, Bilder, die Jennifer kannte, aber vergessen hatte.
Sie klappte das Album zu. Sie würde es später zu Ende angucken. Sie legte es vorsichtig zu den anderen Sachen in den Karton.
Nach einigen Stunden hatte sie alles aus dem Haus, was sie allein tragen konnte. Alle Schränke waren leer geräumt, die verstockten Gardinen abgenommen, und auch den vom Kater angefressene Läufer hatte sie in den Container befördert.
Jennifer fühlte sich total verstaubt und ihr tat der Rücken weh nach der ungewohnten Arbeit. Sie streckte sich gerade, als sie Georg zusammen mit einem Freund kommen sah. Das erste, was sie allerdings hörte, war der Hund. Ein kleiner schwarzer Schnauzer fegte bellend in das Haus hinein und sprang aufgeregt an ihr hoch.
„He, nicht beißen!" Jennifer hob abwehrend die Arme.
„Hallo, Jenny, bist du fertig? Pauli, komm, lass die Dame in Ruhe. Die hat gute Beziehungen zu einem Asylkater. Das könnte gefährlich werden."
Von draußen klang ein Pfiff und Pauli flitzte genau so schnell, wie er rein gekommen war wieder hinaus zu seinem Herrchen.
„Das ist mein Kumpel Jimmy. Er fasst an die schweren Teile mit an." Georg guckte herum. „Das kann jetzt alles raus?"
„Mm."
„He Kleine, bist du traurig?" Georg legte Jennifer den Arm um die Schulter.
„Nein, nein. Aber es ist eben doch ein Stück von meinem Leben. Ist schon gut. Du, sag mal, kann ich den Karton da für eine Weile bei euch deponieren. Da sind ein paar Sachen drin, die ich gern behalten würde, die aber nicht nach Berlin gehören."
„Willst ihnen nicht die Wurzeln ausreißen?"
„So ungefähr."
Kurze Zeit später stand Jennifer wieder allein in ihrem völlig leer geräumten Haus. Wie groß es plötzlich war. Sie versuchte sich vorzustellen, wie es mal aussehen würde.
Aber plötzlich kamen die Zweifel. Was tat sie hier überhaupt? Gestern noch wollte sie das Haus am liebsten verkaufen und auf einmal dachte sie schon über die Farbe der Gardinen nach und wo ihr Sessel wohl am besten stehen konnte. Sie hatte doch gar keine Zeit, das Haus zu nutzen. Außer-

dem würde sie nicht ständig nur noch nach Prerow fahren wollen, wenn sie frei hatte. Auf `s Dorf! Nein, sie wollte…, ja, was wollte sie überhaupt?
Die Sonne schien durch die schmutzigen Fensterscheiben in die Veranda herein und malte leuchtende Bilder auf die Wände, die Balken knackten und ein bunter Schmetterling verirrte sich durch das offene Fenster in den Raum hinein.
Oh doch, dachte Jennifer, jetzt, in diesem Moment möchte ich hier und nirgends woanders sein, will ich genau hier mein eigenes Nest haben. Was morgen ist, werde ich dann sehen.

Sie fuhren fast bis ans Ende der Grünen Straße, wo der Wald begann. Bei der „Waldpension" stellte Georg den Wagen an der Straße ab.
Das erste, was Jennifer auffiel, waren Eulen. Überall waren Eulen, aus Holz, aus Keramik, aus buntem Glas in den Fenstern.
Eine große blonde Frau kam ihnen mit ausgestreckten Armen entgegen. „Hallo, schön dass ihr da seid."
Georg stellte sie gegenseitig vor und Christiane umarmte Jennifer sofort völlig ungehemmt. „Toll, dass wir uns kennen lernen. Reni und Georg haben schon so viel von dir erzählt. Ich bin Christiane."
Jennifer mochte sie sofort. Sie war der Typ Kumpel, mit dem man Pferde stehlen konnte.
Ein Mann wie eine Eiche folgte ihr und begrüßte sie ebenso herzlich. Jennifer dachte automatisch an die Männer, die früher im Wanderzirkus Ketten gesprengt hatten. Sie hatte noch nie so große Hände gesehen.
Georg sah ihren eingeschüchterten Blick und lachte. „Darf ich vorstellen, Jenny, unser Freund Wilhelm, Wilhelm, unsere nunmehr wieder belebte Beziehung zum Großstädtischen, Jenny." Er schlug ihm freundschaftlich auf die Schulter.
Jennifers Hand verschwand vollständig in Wilhelms Pranke.
„Wilhelm?", fragte sie, mehr um ihre Verunsicherung zu überspielen.
„Nach meinem Großvater", erklärte er nicht ohne Stolz.
Georg blickte sich um. „Was ist, kommt Robert auch?"
„Er muss erst noch zu einer Versammlung nach Born. Er kommt später. Ah, Jimmy und Maggy kommen auch gerade."
Sie begrüßten sich.
„Jenny, Jimmy kennst du ja schon. Das ist Maggy. Sie leitet unsere kleine Bibliothek."
Christiane legte ihren Arm um Jennifer und führte sie mit Irene und Maggy zusammen in den gemütlichen Wintergarten der Pension. „Es ist doch

noch zu kalt, um draußen zu sitzen. Die Männer können grillen, die halten das aus. Wir werden inzwischen schon mal ein Gläschen trinken. Magst du Sekt, Jenny? Mit Pfirsichlikör?"
„Das kenne ich nicht. Klingt aber super."
„Ist es auch. Es gibt nichts Besseres." Fröhlich ließen sie die Gläser klingen. „Irene hat mir erzählt, dass ihr euch schon eine Ewigkeit kennt?"
Irene und Jennifer wechselten einen verschworenen Blick. „Oh ja."
„Ich überlege gerade, wann ich das erste Mal in Prerow war. Ich meine, seit wann wir uns kennen. Ich glaube, wir waren fünf oder sechs?"
„Du warst die Schicke aus der Stadt. Ich sehe dich noch vor mir in deinem gelben Perlonkleid. Zumindest am ersten Tag. Abends war es nicht mehr gelb."
„Ich musste es anziehen. Dabei habe ich es gehasst. Was habe ich dich darum beneidet, Hosen tragen zu dürfen. Bei euch war immer alles so anders..."
„Na sag's schon, altmodisch und immer das Gleiche."
„Nein, ich würde eher sagen normal, so beständig. Und was habe ich dich immer um deinen großen Bruder beneidet."
„Zu der Zeit habe ich ihn eher verflucht. Ich weiß noch, einmal habe ich ihm mit einer Schaufel auf den Rücken gehauen und geschrien, ich wünschte ihm, dass er ins Gefängnis käme." Irene guckte erschrocken. Das hatte sie vorher noch nie jemandem erzählt. „Als er später wegen einer Prügelei tatsächlich für ein paar Tage da rein musste, fiel mir das wieder ein und ich war todunglücklich und habe mich ganz fürchterlich geschämt", fügte sie leise hinzu.
„He, ich kenne keinen, der seine Schwester so abgöttisch liebt wie er. Wetten, dass er nie mehr daran gedacht hat?" Christiane winkte ab.
„Das liegt in der Natur der Männer. Sie können viel leichter verdrängen und vergessen."
„Das scheint mir auch so. Ich habe das Gefühl, unsere haben neben dem Bier das Grillen ganz vergessen. Ich gehe mal gucken." Christiane öffnete die Tür. „Oh nein, ich habe ihnen Unrecht getan. Das riecht ja schon ganz köstlich."
Jennifer konnte sich nicht erinnern, mit Rüdiger und seinen Freunden jemals einen derart lustigen, entspannten Abend erlebt zu haben. Keiner in der Runde unternahm den Versuch, sich besonders zu profilieren oder die anderen mit eigenen Leistungen zu beeindrucken und sich hervor zu spielen. Woran lag das? Waren die Menschen auf dem Land einfach unkompli-

zierter, lockerer im Umgang miteinander? Waren hier alle so? War das immer so?
„Jenny, du hättest früher hier sein sollen. Was denkst du, was wir damals für tolle Zeiten hatten. Wir waren eine ganze Truppe, die ständig irgendetwas unternommen hat. Wisst ihr noch, unsere Feten am Weststrand?" Georgs Augen leuchteten. „Am Tag hat jeder so vor sich hin gedöst, aber abends kam der Kessel übers Feuer, das Bier wurde aus dem Wellenschlag geholt und alle waren bis spät abends dabei."
„Und die Sonnenuntergänge!"
„Zwischendurch haben wir die Jungs nach Hause ins Bett gebracht und sind dann wieder zurück geradelt", erinnerte sich Irene.
„Was denn, das ganze Ende durch den Wald? Es war dann doch bestimmt schon dunkel?" Jennifer war sprachlos.
„Na ja, eine halbe Stunde brauchst du schon mit dem Rad für eine Tour. Aber die Abendstunden waren die schönsten am Weststrand."
„Bis die Grenzer kamen und uns nach Hause schickten."
„Und warum macht ihr das heute nicht mehr?" fragte Jennifer.
„Das ist wie mit unserer alten Milchbar, dem Dünenhaus oder anderen Sachen. Es hat sich alles geändert. Die Menschen, auch wir, sind nicht mehr dieselben. Ich weiß nicht, warum das so ist, aber nach der Wende sind so viel Gemeinsamkeiten und Geselligkeiten auf der Strecke geblieben. Die meisten sind zu sehr mit sich selbst beschäftigt. Das Geld hat vieles verändert."
„Alles hat eben seine Zeit."
„Aber ihr haltet doch zusammen."
„Ja, unser kleiner eiserner Kreis ist nicht tot zu kriegen." Georg hob sein Glas. „Wenn das kein Grund ist anzustoßen!"
Wilhelms Telefon klingelte, und er ging ein Stück zur Seite, um den Anrufer besser verstehen zu können.
„Ach so, ja, kann man nichts machen. Okay, wir sehen uns morgen. Ja, mach ich." Er setzte sich zurück an den Tisch. „Das war Robert. Er schafft's nicht mehr. Die diskutieren sich im Amt die Köpfe heiß und kommen nicht auf einen Nenner. Ich soll euch grüßen."
„Der ewige Krieg zwischen dem Kurbetrieb und dem Nationalpark", ergänzte Christiane auf Jennifers fragenden Blick hin.
„Wieso Krieg?"
„Na ja, zu DDR-Zeiten waren viele Ecken im Darßwald ja sowieso dicht für Otto Normalverbraucher. Hier war Staatsjagdgebiet. Dann kam die Wende, alle Zäune wurden eingerissen und heute weiß man nicht, wie man

mit den Geistern, die man rief, fertig werden soll. Es sind einfach zu viele Menschen, die das Treiben im Wald verrückt machen", versuchte Georg eifrig zu erklären.
„Und wer ist Robert?"
Bevor Jennifer eine Antwort bekommen konnte fuhr Christiane schon dazwischen.
„Ach Unsinn, der Wald verkraftet das und das Wild auch. Aber da gibt es welche, die schon wieder nach neuen Zäunen schielen und den ganzen Wald am liebsten für sich allein hätten. Das ist es." Christiane füllte die leeren Gläser nach.
„Wer soll das denn sein?"
„Die Birkenstockmafia zum Beispiel, also die Grünen und die Vögelfreunde."
„Und manch ein Jäger vielleicht auch", mischte Reni sich nun auch ein und grinste schelmisch zu ihrem Mann und Jimmy rüber.
„Reni, ganz so kannst du das auch nicht sehen. Die Leute kriechen überall rum, zu jeder Tages- und Nachtzeit. Glaubst du nicht auch, dass das Wild mal Ruhe braucht?"
„Ich denke, es ist für alle Platz. Und unser Wald ist doch gerade unser ganz großer Trumpf, mit dem wir auch wuchern sollten. Nicht zuletzt deswegen kommen die Gäste doch. Was denkst du, Jenny? Du vertrittst doch hier sozusagen die Gruppe der Touristen, um die es geht."
„Ich weiß nicht, ich bin da wohl kein Maßstab. Ich stehe nicht so auf Wald. Aber siebzig Millionen Mücken im Sommer können wohl kaum irren?" Jennifer wollte nicht zugeben, dass der Wald ihr unheimlich war, ihr im Dunkeln regelrecht Angst machte.
„Das glaub ich nicht." Wilhelm schüttelte fassungslos den Kopf. „Warst du jetzt mal im Wald? Wenn du den Riesenteppich von Annemonen im Buchenwald siehst, das muss dir gefallen. Und wie die Vögel zwitschern!" Wilhelm geriet ins Schwärmen und wollte keinen Widerspruch gelten lassen.
Alle redeten plötzlich auf sie ein, priesen die Schönheit ihres Waldes und der Gegend rundherum.
Wie stolz sie alle auf ihre Heimat waren. Jennifer fragte sich, ob sie jemals ähnlich für Berlin empfunden hatte. Sie gehörte in die Großstadt, dort fühlte sie sich wohl und sicher, dieses Parkett beherrschte sie. Aber solche tiefe Verbundenheit mit Berlin kannte sie dennoch nicht.
Sie dachte ganz kurz an das wahnsinnige Glücksgefühl, dass der Nordost, wohlgemerkt nicht der Westwind, in ihr ausgelöst hatte. Und an den Förs-

ter. Doch dann wurde sie schon wieder in den Sog der Unterhaltung der Freunde hinein gezogen und genoss es, sich einfach mit treiben zu lassen.

Jennifer saß wieder in der Redaktion in Berlin. Sie blickte hinaus in einen grauen Tag und dachte mit Wehmut an die sonnigen Tage in Prerow zurück. Sie vermisste die frische Luft, den Wind und ganz besonders den weiten Strand und das Meer. Träumerisch schloss sie die Augen.
Wedekind hatte sie gleich nach ihrer Rückkehr zur Arbeit in sein Büro beordert. Er war sehr interessiert an allem, was mit Prerow zusammen hing und Jennifer berichtete nur zu gern darüber.
Sie hatte sich ein Fahrrad geliehen und damit den ganzen Ort erkundet. Sie war lange genug in ihrem Job, um Prerow aus diesem Blickwinkel zu betrachten. Sie sah sich die Objekte an, von denen Georg gesprochen hatte und musste ihm uneingeschränkt Recht geben, was deren Potential anbelangte.
Sie konnte nicht verstehen, warum diese Reserven nicht genutzt wurden. Sollte es wirklich keine ernsthaften Interessenten geben? Das konnte Jennifer nicht glauben. Auf ihre Frage hin, reagierte Georg genau so.
„Keiner hier kann das verstehen. Aber jetzt soll es angeblich einen Investor geben, der ein Sporthotel bauen will. Und der Bernsteinweg soll auch endlich gemacht werden. Im Herbst geht's los."
„Aber warum erst so spät?"
„Wer weiß, vielleicht hatte er erst noch andere Projekte zu realisieren. Hier in Prerow müssen sie keine Angst vor Wertverfall haben. Hier lohnen sich Investitionen immer."
„Wer sind *sie*?"
„Mein Gott Jenny, du stellst Fragen. Woher soll ich das wissen."
Jennifer sah Wedekind aufmerksam an. „Irre ich mich oder denken Sie an etwas bestimmtes, Herr Wedekind? Sie fragen doch nicht, weil sie sich so für meinen Urlaub interessieren?"
„Nun, ich muss gestehen, ich freue mich zwar, dass Sie sich so gut erholt haben, aber ich habe tatsächlich ein berufliches Interesse." Er lehnte sich entspannt in seinem Sessel zurück. „Haben Sie Ihre Wurzeln gefunden, Frau Dorn?"
„Ja, und den Sturm auch. Sie hatten Recht. Er besitzt tatsächlich ganz besondere Kräfte." Jennifer lächelte verträumt.
„Nun, das freut mich zu hören", Wedekind schien sichtlich zufrieden. „Und, werden Sie wieder nach Prerow fahren?"

„Auf jeden Fall. Ich hätte es nicht für möglich gehalten…, aber ich will Sie hier nicht mit meinen Privatangelegenheiten behelligen. Ihnen brennt doch etwas unter den Nägeln?“ Gespannt sah Jennifer ihren Chef an.
„Nun ja, in gewisser Weise schon.“ Er wippte leicht vor und zurück und suchte sorgfältig nach den richtigen Worten.
„Der Best-Age-Verlag ist an uns heran getreten. Sie sind an Prerow interessiert.“
Jennifer registrierte zwar Wedekinds stets umständliche Art sich auszudrücken, aber viel mehr überraschte sie der Inhalt seiner Worte.
„Und, haben wir den Auftrag?“, stieß sie aufgeregt heraus.
Wedekind zog leicht die Augenbrauen hoch und schmunzelte.
„Nun, Frau Dorn, das letzte Wort ist noch nicht gesprochen.“
Jennifer las Wedekind jedes Wort von den Lippen ab und traute sich kaum zu atmen. Konnte es sein, dass sie ahnte, was er sagen wollte?
„Und wann wird sich das entscheiden?“, fragte sie mit heiserer Stimme. Unruhig rutschte sie auf ihrem Stuhl hin und her.
„Geduld, liebe Frau Dorn, Geduld.“ Wedekind nahm seine Brille ab und rieb sich die Augen, „Vorausgesetzt, wir bekämen den Zuschlag“, er setzte seine Brille wieder auf, „gehe ich einmal davon aus, dass wir vielleicht eine Art Zweigstelle auf Zeit in Prerow einrichten müssten.“
„Verstehe ich Sie richtig, ein Büro in Prerow?“
„Ja, in der Art. Was denken Sie, Frau Dorn, Sie konnten sich ja gerade einen ersten Eindruck von Prerow verschaffen und kennen ebenso das einschlägige Informationsmaterial, das bereits angeboten wird. Denken Sie, dass es sich lohnen würde, ein weiteres Reisebuch, speziell für die reifere Altersgruppe auf den Markt zu bringen?“
Jennifer konnte ihre Enttäuschung nur knapp verbergen. Ach, das war es also. Weil sie gerade dort war, wollte er lediglich ihre Meinung dazu hören. Obwohl, was hatte sie erwartet? Außerdem, sie dachte doch nicht etwa wirklich daran, nach Prerow zu ziehen? In Prerow zu leben? Auch wenn es nur auf Zeit wäre. Nein, sie gehörte nach Berlin. Dorfleben war nichts für sie. Das war doch klar!
Zufrieden, das für sich selbst geklärt zu haben, konnte sie nun auf Wedekinds Frage eingehen.
„Absolut, Herr Wedekind. Prerow ist ein wahres Mekka für Urlauber, aber geradezu ein Paradies für ältere Menschen. Alles ist möglich.“
Flaches Land, Wald, Strand, gesunde Luft, ideal für ältere Menschen. Jennifer war überzeugt, dass das ein kluger Gedankengang war. Sie war

schon immer der Meinung, dass der Marktwert dieser Altersgruppe in allen Bereichen noch viel zu sehr unterschätzt und vernachlässigt wurde.
Wedekind nickte zufrieden mit dem Kopf. „Ja, das dachte ich mir schon. Nun, wir werden sehen. Ich halte Sie auf dem Laufenden."
Damit war Jennifer entlassen und kehrte mit einem Wirrwarr an Gedanken im Kopf in ihr Büro zurück. Sie versuchte, ihre Gedanken zu ordnen. Was hatte Wedekind ihr gerade erzählt? Aber eigentlich war viel wichtiger, was er noch nicht ausgesprochen hatte.
Sie griff nach einer begonnen Arbeit. Sie beschloss, sich erst mal nicht weiter mit diesem Thema zu beschäftigen. Wenn die Zeit reif war, würde sie sich damit auseinander setzen. Warum sich jetzt schon verrückt machen. Aber so ganz gelang ihr das nicht.

Jennifer hatte den Förster nicht noch einmal gesehen. Mit der Zeit war sein Bild in ihrer Erinnerung verblasst und das Ziehen im Bauch, dass sie jedes Mal gespürt hatte, wenn sie an ihn dachte, blieb irgendwann aus. Im Nachhinein erschien ihr die Episode in dem kleinen Café total unwirklich. Dementsprechend unbefangen konnte sie sich am Abend den Fragen ihrer Freundinnen stellen.
„Ach komm", Bea sah sie skeptisch an, „ich hab doch gemerkt, dass da was war."
Auch Karin saß ihr gegenüber und sah sie mit großen neugierigen Augen an.
„Ihr könnt mir glauben, es gibt da absolut nichts zu erzählen. Diesen Typen vom Strand hatte ich nachmittags schon einmal im Café gesehen. Ja, er sah schon gut aus. Aber sonst nichts. Ich war dann nur so überrascht, als er mit seinem Hund plötzlich auftauchte, als wir gerade miteinander telefonierten. Mehr war nicht." Jennifer sah, dass sie Bea und Karin nicht so ganz überzeugen konnte.
„War der auch ein Urlauber?"
„Ich glaube nicht. Sah eher wie ein Förster oder so was aus."
„Also ein Naturbursche?" Bea lachte erleichtert auf. „Na, dann brauchen wir uns ja keine Sorgen machen, Karin, ein Waldschrat passt nicht in Jennys Eroberungsmuster."
„Wer weiß das schon. Vielleicht verdreht er ihr doch noch den Kopf, wo er doch so gut aussieht. So halb hat er es ja schon."
Jennifer fixierte Karin. „Wenn ich mich richtig erinnere, dann sieht dein Nachbar auch ganz toll aus und du lässt dich trotzdem nicht mit ihm ein?"

„Das ist etwas ganz anderes.“ Karin lief rot an. Aha, also auch Karin wagte hin und wieder einen Blick über den Tellerrand. Jennifer und Bea lachten. Jennifer erzählte dann von ihrer Reise nach Prerow, ihren Jugendfreunden und ihrem Entschluss, ihr Haus auf Vordermann zu bringen und es auch erst mal zu behalten. Sie berichtete den Freundinnen auch von dem Gespräch mit Wedekind. Die beiden tauschten viel sagende Blicke.
„Ich wusste es“, sagte Karin leise, „ich wusste, du gehst zurück.“
„Aber Karin, das hat doch gar nichts zu bedeuten und vor allem nichts mit mir zu tun.“
„Und wenn doch?“
Jennifer schwieg. Nein, daran wollte sie jetzt nicht denken.
Bea hatte die ganze Zeit aufgeregt auf ihrer Lippe gekaut. „Ich muss euch auch was erzählen. Ich war doch letzte Woche mit meinem Chef auf so einem Wohltätigkeitsball. Also, ich komme da in meinem roten Kleid, das, wenn ich mich bewege in hundert verschieden Tönen schimmert, ihr wisst doch, das mit dem tiefen Ausschnitt und den Rüschen“ sie wedelte wild mit den Händen herum, „da komme ich also in den Saal hineingeschwebt, und wer läuft mir als erstes über den Weg?“ Erwartungsvoll blickte sie Jennifer und Karin, die sich angestrengt bemühten, bei ihrer Schilderung nicht gleich laut los zu prusten an.
„Klaus-Michael!“
„Oh, ein Ex.“
„Ach, ich kann euch sagen, als wir uns da plötzlich wieder sahen, sind wir uns sofort in die Arme gefallen. Mir wird jetzt noch ganz warm ums Herz, wenn ich daran denke.“ Bea verdrehte verzückt die Augen.
„Und?“
„Was, und?“
„Na, wie geht es weiter?“
Bea spitzte den Mund und hob hilflos die Schultern. „Wisst ihr, wenn man verknallt ist, wird man wie zum Hündchen. Willenlos, blöd und unterwürfig.“
„Was meinst du damit?“
Bea zierte sich ein bisschen, wollte die Neugier ihrer Freundinnen noch ein wenig auf die Folter spannen. Aber dann platzte sie damit heraus. „Ich werde zu ihm ziehen.“
„Nein!“ Jennifer und Karin reagierten gleichzeitig überrascht.
„Du gehst nach München?“, fragte Karin fast weinerlich.
„So schnell?“ Jennifer konnte es nicht fassen.

„Nun, wir wissen beide noch nicht, wo die Reise hingeht, aber wir werden es herausfinden.“ Bea schlug gekonnt die Augen nieder.
„Ihr wisst nicht, wo die Reise hingeht, so, so“, kicherte Jennifer und stieß Karin in die Seite. „Na, da sind wir ja mal gespannt, nicht Karin. Aber erzähl uns doch noch einmal, wie war das, als du in den Saal *geschwebt* kamst?“
Bea guckte etwas beleidigt, lachte dann aber doch mit ihren Freundinnen.
„Ich habe ein gutes Jobangebot in München und da haben wir uns gedacht, wir könnten es ja dann mal miteinander versuchen“, sprudelte es aus ihr heraus.
„Werdet ihr in München wohnen?“
„Nein, etwas außerhalb. Ich habe vielleicht Augen gemacht, als wir das erste Mal zu seinem Haus fuhren. Ihr kennt doch sicher auch diese Filme, wo der Hauptheld im schicken Auto angefahren kommt und sich ein Tor an der Straße wie von unsichtbarer Hand öffnet, und man sich fragt: Was mag sich wohl dahinter verbergen? *Ich* weiß es. Ein Traum von einem Haus am See mit allem Pipapo, sogar einem Anlegesteg, an dem eine weiße Yacht auf den Wellen schaukelt. Ich kann euch sagen, das ist alles nicht von dieser Welt.“
Karins Zweifel wurden größer. „Und du bist sicher, dass du das Richtige tust?“
Bea beugte sich vor und sah ihre Freundinnen mit festem Blick an. „Nein. Aber ich habe mir geschworen, nichts Schönes mehr für später aufzuheben.“
„Liebst du ihn denn wenigstens? Oder ist es nur das Haus und das ganze Drumherum, was dich reizt?“
Bea hob ihr Glas. „Liebe?“ Sie nahm einen Schluck. „Oh ja, er ist göttlich.“
Jennifer beschlich wie Karin ein ungutes Gefühl, aber sie kannte Bea nun lange genug um zu wissen, dass es keinen Zweck hatte, sie umstimmen zu wollen. Bea würde herausfinden, ob sie genug für ihn und ein Leben an seiner Seite empfand. Sie griff ebenfalls nach ihrem Glas. Vielleicht sah sie selber alles viel zu kritisch und ohne die Portion Mut, die zu einem erfüllten Leben nun mal dazu gehörte. Es ist besser, Genossenes zu bereuen, als dass man nichts genossen hat, dachte sie und wünschte sich, manchmal ein bisschen mehr wie Bea sein zu können.
„Ich sehe schon, ihr lasst mich hier beide allein. Aber das hat auch was Gutes, da habe ich sowohl in München als auch an der Ostsee immer ein Bett. Man weiß ja nie.“ Karin klang traurig.
„Karin, was du immer redest, ich bleibe doch in Berlin.“ Jennifer winkte ab.

„Noch, ja. Aber ich sehe was, was du nicht siehst, nämlich, dass du in Gedanken schon ganz woanders bist."
Jennifer blickte Karin nachdenklich an. Wie konnte Karin so etwas glauben, wo sie selbst noch nicht einmal wusste, was sie wollte?

Ob Jennifer wollte oder nicht, sie sehnte sich nach Prerow.
Karin beobachtete das mit großer Sorge, Bea war gerade viel zu sehr mit sich beschäftigt, als dass sie dem Bedeutung beigemessen hätte, ihr Vater war überglücklich und ihre Mutter zeigte nicht, was sie fühlte.
Georg war wieder zum Höhlenbauer geworden und kümmerte sich um alles, was das Haus betraf. Regelmäßig erstattete er Jennifer am Telefon Bericht darüber, was Neues passiert war und Irene hielt sie über die aktuellen Geschehnisse in Prerow auf dem Laufenden. Am liebsten wäre Jennifer sofort wieder hin gefahren, aber ein umfangreiches Projekt fesselte sie auf unbestimmte Zeit an Berlin.
Sie hatte zwischenzeitlich ihre neue Wohnung in Berlin Mitte bezogen und das Leben schien in seinen gewohnten Bahnen zu laufen. Und doch fand Jennifer nicht zu der alten Normalität zurück.
Immer wieder stellte sie sich die Frage, warum sie sich nicht auf den Friedhof an das Grab ihrer Großeltern getraut hatte. Sie hatte sich jeden Tag eingeredet, dass so viele andere Dinge gerade wichtiger waren. Sie wollte es *morgen* tun. Dabei war es geblieben. Zurück in Berlin belastete sie dieses Versäumnis. Mehr noch, sie fühlte sich wie eine Verräterin.
„Dabei ist das totaler Quatsch. Ich glaube nicht an ein Leben nach dem Tod. Oma und Opa können nicht sehen, ob ich da bin oder nicht."
Dass Karin dazu nichts sagte, trug eher noch mehr zu ihrem Unwohlsein bei.
„Nun guck mich nicht so an, Karin."
„Kein Mensch hat dir einen Vorwurf gemacht. Du bist es doch selber, die sich hier kasteit. Wenn du mich fragst, dir wird es erst wieder richtig gut gehen, wenn du deine Großeltern besucht hast. Das hat was mit Abschied zu tun, würde ich sagen."

Karin sollte Recht behalten.
Jennifer kam an einem strahlend schönen Junitag nach Prerow zurück.
Kurz vor der Ortseinfahrt musste sie halten, weil mehrere Baufahrzeuge vor ihr mit schwerfälligen Wendemanövern und lautem Schnaufen über eine provisorisch angelegte Straße auf die Waldwiese abbiegen wollten.

Da standen doch letztes Mal noch die Pferde? Jetzt herrschte hier hektisches Treiben und die Wiese glich einer Großbaustelle. Einen kleinen Moment trauerte Jennifer diesem ehemals idyllischen Stück Natur hinterher, aber dann siegten doch das Gefühl der Neugier und ihre Faszination für das Neue.
Wer wohl der Glückliche war, der an dieser wunderschönen Stelle bauen durfte und vor allem, was sollte hier entstehen? Sie würde Irene und Georg später danach fragen.
Ihr erster Besuch galt diesmal ihren Großeltern. Keine Ausreden mehr, keine Zweifel. Die Zeit war reif.
Mit der alten schmiedeeisernen Pforte in der Efeuberankten Friedhofsmauer öffnete sich für Jennifer das Tor in eine andere Zeit. *Sesam öffne dich*! Auf einmal fielen alle Ängste von ihr ab und fröhliche Bilder aus ihrer Kinderzeit tauchten vor ihr auf.
Sie war oft mit Reni hier gewesen. Sie hatten herumgealbert und sich in der alten Seemannskirche gegenseitig die Beichte abgenommen, sich zu Prinzessinnen gekrönt oder geheiratet, genau so, wie sie es aus Märchenfilmen kannten. Was machte es schon, dass es sich hier um eine protestantische Kirche handelte. Davon wussten sie nichts. Sie hatten im wahrsten Sinne des Wortes einen Heidenspaß, bis der Pastor sie erwischte und raus warf.
Einmal durften Reni und sie als Blumenmädchen bei einer Hochzeit dabei sein. Sie waren sechs oder sieben Jahre alt. Jennifer war sich nicht sicher, ob sie sich daran erinnerte oder ob sie diese Geschichte einfach nur zu oft erzählt bekommen hatte. Auf jeden Fall war das irgendwann im März, als es noch nirgends Blumen zu kaufen gab. Wie sich das alles geändert hat. Heute war die einzige Schwierigkeit, sich für eine bestimmte Sorte zu entscheiden. Renis und ihr Vater waren zu einer alten Frau gegangen, auf deren großer Wiese tausende Krokusse blühten, aber sie wollte keine hergeben. Da sind die Männer nachts heimlich hingegangen und haben für ihre Töchter die Blumen geklaut. Die Alte hatte sie bei ihrem Treiben dann doch noch entdeckt. „Lichtscheues Gesindel", hatte sie ihnen hinterhergerufen.
Aber die kleinen Körbe waren voll gefüllt mit lila Krokussen.
Ob Reni sich auch noch daran erinnerte?
Jennifer ging auf die Kirche zu, fasziniert von den starken schnörkellosen Backsteinwänden und dem hölzernen Glockenturm, der durch alte kräftige Kastanien von allen Seiten bewacht wurde. Sie liebte die Schlichtheit protestantischer Kirchen. Der Prunk in den katholischen Gotteshäusern erschien ihr jedes Mal wie ein Schlag ins Gesicht all derer, die von der Last

des Lebens gebeugt ihren Allmächtigen vergebens um Hilfe baten. Sie selbst glaubte an keinen Gott.
Sie schlug die ungefähre Richtung ein, die ihr Vater ihr vorgegeben hatte, um das Grab der Großeltern zu finden.
In Alpträumen, die sie in Berlin immer wieder heimgesucht hatten, waren aus den Gräbern ringsherum gespenstische Vorwürfe auf sie niedergeprasselt und knochige Hände hatten gierig nach ihren Beinen gegriffen. Aber nichts dergleichen geschah.
Jennifer balancierte auf Zehenspitzen durch die Reihen der gepflegten Grabstellen, damit ihre hohen Absätze nicht im weichen Boden versackten, wie durch einen blühenden Garten, bis sie auf einem hellgrauen, schön geschwungenen Stein die Namen ihrer Großeltern las.
Sie hatte immer geglaubt, in diesem Augenblick vor Trauer und Scham zusammen brechen zu müssen, aber sie fühlte sich einfach nur gut. Sie wusste, dass sie sich nicht zu rechtfertigen brauchte. Es war genug, dass sie endlich da war.
Sie schloss die Augen und lauschte auf vertraute Erinnerungen.
„He ihr da", flüsterte sie, „ich bin's, Jenny."
Was tat sie hier? Jennifer sah sich verunsichert um, als hätte sie Angst, jemand könnte ihr seltsames Treiben beobachten. Sie glaubte doch selbst am allerwenigsten, dass ihre Großeltern sie hören konnten. Sie redete mit einem Stein. Mit einem grauen, kalten Stein!
Und doch sprach sie weiter. Erst leise, dann immer deutlicher und schneller. Alles, was sie so lange belastet hatte, der ganze Schmerz, die unendliche Sehnsucht brachen aus ihr heraus. Ohne sich dessen bewusst zu sein erzählte Jennifer von ihrem Leben ohne die Großeltern, von den glücklichen und den verzweifelten Momenten, von erfüllten und geplatzten Träumen.
Jennifer legte ihre große Tasche auf den Boden und setzte sich vorsichtig drauf.
„Und stellt euch vor, Georg restauriert euer Haus. Unser Haus. Das Dach, die Fenster, alles wird neu. Er hat mir nicht mal ein Bild geschickt zwischendurch. Es soll eine Überraschung sein, hat er gesagt. Ich weiß noch gar nicht, wie es jetzt aussieht." Jennifer schlang die Arme um die Knie, streckte ihr Gesicht in die Sonne und erzählte von ihren Eltern, von Julia, den Freunden in Berlin, von Irene und dem Abend mit Wilhelm und Christiane, von Wedekind und ihrem heimlichen Wunsch, vielleicht doch eine Zeit lang hier zu bleiben.

Sie schwieg eine Weile und guckte träumerisch vor sich hin. „Ihr habt nie vom Sturm gesprochen. Ihr habt es doch gewusst?“, flüsterte sie und schloss die Augen. „Es ist so schön, wieder hier zu sein.“
Dann stand sie auf, klopfte den Sand von der Tasche und strich sachte über den Stein. „Ich komme wieder, versprochen. Ich lasse euch nie wieder so lange warten.“
Mit einer unerwarteten Leichtigkeit lief sie zum Parkplatz zurück.
„Hallo, schöne Frau, so sieht man sich wieder.“ Neben ihr war Friedrich Korella aus seinem Wagen ausgestiegen. Er musterte sie unverhohlen und strahlte. Er hatte einen kleinen Blumenstrauß in der Hand.
Jennifer brauchte einen Moment ehe sie ihn erkannte, aber dann fielen ihr die tanzenden Enten ein. Korella wirkte in Jeans und Poloshirt deutlich jünger und attraktiver, das musste man ihm lassen.
„Ich sehe, Sie haben Ihr phantastisches Auto gegen ein …“
„Praktisches eingetauscht, ja“, unterbrach sie ihn und schaute zufrieden auf ihren gelben Cross Polo.
Bea hatte den Wagen abschätzig angesehen und gemeint, ein gelbes Auto wollte sie nicht einmal geschenkt haben. Dann kniff sie die Augen zusammen und machte einen spitzen Mund. „Obwohl, geschenkt?“
Am Ende tauften sie ihn gutgelaunt mit viel Sekt und Pfirsichlikör (Karin und Bea waren begeistert!).
„Er heißt Mao“, meinte Jennifer, amüsiert über Korellas verständnislosen Blick.
„Mao? Das Auto?“
„Ja, schließlich ist er klein und gelb. Und gerade jetzt, wo die Chinesen weltweit so präsent sind, passt das doch ausgezeichnet“, fügte Jennifer belustigt hinzu.
Korella prustete los. „Also gut“, er konnte kaum aufhören zu lachen, „wie ist es, darf ich Sie und Mao zu einem Kaffee einladen?“
Jennifer warf einen Blick auf die Blumen in seiner Hand. „Mir scheint, Sie wollten gerade einen Besuch abstatten.“
Er wurde ernst. „Meine Frau ist vor zwei Jahren gestorben“, er blickte zum Friedhof rüber. „Sie hätte heute Geburtstag gehabt.“ Er sah Jennifer an und lachte schon wieder. „Das ist doch Grund genug, einen Kaffee zusammen zu trinken oder was meinen Sie?“ Er sah sie bittend an. „Geben Sie mir zwei Minuten. Sie wird es verstehen.“
„Na gut, aber nicht lange. Ich habe nur das Wochenende und noch so viel zu tun.“ Sie konnte es ihm einfach nicht abschlagen.
Kurze Zeit später betraten sie die Terrasse vom „Strandeck“.

Jennifer hatte mit einem schnellen Blick die anderen Tische überschaut, aber der Förster war nicht da. Fast war sie ein wenig enttäuscht.
„Woran denken Sie?“, riss Korella sie aus ihren Gedanken.
„Ach, wissen Sie“, Jennifer fühlte sich ertappt, sie konnte ihm ja schlecht sagen, dass sie gerade nach einem anderen Mann Ausschau hielt, „ich musste daran denken, dass ich erst vor gut zwei Monaten genau hier gesessen habe, und dass heute alles ganz anders ist. Ich hätte nicht gedacht, dass ich so schnell, nein, eigentlich, dass ich je wieder hier sein würde. Vor allem hätte ich nie geglaubt, dass mir das alles hier so viel bedeuten würde.“
Er nickte mit dem Kopf. „Sie haben sich in Prerow verliebt.“
„Das habe ich schon vor vierzig Jahren getan. Ich hatte es nur zwischenzeitlich vergessen.“
Die Kellnerin kam und sagte ihren bekannten Spruch auf. Jennifer bestellte Kaffee und ließ sich erneut zu einem kleinen Stück Kuchen überreden, während Korella sich für ein großes Stück Torte entschied.
Er bemerkte ihren Blick. „Ja, ich weiß, ich sollte keinen Kuchen essen. Aber ab und an gönne ich mir doch mal ein Stück.“ Er streckte sich ein wenig, als wollte er damit seinen Bauch vertuschen. „Sie kennen Prerow also? Wer oder was hat Sie vertrieben?“
„Ich war eigentlich immer nur Zaungast. Meine Großeltern waren Prerower und ich war Ferienkind. Nach dreißig Jahren wollte ich nur noch einmal her kommen. Ich weiß nicht einmal, warum. Ich dachte, ich gucke mich ein bisschen um und fahre nach Berlin zurück und mache weiter, wo ich aufgehört habe.“
„Und nun machen Sie weiter, wo Sie aufgehört haben, nur eben nicht in Berlin, sondern hier?“
„Na ja, nicht ganz, aber irgendetwas ist mit mir passiert. Prerow hat mich neu infiziert.“ Jennifer lachte verlegen. „Und Sie? Sie sind doch auch nicht von hier?“
Korella wischte sich den Mund ab und schob den Teller von sich. „Ich lebe seit einigen Jahren hier. Früher war ich auch ein Stadtmensch. Dann machten meine Frau und ich hier Urlaub. Wir hatten ein Sauwetter, kann ich Ihnen sagen, aber der Sturm…, haben Sie hier schon mal Sturm erlebt? Auf jeden Fall waren wir hin und weg und sind hergezogen. Ich hab `s nie bereut. Voriges Jahr wurde dann die Stelle des Kurdirektors ausgeschrieben. Eine tolle Chance.“
„Ich habe von Ihrem Vorgänger gehört. Was hatte er noch gesagt? Kurdirektor in Prerow zu sein wäre der Hauptgewinn seines Lebens. Nach einem

Jahr hatte er irgendwo anders wohl noch mehr gewonnen. Weg war er. Werden Sie durchhalten?"
„Davon gehe ich aus. So leicht hat mich noch nie etwas aufhalten können."
Jennifer sah ihn prüfend an. Was hielten Reni und Georg wohl von ihm? Noch etwas, was sie die beiden fragen würde. Sie schaute auf ihr Uhr.
„Tut mir leid, ich muss jetzt wirklich gehen. Vielen Dank für den Kaffee, Herr …" Oh Mann, sie hatte seinen Namen vergessen. Sie sah ihn hilflos an.
„Korella, Friedrich", half er ihr lächelnd. „Verraten Sie mir auch, wie Sie heißen?"
„Natürlich, entschuldigen Sie meine Unhöflichkeit", Jennifer ärgerte sich über sich selbst. Hatte sie denn jeden Anstand vergessen? „Jennifer Dorn."
„Dorn wie Rose?", fragte Korella charmant und stand auf, um sie zu verabschieden. „Vielleicht darf ich Sie mal wieder auf einen Kaffee einladen?"
„Ich weiß gar nicht, wann ich wieder hier sein werde", sagte Jennifer schnell. Sie meinte, eine Spur von Enttäuschung auf seinem Gesicht zu sehen und er tat ihr leid. „Aber wir laufen uns bestimmt mal wieder über den Weg", fügte sie darum eilig hinzu.
Als sie sich umdrehte und ging, hatte sie ihn schon fast vergessen. Zu sehr zog es sie zu ihrem Haus. Was Georg wohl inzwischen geschafft hatte? Sie konnte ihre Ungeduld kaum zügeln.
Korella bestellte sich noch einen Kaffee. Er würde sie wieder treffen. Dafür würde er schon sorgen.

Jennifer fühlte sich wie Alice im Wunderland. War das das verfallene kleine Häuschen, das sie zurück gelassen hatte? Sie konnte es kaum glauben. Das neu gedeckte Dach leuchtete ihr gold entgegen und in den weißen Fenstern spiegelten sich übermütige Sonnenstrahlen wider. Die frisch gestrichenen Hauswände präsentierten sich angeberisch zu allen Seiten, während die Fensterläden, die wieder akkurat in ihren Angeln hingen, gemütlich vor sich hin dösten.
Langsam ging sie auf das Haus zu, als hätte sie Angst, das Bild könnte sich auflösen und wie eine Fatahmorgana verschwinden.
Georg hatte sogar den kleinen Garten auf Vordermann gebracht. Jennifer kam aus dem Staunen nicht raus.
Nun hielt sie nichts mehr. Hektisch kramte sie in ihrer Tasche nach dem Schlüssel. Diesmal bekam sie die Tür sofort auf.

Ihre hohen Absätze klapperten auf den Holzdielen, als sie langsam durch das Haus ging, und es hallte durch die leeren, Licht überfluteten Räume. Die Wände waren alle schneeweiß gestrichen.
Mitten im Wohnzimmer stand eine gelbe bauchige Vase mit einem großen bunten Blumenstrauß auf dem Fußboden.
Die einzigen Möbel im Haus waren ein Campingtisch und drei Klappstühle in der Veranda. Auf dem Tisch wartete ein Sektkühler mit einer ungeöffneten Flasche Champagner auf sie. Ein kleiner gelber Zettel pendelte an einer goldenen Kette am Flaschenhals hin und her. RUF AN, WENN DU DA BIST!
Jennifer strahlte vor Glück. Konnte das Leben schöner sein?
Nur ein paar Minuten später saß sie mit Irene und Georg zusammen und stieß mit ihnen auf die gelungene Überraschung an.
„Wie habt ihr das in der kurzen Zeit nur hingekriegt?"
„Gefällt es dir?"
„Und wie! Ich kann euch gar nicht sagen, wie ich mich freue. Es ist ein Traum. Wie kann ich das bloß wieder gut machen?"
„He, du hast gesagt, was du wie haben wolltest und schließlich ja auch dafür bezahlt", versuchte Georg abzuwiegeln.
„Ja, das stimmt wohl", witzelte Jennifer. „Als ich herkam, hatte ich das Geld und du die Erfahrung. Jetzt hast du beides."
Sie lachte herzlich, wurde dann aber wieder ernst.
„Aber so schnell, sag nicht, dass das normal ist."
„Na ja, vielleicht nicht ganz normal. Es hat eben alles gut geklappt. Ist schon von Vorteil, gute Freunde zu haben und eine Menge Leute zu kennen."
„Was denkst du, was für einen Spaß Georg bei alledem hatte. Höhlenbauer eben." Irene lachte. „Weißt du schon, wie du das Haus einrichten willst?"
Jennifer sah sich um, als würde sie die Lösung dieser Frage in den leeren Räumen finden. „Ich werde mich mit meinem Haus beraten", sie schmunzelte verschwörerisch. „Ich habe im Juli Urlaub, wenn ich Glück habe, drei Wochen. Dann möchte ich gern einziehen. Lasst euch einfach überraschen. Wir werden eine tolle Party feiern." Sie hob ihr Glas. „Einige Ideen habe ich schon."
„Wenn du Hilfe brauchst, ich bin ein fantastischer Gardinennäher …"
„Das ist ganz lieb von dir, aber ich glaube, ein paar Eigenleistungen bin ich meinem wunderschönen Haus auch schuldig. Ich liebe es jetzt schon."
Sie diskutierten noch eine Weile über Möbel, Stoffe und Dekorationen.

„Aber mal was ganz anderes", Jennifer fiel die Baustelle wieder ein, „sagt mal, was wird da am Ortseingang gebaut? Das sieht ja nach etwas ganz Gewaltigem aus."
„Oh ja, das kann man wohl sagen", Georg schnaufte verächtlich. „Das wird ein Pferdehof mit allem erdenklichen Luxus. Der Kerl hat dafür Millionen Fördermittel abgeschöpft."
Irene boxte ihn in die Seite. „He, das weißt du doch gar nicht."
„Aber sicher. Stand doch neulich in der Zeitung. Weiß ich wie viel Fördergelder für Dreiseitenhof nach traditioneller Art."
„Aber es war nicht von Millionen die Rede."
„Nein", brummelte Georg zerknirscht, „aber bei so einem Objekt wird das schon eine ungeheure Summe sein."
Jennifer musterte ihn spöttisch. „Täuscht mich mein Gefühl, oder kannst du den Mann nicht leiden? Wer ist er?"
„Das ist es ja", sagte Irene lachend, „nicht genug, dass er nicht von hier ist, nein, er ist auch noch aus dem Westen."
„Und seltsamer Weise darf der an einer Stelle bauen, die total außerhalb der Bebauungszonen von Prerow liegt. Das ist Außenbereich, da gibt `s eigentlich keine Baugenehmigung. Das hätte mal einer von uns versuchen sollen."
„Es hat hier aber noch nie einer versucht." Irene beugte sich zu Georg rüber. „Sei doch nicht so verbohrt. Für einen Reiterhof ist es der perfekte Platz. Oder wolltest du den mitten im Ort haben? Ich bin sicher, das wird den Reittourismus tüchtig ankurbeln, vor allem in der Vor- und Nachsaison." Der Campingstuhl knarrte verdächtig, als Irene sich vorsichtig nach hinten lehnte. „Ich habe das Modell gesehen", sagte sie an Jennifer gewandt, „es wird eine tolle Anlage."
Georg gab sich geschlagen. „Ja, Madam Reisebüro, da magst du Recht haben. Aber ich glaube dennoch, dass sich da irgendwelche Leute ganz schön die Bälle zuspielen."
„Und ihr kennt den Mann noch nicht?"
„Nein. Robert hatte schon mit ihm zu tun. Er meinte, der führt sich auf wie der Herr Großgrundbesitzer persönlich. Will wohl am liebsten den ganzen Nationalpark gleich dazu kaufen."
„Oh je, und das Robert, der mit seinem Wald ja fast verheiratet ist." Irene konnte sich über die sturen Männer nur amüsieren. „Ach, du hast Robert ja noch gar nicht kennen gelernt, Jenny. Einen größeren Verteidiger unseres Waldes findest du nirgends. Was denkst du, Georg, Robert könnte doch heute Abend mit uns essen?"

„Er ist doch gerade auf Schulung. Irgendwo in Bayern, glaube ich. Er war ganz schön sauer. Als wenn die Ahnung von unserem Nationalpark hätten."
Jennifer erinnerte sich. Von Robert war schon mal die Rede gewesen. Ach ja, bei Wilhelm und Christiane. Ob Christiane ihn meinte, als sie von den Leuten in Birkenstockschuhen sprach? Unwillkürlich tauchte vor ihr das Bild eines dünnen Mannes im Pudelmützendesign auf, der mit strähnigem Haar und zotteligen Bart auf allen Vieren durch den Busch kroch. Selbstverständlich ein Vegetarier.
„Scheint ja ein ganz Besessener zu sein, euer Freund Robert."
„Nein, eigentlich ist er ganz Netter. Aber wie gesagt, wenn es um seinen Wald geht…"
„Na ist doch auch richtig. Kann doch nicht jeder machen, was er will." Georg verteidigte ihn verbissen.
„Ist ja gut", Irene stand auf und streckte sich, „nur nicht wieder dieses Thema. Weißt du, Jennifer, darüber können sie Stunden, ach, was sag ich, Tage diskutieren. Ihr Wald, ihr Wild, ihre Welt."
Sie trat ans Fenster. „Was für ein herrlicher Tag."
„Ach, da fällt mir noch etwas ein." Jennifer erzählte Irene und Georg von ihrem Besuch auf dem Friedhof und der Begegnung mit Korella. Die beiden grinsten und wechselten einen viel sagenden Blick.
Jennifer kniff die Augen zusammen und verschränkte die Arme vor der Brust. „Oh nein, das unterstellt ihr mir nicht. Ich sehe genau, was ihr denkt. Da nehme ich doch lieber euren Freund Jimmy mit seinem verrückten kleinen Hund."
„Vergiss es, der ist schon über dreißig Jahre ohne jegliche Ermüdungserscheinungen verheiratet."
„Ja, bei den beiden brummt der Trafo, und brummt, und brummt", fügte Irene lachend hinzu.
Jennifer zog fragen die Augenbrauen zusammen.
„Na, du weißt schon. Die hängen immer noch wie die Kletten aneinander."
Dann erzählten sie, dass Korella ein recht schweres Erbe als Kurdirektor angetreten hat. Sein Vorgänger hatte Neuerungen im Ort eingeführt, die sich zum Teil als recht problematisch herausstellten. So war unter seiner Regie der gemeindeeigene Bauhof aufgelöst, die Leute entlassen und alle anfallenden Arbeiten im Ort an etliche verschieden private Firmen vergeben worden. Die zu koordinieren und außerhalb ihrer turnusmäßigen Einsätze auf Notfälle zu reagieren war so gut wie unmöglich. Aber Ordnung und Sauberkeit hatten nun mal höchsten Stellenwert.

„Korella arbeitet nun daran, wieder einen gut funktionierenden Bauhof in Gang zu bringen. Prerow braucht Reinigungskräfte, Gärtner und Handwerker vor Ort. Das hat der Mann richtig erkannt."
„Er setzt sich auch gewaltig für eine bessere touristische Entwicklung in Prerow ein." Irene bedachte Georg mit einem hämischen Seitenblick. „Er hat sich zum Beispiel für den Reiterhof mächtig ins Zeug gelegt. Er weiß eben, dass allein mit Feuerwerk kein Blumentopf zu gewinnen ist."
„Feuerwerk?"
„Ach, sein Vorgänger wurde nur *Pyromane* genannt, weil es in seiner Ära besonders viele Feuerwerke gab. Sicher, die Leute mochten das, aber man muss sich das auch leisten können. Prerow hat andere Sorgen." Georg guckte mürrisch.
„Ja, zum Beispiel ein Golfplatz für unserer Region", setzte Irene noch einen drauf.
„Habt ihr denn da Platz für?"
Das Thema war für Georg anscheinend wieder ein rotes Tuch, denn er brauste gleich wieder auf. „Noch so ein Ding, kann ich dir sagen. Da hockt schon einer in den Startlöchern, natürlich auch aus dem Westen, und lauert nur noch darauf, dass das Land ihm die großen, im Moment noch landwirtschaftlich genutzten Flächen am Bodden und Teile vom Nationalpark frei gibt. Und Fördermittel natürlich."
„Aber was ist da schlecht dran?" Jennifer konnte Georg nicht verstehen. Ein Golfplatz wäre doch ein Geschenk des Himmels.
„Was daran schlecht ist? Es geht wieder ein Stück echte Natur verloren." Georg sah sie verständnislos an.
Irene lachte. „Jenny, darf ich vorstellen, der Kämpfer für ewige Naturbelassenheit, ohne Wenn und Aber. So eine Art Robin Hood des Darßwaldes."
Als Irene und Georg weg waren, blieb Jennifer nachdenklich zurück. Hier prallten gegensätzliche Kräfte aufeinander und jeder meinte, das Beste für Prerow zu wollen. Erstaunlich fand sie, dass gerade die Frauen offen für Neues waren, während ihre Männer vehement auf alte Werte und Natur pur beharrten und Quertreiber konsequent ablehnten. Hieß es nicht immer, die Männer wären die Macher?
Aber nur Natur reichte den Menschen schon lange nicht mehr. Eine erfolgreiche Tourismusstrategie erforderte, Erlebnisse in die Natur einzubetten. Das mussten die Männer doch auch verstehen.
Jennifer dachte an Korella und den Mann vom Pferdehof. Die hatten das verstanden. Oder lag es einfach nur daran, dass sie nicht von hier waren und rein geschäftlich dachten?

Aber was ging es sie an. Sie hatte sich jetzt erst mal um ihr Haus zu kümmern. Sie kramte in ihrer Tasche und holte Schreibpapier und Stift heraus. Sie hatte doch auch ein Maßband eingesteckt? Ach, da war es ja. Schließlich musste sie sich ernsthaft um Möbel kümmern.
Und um einen Korkenzieher. Kein Rotwein heute.
Jennifer sah die Räume vor sich, wie sie unter Rüdigers Regie aussehen würden. Sie kicherte. So wusste sie zumindest schon mal, was sie nicht wollte. Sie lehnte sich gegen den Türrahmen und versuchte, sich ihr Wohnzimmer vorzustellen.
Sie sah einen riesengroßen Tisch vor sich, um den eine Menge Freunde herum saßen und fröhlich lachten.
Und dort am Fenster würde ihr Sessel stehen. Aber Moment mal, ihr Sessel stand in Berlin, wo sie lebte. Jennifer schüttelte den Kopf. Sie hatte unversehens schon wieder ihren Lebensmittelpunkt nach Prerow verlegt. Aber das ist und bleibt ein Ferienhaus, sagte sie sich streng.
Mit schnellen Strichen nahm ein Raum nach dem anderen Gestalt an auf dem Papier. Doch dann beschlichen sie erneut die alten Zweifel? War es wirklich das, was sie wollte, oder konterte sie damit nur Rüdigers Geschmack?
Am Ende beschloss sie, erst einmal nur das nötigste anzuschaffen und alles andere nach und nach zu entscheiden.

Jennifer befestigte die letzten Luftballons an den Fensterläden und der alten Rotbuche. Aus der geöffneten Verandatür drang leise Musik auf die sonnige Terrasse hinaus.
Jennifer warf einen prüfenden Blick auf die gedeckte Tafel. Die gelben Servietten flatterten im leichten Wind wie Schmetterlinge, die zu den orangefarbenen Blüten überall auf dem Tisch fliegen wollten und nur eine kurze Rast auf den Tellern machten.
Alles war vorbereitet. Ihre Freunde konnten kommen.
Die Wochen bis zu ihrem Urlaub waren rasend schnell vergangen. Im Büro war es, wie immer vor der Ferienzeit, sehr hektisch zugegangen, so dass sie kaum Gelegenheit hatte, sich mit der Einrichtung ihres Hauses zu beschäftigen.
Jennifers kleines Paradies war bei weitem noch nicht perfekt, aber bewohnbar. Mit der Zeit würde immer ein bisschen mehr von ihren Wünschen und Träumen seinen Platz finden.
Vielleicht gehörte auch ihr Sessel dazu? Jennifer blickte liebevoll auf ihre Aquarelle an der sonnenüberströmten Wohnzimmerwand.

„Jenny, wo hast du die Holzkohle?" Ihr Vater guckte um die Ecke. „Ach, ist schon gut, Julia bringt sie gerade."
Ein Arm legte sich um sie. Jennifer drehte sich um und sah ihre Mutter glücklich an. „Ich bin so froh, dass du mit gekommen bist, Mutti", sagte sie leise.
„Hast du daran gezweifelt?" Ihre Mutter strich ihr sacht übers Haar. Jennifer fiel wieder einmal auf, dass ihre Mutter alt geworden war. Das feine Haar war fast weiß und ihre Haltung gebeugt. Aber sie bemerkte auch eine Zufriedenheit in ihren Zügen, wie sie schon lange nicht mehr gesehen hatte.
„Es ist ein schönes Haus geworden."
Jennifer verstand, was ihre Mutter ihr damit sagen wollte. Auch sie hatte ihren Frieden mit Prerow gemacht, wenngleich sie es nie zugeben würde.
Jennifer schaute auf die Uhr. Gleich würden ihre Freunde eintrudeln. Sie feierte den Start in einen ganz neuen Lebensabschnitt mit den wichtigsten Menschen in ihrem Leben. Nur Bea konnte nicht kommen. Sie war mit ihrem Liebsten gerade in Venedig. Schade, Jennifer vermisste sie.
Aber sie hatte versprochen, später zu kommen.
Als alle vergnügt um den Tisch herum saßen, glaubte Jennifer, dass das Leben nicht schöner sein konnte. Sie beobachtete Irene und Karin, die sich auf Anhieb verstanden und gerade gemeinsam herzlich lachten. Martin saß neben Herrn Grell und musste immer wieder mit ihm anstoßen. Irene hatte Jennifer schon vorgewarnt, dass ihr Schwiegervater gern mal einen mehr trinkt. Martin versuchte nun verzweifelt, seine plattdeutschen Witze zu verstehen. Armer Martin. Jennifer bedauerte ihn, aber nur ein ganz klein wenig. Grell amüsierte sich über seine alten Kamellen sowieso selber am meisten.
Georg, Wilhelm, Jimmy und noch ein paar Männer, die beim Hausbau geholfen hatten diskutierten lautstark über die Rettung des Waldes, über den Wildbestand und die Ungerechtigkeiten auf dieser Welt. Was sonst. Aber ihr Oberguru fehlte mal wieder. Robert musste irgendwo anders hin. Jennifer hatte bald den Eindruck, dass es ihn gar nicht gab, er so eine Art Mythos war, ein eingebildeter Freund, um den sich die heißesten Geschichten rankten.
„…nur kurz aus dem Auto ausgestiegen um etwas zu gucken und den Schlüssel stecken gelassen. Und was macht sein Köter? Tobt rum wie ein wilder und verriegelt den Wagen von innen." Georg schlug sich amüsiert auf die Schenkel. „Mitten im Wald. Und das Telefon mal wieder zu Hause auf dem Tisch. Robert hätte den Hund wohl am liebsten erschlagen in dem

Moment. Aber der saß ja sicher im Auto." Er konnte sich kaum halten vor Lachen.
Ihr Vater lebte im Kreis der Männer spürbar auf. Sie glaubte den jungen Mann von dem Foto in ihm wieder zu erkennen. Wie sehr musste ihm das in all den vielen Jahren gefehlt haben.
Ihre Mutter schien das gleiche zu sehen. Auf ihrem Gesicht spiegelte sich eine liebevolle Überraschung wider, und mit geröteten Wangen rückte sie ihren Stuhl ein bisschen näher an seinen heran.
Später, in der Küche beim Abwasch, fragte Jennifer sie, wie sie es bei all den Problemen, die sie hatten, dennoch schaffen konnten, ihre Liebe zu bewahren.
„Weißt du, Jennilein, wir haben uns damals einfach ohne Hintertür aufeinander eingelassen. Ich glaube, die jungen Leute heute haben den Sinn für das Einfache verloren."
„Für das Einfache? Du meinst, gemeinsam alt zu werden, wäre einfach?"
„Ja, das denke ich schon. Wenn man sich füreinander entscheidet, muss man aufhören, zu vergleichen. Das Vergleichen ist das Ende des Glücks und der Anfang der Unzufriedenheit. Das Geheimnis einer glücklichen Beziehung ist, sich auf *einen* Menschen zu konzentrieren und nicht mit einem Auge nach der Tür zu schielen, ob da nicht noch ein besserer kommt."
„Ach Mama, wenn das doch wirklich so simpel wäre. Ich hab das doch alles so gemacht. Ich habe mich verbogen, dass ich mich am Ende selbst nicht mehr erkannt habe. Vielleicht werde ich nie wieder ich selbst sein. Alles nur für ihn. Und was hat es gelohnt?"
Jennifers Mutter lächelte traurig. Sie nahm ihre Tochter in den Arm. „Das klappt auch nur, wenn beide so denken. Einer allein zerbricht daran. So oder so. Sicher, Kompromisse gehören zu einer guten Partnerschaft, denn jeder Mensch hat seine eigene Persönlichkeit, auf die man sich nun mal einstellen muss. Man kann die eine oder andere Kleinigkeit hinbiegen, aber nicht die ganze Persönlichkeit. Tut man es doch, verliert der Partner genau das, weswegen man sich eigentlich in ihn verliebt hat und leidet noch dazu unter seinen widersprüchlichen Gefühlen." Sie schaute versonnen durch das Fenster zu den Männern auf der Terrasse. „Wenn man es schafft, einander auch nach Enttäuschungen noch zu schätzen, dann beginnt die Zeit der Entspannung und Stabilität in der Liebe." Sie streichelte unbewusst Jennifers Hand. „Ich habe deinem Vater einen großen Kompromiss abgefordert. Einen zu großen, das ist mir heute klar. Dazu hatte ich nicht das Recht. Ich hatte Glück, dass seine Liebe stark genug war. Aber dafür war er

auch nie wieder der Mann, in den ich mich damals verliebt habe. Das war der Preis, den ich zu zahlen hatte."
Sie hielt Jennifer ein Stück von sich ab und wischte ihr die Tränen weg. „Du wirst wieder du selbst sein. Ich habe dich vorhin beobachtet, du bist schon sehr nahe dran. Und es wird einen Mann geben, der dich so liebt, wie du wirklich bist. Versprich mir, dass du nicht wieder verbiegen lässt."
Jennifer nickte zaghaft.
„Ach, hier habt ihr euch versteckt", Julia kam mit einer leeren Flasche Sekt in die Küche. Sie schaute die beiden Frauen fragend an. „Alles in Ordnung mit euch?"
Aber dann lachte sie. Was sollte nicht stimmen. Die Familie war zusammen, die besten Freunde bei ihnen und es war ein traumhafter Tag.
„Das Haus ist wunderschön, Mama. Ein bisschen leer noch vielleicht." Julia guckte sich prüfend um und zog skeptisch die Nase kraus.
Jennifer folgte ihrem Blick und nickte unmerklich mit dem Kopf. Die Worte hallten noch wie ein Echo in den Bergen durch die Räume, die jetzt deutlich größer wirkten als vorher. Außer der Eckcouch und dem herrlich großen Eichesstisch mit immerhin acht Stühlen hatte Jennifer noch nichts weiter gekauft. In der Ecke standen immer noch die Umzugskartons mit den Sachen, die irgendwann einmal in Schränke gehörten.
Wenn erst Gardinen an den Fenstern wären und vielleicht ein paar Läufer auf dem Boden…? Oder würde sie es doch lieber sehr schlicht lassen?
„Ich bin mir noch nicht so ganz sicher, was ich will."
„Wie auch immer", Julia drehte sich in jugendlichem Überschwang im Kreis, „es ist ein Traum."
Von draußen klangen laute Rufe nach mehr Sekt, und die Frauen gingen zurück und ließen sich bereitwillig in den Strudel der guten Laune hineinziehen.
Es war spät, als alle Freunde gegangen waren und sie mit Julia noch schnell aufgeräumt hatte.
Jetzt stand sie allein in der Veranda, schaute in die Nacht hinaus und wiegte sich sachte zu der leisen Musik.
Julia hatte die kleine Kammer bezogen, ihre Eltern schliefen im Schlafzimmer. Jennifer grinste bei dem Gedanken daran, wie verwundert ihre Mutter auf das breite Bett reagiert hatte. Jennifer liebte ihr Bett, auch wenn sie sich manchmal etwas verloren darin vorkam. Aber wer weiß, vielleicht eines Tages…?
Jennifer machte es sich auf ihrer neuen Kuschelcouch bequem. Sie erschauderte bei der Vorstellung daran, auf Rüdigers Designersofa übernach-

ten zu müssen. Auf dem Ding konnte man ja nicht mal richtig sitzen. Mit der grotesken Vorstellung von einem auf seinem Sofa bis zur Unkenntlichkeit zusammengerollten Rüdiger schlief sie selig ein.

Jennifer saß in einer schattigen Ecke ihrer Terrasse und genoss den frischen Wind auf ihrer Haut. Es war brütend heiß.
Julia war wieder in München, ihre Eltern zurück in Berlin und Karin schmorte mit ihrem Martin am Strand in der Sonne. Irene hatte sie eindringlich vor einem Sonnenbrand gewarnt, aber ob das wohl etwas genutzt hat?
Eigentlich wollte Jennifer jeden Tag ein Stückchen Prerow erkunden. Sie hatte so vieles noch nicht gesehen, wovon ihre Freunde schwärmten. Ihr Fahrrad stand hinten im Stall und wartete nur darauf, sie überall hin zu bringen. Aber Jennifer war von einer wohligen Faulheit befallen, der sie sich hemmungslos hingab. Na und, Leuchtturm, hohe Düne und Bodden würden ihr nicht weg laufen. Genau so wenig der Weststrand, der absolute Spitzenreiter aller hiesigen Sehenswürdigkeiten. Gerade wurde er zu einem der zwanzig schönsten Strände der Welt gekürt. Aber Jennifer hatte ein Problem. Es reizte sie schon, dort hin zu kommen, aber der einzige Weg führte nun mal durch den Wald. Das fiel aus.
Als Kinder hatten Reni, Georg und sie ganze Tage im tiefsten Dickicht verbracht und ihre Abenteuerträume gelebt. Aber das Stadtleben hat ihr die wilde Natur fremd werden lassen. Ein schlauer Psychiater würde vielleicht Rüdiger ins Feld führen. Sozusagen eine unbewusste Gegenreaktion zu Rüdigers Vorliebe für Wald und Jagd. Eine der wenigen Möglichkeiten, sich von ihm zu distanzieren. Aber Jennifer glaubte nicht an solchen Hokuspokus.
Außerdem, was sollte am Wald faszinierend sein. Es waren Bäume, mehr nicht.
Sie räkelte sich zufrieden in ihrem Liegestuhl. Am Sonntag sollte sie unbedingt zum Tonnenabschlagen gehen, aber heute war ja erst Sonnabend. Sie konnte also ganz beruhigt den Tag damit verbringen, absolut nichts zu tun.
„Das musst du erlebt haben“, hatte Irene im Brustton der Überzeugung gesagt und leise, mit einem Augenzwinkern hinzugefügt, „da kriegst du noch richtige Mannsbilder zu sehen.“
Jennifer konnte sich ganz schwach erinnern, dass sie als Kinder diesem Tag immer entgegen gefiebert hatten. Das mochte natürlich auch an Eiscreme und Zuckerwatte gelegen haben, die es dort gab. Damals fand das Tonnenabschlagen in der Grünen Straße statt, genau vor Georgs Haustür. Die

sandige Straße hatte sich im Handumdrehen in eine Staubwüste verwandelt, die Reiter und Zuschauer zu verschlucken drohte.

Abends hatte Oma sie in die Wanne gestellt und von Kopf bis Fuß abgeschrubbt. Das war ein Spaß. Jennifer lachte in sich hinein. Stimmt ja, Oma war so wasserscheu. Sie hat jedes Mal laut gequietscht, wenn Jennifer sie nass gespritzt hatte. Jennifer überlegte. Oma und Opa waren nie an den Strand gegangen, nicht mal zum Baden. Das, wofür viele Menschen von je her viel Geld bezahlten, hatte für sie keine Bedeutung. Oder eben eine ganz andere.

Jennifer ging in die Küche, um sich einen Kaffe zu kochen.

Irene und Georg waren für ein paar Tage in Hamburg, wo ihre Jungs gerade vor Anker lagen. Als sie ihr das erzählt hatten, konnte Jennifer erkennen, wie sehr sie ihnen doch fehlten. So ist das nun mal, dachte Jennifer, du kannst dir hundert Mal einreden, du hast auch ohne deine Kinder ein erfülltes Leben. Am Ende bist du ohne sie doch immer nur ein Teil deiner selbst.

Karin und Martin wollten abends nach Ahrenshoop, um von der Steilküste aus den Sonnenuntergang zu beobachten. Das klassische Touristenprogramm eben. Jennifer hatte dazu keine Lust. Sie beschloss, diesen herrlichen Abend für einen Spaziergang zu nutzen. Sie liebte es, mit den Füßen im Wellenschlag entlang zu laufen, wenn die meisten Urlauber den Strand bereits verlassen hatten.

Jennifer genoss die belebende Dusche, die die Hitze des Tages aus ihrem Körper nahm. Sie legte den Kopf in den Nacken und ließ den Wasserstrahl wie kühlende Hände über ihr Gesicht, die Schultern und die Brüste gleiten, über die leichte Wölbung des Bauches, an den Beinen hinunter, bis es schließlich leise gluckernd im Abfluss verschwand.

In ein leuchtend blaues Handtuch gewickelt stand sie vorm Spiegel. Aus den Sommersprossen, die im Frühjahr über ihr Gesicht tanzten war eine gleichmäßige zarte Bräune geworden, obwohl Jennifer die direkte Sonne weitestgehend mied. Sie hatte genug Frauen kennen gelernt, die zu den Sonnenanbetern gehörten und am Ende eine verblüffende Ähnlichkeit mit Lederstrumpf hatten und um Jahre gealtert waren. Die meisten erkannten das selbst aber nicht.

Vorsichtig zog Jennifer die Bürste durch das nasse Haar. Sie ging einen Schritt zurück und musterte ihr Spiegelbild eingehend. Wie sie wohl mit kürzerem Haar aussehen würde? Ihr blondiertes Haar erschien ihr im Licht der Sonne noch heller. An ihre Naturhaarfarbe konnte sie sich kaum erinnern. Straßenköterblond oder so was ähnliches. Soweit sie zurück denken

konnte, hatte sie langes Haar, trug es aber nie offen. Meistens steckte sie es hoch.
Das tat sie auch jetzt, schminkte sich wie immer sorgfältig (ungeschminkt war ja wie nackt!) und stand dann unschlüssig vor ihrem Kleiderschrank. Welche Kleidungstücke passten sowohl auf den Kurfürstendamm, denn darauf war sie immer eingerichtet, als auch an den Strand? Warum hatte sie nicht auf Bea gehört und sich endlich mal eine Jeans zugelegt. Sie legte die Stirn in Falten. Nein, sie konnte nicht plötzlich ihr ganzes Leben umkrempeln, als wäre alles falsch gewesen, was sie vorher gut und richtig fand.
Sie entschied sich für ein eher schlichtes blaugraues Leinenkleid. Sie liebte diese Farbe. Dazu schlüpfte sie in die leichten Holzpantoletten. Die konnte sie am Strand schnell ausziehen.
Überall in den Straßen waren um diese Zeit die Urlauber auf dem Weg zum Abendessen in eine der vielen Gaststätten. Die meisten Frauen hatten sich mächtig aufgemotzt. Sie waren in enge, freizügige Kleider gezwängt und stöckelten auf Schwindel erregend hohen Absätzen über das holperige Pflaster. Die verschiedensten Duftwolken umnebelten Jennifer im Vorbeigehen.
Die Männer an ihren Seiten trugen weiße Hosen, dicke Goldketten, Riesenuhren und Mokassin ohne Strümpfe. Welcher Idiot hatte nur einmal behauptet, dass das sexy wäre?
Sie erinnerten Jennifer an Rüdiger.
Sie erkannte den Klang des Jeeps schon, bevor er an ihr vorbei knatterte. Sie hatte ihn lange nicht gesehen und konnte den Fahrer auch diesmal nicht erkennen. Und doch fühlte sie wieder eine Art Vertrautheit, wie zu jemandem, den sie schon sehr lange kannte oder der hier her gehörte. Vielleicht lag das einfach daran, dass es eine ihrer ersten Begegnungen in Prerow war. Jennifer rief sich verdrießlich ins Bewusstsein, dass das allerdings keine angenehme Situation gewesen war, an die es sich länger zu denken lohnte.
Bei der Blockhütte und den anderen Restaurants waren alle Terrassenplätze besetzt. Das war Urlaubsglück, an solchen lauen Sommerabenden im Freien essen zu können.
Am Strand waren jetzt nur wenige Leute unterwegs. Jennifer stand auf der Düne, an derselben Stelle, an der sie bei ihrem ersten Besuch dem Zauber des Sturms verfallen war.
Und dieser Stimme.
Sie war nun schon zwei Wochen in Prerow, aber sie war dem Förster nicht wieder begegnet. Vielleicht war er ja doch nicht von hier. Warum ging ihr der Kerl nur nicht aus dem Kopf.

Sie atmete tief die frische Abendluft ein. Was war inzwischen alles geschehen. Um wie viel reicher war ihr Leben geworden.
Im Westen sank die Sonne ihrem Bett entgegen. Noch stand sie am Himmel, aber sie schüttelte schon ihre Kissen aus roten und gelben Federwolken auf während die nahende Nacht bereits ihren blauen Schleier über sie warf.
Jennifer lief barfuss durch den immer noch warmen Sand zum Wasser runter. Es war erfrischend kühl und umschmeichelte ihre Füße, als wollte es sie zu sich hinein locken.
Sie schlenderte Richtung Zeltplatz. Die Glut der untergehenden Sonne ergoss sich bis auf den Strand hinunter und verschmolz mit einem romantischen Lagerfeuer zu einem leuchtenden Band, das wie eine riesige Echse über den Strand in die See hinein kroch.
Jennifer blieb stehen und nahm das Bild in sich auf als hätte sie Angst, so etwas Schönes nie wieder zu sehen. Dagegen nahm sich die Marlboro-Werbung nüchtern wie eine Steuerklärung aus.
Der Wind trug eine Einladung aus leisen Gitarrenklängen und Gesang zu ihr herüber.
Kinder tobten im flackernden Licht der Flammen wie kleine Teufel über den Strand, aber die Dämmerung und das Knacken des Feuers verschluckten ihre Schreie.
Von den Gesichtern der Menschen waren jegliche Hektik und Stress verschwunden und hatten Heiterkeit oder auch Besinnlichkeit Platz gemacht. Sie tranken aus Bierbüchsen und sprachen leise miteinander, hielten sich in den Armen, sangen mit und bewegten sich sanft zur Musik.
Und dann hörte sie ihn. Sie konnte ihn im Schein des Feuers nur schemenhaft erkennen, aber der samtige Klang seiner dunklen Stimme war bereits in ihrem Bauch angekommen.
Er saß im Schneidersitz, den Blick auf seine Gitarre gerichtet. Er hatte die Ärmel seines karierten Hemdes so verdammt weit hochgekrempelt, dass Jennifer jeden einzelnen Muskel seiner Oberarme fast körperlich spürte. Von diesen Armen gehalten zu werden musste paradiesisch sein. Jennifers Wangen glühten. Unsicher sah sie sich um, aber niemand achtete auf sie.
Sie setzte sich etwas abseits in den Schutz der Dunkelheit. Sie wollte nicht, dass er sie sah. Obwohl, würde er sie überhaupt erkennen? Hatte er sie überhaupt jemals richtig wahrgenommen? Was bildete sie sich nur ein.
Eigentlich war das auch egal. Sie flog, von seiner Musik getragen, zu den Sternen und wartete in atemloser Spannung auf jede Sekunde, in der die

lodernden Flammen sein Gesicht frei gaben, bevor es wieder in der Finsternis untertauchte.
Benommen nahm sie die strahlenden Blicke der Frauen wahr, die an seiner Seite saßen und ihn unverwandt anhimmelten. Würde er eine von ihnen mitnehmen? Oder wartete zu Hause jemand auf ihn?
Jennifer schlang die Arme um die Knie und ließ sich einfach vom Augenblick tragen. Und der gehörte nur ihr. Ein Moment der Träume. Wenn das Feuer erlosch, war auch er vorbei.

Karin kam mit hochrotem Kopf, wie ein Esel bepackt, mit Strandtasche und Klappstuhl bepackt auf den Hof.
„Hast du schon auf mich gewartet?", schnaufte sie erschöpft. „Mein Gott, Urlaub machen strengt ja fürchterlich an."
Jennifer lachte. „Nur die Ruhe. Geh dich erst mal abkühlen. Du glühst ja wie Saharasand. Heute ist so ein Tag, an dem man nach einer kalten Dusche meint, man könnte gut eine kalte Dusche vertragen. Ich mach uns inzwischen einen Kaffee."
„Kommen wir auch nicht zu spät? Ich will das Spektakel auf keinen Fall verpassen."
„Nein, nein. Es geht ja erst um drei los. Denkst du etwa, ich wollte mir das entgehen lassen? Aber sag mal, wo ist Martin?"
„Den haben sie für ein Volleyballturnier angeworben. Da haben wir beide Zeit für uns."
Die beiden freuten sich voll Ungeduld wie kleine Kinder auf den Nachmittag.
„Ach, übrigens, wo hast du gestern Abend gesteckt? Ich dachte, wir könnten noch einen Wein zusammen trinken, als wir nach Hause kamen, aber du warst nicht da", meinte Karin bedauernd.
Jennifer merkte, dass sie rot anlief und drehte sich schnell weg. Den ganzen Tag summte sie schon die Musik des Vorabends und spürte noch immer das Feuer auf ihrer Haut. Trotzdem gelang es ihr, ganz belanglos von einem Strandspaziergang zu reden. Sie mochte nicht über ihre verwirrten Gefühle sprechen. Noch nicht.
Beim Kaffee wollte Karin dann alles über das Tonnenabschlagen wissen. „Ich habe heute früh schon die Blasmusik gehört."
„Ich war noch ein Kind, als ich das letzte Mal dabei war. Aber in der Ostseezeitung war heute früh ein Artikel darüber. Die Könige vom Vorjahr werden von einem Reitertrupp mit Musik geweckt und später abgeholt. Ich glaube, das Tonnenabschlagen gibt es schon seit 1800 etwa. Manche be-

haupten, es wäre noch länger her, aber das weiß man nicht so genau. Ist ja auch egal." Jennifer stippte ihren Keks in den Kaffee. „Und ob die Holländer diesen Brauch nun mit gebracht haben oder ob es doch eher anlässlich der Befreiung von der Schwedischen Besetzung entstanden ist, macht heute ja auch keinen Unterschied mehr. Auf jeden Fall ist es ein Riesengaudi." Sie wischte einen Kaffeefleck von der Tischplatte.
„Und da reiten die unter einer Tonne durch und hauen mit Knüppeln dagegen? Bis nix mehr dran ist?"
„Ein altes Heringsfass. Das wird mit Eichenlaub und mit den blau-weißen Farben von Mecklenburg-Vorpommern geschmückt. Ja, da wird dann so lange gegen geschlagen, bis das letzte Stück abfällt."
„Und wie lange dauert so was?" Karin knabberte an ihrem Keks.
„Ein paar Stunden wohl schon. Wenn der Boden erst raus ist, geht es ein bisschen schneller. Nach dem Bodenkönig kommen der Stebenkönig und zum Schluss der Tonnenkönig. Und wer als erster in den Dreck fällt, ist Sandkönig."
„Wird der Stärkste Sieger?"
„Oh nein, das ist Zufall. Eingefleischte Reiter behaupten zwar, es gäbe da auch eine Taktik. Aber wenn du mich fragst, dann gehört wohl eher dem Glücklichen die Ehre. Obwohl, Ehre hin, Ehre her, Tonnenkönig zu sein ist ein teurer Spaß."
„Ja, davon habe ich schon gehört. Tüchtig trinkfest, die Brüder."
„Wenn du Lust hast, können wir ja heute Abend zum Tonnenball gehen."
„Oh ja, endlich mal wieder tanzen." Karin strahlte übers ganze Gesicht.
Wann hatte sie selbst das letzte Mal getanzt? Jennifer wusste es nicht mehr. Als junges Mädchen war sie von keiner Tanzfläche weg zu denken gewesen. Sie liebte die Musik, und die jedes Mal aufs Neue anstehende Frage: Wird mich jemand zum Tanz auffordern? Das war Adrenalin pur, da brauchte man keine Drogen. Jennifer musste lächeln, als sie sich mit geflochtenen Zöpfen, kariertem Minirock und weißen Kniestrümpfen sah. Wie haben die anderen Mädchen mit ihren stark geschminkten Gesichtern und hoch toupierten Haaren überheblich auf sie herab gelächelt. Am Ende war sie es, die den ganzen Abend tanzte und oft von einem der jungen Männer nach Hause gebracht wurde.
Das war lange vorbei.
Rüdiger kam und ihre jugendliche Unbefangenheit und Natürlichkeit gingen.
Als die beiden Frauen auf dem Festplatz ankamen, wimmelte es dort schon von Menschen. Alle schienen froh zu sein, einen triftigen Grund gefunden

zu haben, um dem Strand einmal zu entkommen. Die, die schon länger da waren und genug Bräune auf der Haut hatten, um zu Hause damit angeben zu können, und die Neuankömmlinge, die unter großen Sonnenhüten den ersten Sonnenbrand versteckten, sie alle warteten begierig auf Unterhaltung, Action und Sensationen.

Die Sonne ließ die Luft erbarmungslos flimmern und heiße Staubwolken wirbelten durch die Luft, dass das Atmen schwer fiel. Aber das tat der aufgedrehten Stimmung keinen Abbruch. Das Bier floss in Strömen und die Blaskapelle spielte mittlerweile schon zum dritten Mal denselben Titel. Überall wurde gelacht, bei jedem kräftigen Schlag gegen die Tonne ging ein lang gedehntes Ah oder Oh durch die Massen und es wurde begeistert geklatscht.

Die Pferde schnaubten und tänzelten nervös umher. Manch ein Reiter hatte Mühe, sein Tier zu beruhigen oder bei gar zu wilden Ausbrüchen selbst im Sattel zu bleiben.

Jennifer hielt einen beachtlichen Abstand zu ihnen. Pferde waren ihr von je her nicht geheuer. Sie nannte es zwar Respekt, aber im Grunde war es einfach nur Angst.

Karin dagegen war überwältigt. Sie wollte dichter ran, um sie aus nächster Nähe beobachten zu können.

„Nun komm schon, Jenny, ich will mal ein Pferd streicheln“, sie zerrte Jennifer hinter sich her.

„Du wirst stinken wie ein Pferdekutscher.“ Jennifer folgte ihr widerwillig.

Gerade kamen die ersten Reiter wieder von der anderen Seite herangaloppiert und schlugen mit ihren Knüppeln kräftig gegen die hin und her schaukelnde Tonne, ohne dass diese schon ein Zeichen von Schwäche zeigte.

Karin juchzte und klatschte in die Hände.

Jennifer erstarrte.

Er kam genau auf sie zugeprescht und brachte sein Pferd auf ihrer Höhe kurz hinter der Absperrung zum Stehen. Er schien mit seinem Gaul zusammengewachsen, zwei Wesen, die sich ohne Worte verstanden und bedingungslos vertrauten.

Jennifer registrierte seine breiten Schultern unter dem weißen Hemd, die kräftigen Hände, die die Zügel hielten und die muskulösen Oberschenkel, mit denen er sein Pferd in die gewünschte Richtung lenkte.

Wie es wohl wäre, ganz sanft über diese Muskeln zu streichen? Jennifer erschrak über diesen Gedanken. War sie von allen guten Geistern verlassen? Aber sie konnte nichts dagegen machen, dass es in ihr brodelte.

Ausgerechnet ihn hatte sich Karin ausgesucht, um wohl das erste Mal in ihrem Leben ein Pferd zu berühren.
„Was es für eine weiche Nase hat“, rief sie begeistert.
Jennifer war wie gelähmt.
„Hallo, Lady. Schon ausgeschlafen?“ Er beugte sich nach vorn und grüßte sie mit einem spöttischen Grinsen, wie ein Ritter seine Dame.
Er hatte sie also gestern Abend doch gesehen? Sie wieder erkannt. Jennifer war verwirrt, wusste nicht, ob sie sich darüber ärgern oder freuen sollte. Wenn sie sich selbst endlich einmal eingestehen würde, was es war, was sie bewegte, was sie fühlte, dann könnte sie sicher mit der Situation besser umgehen. So blieb nur Hilflosigkeit, und sie konnte gar nichts sagen.
„He, ihr kennt euch? Was ist los Jenny, du bist ja ganz rot geworden? Ich werd verrückt, ist das etwa…“
Bevor sie weiter sprechen konnte, hatte Jennifer sie ein Stück zur Seite gedrängelt. Aber er jagte mit seinem Pferd schon wieder unter dem Fass durch und ließ es mit einem gewaltigen Schlag auseinander brechen.
„Ja, das ist er. Der Förster, meine ich“, flüsterte sie, dass Karin sie kaum verstehen konnte. „Ich wusste doch nicht, dass er auch…“
„Aber er hat doch gar keine grünen Sachen an?“, fragte Karin verwundert.
Jennifer verstand sie im ersten Moment nicht, aber dann belehrte sie die Freundin etwas gereizt. „Ist dir vielleicht aufgefallen, dass die Reiter hier alle weiße Hemden und schwarze Hosen tragen? Das ist Tradition.“
„Ach ja, klar. Ich fürchte, die Sonne trocknet mir schon mein Gehirn aus. Aber du hast mir nicht erzählt, dass ihr euch gestern getroffen habt“, maulte Karin beleidigt.
„Haben wir doch gar nicht.“
„Warum hat er denn solche Anspielung gemacht?“
„Er hat mich nur gesehen. Am Lagerfeuer. Mehr nicht.“
„Ach so.“ Karin klang enttäuscht, wendete sich aber im nächsten Moment schon wieder den herankommenden Pferden zu.
Jennifer fühlte sich hin und her gerissen zwischen dem Wunsch, ihn anzusehen und dem, ihm doch lieber aus dem Weg zu gehen. Wieder einmal war sie wütend, sich wie ein alberner Teenager zu benehmen.
Letztendlich blieb sie bei Karin stehen und reagierte mit ihrem unterkühlten Lächeln auf seine Blicke. Dieser künstliche Panzer hatte noch immer geholfen. Aber in ihr tobte ein Sturm. Wahrscheinlich ein starker Nordost.
Sie merkte nicht, dass Karin sie von der Seite aufmerksam musterte und verschmitzt lächelte.

„Na so was, so sieht man sich wieder." Korella kam mit ausgestreckten Armen auf Jennifer zu. „Das nenne ich Glück", er lachte laut.
„Hallo, Sie auch hier?" Jennifer reagierte verlegen und stieß Karin unsanft in die Seite, als die belustigt mit den Augen rollte.
„Pst", zischte Jennifer ihr zu, „untersteh dich, irgend etwas zu sagen."
Er reichte beiden die Hand, und da Jennifer nichts sagte, stellte er sich Karin selbst vor. Jennifer sah, dass Karin sofort hin und weg war. Was für ein Gentleman. „Oh, der Kurdirektor."
„Möchten die Damen vielleicht ein Glas Sekt trinken?"
Bevor Jennifer ablehnen konnte hatte Karin schon dankend angenommen.
Jennifer sah Korella hinterher und fauchte Karin an. „Bist du verrückt? Was soll das?"
Karin guckte sie unschuldig an. „Wieso, das war doch sehr nett von ihm. Es wäre unhöflich gewesen abzulehnen."
Jennifer legte ihren Arm um sie. „Entschuldige bitte. Du hast ja Recht. Es ist nur, ich fühle mich von ihm immer so, Gott, wie soll ich das sagen, so unter Druck gesetzt."
„Ach, hat er dir…"
„Nein, ich habe nur so ein Gefühl, als würde er vielleicht gern…", Jennifer brach ab, als Korella mit drei Gläsern zurückkam.
Gerade in diesem Augenblick kamen die Reiter wieder auf ihre Seite. Jennifer konnte sich dieses Gefühl nicht erklären, aber sie hätte sich am liebsten im Staub unsichtbar gemacht. Sie wollte nicht, dass der Förster sie mit Korella sah, und wusste nicht, warum.
Aber natürlich sah er sie. Er zog fragend eine Augenbraue hoch.
„Hallo, Bob, nun haut mal ein bisschen rein. Sonst stehen wir heute Abend noch hier", lästerte Korella laut lachend und hob grüßend die Hand.
„Na, das sollte dir doch nicht schwer fallen in dieser Begleitung", rief der, riss sein Pferd herum und jagte die Bahn zurück.
Bob! Was für ein blöder Name. Wir sind doch nicht in Amerika. Jennifer hätte Korella zu gern gefragt, wer dieser Bob war, aber sie traute sich nicht. Ihr Panzer war zu dünn.
Ein Raunen ging durch die Reihen, gefolgt von lautstarkem Jubel der Gäste, als das letzte Stück der Tonne durch die Luft segelte. Die Blaskapelle setzte zum dreifachen Tusch an und die Reiter verschwanden laut johlend im Bierzelt.
Es wurde ruhig und die Gäste verließen nach und nach den Festplatz. Zurück blieben eine aufgewühlte Pferdebahn, jede Menge Abfall und eine

im Wind schaukelnde Kette, an der gerade noch ein geschmücktes Heringsfass hing.
„Kommen Sie heute Abend zum Tonnenball?“ Korella sah Jennifer bittend an.
„Ja, natürlich werden wir da sein“, antwortete Karin prompt.
Jennifer kniff Karin in den Arm und versuchte, sich raus zu reden. „Mal sehen, vielleicht, ich weiß noch nicht.“ Nicht genug, dass sie Korella irgendwie auf Abstand halten musste, mit Sicherheit würde dieser Bob auch da sein. Sie wollte sich nicht noch mehr durcheinander bringen lassen. Schon gar nicht von einem Mann, der sowieso nichts von ihr wollte.
Kein Mann sollte sie je wieder verletzen.
Ein grauhaariger schlanker Mann in eleganten Reiterhosen und schneeweißem Hemd kam mit großen Schritten über den Platz und rief mit herrischem Ton schon von weitem Korellas Namen. Der gab ihm ein Zeichen und verabschiedete sich von den Frauen. „Die Arbeit ruft“, sagte er entschuldigend, „es hat mich sehr gefreut. Ich werde heute Abend auf Sie warten.“ Bei dem letzten Satz versuchte er, Jennifer in die Augen zu sehen, aber sie wich seinem Blick aus.
Karin lachte laut los. „Na, du bist mir ja eine. Ganz still und heimlich bringst du hier die Männer durcheinander und wenn sie dir dann verfallen sind, dann lässt du sie abblitzen. Bea wird's nicht glauben.“
„He, ich bringe niemanden durcheinander. Ich will aber auch von keinem etwas. Ich will in Ruhe meinen Urlaub verbringen. Ist das zuviel verlangt?“
„Jenny, nun sei doch nicht böse. Du sollst doch nicht gleich heiraten. Gönn dir doch einfach ein bisschen Spaß.“
„Kann man mit einem Mann Spaß haben? Ich kann mich nicht daran erinnern.“ Jennifer klang genervt, aber ein kleiner Zweifel schwang in ihrer Stimme.
Karin umarmte sie. „Oh doch, Jenny, das kann man.“

„Ha, Karin spricht mir aus der Seele, wenn ich auch fast glaube, dass sie nicht das gleiche meint wie ich. Aber gut, dass sie es dir auch mal gesagt hat. Ich hab schon befürchtet, dass du vergessen hast, dass es zweierlei Geschlechter gibt.“ Jennifer musste das Telefon ein Stück vom Ohr abhalten, so laut krähte Bea durch den Hörer.
„Aber…“
„Nix aber. Sag mal, wann hast du das letzte Mal guten Sex gehabt?“

„Na höre mal“, Jennifer schnappte nach Luft und ihr fiel beinahe das Telefon runter, das sie zwischen Schulter und Ohr geklemmt hielt, während sie ihre Fußnägel lackierte.
Bea ließ sich nicht beirren. „Wann hast du überhaupt das letzte Mal Sex gehabt?“
Jennifer gab kleinlaut nach. Ihrer besten Freundin konnte sie nichts vormachen.
„Ich denke, das Thema wird viel zu sehr überbewertet. Es geht auch ohne“, meinte sie dennoch ein wenig trotzig.
„Natürlich geht's auch ohne. Fragt sich nur wie. Warum bringt dich sonst dein Förster so durcheinander?“
„Das ist unfair. Du weißt, das war nur…“, Jennifer wusste nichts weiter zu sagen.
„He, ich sag doch gar nicht, dass du gleich mit irgendeinem ins Bett gehen sollst. Ob nun Förster oder Kurdirektor. Schmeiß die Flirtmaschine an. Das tut unheimlich gut, kann ich dir sagen.“
„Aber ist das nicht gemein, jemandem etwas vorzumachen, obwohl er einem gar nichts bedeutet?“
„Wenn man sich immer an die Spielregeln hält, wo bleibt da der Spaß?“
„Ich weiß nicht, ich glaube, ich käme mir schlecht vor dabei.“
„Merk dir eins, das Böse ist immer viel faszinierender als das Gute. Du wirst sehen, umso verrückter werden die Kerle nach dir.“
„Aber…“
„Jenny, du bringst damit niemanden um. Es ist ein Spiel. Ein uraltes legitimes Spiel. Eines, das, wie du selbst ja am besten wissen solltest, nicht nur Frauen spielen. Das ist die Natur.“ Bea klang total überzeugt. „Hast du noch nie darüber nachgedacht, wie es wohl mit Brad Pitt, George Clooney oder Russell Crowe wäre?
„Na ja.“
„Mit denen würdest du doch auch nicht erst ewig diskutieren und nach tollen Gemeinsamkeiten für die Ewigkeit suchen wollen. Da hättest du doch bestimmt auch ganz andere Ideen.“
„Na, ob ich Brad Pitt küssen wollte?“
„Dann nimm die anderen. Wen auch immer, aber du *liebst* sie nicht. Es hat nur was mit Spaß zu tun.“
„Mit Sex, meinst du.“
„Na, Sex ist doch Spaß.“ Allmählich wurde Bea ungeduldig. „Also, wenn dir einer gefällt, dann nimm ihn dir. Und nun los. Zeig's ihnen.“

Jennifer begutachtete ihr Spiegelbild. Vielleicht hatte Bea Recht. Manchmal hatte sie schon das Gefühl, dass ihr Gesicht seine weichen Züge verlor, weil sie nicht mehr wusste, was Liebe war. Sie wollte keine alte frustrierte Frau werden.
Sie fuhr sanft mit den Händen von der Stirn über die Wangen den Hals runter, strich ganz zart über ihre Brüste, und ließ die Hände dann sanft über den Bauch gleiten.
Sicher ging es auch ohne, aber manchmal fehlten ihr zärtliche Berührungen und die Wärme eines anderen Körpers so sehr, dass sie schreien könnte.
Jennifer lächelte in den Spiegel. Sie versuchte es verführerisch wie ein Vamp, mit unschuldigem Augenaufschlag wie ein kleines Mädchen und schmollend, wie eine verwöhnte Göre.
„Na siehst du, geht doch", hörte sie Bea förmlich sagen. Vielleicht ging ja wirklich was.

Martin hatte sich geweigert, die Frauen zu begleiten.
„Geht ihr mal und macht euch einen schönen Abend. Ich bin so kaputt", hatte er gegrummelt und sich mit seiner Flasche Bier gemütlich auf die Couch geflätzt.
Karin und Jennifer hatten sich amüsiert angeguckt, schelmisch mit den Schultern gezuckt und sich auf einen Weiberabend gefreut. Ganz wie in alten Zeiten.
Der Tonnenball war schon im Gange, als sie das Zelt betraten. Etwas unsicher schauten sie sich um.
„Ganz schön voll hier", raunte Karin Jennifer zu.
Ein paar Frauen schielten zu ihnen rüber, steckten die Köpfe zusammen und tuschelten. Dann gab eine von ihnen, eine ziemlich dicke Blondine mit hochrotem Kopf, Jennifer und Karin hektische Zeichen. „Kommt hierher, hier ist noch Platz." Sie rückten etwas zusammen und starrten unverwandt auf Jennifers Beine, als sie ihren Rock hochschob, um über die Bank zu steigen und sich hinzusetzen.
„Ihr seid doch die aus dem Scharmberg-Haus, oder?" Neugierig wurden sie gemustert.
„Seid ihr hergezogen oder nur für'n Urlaub hier?"
„Na, ihr müsst ja Geld haben, so vornehm, wie das Haus jetzt wieder aussieht."
Jennifer und Karin kamen gar nicht dazu etwas zu sagen, der Wortschwall der Frauen nahm kein Ende. Dann wurde ihnen ein Tablett mit Schnapsgläsern hingeschoben und sie mussten mit den Frauen anstoßen.

Die Blaskapelle spielte einen lauten Tusch.
Jennifer schüttelte sich. Sie war so harte Sachen nicht gewohnt, noch dazu auf nüchternen Magen. Sie hätte vorher etwas essen sollen.
Die Leute im Zelt unterhielten sich laut, manchmal von einem Ende der Tafel zum anderen, erzählten sich derbe Witze und lachten grölend. Bierhumpen und Schnapsgläser machten die Runde. Am letzten Tisch lag schon einer, den Kopf auf die Arme gebettet und schlief seien Rausch aus. Andere stolperten bereits etwas unsicher auf den Beinen zum Tresen, um Nachschub zu holen, während die Könige des diesjährigen Tonnenabschlagens mit einem Walzer den Tanz eröffneten.
Jennifer und Karin wurden Zeugen, wie die Frauen an ihrem Tisch wirklich jedem Mann und jeder Frau hinterher schauten und dann ausgiebige Kommentare losließen. Amüsiert stießen sie sich kichernd gegenseitig an. Herrlich, so ein dörflicher Klatsch und Tratsch auf Kosten anderer.
„Habt ihr die Müller gesehen? Na, die hat sich ja in einen Fummel reingequetscht. Denkt wohl auch, sie wäre noch achtzehn."
Tusch!
„Die soll's ja mit dem Sohn vom Meier treiben."
Tusch!
„Was, mit dem? Der steigt doch nachts bei der dünnen Ewert ins Fenster, wenn ihr Mann Nachtdienst schiebt."
„Nein, ich meine den Alten, der vorher mit der Lüdeke rum gemacht hat."
Tusch!
„Und mit der Carstens damals auch. Wenn ich daran noch denke!" Die schwarzhaarige Frau mit genau so schwarz angemalten Augen griente schadenfroh und schüttelte gekünstelt den Kopf, als könnte sie das heute noch nicht glauben. Dann beugte sie sich vor und zischte hinter vorgehaltener Hand: „Hätte mich nicht gewundert, wenn der Carstens seine Frau und den Kerl abgeknallt hätte, so wütend wie der war."
„Na, da hätte er ja viele erschießen müssen." Die Frauen brachen in hemmungsloses Gelächter aus.
Jennifer beobachtete, dass die Frauen mit einem unerhörten Gefühl von selbstgefälligem Stolz darauf, dass sie etwas wussten, was andere eben nicht erfahren hatten, ihr Wissen zum Besten gaben.
Karin hatte noch zwei Humpen Bier und eine weitere Runde Schnaps für alle geholt und sie stießen johlend miteinander an.
In kürzester Zeit bekam Jennifer unaufgefordert die Geschichte von fast jedem hier im Zelt ausgebreitet. Ihr brummte schon der Kopf von all den Namen und Gerüchten.

Ein junges Mädchen mit einem Hintern wie ein Brauereipferd stampfte am Tisch vorbei zur Tanzfläche. Es hatte die Haare ferkelrosa gefärbt und ein viel zu kurzes Shirt an, das die Sicht auf einen dazu passenden Speckbauch frei gab,
Jetzt ich, dachte Jennifer und wollte gerade über das Mädchen herziehen, als die Frau neben ihr in begeistertes Geschrei ausbrach und dem Mädchen wild zuwinkte.
„Gretel, hier bin ich, Gretel!“ Sie zwinkerte Jennifer zu. „Das ist meine Tochter. Sie lernt bei Fleischer Hartmann. Er ist ja sooo zufrieden mit ihr.“
Tusch!
Jennifer erstarrte. Oha, das wäre ja beinahe in die Hose gegangen. Glück gehabt. Sie holte tief Luft.
Überhaupt, was war in sie gefahren? Lästereien auf so niedrigem Niveau waren doch sonst nicht ihr Ding. Sie schielte auf das Bierglas. Du bist Schuld!
Das Ferkelmädchen schaute kurz zu ihrer Mutter rüber und hob gelangweilt den Arm, bevor es sich träge wieder dem nicht weniger dicken Jüngling neben ihr zuwendete.
In dem Moment kam ein stark angetrunkenes schmächtiges Kerlchen auf die Tanzfläche getorkelt und versuchte, sich zwischen eine zierliche Brünette und einen Typen, Marke „Wildschütz“ zu drängeln. Er schwankte, als er, vor Eifersucht kochend, mit den Händen um sich schlug, als wollte er lästige Fliegen verscheuchen. Der Wildschütz tippte ihn nur einmal leicht an und das Männchen fiel um. Unter allgemeinem Gelächter wurde er aus dem Zelt getragen.
„Ich weiß nicht, wann ich das letzte Mal so viel Bier getrunken habe“, Jennifer wischte sich mit dem Handrücken den Schaum vom Mund. Sie hatte das Gefühl zu glühen.
„Och, ich mag schon gern mal eins“, meinte Karin und nahm gleich noch einen großen Schluck. „He, guck mal, da ist dein Verehrer.“ Sie stieß Jennifer glucksend in die Seite.
Jennifer sah Korella am Bierwagen stehen. Er sprach mit dem Mann, der ihn am Nachmittag auf dem Festplatz gerufen hatte.
Unauffällig schaute Jennifer sich um, konnte Bob aber nirgendwo sehen. Eigentlich sollte sie erleichtert sein. Sie wollte ihn doch nicht treffen. Oder vielleicht doch? Schnell trank sie ihr Glas leer.
„Ich hole uns noch eins“, Karin nahm ihr den Humpen aus der Hand.
„Nicht so schnell“, Jennifer protestierte, „ich vertrag das nicht. Wie willst du mich nachher nach Hause bekommen?“

Karin lachte nur und war schon auf dem Weg zum Tresen.
Jennifer ließ ihren Blick noch einmal durch die Reihen schweifen. Da entdeckte sie ihn. Er lehnte auf der anderen Zeltseite mit seinem Bier in der einen und der Zigarette in der anderen Hand an einem Pfeiler und schaute zu ihr rüber. Er hatte die knackigen Reiterhosen gegen schwarze Jeans getauscht und die Ärmel seines weißen Hemdes inzwischen hochgekrempelt. Jennifers Blick blieb an den braunen Unterarmen hängen und in ihrem Bauch wirbelten Unmengen von Sektbläschen herum. Seine Kragenknöpfe waren geöffnet und der Schlips hing nur noch lose um den Hals. Jennifers Zunge glitt sacht über ihre Lippen, ohne das sie es selber merkte.
Sie wurde einen Moment von lauten Jubelrufen der Gäste abgelenkt. Begeistert feuerten sie den Hauptmann der Tonnenreiter an, der zum Beweis seiner Stärke einen Amboss durch das Zelt schleppte.
Bob quittierte das Schauspiel nur mit einem müden Lächeln. Ein anderer Reiter gesellte sich zu ihm und stellte Bier und Schnaps auf den Stehtisch neben sie.
Bob nahm den Schnaps und prostete Jennifer zu.
Jennifer war schon ein wenig beschwipst und fühlte sich so leicht wie seit Ewigkeiten nicht mehr. Alle ihre Sorgen, die nagenden Zweifel und Bedenken zerplatzten, wie die Sektbläschen in ihrem Bauch. Worüber hatte sie sich nur immerzu den Kopf zerbrochen? Warum machte sie sich ihr Leben nur so schwer? Bea hatte Recht, die Zeit war reif für etwas Freude und Spaß.
In einem Anflug von Übermut wollte sie gerade auf den Schwingen des Bieres und der Schnapsrunden zu ihm rüber schweben, als Karin mit Korella im Schlepptau ankam.
„Hallo, da sind Sie ja." Korella strahlte sie an und reichte ihr ein Glas Sekt. „Ich habe schon immerzu nach Ihnen Ausschau gehalten, ich hatte gehofft, Sie würden den Tanz mit mir eröffnen."
Jennifer sah kurz an ihm vorbei zu Bob, der einen tiefen Zug aus seiner Zigarette nahm und sie beobachtete.
Sie bemühte sich, höflich zu lächeln. „Ich tanze nicht, es tut mir leid."
Karin sah sie verwundert an. „Was, du tanzt nicht? Seit wann denn das?"
Jennifer warf ihr einen bitterbösen Blick zu, aber sie grinste nur.
„Entschuldigt mich bitte, ich glaube, ich muss gerade mal, na ja, mal an die frische Luft."
Jennifer konnte es nicht glauben. Karin ließ sie mit Korella allein. Erst schleppte sie ihn an und nun konnte Jennifer sehen, wie sie mit ihm fertig wurde.

Er machte es ihr leicht. Er schwärmte von der tollen Veranstaltung, von dem guten Discjockey und der super Stimmung im Zelt. Bevor Jennifer etwas sagen konnte, reichte er ihr ein weiteres Glas Sekt.
Die Frauen am Tisch hatten ihre Gespräch unterbrochen und passten auf, dass ihnen ja nichts von dem entging, was sich hier gerade abspielte.
„Ich habe das Gefühl, sie wollen mich betrunken machen. Was haben Sie mit mir vor?“ Jennifer wollte ganz ernst klingen, aber sie hatte sich nicht mehr richtig im Griff. Sie musste lachen, ob sie wollte oder nicht.
„Na, da würden mir doch glatt tausend Dinge einfallen“, erwiderte Korella mutig. „Aber als erstes bitte ich Sie einfach nur um diesen Tanz.“
Die Frauen klatschten begeistert in die Hände. Wie konnte sie ihm da einen Korb geben.
Korella wirbelte mit ihr über die Tanzfläche, dass ihr fast schwindelig wurde. Sie glaubte, im Vorbeiflug die neugierigen Blicke der Leute ringsherum zu sehen. Wen hat sich denn der Kurdirektor da geangelt? Tanzen sie nur oder ist da mehr? Was dachte Bob? Wie es wohl wäre, so in seinen Armen zu liegen? Sie fühlte wieder dieses Kribbeln im Bauch.
Korella drückte sie fester an sich, dass ihr die Luft weg blieb. Sie spürte seinen Körper an ihrem. War das der Spaß, von dem Bea sprach? Nein, das wollte sie nicht. Sie wollte *ihn* nicht. Sie befreite sich aus seiner Umarmung und ließ ihn unter dem Vorwand, auch ganz dringend mal wo hin zu müssen stehen.
Wo steckte Karin? Jennifer blickte sich suchend um und entdeckte sie auf der Tanzfläche. Sollte sie sich ruhig austoben. Martin war zwar auf dem Volleyballfeld nicht zu schlagen, aber ansonsten bevorzugte er den Platz auf der Couch.
Jennifer ging leicht schwankend ins Freie. Die kühle Nachtluft tat ihr gut. Es war dunkel geworden, aber der Mond hing wie ein Lampion am Himmel und warf ein milchiges Licht über den Platz.
Jennifer zog die Sandalen aus und tänzelte im Takt zu der leise aus dem Zelt herüber klingenden Musik barfuss durch das feuchte Gras.
Bob stand an das Geländer gelehnt, hinter dem vor ein paar Stunden noch die Pferde lang geprescht waren und rauchte.
Jennifer blieb einen Moment stehen, als sie ihn sah. Aber sie fühlte sich ganz ruhig, als sie auf ihn zuging. Es schien alles so richtig zu sein.
„Hallo“, sagte sie leise.
„Hallo.“ Seine Stimme klang rau.
Sie stand einfach vor ihm und wollte nirgends sonst sein.

Sie wehrte sich nicht, als er sie ohne ein Wort an sich zog, ihr Gesicht in die Hände nahm und sie ganz sanft küsste. Er schmeckte nach Zigaretten und Schnaps, aber vor allem unendlich gut. Seine Küsse wurden fordernder und Jennifer presste sich enger an ihn. Ihr Atem ging schwer und sie spürte, wie ein brennendes Verlangen durch ihre Adern raste. Seine Hände wanderten langsam über ihren Körper und sie hätte sich am liebsten das Kleid herunter gerissen, um ihn auf ihrer nackten Haut zu fühlen. Wie konnte sie nur so lange ohne dieses berauschende Gefühl leben. Als er ihren Rock hoch schob, blieb ihr fast die Luft weg. Viel zu langsam tastete er sich an ihrem Oberschenkel hoch, streichelte über ihre Hüften und streifte ihren Slip ein kleines Stück herunter. Jennifer schwankte, aber er hielt sie. Sie fühlte sich wie in der Achterbahn, am höchsten Punkt, unmittelbar bevor es steil bergab ging und man nicht mehr wusste, wo oben und unten war.
Plötzlich lockerte Robert seine Umarmung und rückte ein Stück von ihr ab.
„Nicht hier", raunte er heiser, „nicht so."
Jennifer erstarrte. Seine Hand, die sie gerade noch an den Rand des Wahnsinns getrieben hatte streichelte jetzt unverbindlich ihren Arm.
Die Ernüchterung kam schlagartig. Was tat sie hier? Gott, was für eine peinliche Situation. Sie hatte sich aufgeführt wie eine…, oh nein, so genau wollte sie das gar nicht zu Ende denken, und hatte eine Abfuhr bekommen. Sie befreite sich aus seinem Arm.
„Nein", stieß sie hervor, „nein, natürlich nicht." Hastig ordnete sie ihre Sachen und wehrte ihn ab, als er sie wieder an sich ziehen wollte. „Sie haben Recht. Und wie Recht Sie haben. Oh mein Gott, ich, ich hab zu viel getrunken."
„Warte", versuchte er sie zu halten, „geh nicht, bitte…"
Sie sah nicht, dass er ihr hilflos hinterher blickte und dann mit zitternden Händen eine Zigarette anzündete. Sie suchte hektisch nach ihren Schuhen, die achtlos im Gras lagen und rannte davon.
Sie lief zum Hafen und ließ sich dort auf eine der Bänke fallen. Sie atmete tief durch und legte den Kopf in den Nacken. Die Sterne strahlten auf sie herab, als wäre nichts geschehen. Die hatten es gut. Aus sicherer Entfernung amüsierten sie sich über all die seltsamen Dinge, die hier auf der Erde passierten. Sie musste plötzlich lachen. Wenn die erzählen könnten!
Ein schwacher Wind strich besänftigend durch ihr zerzaustes Haar, und die Dunkelheit und die leise Musik, die wie aus endloser Ferne aus dem Festzelt zu ihr rüber klang, beruhigten sie. Sie zog die Füße auf die Bank, schlang die Arme um ihre Beine und beobachtete die sich im Wasser spiegelnden Lichter der Straßenlampen.

Was sollte sie jetzt tun? Nach Hause gehen? Aber sie konnte Karin nicht einfach allein zurück lassen. Außerdem würde das ja wie eine Flucht aussehen. Sie rieb sich die Stirn. Nein, sie würde einfach so tun, als wäre gar nichts gewesen. Der Kerl sollte sich nur nicht einbilden, dass ihr diese Sache irgendetwas ausmachte.
Eigentlich sollte sie ihm dankbar sein. Er hatte die Bremse gezogen, bevor sie einen schweren Fehler beging. Sie hatte sich für einen Moment von ihren Gefühlen mitreißen lassen, ihren Verstand einfach ausgeschaltet. Sie mochte sich gar nicht ausmalen, was gewesen wäre, wenn er tatsächlich... Und trotzdem blieb ein schaler Nachgeschmack bei dem Gedanken, so abserviert worden zu sein. Warum hatte er das getan?
Aber eigentlich ging es doch gar nicht um ihn. Er war eben nur gerade da. Es hatte sich so ergeben. Ebenso hätte es ein x-beliebiger anderer sein können. Sie nickte entschlossen mit dem Kopf. Ja, genau so war es. Es hatte absolut nichts zu bedeuten.
Ungeduldig kramte sie in ihrer Tasche nach der Bürste, zog die Klammern aus dem Haar und kämmte es durch. Aufmerksam kontrollierte sie ihr Bild im Spiegel und bändigte ihr Haar mit einer Spange. Sie nahm den Lippenstift und betastete vorsichtig ihren Mund. Sie glaubte, seinen noch zu spüren. Schon wieder war da dieses Kribbeln. Entschlossen zog sie ihre Lippen nach, schlüpfte in ihre Sandaletten und ging langsam zum Zelt zurück.
Das grelle Licht und die laute Musik ließen sie einen Augenblick zögern. Sollte sie wirklich? Oder wäre es doch besser, nach Hause zu gehen?
Die Entscheidung wurde ihr abgenommen.
„Da sind Sie ja. Wo haben Sie nur gesteckt?“ Korella nahm ungefragt ihre Hand und zog sie hinter sich her auf die Tanzfläche, und ehe Jennifer es richtig begriff, drehte er sie schon im Kreis herum. Seine Augen glänzten vom Alkohol und Schweißperlen standen auf seiner Stirn. Er versuchte die Musik zu überschreien und ihr etwas mitzuteilen, aber seine Worte kamen nicht bei ihr an. Erst, als die Musik kurzzeitig verstummte, konnte sie ihn verstehen.
„Jennifer, ich darf doch Jennifer sagen?“ Er drückte sie fest an sich. „Sie sehen wunderschön aus.“
Das konnte doch nicht wahr sein, der Mann war in sie verliebt.
Auch das noch. Das war das letzte, was sie jetzt gebrauchen konnte. Sie trat einen Schritt zurück und wollte ihm das gerade sagen, als sie Bobs Blick traf. Er stand rauchend am Tresen und sah zu ihr rüber, während die

Männer neben ihm grölend die schweren Humpen aneinander stießen, so dass das Bier über ihre derben Hände schwappte.
Jennifer hätte sonst was dafür gegeben, seine Gedanken lesen zu können, aber sein Ausdruck war undurchdringlich. Was sollte er schon denken über eine Frau, die gerade noch in seinen Armen lag und nun schon den nächsten an der Angel hatte. Ein stechender Schmerz raste durch ihren Körper. Wie auch immer, dachte sie trotzig, sollte er ruhig sehen, dass sie nur ihren Spaß haben wollte und nicht mehr. Du hattest deine Chance, Cowboy…
Sie warf kokett den Kopf in den Nacken und hakte sich bei Korella ein.
„Ich brauche jetzt unbedingt ein Glas Sekt", rief sie ihm zu, „und eine kleine Pause." Sie schob ihn Richtung Tresen. „Ich gucke nur mal schnell nach meiner Freundin."
Damit ließ sie ihn stehen, winkte Karin zu und ging zu ihr auf die andere Seite des Zeltes.
Erschöpft setzte sie sich neben sie.
„Na, den hat's ganz schön erwischt, was?" Karin kicherte. „Er hat dich vorhin gesucht. War total aufgelöst, der Knabe. Er hatte wohl Angst, du könntest schon weg sein."
Jennifer verdrehte die Augen. „Das hat mir gerade noch gefehlt. Mein Gott, in unserem Alter verliebt man sich doch nicht so Hals über Kopf." Ihre Augen suchten Bob.
Sie hätte nicht sagen können, ob sie Korella oder sich selber meinte.
Karin stieß sie in die Seite. „Du, da kommt er schon wieder."
Jennifer stöhnte genervt auf. In diesem Moment trat von der anderen Seite ein Mann an sie heran.
„Dürfte ich Sie um diesen Tanz bitten?"
Jennifer sah überrascht zu ihm auf. Er deutete eine Verbeugung an. Groß, schlank, graues Haar. Er kam ihr bekannt vor. Sie hatte ihn schon einmal gesehen. Mechanisch stand sie auf und lächelte kühl. „Sehr gern."
Galant reichte er ihr die Hand, damit sie besser aus der Bankreihe heraus rücken konnte und führte sie zur Tanzfläche.
Jennifer schwebte wie schwerelos in seinen Armen. Der Mann führte sie sicher, ohne Druck auf sie auszuüben oder ihr zu nahe zu kommen. Seine leisen Worte wurden von der Musik verschluckt, Jennifer wollte sie auch gar nicht hören. Im Vorbeifliegen konnte sie Korella sehen, der ihr enttäuscht hinterher schaute.
Bob war weg.
Plötzlich fühlte Jennifer sich müde und ausgelaugt. Karin nickte ihr über die Tischreihen hinweg zu. Sie verstanden sich ohne Worte.

„Ich bin so ein Idiot! So ein blöder Idiot!“ Robert saß am nächsten Morgen tief in seinen Sessel gerutscht, die Füße auf dem Schreibtisch, als Georg sein Büro betrat.
„Wie wäre’s, wenn du mir erst mal sagen würdest, was los ist.“ Georg ließ sich auf den Besucherstuhl fallen. „Gibt’s hier ’n Kaffee?“
„Da drüben, in der Kanne.“ Robert rieb sich die Augen.
„Also, was ist los?“
„Da war diese Frau beim Tonnenball…“
„Was für ’ne Frau?“ Georg war überrascht. Robert sprach nie über Frauen.
„Unterbrich mich nicht“, stieß Robert mürrisch aus. Er verschränkte die Arme hinter dem Kopf. „Ich weiß nicht, wer sie ist. Ich bin ihr ein paar Mal im Ort begegnet. Und dann war sie auf einmal da.“
„Wie, da?“ Georg sah Robert skeptisch an. Was war los mit ihm?
„Ich war draußen. Dieser Krach im Zelt ging mir auf den Geist.“ Er fing Georgs hämischen Blick auf. „Ja, ich war ganz schön voll.“ Robert zog nervös an seiner Zigarette. „Plötzlich stand sie neben mir.“
„Und?“
„Ich hab sie einfach geküsst.“
„Aber sie wollte nicht?“
„Doch. Sie wollte. Aber dann hab ich ’n Rückzieher gemacht.“
„Du hast was?“
„Ich fand, dass das so nicht richtig war.“
Georg runzelte die Stirn.
„Ich meine, eben nicht mal so schnell vor der Tür.“ Robert sah ihn zerknirscht an. „Sie ist zu gut dafür. Es sollte romantischer sein.“
„Junge, du hast Sorgen. Seit wann hast du es so mit der Romantik?“ Georg lehnte sich erleichtert zurück. Er hatte schon sonst was befürchtet, als Robert ihn in aller Herrgottsfrühe angerufen hatte.
„Wenn sie so verrückt nach dir war, wie romantisch wolltest du es denn noch haben? Laue Sommernacht, Mond, Sterne und Musik, und das alles hinterm Festzelt. Und du hast sie *abblitzen* lassen? Das ist harter Toback.“
„Verdammt, ich hab gedacht, es würde ihr hinterher Leid tun.“
„Hat sie das auch so gesehen?“
„Nein“, brummte Robert. „Sie ist wütend abgehauen. War ja auch ’ne blöde Situation. Ich hab allen Ernstes geglaubt, sie hätte was Besseres verdient.“
„Warum nur denke ich, dass sie in dem Moment nichts Besseres wollte, Kumpel?“ Georg zuckte mit den Schultern. „Du hast es versaut, würde ich sagen.“

Auf einmal beugte er sich vor und sah Robert eindringlich an. Wenn ein Mann anfing, über eine Frau nachzudenken, gehörte er ihr schon halb.
„Oh Mann, ich glaub's nicht, du hast dich verguckt in die Frau. Das muss ja eine dolle Zauberbraut sein. Das ändert natürlich alles. Und wo ist sie jetzt?"
„Vielleicht solltest du Korella fragen", quetschte Robert sauer zwischen den Zähnen hervor. „Der hat sich anscheinend nicht so blöd angestellt."
Robert stand auf und nahm sich auch einen Kaffee und steckte sich eine neue Zigarette an. „Ach, vergiss es einfach. Alles Quatsch. Erzähl, was gibt's Neues bei deinen Jungs?"

Jennifer saß schon in der Küche, die Hände fest um ihren Pott Kaffee gelegt und schaute aus dem Fenster, als Karin mit zerzaustem Haar reingeschlurft kam.
„Du bist schon auf? Oh, ich glaube, mein Kopf ist viereckig heute früh", stöhnte sie gequält.
Jennifer zeigte wortlos auf eine Schachtel Aspirin.
Karin goss sich ein Glas Wasser ein. „War das ein Abend. Ich habe mich ewig nicht so amüsiert." Sie drehte sich zu Jennifer um. „Wer war denn der Typ, mit dem du zuletzt getanzt hast? Der hatte so was, wie soll ich sagen, aristokratisches."
„Ich weiß nicht. Ich konnte ihn nicht verstehen. Die Musik war einfach zu laut. Ein phantastischer Tänzer." Jennifer füllte sich Kaffee nach. „Auch welchen?" Sie schob Karin eine Tasse über den Tisch. „Ich glaub, ich habe ihn nachmittags schon mal mit Korella zusammen gesehen."
„Ja, klar, stimmt. Korella sah da nicht sehr glücklich aus. Dafür gestern Abend umso mehr", Karin lachte, hielt sich aber sofort mit Schmerzverzogenem Gesicht die Schläfen. „Du hast ihn ganz schön unter Strom gesetzt."
„Wen? Korella? Ich hab nichts gemacht. Das war er ganz allein."
„Wie findest du ihn?" Karin sah Jennifer gespannt an.
Jennifer guckte wieder aus dem Fenster, als würde sie dort die Antwort finden.
„Er ist ganz nett."
Karin sah sie zweifelnd an. „Na, der wäre doch gar nicht so eine schlechte Partie?"
„Karin, ich suche keinen neuen Mann!" Jennifer stand ruckartig auf.
„Ich meine doch nur." Listig blinzelte sie durch halb geschlossene Augen.
„Oder wie wäre's denn mit dem Pferdemann? "
Jennifer warf lachend den Abwaschlappen nach ihr.

Sie war kurz versucht gewesen, Karin alles zu erzählen. Aber womöglich würde sie sie auslachen oder sich gar für sie schämen? Sie hatte doch keine Übung darin, mit ihren Freundinnen über Männer zu sprechen.
Sie konnte ja nicht mal mit Männern umgehen. Von wegen Spaß haben! Ein einziges Desaster war daraus geworden. In diesem Punkt hätte sie nicht auf ihre Freundinnen hören sollen, sondern auf ihren Verstand. Damit war sie meistens gut gefahren. Ihre kaputte Ehe sollte Lehre genug sein. Hände weg von den Männern in Zukunft.
„Du solltest duschen gehen. Hast du überhaupt schon gepackt?"
Karin guckte traurig. „Dass Urlaub immer so schnell vorbei sein muss. Weißt du schon, wann du wieder her kommst?"
Nein, Jennifer wusste es nicht. Aber sie war sicher, sie würde nicht lange warten. Dinge, die ihr bisher wichtig waren, hatten gewaltig an Reiz verloren. Im Gegenteil, mit Widerwillen dachte sie plötzlich an den Großstadttrubel. Verkehrschaos, Menschenmengen und Lärm gegen Ruhe und die tolle Luft in Prerow einzutauschen, erschien ihr so unsinnig.
Sie verdrängte Bobs Bild. Der hatte damit ja nun überhaupt nichts zu tun.
Sie öffnete das Fenster weit und streckte sich. Ach, Unsinn. Wenn sie erst wieder in Berlin wäre, würde sie sich ganz schnell wieder heimisch fühlen. Sie war doch ein Stadtkind.
Georgs Auto kam laut hupend auf den Hof gefahren. Irene stieg aus und hielt triumphierend eine riesige Tüte mit frischen Brötchen hoch.
„Ist der Kaffee fertig? He, der Tisch ist ja noch nicht mal gedeckt." Sie umarmte Jennifer und begann sofort mit strahlenden Augen von ihren Söhnen zu schwärmen.
„Wenn sie doch nur mal ein bisschen länger bleiben könnten." Sie seufzte niedergedrückt. „Und nun haust du auch noch ab."
Georg strich ihr zärtlich übers Haar. „Wirst sehen, Jenny ist ruck zuck wieder da."
Die beiden sind immer so lieb zueinander, dachte Jennifer. Keiner würde je am anderen vorbei gehen, ohne ihn nicht wie zufällig kurz zu berühren. Und wenn sie nebeneinander saßen, das war ihr oft aufgefallen, dann rückten sie unbewusst immer ganz dicht zusammen, Schulter an Schulter. Sie lächelte versonnen.
Irene sprach sich selbst Mut zu. „Na klar, was soll sie jetzt auch noch in Berlin, wo sie es hier so schön hat. Wie war's übrigens gestern Abend? Ich liebe den Tonnenball. Haben sich wieder welche geprügelt?"
Jennifer war überrascht. „Was denn, so etwas gibt es auch noch?"

Georg schmunzelte. „Ich hab gehört, den kleinen Meier soll's erwischt haben. Der wollte doch tatsächlich Manne Feller von der Tanzfläche und von seiner Frau weg fegen. Wem Korella allerdings später noch in die Faust gelaufen ist, wusste keiner. Auf jeden Fall ist er heute mit einer großen Sonnenbrille unterwegs."
Jennifer fühlte, wie ihr das Blut in den Kopf stieg. Hatte Bob etwa…?
Schnell drehte sie sich weg, aber es schien niemand etwas gemerkt zu haben. Alle waren mit der Auswertung des Tonnenabschlagens beschäftigt. Sie atmete beruhigt auf und war fast ein wenig erleichtert, als sich Georg und Irene kurz danach wehmütig von ihr verabschiedeten.
„Ruf mal an, hörst du", rief Irene ihr noch aus dem Auto zu.
Jennifer nickte abwesend und winkte ihnen nach.
Sie brauchte jetzt Zeit, um erst mal alles hinter sich zu lassen und darüber nachzudenken, wie es nun weitergehen sollte.
Die ganzen Jahre waren Rüdigers Vorstellungen vom Leben das Maß ihrer Dinge. Sie hatte ihre eigenen Träume immer hinten angestellt, manche gar vergessen. Die meisten waren dabei auf der Strecke geblieben. War jetzt nicht die perfekte Zeit, eine Wende in ihr Leben zu bringen?
Rüdiger gehörte nicht mehr dazu, sie war finanziell abgesichert und Julia stand auch auf eigenen Beinen.
Und Prerow?
Jennifer trat ans Fenster und sah die Sonnenstrahlen durch ihren Garten tanzen.
Machte sie sich doch nichts vor, sie hing längst viel mehr an Prerow, als sie eingestehen wollte. Sie mochte nicht bis zum nächsten Urlaub warten, um wieder kommen zu können. Oder sich mit einem viel zu kurzen Wochenende begnügen. Sie wollte frei entscheiden können.
Nur, ihren sicheren, gut bezahlten Job für einen fragwürdigen Neuanfang in einem scheinbaren Garten Eden aufgeben? Sie war keine dreißig mehr. Und welches Paradies hat sich auf Dauer schon als solches bestätigt?
Aber wenn ich es nicht versuche, werde ich es nicht wissen.
Wann also, wenn nicht jetzt.

Als sie Wedekind ihre Kündigung übergab und sich zugleich als freie Mitarbeiterin bei ihm bewarb, reagierte er überraschend aufgeschlossen.
„Frau Dorn, ich entlasse Sie nur ungern aus unserem Team, aber ich verstehe Sie. Mehr noch, ich bewundere Sie für diesen mutigen Schritt. Das gibt Ihnen künftig den nötigen Spielraum, solche Projekte anzugehen, die

Ihnen besonders am Herzen liegen und vor allem, in eigener Regie zu arbeiten. Ja, Sie haben meine volle Unterstützung." Er reichte ihr die Hand.

Jennifer saß in ihren Sessel gekuschelt und las mit zitternden Händen den Vertrag, den Wedekind ihr am Vormittag gegeben hatte immer und immer wieder.
Er hatte verschwörerisch gelächelt, als sie zu ihm ins Büro kam und ihr die unterzeichnete Auftragsbestätigung des Best-Age-Verlages gereicht.
Während sie mit glühendem Gesicht den Inhalt des Schreibens überflog, saß er zufrieden in seinem Sessel, ein Bein über das andere geschlagen, die Hände über dem Bauch gefaltet und beobachtete sie.
„Nun, was sagen Sie, Frau Dorn?"
Jennifers Lippen bebten. Warum fragte er ausgerechnet sie? Für gewöhnlich holte er die Aufträge an Land und verteilte dann die Aufgaben an seine Mitarbeiter. Und nun wollte er ihre Meinung?
Wedekind schob ein weiteres Blatt zu ihr rüber. Jennifers Augen weiteten sich. Da stand ihr Name auf dem Vertrag!
„Herzlichen Glückwunsch, Frau Dorn. Ihre Entscheidung, als freie Journalistin zu arbeiten, hat uns die Möglichkeit gegeben, diesen Auftrag anzunehmen und an Sie weiter zu leiten. Wie ich schon sagte, erfordert diese Aufgabe einen verstärkten Einsatz vor Ort. Sehen Sie sich dieses Exemplar in aller Ruhe an und teilen Sie mir nächste Woche bitte Ihre Entscheidung mit. Natürlich können wir uns auch noch über die eine oder andere Änderung unterhalten."
Die Buchstaben tanzten vor Jennifers Augen und sie sah Wedekind fragend an.
„Wir beauftragen unsere freie Mitarbeiterin mit einem völlig neuen Projekt." Er lächelte sie freundlich an. „Sie kennen Prerow und Umgebung inzwischen besser als jeder andere hier, sind mit der Mentalität der Leute dort vertraut", er musterte sie ruhig. „Wo Sie dort doch fast zu Hause sind", fügte er dann schmunzelnd hinzu. „Lesen Sie sich den Vertrag in Ruhe durch. Sie werden darin alles Wichtige finden. Zielstellungen, Ihre Partner vor Ort und natürlich alle finanziellen Belange. Wenn Sie dann noch Fragen haben, ich bin sicher, wir werden sie klären." Er legte die Fingerspitzen aneinander und sah sie darüber hinweg an.
„Es geht darum, die einzelnen vorhandenen Angebote konkret zu sichten und mit der Gemeinde, der Kurverwaltung und dem Nationalpark zusammen zu arbeiten, um den Weg für ein vielseitiges Aktivprogramm zu ebnen. Der Erfolg dieses neuen Reisehandbuches steht und fällt mit der konstruk-

tiven Zusammenarbeit der regionalen Ämter. Der Best- Age- Verlag will eine Art Jahresbuch herausbringen, das sich von allen bisherigen durch aktuellste, vorrangig auf die ältere Generation ausgerichtete Informationen und Innovationen auszeichnet und sich jederzeit erweitern und ergänzen lässt."
„Also geht es nicht nur darum, Vorhandenes aufzulisten, sondern Neues zu erschließen? Eine Art von aktivem Journalismus. Ich erschaffe also die Welt, die ich hinterher in meinem Buch festhalten will. "
„Richtig." Wedekind beugte sich vor und sah Jennifer mit einem für ihn völlig ungewöhnlichen verschmitzten Lächeln an. Er hob eine Hand und schnipste mit den Fingern. „Kitzeln Sie neue Ideen aus Ihren Partnern vor Ort heraus. Rücken Sie dem Nationalpark auf die Pelle, weil wir gerade da noch enorme Reserven sehen."
„Sie denken an den Golfplatz?" Sie erinnerte sich, dass Georg schon davon gesprochen hatte.
„Unter anderem, Frau Dorn, unter anderem. Die Natur zu genießen gewinnt einen immer höheren Stellenwert bei den Menschen. Was läge da näher, als die Angebote im Nationalpark zu erweitern. Machen Sie den Nationalparkmitarbeitern neue Ideen schmackhaft. Öffnen Sie ihre Herzen für die Gäste."
Jennifer sah ihn mit strahlenden Augen an. Das war ein Auftrag, der über das journalistische hinaus ging, der ihr touristischen Spürsinn und Organisationstalent abforderte. Das konnte ein neuer Anfang sein.
Wedekind hatte ihr noch ein schönes Wochenende gewünscht, bevor er sie gehen ließ.
Jennifer stand auf und öffnete das Fenster, um die letzten Sonnenstrahlen rein zu lassen. Sofort war der Raum vom Lärm der hupenden Autos, dem Scheppern des Müllwagens und dem Schnaufen der Busse, die an ihrem Haus vorbei kamen erfüllt. Frustriert schloss sie das Fenster wieder.
Sie hatte geglaubt, es würde ihr nichts ausmachen, dieser Krach wäre Teil ihres Lebens, ein paar Tage, und sie hätte die Stille in Prerow vergessen und sich wieder eingewöhnt.
Weit gefehlt!
Sie blickte zur Seite und schielte auf den Vertrag, der sie nach Prerow bringen könnte. Der silberne Füllfederhalter lockte sie. Na komm schon, nimm mich und unterschreibe endlich.
Zwölf Monate am Meer!

Aber auch zwölf lange Monate Dorf. Ein ganzes Jahr kein Theater (wann war sie überhaupt das letzte Mal im Theater?), kein Shopping auf dem KUDAMM, kein Frühstück im LiteraturCafé bis sechzehn Uhr.
Jennifer runzelte die Stirn. Wollte sie das wirklich? Sie konnte auch in Berlin bleiben, sich hier um Auftragsarbeiten bemühen und nach Prerow fahren, wann immer sie gerade Lust dazu hätte.
Sie lief wie gehetzt in der Wohnung auf und ab.
Wen konnte sie um Rat fragen? Ihr Vater wäre begeistert, Julia auch. Sie war ja immer offen für alles Neue. Mutti würde weinen und Karin vielleicht auch. Jennifer wusste auch so, was sie ihr antworten würden.
Bea war weit weg und gerade viel zu sehr mit sich und ihrem Liebsten beschäftigt. Jennifer feixte. Immerhin, so lange hatte Bea es schon ewig nicht mit ein und demselben ausgehalten.
Und Georg und Reni? „Na, haben wir doch schon immer gesagt, dass du hier her gehörst."
Einen Augenblick lang dachte sie an Bob. Nein, mit ihm hatte das nun wirklich nichts zu tun. Ärgerlich rief sie sich zur Ordnung.
Sie warf sich in den Sessel und nahm den Vertrag noch einmal in die Hand. Wie sie sich schon vorher gedacht hatte, war natürlich Korella als Kurdirektor einer ihrer Ansprechpartner. Mit dem würde sie klar kommen. Wenn sie ihn auf ihrer Seite hatte, dann sollte es auch mit den anderen klappen.
Die Gemeinde würde ihr sogar ein Büro zur Verfügung stellen. Na klar, eine bessere Werbung als so ein Buch konnten sie nicht bekommen.
Und dann war da noch der Nationalparkfuzzi, R. Carstens. R wie Rüdiger? Jennifer kniff die Augen zusammen. Kein gutes Omen. Aber es gab ja noch hundert andere Namen, die mit R begannen. Vielleicht stand das R ja auch für Renate oder so.
Aber Carstens. Carstens. Irgendwo hatte sie den Namen schon gehört. Wo war das bloß?
Sie könnte Reni und Georg anrufen, die könnten ihr sagen, wer sich hinter diesem Namen verbirgt. Aber das wollte Jennifer nicht. Wenn sie sich tatsächlich entschied, den Vertrag zu unterschreiben, dann wollte sie die beiden damit überraschen. Nein, sie würde nichts vorher verraten.
Sie schaute zur Uhr. Zu früh für Rotwein.
Ach was. Schließlich ging es um einen wichtigen Schritt in ihrem Leben.
Jennifer beobachtete durch ihr Weinglas hindurch, wie die Sonne hinter den Hochhäusern verschwand, lange bevor sie tatsächlich untergehen würde. Die Stadt verschluckte sie wie ein gefräßiges Ungeheuer.
Es gab keine glühenden Sonnenuntergänge im Hochhausdschungel.

Und keinen Nordost.
Sie griff nach ihrem Füller und setzte ihren Namen unter den Vertrag.

Sie hätte nie gedacht, wie leicht ihr der Abschied von Berlin fallen würde. Im Gegenteil. Von ihrer unbändigen Freude angesteckt, reagierten ihre Mutter und Karin recht positiv auf ihre Entscheidung. Schließlich war sie nicht aus der Welt. So weit weg lag Prerow nun auch nicht.
Sogar Bea gab ihr, nach ausgiebiger Diskussion aller Vor- und Nachteile ihren Segen.
„Nun wirst du wohl doch alle deine schönen Pumps gegen Gummistiefel tauschen müssen“, lästerte sie. „Da brauchst du die neuen Roten ja nicht mehr. Ich hol sie mir bei dir ab.“
„Nix ist. So dörflich ist es hier nun auch wieder nicht. Ich komme ganz gut mit meinen Hochhackigen klar. Ich muss doch nicht durch den Busch stiefeln.“
Bea konnte sich natürlich nicht verkneifen, Jennifer „so ganz nebenbei“ nach dem Förster zu fragen. Jennifer sah ihr hinterhältiges Grinsen förmlich vor sich. Auge in Auge hätte sie Bea wohl nicht täuschen können, aber am Telefon gelang es ihr ganz gut, sich selbst und ihr etwas vorzumachen. Was für ein Förster?
Zwei Wochen später hatte Jennifer alles nötige organisiert. Sie übergab ihre Wohnung an eine junge Frau, die irgendwo vom Dorf kam und für ein paar Monate ein Praktikum in Berlin zu absolvieren hatte. Die beiden verstanden sich auf Anhieb. Jeder tauchte auf Zeit in die Welt des anderen ein. Das verband.
Georg und Irene hatte sie am Telefon nur etwas von Resturlaub erzählt und sie gebeten, ihr doch eine Wäschespinne zu besorgen. Schließlich müsste sie ihre Gardinen ja mal waschen. Sie zog die Stirn kraus. Welche Gardinen? Sie hatte doch noch gar keine. Na, daran werden die beiden bestimmt nicht gleich gedacht haben. Jennifer freute sich jetzt schon diebisch auf die Gesichter, die ihre Freunde machen würden.
Ihren Eltern und Karin hatte sie das Versprechen abgetrotzt, sie auch wirklich mal zu besuchen. Mutti und Karin weinten dann doch noch ein bisschen. Na, siehste, ich hab’s doch gewusst.
Die beiden Süßen von nebenan wuchteten ihren schweren Sessel ins Auto. Er passte gerade so rein. Der musste mit. Mehr brauchte sie nicht.
Es regnete, als sie Berlin am Nachmittag verließ.

Und es regnete, als sie gegen Abend in Prerow ankam.

Das erste, was ihr auffiel, waren die gewaltigen Fortschritte beim Bau des Pferdehofes.
Jennifer stoppte den Wagen. Ein hochherrschaftliches Gutshaus, links und rechts flankiert von Gebäuden mit Pferdeboxen, leuchtete unter dem Glanz etlicher Baustellenscheinwerfer inmitten von Schlamm und Matsch. Bagger und Planierraupen krochen wie riesige Insekten über das Gelände und überall liefen Bauarbeiter in gelben Wetterjacken und Gummistiefeln herum.
Ein Stück weiter holte sie die Trostlosigkeit dieser Stunden wieder ein.
Was vor ein paar Wochen in strahlendem Sonnenschein lag, dümpelte jetzt unter grauen Schwaden vor sich hin und legte sich schwer auf ihr Gemüt.
Jennifer saß minutenlang im Auto und es gelang ihr nicht sich dazu aufzuraffen, endlich auszusteigen. Wie war es nur möglich, dass einen das Wetter so lähmen konnte.
Mit schweren Beinen schleppte sie dann doch alle Taschen und Kartons ins Haus und stellte sie achtlos irgendwo ab.
Sie sah sich um. Die weißen Wände zogen sich wie Gespenster durch die Räume und schlitterten über die kahlen Fußböden. Die dunklen Fenster glotzten wie tote Fischaugen. Ein Geisterhaus. Sie fror.
Die ersten Stunden in Prerow. Das Gepäck war da, ihr Körper auch, nur sie selbst irgendwie noch nicht.
Erst als sie ein paar Kerzen anzündete, verschwanden die ungebetenen Gäste und mit dem zweiten Glas Rotwein stellte sich auch die wohlige Geborgenheit wieder ein. Sie hörte den Regen ein paar Zentimeter entfernt auf ihre Terrasse prasseln. Ein wunderbares Geräusch, das sie ganz allmählich in die eine Traumwelt abdriften ließ.

Am nächsten Morgen schien die Sonne.
Jennifer kam gerade aus der Dusche, als sie ein knatterndes Motorengeräusch hörte. Schnell schlüpfte sie in ihre Hose und zog einen Pullover über das nasse Haar, da guckte Georg auch schon um die Ecke und strahlte sie an.
„Herzlich Willkommen, Mistress Großstadt. Setz schon mal Kaffee auf, wir stellen dir bloß schnell deine Spinne in den Garten.“ Er zwinkerte ihr zu und zeigte auf die kahlen Fenster. „Damit du deine Gardinen waschen kannst.“ Und schon war er wieder raus.
Jennifer band ihr Haar mit einer Spange zusammen und warf einen kurzen Blick in den Spiegel. Keine Zeit zum Schminken.
Sie schaltete die Kaffeemaschine an.

Mit wem war Georg gekommen? Als sie aus dem Haus trat, traf sie fast der Schlag. Da stand der grüne Landrover. Sie wagte einen Blick ins Innere. Unverändert. Nur ein kleiner Hund tobte zwischen all dem Gerümpel herum und gebärdete sich wie eine Furie, als er sie sah. Er sprang an den Fensterscheiben hoch und fletschte seine spitzen Zähnchen.
Sein Besitzer drehte Jennifer gerade den Rücken zu, als sie hinters Haus kam. Georg kam auf sie zu und umarmte sie lachend.
„Vorsicht, ich bin schmutzig", wie zum Beweis hob er die dreckigen Hände. „Jenny, darf ich Dir meinen Kumpel Robert…"
In dem Moment drehte der sich um und Jennifer erstarrte.
„Sie sind Robert?" Ihr wurde schwindelig. Vor ihr stand Bob. Und er sah so verdammt gut aus in seinem karierten Hemd und den ausgewaschenen Jeans.
Und seine Augen! In ihnen war alles drin, was Prerow ausmachte. Blau, wie das Wasser, grau, wie der Himmel manchmal, ein bisschen braun, wie das Seegras und goldene Funken, wie Bernstein.
Er hatte geschwitzt. Na klar, schließlich war er dabei, *ihre* Wäschespinne aufzustellen. Sein Haar kringelte sich widerspenstig …
Jennifer, nun ist es aber genug!
Sie setzte ihr altbewährtes kühles Lächeln auf.
Robert war im ersten Moment nicht weniger überrascht, hatte sich aber schnell wieder im Griff. Sein Blick glitt an ihrem Körper herunter und Jennifer fühlte sich nackt. Das Schlimmste war, dass es ein angenehmes, erregendes Gefühl war. Trotzdem versuchte sie sich dagegen zu wehren. Das konnte sie gerade gar nicht gebrauchen.
„Guten Morgen, Lady." Er grinste lässig und wischte sich mit dem Handrücken den Schweiß von der Stirn.
Georg bemerkte die Spannung zwischen beiden und schaute fragend von einem zum anderen. „Ihr kennt euch schon?"
Robert sah sie immer noch an und hob provozierend die Augenbrauen.
In Jennifers Kopf schwirrten die Gedanken durcheinander. Was, wenn er…? Cool, ich muss cool sein, dachte sie. Sie straffte sich und blinzelte Robert durch halbgeöffnete Augen verächtlich an. Angriff ist die beste Verteidigung.
„Das kann man so sagen. Schließlich hat dein netter Freund mir ja bei meinem ersten Prerowbesuch einen Schock fürs Leben verpasst, als er mir fast ins Auto gefahren ist." Zufrieden registrierte sie, dass die Männer sich perplex anguckten. Gut gemacht, Jenny.

„He Jenny, das ist Monate her", versuchte Georg einzulenken, aber Robert schnitt ihm das Wort ab.
„Lady, nun passen Sie mal gut auf…"
„Oh nein, Sie passen auf. Wenn Sie durch den Ort rasen, wie ein wilder Stier…"
Georg verstand die Welt nicht mehr. Was ging da ab zwischen seinen besten Freunden?
„Jenny, er hatte Vorfahrt."
„Das rechtfertigt noch lange nicht so eine Fahrweise", zischte sie giftig. „Wie soll man als Ortsfremder auf die Idee kommen, dass hier so idiotische Zustände auf den Straßen herrschen."
Robert verschränkte die Arme vor der Brust, als wollte er sich gegen ihre Attacke wehren.
„Das hat wohl eher damit zu tun, dass Sie keine Ahnung vom Verkehr haben."
Jennifer war drauf und dran, die Fassung zu verlieren. Ihr fielen tausend Dinge ein, die sie genau in diesem Moment lieber mit ihm täte, als zu streiten, aber so etwas brauchte sie sich von ihm nicht an den Kopf werfen zu lassen. Was dachte der Kerl, wer er war.
Sie fixierte ihn biestig. „Ach, ich habe keine Ahnung vom Verkehr? Sie wohl? Das wäre ja mal ganz was Neues."
Das saß.
Jennifer erschrak. Diese Zweideutigkeit hatte sie nicht beabsichtigt, aber Robert hatte sie genau so verstanden.
Er drehte sich zu Georg, der hilflos dabei stand.
„Den Rest schaffst du wohl allein, Kumpel. Ich denke, ich werde hier nicht mehr gebraucht." Er klopfte ihm auf die Schulter und ging, ohne Jennifer noch eines Blickes zu würdigen.
Betreten schaute sie ihm hinterher. Er ließ den Motor aufheulen und stieß den Wagen im rasanten Tempo rückwärts vom Hof runter, so dass der Belag der Auffahrt prasselnd zu allen Seiten spritzte.
Jennifer fühlte sich hundeelend.
„Sag mal, was war das denn?" Georg maß sie mit prüfendem Blick.
„Das wollte ich nicht", flüsterte Jennifer mit weinerlicher Stimme, „das wollte ich nicht."
Georg wischte sich die Hände an der Hose ab und nahm sie in den Arm.
„Hast'n schlechten Tag?" Er wischte ihr die Tränen weg und seine schmutzigen Hände hinterließen dunkle Streifen auf ihrem Gesicht.

„Das kommt vor. Irene hat das auch manchmal. Ihr Frauen seid schon seltsame Wesen."
Jennifer sah ihn dankbar an und musste unwillkürlich lachen. Na gut, wenn ihm das als Grund für ihr unmögliches Verhalten genügte, sollte ihr das Recht sein. Wie sollte sie ihm das ansonsten auch erklären.
„Es tut mir leid", sagte sie leise. „Ich glaube, so blöd hab ich mich noch nie benommen. Dein Freund muss ja denken, ich bin eine alte Xanthippe."
„Na, mindestens", lachte Georg. „da hast du wohl was gut zu machen. Gieß schon mal den Kaffee ein, ich komme gleich rein. Ich mach das hier nur noch schnell fertig."
Später nahm Jennifer halbherzig eine Inspektion ihres Hauses vor. Sie war noch total aufgewühlt, aber sie sollte sich wirklich allmählich Gedanken machen, wie es mit der Einrichtung weiter gehen sollte. Die Räume waren ja noch minimalistischer gestaltet, als es in den schlimmsten Zeiten mit Rüdiger war.
Noch war es Sommer, aber schon bald würde es sehr viel öfter graue trübe Tage geben. Da war eine gemütliche Wohnung wichtig. Aber das war dann so endgültig. Noch war alles offen. Aus diesen Räumen konnte noch alles werden.
Sie beugte den Kopf zur Seite und versuchte sich vorstellen, wie das aussehen müsste. Die einzige Gemütlichkeit, die sie bisher kannte, war ihr Sessel am Kamin, damals in ihrem und Rüdigers Haus. Es schien eine Ewigkeit her zu sein.
Hier hatte sie leider keinen Kamin. Ach, und ihr Sessel lag noch im Auto. Das hatte sie ja gut hinbekommen. Vergraulte die, die sich für sie das Kreuz verrenkten. Und das nur, weil dieser Kerl sie verrückt machte.
Wie er wohl wohnte? Sie sah eine durchschnittliche Junggesellenbude vor sich, wie man sie eben aus einschlägigen Filmen kannte. Stühle, die unter der Last der Klamotten zusammen zu brechen drohten, Berge dreckigen Geschirrs und überquellende Aschenbecher. Ihr Verstand sagte ihr, dass damit nur ein Klischee bedient wurde, das der Realität wohl genau so wenig entsprach, wie ständig saubere aufgeräumte Frauenwohnungen. Aber ihr Gefühl…Ach was, Schluss mit Gefühlen. Wie kam sie überhaupt darauf, dass er allein lebte.
Karins Engel meldeten sich zu Wort. „Denk an den Tonnenball." Als wenn sie nicht ständig daran denken würde. „Er hätte doch nicht…"
Beas kleine Teufel konterten gehässig. „Und wenn doch? Da wäre er wohl nicht der erste."

Jennifers Handy klingelte. Hektisch musste sie es zwischen Zeitungen, Papieren und leeren Kartons auf dem Tisch suchen. So viel zum Thema Ordnung.
„Hallo Jenny, schön, dass du wieder da bist." Irenes herzliche Art beruhigte Jennifer sofort. Mit einem tiefen Seufzer sank sie auf ihre Couch. Sie machte sich auf eine, zugegebenermaßen berechtigte Gardinenpredigt gefasst.
„Na los", forderte sie Irene auf, „sag schon, dass du so etwas von mir nie erwartet hättest."
Irene lachte. Sie hatte ein warmes dunkles Lachen, das die, denen sie es widmete, in eine Decke aus Liebe und Geborgenheit wickelte.
„Ich? Du hast wohl vergessen, wie lange ich dich schon kenne? Du konntest früher schon ganz schön vom Leder ziehen, wenn dir etwas nicht passte."
„Bist du jetzt böse mit mir?"
„Warum sollte ich? Mit mir hast du doch nicht gestritten. Abgesehen davon finde ich es gar nicht schlimm, wenn die Männer mal ein bisschen Dampf bekommen."
„Meinst du?"
„Sicher. Aber jetzt sollte es auch wieder genug sein. Oder war da noch irgendetwas anderes zwischen euch?"
„Nein, nein", antwortete Jennifer ein bisschen zu schnell. „Ich habe einfach nur überreagiert."
„Jenny, Robert ist unser bester Freund. Ich würde es ganz schrecklich finden, wenn ihr nicht miteinander klar kämet. Denkst du, dass du heute Abend mit ihm die Friedenspfeife rauchen kannst?"
„Heute Abend?"
„Ja."
In Jennifers Kopf drehte sich alles. Sie konnte ihm nicht schon wieder begegnen, vor allem nicht nach dem Ausbruch am Morgen. Und überhaupt.
„Jenny, bist du noch dran?"
„Ja, ich habe nur gerade…, denkst du wirklich, dass das gut wäre?"
„Aber natürlich. Ich verspreche dir, Robert wird dir nichts tun, und er ist auch überhaupt nicht nachtragend. Glaub mir, er ist ein ganz Lieber."
Das hab ich am meisten befürchtet, dachte Jennifer.
„Jenny, es ist unser Hochzeitstag. Die anderen kommen auch alle, Wilhelm, Christiane, Jimmy und seine Frau und noch ein paar Freunde."
Jennifer atmete erleichtert auf. In großer Runde konnte sie leicht Abstand wahren. Das bekam sie hin.

„Na, wenn es euer Hochzeitstag ist, den will ich auf gar keinen Fall verpassen. Klar komme ich. Gerne."
„Na Gott sei Dank." Es klang wie ein Stoßgebet. „Wie lange bleibst du diesmal? Nein, erzähl mir das heute Abend. Da kommt gerade der neue Landgraf. Das ist ein Mann, sag ich dir", flüsterte sie ins Telefon. „Also dann, bis nachher."
Der neue Landgraf? Ach egal. Viel wichtiger war jetzt, was sollte sie anziehen? Sie ging in Gedanken ihre Garderobe durch und stellte fest, dass sie für eine Gartenparty denkbar schlecht ausgestattet war. Aber das Problem würde sie heute nicht mehr gelöst bekommen.
Jennifer erhob sich von ihrer Couch und streckte den Rücken. Okay, sie hatte noch zwei Stunden Zeit um Blumen für Irene zu besorgen, einen Whisky für Georg und eine Haarkur für sich selbst. Und ein Handbuch: Wie mache ich mich unsichtbar?

Georg holte sie ab.
„Alles in Ordnung, Kleine?"
Jennifer nickte zaghaft. Ihr lag ein tonnenschwerer Stein im Magen.
Er blickte sie von oben bis unten an. „Chick siehst du aus. Aber du weißt, dass wir nur grillen?"
Jennifer sah an sich herunter. In ihrer cremefarbenen Hose und der Seidenbluse war sie absolut overdressed. Und dann auch noch die hohen Pumps.
„Ich hab nichts anderes", sagte sie fast entschuldigend.
Georg sah sie von der Seite an. „Musst dir keine Gedanken machen wegen Robert. Ich hab schon mit ihm gesprochen. Er verzeiht dir." Er schmunzelte vor sich hin.
In Jennifer begann es sofort zu rebellieren. „So, er verzeiht mir?", fragte sie spitz.
„Jenny!" Georg stoppte den Wagen und sah sie ernst an. „Frieden, ja?"
Jennifer rutschte tiefer in den Sitz rein. „Entschuldige bitte. Ja, Frieden."
Robert hatte Georg anscheinend nichts vom Tonnenball erzählt. Sonst hätte der wohl anders reagiert. Das war ja zumindest ganz anständig von ihm. Jennifer fühlte eine gewisse Erleichterung.
Sie setzte sich gerade auf und streichelte kurz über Georgs Arm. „Danke."
Georg schaute sie verwundert an. „Wofür?"
„Für alles."
Im Garten herrschte schon Hochstimmung. Jennifer winkte nur kurz zu allen rüber und ging als erstes mit Georg ins Haus zu Irene.

„Alles Gute, ihr Zwei, und macht weiter so“, sie umarmte die beiden, „zeigt uns Versagern und der künftigen Generation, dass es auch anders geht und man es durchaus ein Leben lang miteinander aushalten kann.“
„Georg hat eben Glück gehabt, dass er mich gekriegt hat“, Irene wuschelte ihm durchs Haar.
„Ein Mann ist nur so stark, wie die Frau, die hinter ihm steht“, antwortete er zärtlich und küsste sie auf die Nasenspitze. „Aber jetzt raus mit uns. Die anderen warten schon.“
Jennifer ging um die große Tafel und begrüßte alle. Sie musste auf Zehenspitzen laufen, um mit ihren dünnen Absätzen nicht im Boden stecken zu bleiben. Zum ersten Mal in ihrem Leben schaute sie neidisch auf die flachen Schuhe der anderen Frauen.
Mit jedem Schritt, den sie Robert näher kam, wuchs ihre Nervosität. Sie wusste, dass Irene und Georg sie beobachteten und ihr war klar, was sie ihnen schuldig war.
Wilhelm und Christiane, Jimmy und seine Frau Magrit, die sie heute das erste Mal traf, die Nachbarn und dann- Robert.
Er war allein da. Er saß lässig auf den Stuhl gefläzt, genau so, wie sie ihn das erste Mal gesehen hatte und rauchte.
Als sie ihm die Hand gab, war es wieder wie ein elektrischer Schlag, der sie mitten ins Herz traf. Stand dieser Mann unter Dauerspannung? Millionen kleine Blitze jagten durch sie hindurch. Hastig entzog sie ihm ihre Hand.
Sie schaute zu Georg und Irene, die ihr aufmunternd zunickten.
Robert musterte Jennifer belustigt. Es stank förmlich nach männlicher Herablassung.
Jennifer hätte sich am liebsten umgedreht und ihn in seiner Selbstgefälligkeit sitzen lassen.
„Begraben wir das Kriegsbeil?“, fragte sie dennoch. Sie griff nach seiner Zigarette und nahm einen tiefen Zug.
Ein entsetzlicher Hustenanfall erschütterte ihren ganzen Körper wie ein Erdbeben und sie dachte minutenlang, sie müsste ersticken. Sie keuchte und suchte Halt an seinem Stuhl. Damit hatte sie nicht gerechnet. Sie hatte doch noch nie geraucht.
Sie hörte die Freunde lachen. Der Bann war gebrochen.
Robert hatte ihr die Zigarette wieder abgenommen und reichte ihr sein Bier. Immer noch nach Luft ringend, die eine Hand vorm Mund, winkte sie mit der anderen nur ab und drehte sich weg.
Lieber Gott, das war Buße genug.

Erschöpft ließ sie sich auf ihren Platz fallen und tupfte sich die Tränen aus den Augen.
Irene hielt sich den Bauch. „Mensch, Jenny, so wörtlich hatte ich das doch nicht gemeint mit der Friedenspfeife. Ich wollte dich doch nicht umbringen."
„Hast du aber fast", stieß Jennifer schwer atmend aus, aber sie musste jetzt auch lachen.
Als sie zu Robert rüber sah, war sein Platz leer. Er stand ein Stück abseits und telefonierte. Jennifer beobachtete, wie er in die Hocke ging, und während er sprach das Treiben der Fische im Teich verfolgte und dabei ganz in Gedanken mit einem Grashalm spielte.
„Ich hab dir doch gesagt, dass er ein ganz Lieber ist", meinte Irene. „Wenn Georg damals nicht gewesen wäre, ich hätte mich glatt in ihn verlieben können." Sie schloss für einen Moment die Augen, als blickte sie zurück in die Vergangenheit. „Aber er hatte immer nur Augen für Inga."
Bevor Jennifer nachhaken konnte, schallte Georgs Ruf herüber.
„Essen ist fertig. Bitte alle anstellen."
Irene stand auf, um ihm zu helfen.
Inga, klang es in Jennifer nach. Natürlich, was hatte sie denn gedacht. So ein Mann war doch nicht allein.
Sie versuchte sich einzureden, dass sie das doch von Anfang an gewusst hatte und es gut so war.
Sie kam nicht weiter dazu, darüber nachzudenken. Georg stellte einen Teller mit einem Riesensteak vor sie hin.
„Gut gemacht, Kleine", flüsterte er verschwörerisch.
Irene hatte sich inzwischen zu Georg auf die andere Seite des Tisches gesetzt und dirigierte von dort aus die Verteilung von Brot und Salaten. Georg füllte Wein nach und versorgte die Männer mit Bier.
Mit einem neckischen Augenzwinkern nahm Irene Wilhelm aufs Korn. „Lass noch eine kleine Ecke im Magen frei. Ich habe extra deinetwegen Nachtisch gemacht."
Über Wilhelms Gesicht zog ein Leuchten und er rieb sich vergnügt die Hände. „Was gibt's denn Feines."
„Na wenn schon, denn schon. Tiramisu natürlich. Sonst noch jemand?"
Jennifer lehnte dankend ab. Sie hatte schon mehr als die Hälfte ihres Steaks an Wilhelm weiterreichen müssen. „Aber ein Kaffee wäre jetzt toll."
Die meisten hielten ihre Teller hin.
Jennifer sah, dass Robert mit dem Kopf schüttelte und auch nur Kaffee nahm und zwei Löffel Zucker einrührte. Er steckte sich eine Zigarette an

und gab Georg Feuer. Der Mann würde sich noch umbringen mit seiner Qualmerei. Aber was ging es sie an.
Jimmy machte einen langen Hals. „Hier trinkt wohl keiner seinen Kaffee mit Milch?“
„Soll das heißen, du hättest gern welche?“ fragte Irene amüsiert.
Sie stellte Jimmy die Kaffeesahne hin und setzte sich wieder an Jennifers Seite. „Sag mal, welche Gardinen willst du übrigens waschen? Georg hat so was gesagt. Neulich hattest du doch noch gar keine dran.“
„Na ja, weißt du“, Jennifer druckste ein wenig rum, „es ist ja nur, wenn ich nicht gleich wieder fahre, da hab ich dann doch mal ein bisschen mehr zu waschen. Und zu trocknen. Bestimmt auch Gardinen, die brauche ich tatsächlich endlich.“
Irene sah sie verdattert an. „Heißt das, du bleibst hier?“
Alle Köpfe drehten sich auf einen Schlag Jennifer zu.
Sie lachte verlegen. „Ich hab einen Job auf Zeit hier. Für die nächsten zwölf Monate.“
Die letzten Worte gingen in allgemeinem Jubel unter und Irene umarmte sie glücklich.
„Oh Jenny, ich freue mich so, ich freue mich so sehr.“
Georg schenkte allen Schnaps in ihre Gläser und stand dabei so, dass Jennifer nicht sehen konnte, wie oder ob Robert überhaupt darauf reagierte.
„Und wieder ist es uns gelungen, der Großstadt eine unschuldige Seele abzuringen“, reklamierte Georg mit erhobener Stimme.
„He, nur für ein Jahr“, schränkte Jennifer behutsam ein.
„Wart’s nur ab, Kleine, wart’s nur ab“, orakelte er.
„Was für ein Job ist das?“, fragte Christiane und rückte etwas näher an Jennifer ran.
Als sie über den Reiseführer für ältere Gäste sprach, entbrannte sofort eine heftige Diskussion.
„Das ist eine gute Sache, aber hoffentlich vergessen wir darüber nicht, dass wir auch junge Leute brauchen. Für die muss auch was getan werden. Nichts ist schlimmer, als eine ausschließliche Altenresidenz. Oder was meint ihr?“
„Na, wird doch. Vergesst nicht das Spielzentrum, das in der Budenstraße gebaut werden soll. Abenteuer für Kinder und ihre Eltern. Das ist doch was.“
„Und der neue Spielplatz.“
„Der Darßmarathon.“

„Aber was sollen die jungen Leute sonst hier? Es wurden doch alle Veranstaltungen für Leute unter vierzig abgeschafft. Die Beach-Volleyball-Woche, die Strandpartys, die Discotheken."
„Das mag schon sein. Aber hinterher die Randale von den Halbwilden wollte hier auch keiner haben. Die Alten sind wenigstens friedlich."
„Aber ihr müsst zugeben, dass es für Familien mit Kindern nichts Besseres geben kann, als hier Urlaub zu machen."
Pro und Contra flogen hin und her, und Jennifer bekam einen ersten Eindruck davon, wie schwer ein gemeinsamer Nenner für neue Wege zu finden sein würde.
Robert saß da, das linke Bein lässig auf dem Oberschenkel des rechten abgelegt, die Hände im Schoß gefaltet und schien mit seinen Gedanken ganz woanders zu sein.
Irene bemerkte Jennifers Blick. „Er spricht nie viel. Musst dich nicht wundern. Noch Wein?"
Jennifer fühlte sich schon ein wenig beschwippst, aber das waren sie wohl alle heute Abend, also hielt sie Irene ihr leeres Glas hin.
Christiane beugte sich mit einem bewundernden Blick zu Jennifers teuren Pumps runter.
„Die sind ja ein Traum."
„Vor allem so praktisch", meinte Robert, der gerade an ihnen vorbei ging ironisch.
Jennifer kniff die Lippen zusammen. Sie würde sich nicht provozieren lassen. Nicht hier und heute.
Christiane winkte ab. „Männer! Da sind sie doch alle gleich. Aber zeig mir mal einen, der einer Frau im praktischen Schnürschuh hinterher guckt. Kommt sie aber im Rock mit solchen Traumexemplaren daher, kriegen sie Stielaugen."
„Wenn die Dinger nur nicht immer teurer werden würden. Die Preise haben sich doch in letzter Zeit nahezu verdoppelt."
„Nahezu? Sie haben sich verdoppelt!"
Die Frauen steckten die Köpfe zusammen und kamen kakelnd zu dem Schluss, dass sie eher an anderer Stelle etwas einsparen würden, als auf neue Schuhe zu verzichteten.
„Ich bin gestern auf der Autobahn im Baustellenbereich gestoppt worden. Wegelagerer, die! Das kostet mich mindestens ein Paar Schuhe. Das habe ich dem Polizisten dann auch in aller Deutlichkeit gesagt." Jennifer zog einen Flunsch.

„He, da warst du aber ganz schön schnell unterwegs.“ Wilhelm hob mahnend den Zeigefinger.
„Hatte der Ordnungshüter wenigstens Verständnis für dich?“
„Nein, der war einer von der unspaßigen Sorte. Hat mir noch ’ne Anzeige wegen Beamtenbeleidigung angedroht.“
„Na“, mischte Georg sich ein, „wenn du bei dem genau so in Form warst wie heute früh, armer Kerl.“
„Du solltest vielleicht ganz schnell noch eine gute Rechtsschutzversicherung abschließen.“
„Meine Tochter ist Juristin“, Jennifer zog den Kopf zwischen die Schultern, „das ist die teuerste Rechtsschutzversicherung, die ich mir vorstellen kann.“
Alle lachten und ließen die Gläser klingen.
„He, Robert, hast du deine Gitarre mit?“, rief einer.
„Ach ja, bitte, Robert“, bettelten die Frauen, „mach ein bisschen Musik.“
Jennifer hörte Roberts Hund im Auto Mitleid erregend kläffen, als der seine Gitarre holte. Aber er ließ ihn nicht raus.
„Das ist ein kleiner Hackenbeißer, kann ich dir sagen. Der würde das ganze Treiben hier verrückt machen, hört überhaupt nicht, das Biest“, erklärte Georg.
Sollte er nur im Auto bleiben. Jennifer hatte es nicht so mit Hunden. Um ehrlich zu sein, sie hatte Angst vor ihnen. Auch kleine Hunde konnten beißen. Und dann diese ekelige Leckerei immer. Nein, das war nichts für sie. Andererseits, dieser kleine Kerl in Roberts Auto war schon ein Süßer.
Als Robert die ersten Saiten anschlug, wurde es sofort still. Jeder lauschte der Musik und hing seinen Gedanken nach.
Inga, Inga, hämmerte es wieder in Jennifers Kopf. Warum ist sie nirgends dabei? Womöglich arbeitet sie außerhalb? Oder sie ist Kellnerin? Die müssen ja immer dann ran, wenn andere frei haben. Inga. Klingt ziemlich nordisch. Vielleicht ist sie aus Skandinavien und spricht nicht deutsch? So wenig, wie Robert selber redet, käme es drauf ja nicht an. Nein, sie ist bestimmt alt, dumm und hässlich, und keiner mag sie. So würde es sein. Jennifer trank ihr Glas in einem Zug leer und lächelte zufrieden in sich hinein, als Roberts Blick sie traf.
Sie hatte für einen kurzen Moment das berauschende Gefühl, er würde Eric Claptons leise Liebeserklärung für sie allein singen.
Die Dunkelheit war ihr Freund. Im Flackern des Feuers sahen alle gleich aus. So genoss sie einfach diesen Moment des unentdeckt seins, während die Musik in ihr drin die schönsten Saiten anschlug. Sie lehnte sich zurück

und presste sich etwas fester auf ihren Stuhl, um dieses Gefühl ein bisschen länger auszukosten. Warum sollte sie sich dagegen wehren.
Robert grinste, als könnte er spüren, was in ihr vorging, und Jennifer senkte verlegen die Augen. Sie sollte besser keinen Wein mehr trinken.
Weit nach Mitternacht machten sich die ersten auf den Heimweg und auch Jennifer wollte gehen.
Georg hielt sie zurück. „Warte einen Moment. Ich bringe dich."
„Lass nur, Georg, ich gehe zu Fuß", Jennifer gab ihm, leicht schwankend einen Kuss auf die Wange.
„In *den* Schuhen läuft man nachts besonders gut durch Prerow, noch dazu mit so einem Alkoholpegel", mischte sich Robert ein. „Kommen Sie, Lady, ich nehme Sie mit lang. Und du", er tippte Georg auf die Brust, „sieh zu, dass du die anderen auch aus dem Haus kriegst. Deine Frau fällt gleich um vor Müdigkeit."
Damit schob er Jennifer vor sich her zum Auto, bevor sie Gelegenheit hatte zu protestieren.
„Maximus, ab nach hinten!"
Der kleine Terrier sprang in den hinteren Teil des Jeeps und rollte sich widerspruchslos auf seiner Decke zusammen. Robert sah überrascht zu Georg rüber und machte eine Handbewegung, als wollte er sagen: Na siehst du, geht doch.
Er schmiss die Papiere, die auf dem Beifahrersitz rum lagen, achtlos auf die Hinterbank und wischte mit dem Ärmel über den staubigen Platz. Mit einer einladenden Geste forderte er Jennifer auf einzusteigen.
Jennifer setzte sich und Robert knallte von außen die Tür zu, bevor er auf der Fahrerseite Platz nahm. Er ließ noch einmal die Fensterscheibe runter und pfiff Georg hinterher.
„Ich bin gleich wieder zurück und räume mit auf. Mach mal noch 'n Bier auf."
Jennifer schmiegte sich so gut es ging in den Sitz hinein. Sie fühlte sich schläfrig und träge.
„Maximus, wie treffend", murmelte sie.
„Mm."
Robert fingerte am Radio herum und Jennifer schloss zufrieden die Augen, als Bruce Springsteen begann, seine große Liebe zu besingen. So könnte sie bis ans Ende der Welt fahren. Aber Robert bremste ruckartig.
Jennifer fuhr erschrocken auf. „Was ist los? Warum halten wir?"
Er drehte sich zu ihr und lehnte sich an sein Fenster.
Jennifer sah ihn mit großen Augen an. Würde er…?

„Ich würde sagen, weil Sie hier zu Hause sind, Lady. Schaffen Sie die letzten Schritte allein?“ Er grinste sie spöttisch an.
Jennifer glaubte, nicht richtig zu hören. Gerade hatte sie noch gedacht, dass sie sich nicht wehren würde, wenn er sie genau jetzt küssen würde. Sie kochte vor Wut. Am meisten auf sich selbst.
„Ich wäre auch gut ohne Sie nach Hause gekommen.“
Das war glatt gelogen. Sie fühlte sich mehr als wacklig auf den Beinen, aber das würde sie nie zugeben.
Sie musste sich tüchtig gegen die Wagentür stemmen, um sie auf zu bekommen. Zum Glück stand Robert nun doch bereit, um ihr aus dem Auto zu helfen. Sie hatte das Gefühl, aus einem LKW aussteigen zu müssen, und das mit den Absätzen, die noch höher waren als ihr Rotweinpegel.
Sekundenlang hielt Robert sie im Arm, aber Jennifer schüttelte ihn ab.
„Vielen Dank“, sagte sie abweisend.
Sie blieb an der Gartenpforte stehen, bis der Landrover außer Sichtweite war. Erst dann streifte sie die Schuhe von den Füßen und stolperte barfuss zum Haus.

Nie wieder Alkohol, dachte sie, als sie aus einem unruhigen Halbschlaf erwachte und eine ganze Armada von Vorschlaghammern in ihrem Schlafzimmer dröhnen hörte. Sie öffnete die Augen, um sie sofort wieder zu schließen. Das Sonnenlicht riss ihr den Kopf auseinander.
Ich brauche unbedingt Gardinen, arbeitete es hinter ihrer pochenden Stirn. Schwarze Gardinen. Und Rollos. Schwarze Rollos.
Sie lag ganz still, in der Hoffnung, der Schmerz würde nachlassen. Nur nicht bewegen. Sie müsste nur lange genug ganz still liegen bleiben, dann würde es besser werden.
Sie versuchte sich zu erinnern. Grillparty bei Irene und Georg.
In ihren Schläfen hämmerte das Blut, als wollte es sich gewaltsam seinen Weg nach draußen bahnen.
Nein, nur nicht denken. Gar nichts tun. Muss ich jetzt sterben?
Sie schlief wieder ein.
Als sie das nächste Mal aufwachte, war es schon früher Nachmittag und sie fühlte sich deutlich besser. Sie bewegte ganz vorsichtig ihren Kopf. Der bohrende Schmerz hatte sich bis auf ein leichtes Brummen aufgelöst.
„Hallo, Jenny, wo steckst du?“ Irene kam polternd ins Haus und sah sich suchend um.
„Hier“, kam Jennifers klägliche Antwort aus dem Schlafzimmer.

„Na sag mal, wie siehst du denn aus? Weißt du überhaupt, wie spät es schon ist?"
„Oh, mein Kater muss ein Tiger sein. Was hast du mir da gestern in den Wein gemischt? Gib's zu", jammerte Jennifer weinerlich und rollte sich umständlich aus dem Bett. „Ich sehe bestimmt aus wie eine alte Gewitterhexe."
Irene lachte. „Ja, eine gewisse Ähnlichkeit ist schon da." Sie riss das Fenster auf. „Der Wein war okay, aber du hättest den Schnaps stehen lassen sollen. Ich hatte das Gefühl, du wolltest dir mit Gewalt für irgendetwas Mut antrinken. Oder hast du Sorgen, die du ersäufen wolltest?"
„Was für Sorgen?" Jennifer streckte sich und rieb sich das Genick. Hab ich Sorgen? Soll ich dir etwa sagen, dass ich so verrückt nach eurem Freund Robert bin, dass es mir zeitweise fast den Verstand raubt, der aber eine Frau mit dem wohlklingenden Namen Inga hat, außerdem ein überhebliches Arschloch ist und ich ja eigentlich auch gar keinen Mann mehr will?
Nein, sie hatte keine Sorgen.
„Na, dann ist es ja gut. Das klappt nämlich nicht. Das mit dem Ersäufen, meine ich. Sorgen können schwimmen. Ich hab Kuchen mitgebracht und koch uns jetzt erst mal `n starken Kaffee. Mach du inzwischen einen Menschen aus dir."
Sie war schon auf dem Weg zur Küche, als sie sich noch mal umdrehte. „Übrigens, tröste dich, Georg liegt auch auf Eis. Er hat, als du weg warst, mit Robert noch weiter gefeiert. Dein Whisky musste dran glauben. Den beiden geht's heute also auch nicht so gut."
Jennifer lächelte matt.
Irene sah sie prüfend an, wie sie so zottelig und verkatert vor ihr stand.
„Hast du schon mal darüber nachgedacht, dir deine Haare abschneiden zu lassen?"
„Meine Haare? Warum?"
„Mich würden die langen Zotteln wahnsinnig machen. Und dann das olle Hochgestecke."
Jennifer antwortete nicht und schlurfte ins Bad. Aus dem Spiegel sah ihr ein Ungeheuer entgegen. Resigniert stellte sie fest, dass ein paar Stunden genügen konnten, um einen zehn Jahre älter zu machen. Nachdenklich ließ sie ihre Haare durch die Finger gleiten.
Die Dusche weckte ihre Lebensgeister, und als sie kurze Zeit später zu Irene in die Küche kam, ging es ihr schon besser.

„Na also, nun siehst du ja schon wieder vorzeigbar aus. Dreh dich mal um", Irene guckte sie von der Seite an, „das ist viel hübscher, wenn du die Haare nur so zusammen bindest, anstatt sie immer hoch zu wrangen."
Sie biss beherzt in ein Stück Streuselkuchen.
„Ich hab heute Nachmittag frei, und da dachte ich, wir beide fahren mal los, dir ein paar Klamotten kaufen."
Jennifer nippte an ihrem heißen Kaffee und schwieg. Aber Irene ließ sich nicht beirren.
„Jetzt, wo du Prerowerin bist, kannst du nicht immer so aufgedonnert rumlaufen. Vor allem brauchst du Schuhe, auf denen du dir hier nicht die Beine brichst. Iss jetzt was."
„Jawohl, Mama." Jennifer nahm gehorsam ein kleines Stück Zuckerkuchen und brach sich die Hälfte davon ab.
„Iss nur nicht zu viel", lästerte Irene und nahm sich die andere Hälfte.
Jennifer guckte verzweifelt auf das riesige Kuchenpaket, das Irene angeschleppt hatte. „Wolltest du noch ein paar Leute von der Straße holen?"
„Ich weiß", Irene strich sich über ihren runden Bauch, „aber es sieht immer alles so lecker aus. Da kann ich mich einfach nicht bremsen."
Jennifer wurde zum ersten Mal bewusst, wie sehr Irene und Karin sich ähnelten. Beide hatten die gleiche Lockenpracht, ein paar Pfund zu viel auf den Rippen, aber vor allem, das gleiche solide Wesen. War Karin vor vielen Jahren ihre Freundin geworden, weil sie wie Irene war? Hatte Jennifer so unbewusst versucht, eine schmerzliche Lücke in ihrem Leben zu schließen? Wie auch immer, es hatte funktioniert und sie hatte heute die wunderbarsten Freundinnen, die sie sich nur wünschen konnte.
„Wann fängst du mit deiner Arbeit an?"
„Nächste Woche. Ich wollte die paar Tage bis dahin dafür nutzen, mich einzurichten."
„Gardinen und so?" Irene sah sich in den fast leeren Räumen um.
„Ja, und so auch."
„Also dann, wollen wir?"

„Nie wieder Alkohol", war auch Roberts erster Gedanke, als er aus einem Koma ähnlichen Zustand erwachte.
Er hatte den ganzen Abend nicht viel getrunken. Bis er Jennifer nach Hause gebracht hatte und von ihr wie ein Chauffeur abgefertigt wurde. Hätte nur noch gefehlt, dass sie ihm ein Trinkgeld gegeben hätte. Aber was hatte er erwartet?

Er fuhr zurück zu Georg und hat sich vollaufen lassen. Eine Flasche Whisky? Oder waren es zwei?
Er wusste nicht, wie er in sein Bett gekommen war.
Er hat versucht, ihren verdammten Hochmut runter zu spülen, die Verachtung, die sie ihm entgegenschleuderte und ihre eiskalte Ablehnung. Und die Tatsache, dass sie ihn verrückt machte und er mit all dem nicht umgehen konnte.
Aber er hatte die Sehnsüchte tief in ihr einmal gespürt, er wusste, dass ein Funken genügte, und sie würde unter den Händen eines Mannes explodieren. Gott, was für eine Vorstellung.
Er sah sich mit ihr hinter dem Festzelt stehen, erinnerte sich an den Duft ihres Haares und jeden Zentimeter ihrer samtweichen Haut. Wie eine Katze hatte sie sich unter seinen Berührungen gewunden. Und als seine Finger in ihr wundervolles, heißes … Himmel, war das gut.
Sein Atem ging schwer.

Jennifer drehte sich begeistert vor dem Spiegel hin und her. Nicht mal das furchtbare Neonlicht konnte daran etwas ändern, sie sah Klasse aus.
Irene klatschte in die Hände. „Mensch Jenny, hast du einen Knackarsch."
„Alles Hose", wiegelte Jennifer mit verhaltenem Stolz ab und stolzierte wie ein Pfau vor dem Spiegel auf und ab. „Diese Jeans sitzen wirklich phantastisch und sind trotzdem so bequem. Das ich da nicht schon lange drauf gekommen bin."
Sie hatte die verlorenen zehn Jahre vom Morgen wieder zurück. Vielleicht sogar ein paar mehr. Sie fühlte sich wundervoll jung in diesem Augenblick.
Irene bewunderte sie neidlos. Ja, so passte ihre Freundin besser nach Prerow.
Jennifer entschied sich für drei unterschiedliche Paar Jeans und kaufte noch einen Stapel T-Shirts.
Bei den Schuhen fiel ihr die Entscheidung wesentlich schwerer. So lange sie denken konnte, hatte sie nur hohe Schuhe getragen. Sie fühlte sich in den flachen Tretern plump und zu kurz geraten.
„He, du sollst die doch nicht pausenlos tragen", redete Irene auf sie ein, „aber du musst doch zugeben, dass es Gelegenheiten gibt, wo sie einfach praktischer sind."
Ja, zum Beispiel, wenn man angesäuselt aus der schwindelerregenden Höhe eines Jeeps aussteigen muss und das unter den Augen des arrogantesten Kerls von ganz Prerow, dachte Jennifer.

„Okay, diese Sneeker, oder wie auch immer die heißen mögen. Mehr brauche ich nicht."
„Und jetzt ins Möbelhaus."
Jennifer winkte ab. „Nein, nicht mehr heute. Das waren genug Entscheidungen für einen Tag. Mir schwirrt schon der Kopf."
Sie lehnte sich entspannt zurück, als sie mit Irene kurze Zeit später vor einer Tasse Kaffee saß.
„Das tut gut", seufzte sie zufrieden. „Weißt du, ich habe schon immer viel lieber in großen Kaufhäusern eingekauft."
Irene sah sie verwundert an. „Du? Du siehst doch immer aus, aus wärst du gerade einer Boutique entsprungen."
„Einige Sachen sind ja auch aus solchen Läden. Aber eigentlich gehe ich da nicht so gern rein. Man wird immer so beobachtet und oftmals so aufdringlich intensiv beraten. Ich kann das nicht ab. Letztendlich muss ich mir doch allein gefallen."
„Manchmal hilft so ein Tipp aber auch. Ich sage nur Jeans."
„He, du bist ja auch meine Freundin. Das ist doch ganz was anderes, als wenn dir eine fremde Person irgendetwas einreden will, womit du dich so gar nicht anfreunden kannst, nur um an Dein Geld ran zu kommen. Neulich wollte mich eine in so winziges Top zwängen, weißt du, was man ohne BH tragen muss, so ein Teil, bei dem noch nicht mal ein Mikadostäbchen unterm Busen klemmen bleiben sollte, geschweige denn der sprichwörtliche Bleistift."
„Na, daran ist bei mir ja überhaupt nicht mehr zu denken. Ich bin froh, wenn der Bleistift noch nicht unter meinem Hintern klemmen bleibt." Irene lachte.
„Am schlimmsten ist es in Läden, in denen ich die Verkäuferinnen kenne. Wenn die mir etwas aufschwatzen wollen, was ich nicht mag, und ich kaufe es nicht, dann fühle ich mich irgendwie schuldig. Es kommt mir vor, als würde ich sie persönlich beleidigen. Lasse ich mich doch überreden, fühle ich mich hinterher noch viel schlechter. Kennst du so was auch?" Sie sah Irene über den Tassenrand vorsichtig an.
„Oh ja", Irene nickte heftig mit dem Kopf, so dass ihre braunen Locken zu allen Seiten flogen, „und wenn du vollkommen genervt endlich nachgibst, dann kommt die Tussi garantiert noch mit einem anderen Teile, das ja „ach so gut" dazu passt, so dass du es unbedingt auch kaufen solltest. Und schon stehst du wieder vor demselben Dilemma." Sie schüttelte sich. „Aber, dass du damit ein Problem hast? Ich hab wirklich gedacht, du wärst über so was erhaben."

„Ich hab mir in all den Jahren einen Panzer zugelegt. Das hat mir schon sehr oft geholfen." Jennifer sah nachdenklich aus dem Fenster.
Irene beugte sich zu ihr. „Knack ihn, Jenny, bei uns brauchst du ihn nicht."
Wenn du wüsstest, dachte Jennifer. Vielleicht brauche ich ihn hier mehr als je zuvor.

Als sie nach Hause kamen, sahen sie Roberts Auto auf dem Hof stehen. Jennifers Herz begann zu hämmern, so dass sie Angst hatte, Irene könnte es hören.
„Guck sie dir an, die beiden Schnapsleichen. Sie sehen ja wirklich erbärmlich aus", sagte Irene aber nur und holte die Einkaufstüten aus dem Kofferraum.
Georg war leichenblass und Robert versteckte seine geröteten Augen hinter einer Sonnenbrille.
„Hallo Jungs, was wollt ihr denn hier?" Irene begrüßte beide mit einem flüchtigen Kuss.
Jennifer umarmte Georg und reichte Robert die Hand. Es blitzte, und sie drehte sich schnell weg.
„Wir haben deinen Autoschlüssel nicht gefunden, Jenny. Wir wollten deinen Sessel ins Haus bringen."
„Du Lieber", sagte Jennifer und vermied dabei ganz bewusst, Robert anzusehen, „aber das muss doch nicht heute sein."
„Lass mal, wir sind fit."
„Ach ja?" Jennifer sah das nicht so, aber wenn sie meinten.
„Das Scheißding ist ja schweineschwer", ächzte Georg, als sie den Sessel durch die Tür jonglierten.
Robert schien das weniger auszumachen, zumindest ließ er sich nichts anmerken. Jennifer ging hinter ihm und konnte nicht anders, als fasziniert auf seine kräftigen Oberarme zu starren. Die Anspannung seiner Muskeln zog sich von den Armen weiter zu den Schultern, dem Rücken runter bis… Verwirrt wendete sie den Blick ab.
Die Männer stellten den Sessel im Wohnzimmer ab.
Robert nahm die Brille ab und schaute sich in dem spartanisch eingerichteten Raum um. Spöttisch nickte er mit dem Kopf in Richtung der Umzugkartons, die immer noch unausgepackt in der Ecke standen. „Gemütlich haben Sie's hier, Lady."
Eine tiefe Falte bildete sich zwischen Jennifers Augen. Sie vergaß seine Muskeln. Warum behandelte er sie immer so von oben herab? Was war er nur für ein aufgeblasener Typ.

Irene sah strafend zu Robert rüber und legte den Arm um Jennifer. „Nun lasst sie doch erst mal. Das wird schon noch. Dafür haben wir heute…“
Jennifer unterbrach sie derb. „Wir hatten einen schönen Tag, ja.“
Irene sah sie verwundert an. Was ging in ihrer Freundin vor? Sie spürte förmlich, wie Jennifer ihren Panzer aus Eis um sich legte. Ihr Blick wanderte von Jennifer zu Robert und zurück. Nein, das war es wohl nicht. Oder doch?
Robert hob grüßend die Hand an die Stirn. „Ich geh dann mal. Du fährst mit Irene?“, fragte er, an Georg gewandt.
„Ja. Wir sehen uns morgen.“
Jennifer sah ihm nach. Sie sollte etwas sagen. Aber was?
„Robert?“
„Lady?“
„Danke.“
Nachdem Robert weg war, taute Jennifer sofort wieder auf. Sie lachte und alberte beim gemeinsamen Abendessen, als wäre nichts gewesen. Aber es war etwas gewesen. Das hatte Irene ganz genau gespürt.
Als sie später mit Georg darüber sprach, musste sie wieder einmal feststellen, dass Männer keinerlei Nerv für derartige Situationen hatten. Er sah seine Frau verwundert an, ohne auch nur im Geringsten den Sinn ihrer Worte zu verstehen. Und ein paar Minuten später hatte er das Gespräch schon wieder vergessen.
Männer!

„Jennifer, Frau Dorn“, Korella kam Jennifer freudestrahlend entgegen, „ich habe Sie schon erwartet.“
„Guten Tag, Herr Korella“, sagte Jennifer, bewusst auf etwas Distanz bedacht. Sie wollte ihm auf gar keinen Fall irgendwelche Hoffnungen machen. Und wenn sie sich geirrt hatte und er doch nichts von ihr wollte, dann war es trotzdem richtig, sich beim Nachnahmen zu nennen.
Er hatte heute auf seine tanzenden Enten verzichtet. Er sah ausgesprochen elegant aus.
Als hätte er ihre Gedanken gelesen, strich er vergnügt über seine Krawatte. „Sieht doch ein wenig erwachsener aus.“ Er lachte. „Aber nicht meiner Enkelin verraten“, fügte er verschwörerisch hinzu.
Er legte seine Hand vertraulich auf ihren Rücken und geleitete sie zu einem kleinen Tisch an der Seite des Büros. Die Berührung irritierte sie. War es nur eine freundschaftliche Geste oder suchte er Gelegenheiten, sie anzufassen?

„Nehmen Sie doch Platz. Kaffee?"
Bevor Jennifer antworten konnte, riss er schon die Tür zum Vorzimmer auf und gab seiner Sekretärin Order, Kaffee und Gebäck zu bringen.
Jennifer musste unwillkürlich schmunzeln. Er war aufgeregt wie ein kleiner Junge. Konnte so ein Mann als Kurdirektor die Zügel fest in der Hand halten?
„Ich habe letzte Woche das Schreiben von Ihrer Redaktion erhalten. Sie können sich vorstellen, wie erstaunt ich war. Mit Ihnen zusammenarbeiten zu dürfen, das war eine ganz besondere Überraschung für mich."
„Ich hatte erst noch ein paar Sachen zu erledigen", warf Jennifer zurückhaltend ein.
„Aber jetzt sind Sie ja hier. Ich habe schon mal ein paar Unterlagen für Sie zusammen gesucht, die Ihnen bestimmt weiter helfen. Wissen Sie, wir sind froh über jede Form von Werbung für unsere Region. Wir haben viel nachzuholen. Sie können also mit unserer", er blickte ihr tief in die Augen, „mit meiner vollen Unterstützung rechnen. Kaffee ohne alles, stimmt `s?"
Jennifer nickte anerkennend. Das musste man ihm lassen, ein aufmerksamer Mann.
„Sie werden bestimmt das ganze Material erst einmal in Ruhe sichten wollen. Sie werden sehen, wir haben übers ganze Jahr ein sehr vielfältiges kulturelles Angebot vorzuweisen. Und gerade die von Ihnen ins Auge gefasste Zielgruppe wird da bestens berücksichtigt." Er strahlte sie eifrig an. „Natürlich sind wir trotzdem für weitere Vorschläge und Ideen jeder Zeit offen. Ich hoffe, wir haben sehr viel miteinander zu besprechen."
In dem Moment betrat eine Mitarbeiterin der Kurverwaltung den Raum. Es gab Probleme mit einer der fremd angeheuerten Reinigungsfirmen.
Mit Erstaunen registrierte Jennifer die Veränderung, die mit Korella vor sich ging. Aus dem eben noch aufgedrehten Jüngling, dem in Gegenwart des Objektes seiner Begierde das Herz bis zum Hals schlug, wurde von einem Augenblick zum anderen der knallharte Geschäftsmann.
Er entschuldigte sich bei Jennifer und ging an seinen Schreibtisch.
„Einen kleinen Moment bitte, nur ein kurzer Anruf. Das Problem duldet keinen Aufschub."
Interessiert verfolgte Jennifer das Gespräch, so weit sie konnte. Höflich, sachlich, aber mit einem gefährlichen Unterton, der keinen Widerspruch duldete, forderte er die zu erbringende Leistung ein.
„Wenn das für Sie ein Problem darstellen sollte, werde ich unverzüglich auf Auflösung des Vertrages bestehen. Nein? Dann erwarte ich, dass sie Ihren

Verpflichtung künftig in vollem Umfang nachkommen. Ja. Auf Wiederhören."
Er setzte sich wieder zu Jennifer. „Tut mir leid, aber wir können es uns einfach nicht leisten, dass unsere Gäste unsaubere Toiletten vorfinden."
„Noch dazu bei den Preisen", konnte Jennifer sich nicht verkneifen zu sagen.
Er blickte ernst drein. „Ja, ich weiß. Normaler Weise sollte die Benutzung der Toiletten gratis sein, aber sie sind momentan noch ein zu hoher Kostenfaktor."
„Überall auf der Welt, na ja, ich meine in der fortschrittlichen Welt, geht man mit dieser Frage weit offener um, als hier. Da gibt es so was nicht, dass man sich in die Hosen pinkeln muss, nur weil man kein Geld hat. Oder eben kein passendes." Erschrocken hielt Jennifer sich die Hand vor den Mund. Sie hatte sich zu einem Gefühlsausbruch hinreißen lassen, und bereute es im selben Augenblick.
„Entschuldigung, ich..., ich wollte nicht..., ich meinte...", stotterte sie verlegen.
Korella lächelte amüsiert.
„Das ist schon in Ordnung. Und glauben Sie mir, wir arbeiten daran. An dem grundlegenden Sachverhalt der gesamten Reinigung des Ortes, aber auch an einer Lösung, wie wir unseren Gästen künftig Toiletten und Parkplätze unentgeltlich zur Verfügung stellen können, vorausgesetzt, dass sie zuvor die Kurtaxe entrichtet haben. Ich weiß, die Leute stoßen sich an den Preisen. Und letztendlich betrifft das natürlich in der einen oder anderen Form auch die Gäste, um deren Willen Sie hier sind."
Die Sekretärin öffnete die Tür ein Stück. „Herr Korella, entschuldigen Sie, aber Herr von Stetten ist hier."
„Ja gut, schicken Sie ihn rein."
Jennifer erhob sich. „Ich wollte sowieso gehen. Ich melde mich wieder bei Ihnen."
„Ach ja, und was Ihr Büro angeht, geben Sie mir noch ein paar Tage. Ich wollte es Ihnen nicht unrenoviert übergeben."
Er trat dicht an sie heran, so dass sie seinen Atem spüren konnte. „Vielleicht können wir ja mal zusammen essen gehen?"
Jennifer schluckte. Er wollte ein Date. Eigentlich sollte sie ihm klipp und klar sagen, dass sie das nicht wollte. Aber würde das womöglich ihre Zusammenarbeit erschweren? Außerdem verpflichtete ein gemeinsames Essen doch zu nichts. Sie spielte auf Zeit.

„Ja, sicher. Das wäre nett. Irgendwann. Ich muss jetzt erst mal sehen, dass ich an Herrn oder Frau Carstens vom Nationalpark rankomme. Das soll nicht ganz einfach sein."
„Carstens ist Ihr Ansprechpartner?" Korella lachte laut und legte Jennifer den Arm um die Schulter, während er sie zu Tür begleitete. „Na, dann viel Spaß. Wenn Sie mit ihm nicht klar kommen, sagen Sie mir Bescheid. Dann kriegt er von mir die Richtung."
Jennifer hätte seinen Arm am liebsten abgestreift, wollte aber auch nicht zu mimosenhaft erscheinen. Und was hatte das mit Carstens auf sich?
In dem Moment kam ihnen von Stetten entgegen. Ein erkennendes Lächeln zog über sein Gesicht, als er Jennifer sah und auch sie erkannte in ihm sofort ihren Tänzer vom Tonnenball.
Korella begrüßte ihn mit Handschlag und stellte ihn Jennifer vor.
„Herr von Stetten, das ist Frau Dorn. Sie erarbeitet eine Tourismusstudie für den Best-Age-Verlag", er blickte sie fragend an, „habe ich das richtig erklärt?"
Jennifer nickte zustimmend. „Ja, so ungefähr."
„Frau Dorn, Konrad von Stetten, Bauherr des Dreiseitenhofes. Sie haben die Baustelle bestimmt schon gesehen?"
Jennifer reichte ihm freudig überrascht die Hand. Das war ja interessant. Er war also der Hausherr dieses wunderschönen Anwesens. Na ja, Adel verpflichtet.
Von Stetten verbeugte sich leicht vor ihr. Fehlt nur noch, dass er mir die Hand küsst, dachte sie, fühlte sich dabei aber sehr geschmeichelt. Er hauchte ihr tatsächlich einen Kuss auf die Hand.
„Sie bauen da etwas sehr, sehr Schönes", sie schenkte ihm ein strahlendes Lächeln, während Korellas Blick sich verfinsterte.
„Sie sind herzlich eingeladen, sich alles anzusehen. Es wäre mir ein Vergnügen, Sie zu einer Führung begrüßen zu dürfen", antwortete von Stetten mit ausgesuchter Höflichkeit.
„Ich nehme die Einladung gern an, danke schön." Jennifer gab ihm noch einmal die Hand. „Auf Wiedersehen."
Sie drehte sich zu Korella. „Auf Wiedersehen, Herr Korella. Ich bringe Ihnen die Sachen zurück, wenn ich sie durchgearbeitet habe. Und Danke für den wirklich guten Kaffee."

„Herr Carstens, Frau Dorn hat noch einmal angerufen."
„Was will sie?"

„Na, es geht um einen Termin. Wegen der touristischen Zusammenarbeit mit dem Nationalpark. Sie wissen doch, die Frau aus Berlin."
„Ich hab keine Zeit für so was. Wimmeln Sie sie einfach ab. Lassen Sie sich was einfallen."
„Aber der Chef sagt …"
„Dann soll er doch …"
„Aber …"
„Okay, dann geben Sie ihr eben einen Termin, wenn sie sich noch mal meldet."
„Und wann?"
„Nächstes Jahr. Oder besser, übernächstes Jahr."
„Aber …"
„Sagen Sie ihr, sie soll am Montag um …, um zehn meinetwegen hier sein."

Jennifer nickte zufrieden, als sie das Telefon auflegte. Na siehst du, Herr Carstens, geht doch.
Sie drehte sich vergnügt auf ihrem Bürostuhl im Kreis und schaute sich in ihrem neuen Büro um.
Korella war ihr ganz schön auf die Pelle gerückt, als er ihr den Raum zeigte. Zum Glück kamen Reni und Maggy dazu, so hatte er dann doch den nötigen Abstand gewahrt.
Hell, freundlich geräumig hatte sie es hier. Aber das Beste war, gleich nebenan lag Renis Reisebüro. Und auf der anderen Seite der Baracke befand sich Maggys kleine Bibliothek.
Im Augenblick war Jennifer aber ganz allein im Haus. Irene und Georg trieben sich gerade irgendwo am Mittelmeer rum. Wohin Maggy und Jimmy unterwegs waren, wusste sie nicht. Die beiden waren die reinsten Weltenbummler.
Sie genoss es, sich ihre Zeit allein einteilen zu können. Es gab niemanden, der ihr sagte, wann sie wo zu sein hatte oder der Rechenschaft über ihre Arbeitszeit verlangte. Allein das Ergebnis zählte. Zeit zu haben ist wie ein Gewinn. Besonders, wenn es für so banale Dinge ist, wie einfach mal in der Gegend herum gucken.
Das Wetter war immer noch sehr schön. Ein fast sommerlicher September.
Im Ort war es schon deutlich ruhiger geworden. Die Sommerferien waren zu Ende und überwiegend ältere Gäste bestimmten nun das Bild von Prerow.
Jennifer besuchte Veranstaltungen, sprach mit Kultur- und Sportorganisatoren über deren Angebote und die Resonanz darauf, befragte Künstler zu

ihren Eindrücken das Publikum betreffend und baute Kontakte zu Einrichtungen für Gesundheit und Wellness auf. Nächste Woche würde sie nun auch endlich den Typen vom Nationalpark treffen. Schließlich war das der Bereich, den Wedekind ihr am meisten ans Herz gelegt hatte. Natur, Natur, Natur.

Jennifer schaute auf ihre Uhr. Sie könnte zum Dreiseitenhof raus fahren. Vielleicht war von Stetten ja da. Wenn nicht, würde sie sich eben allein ein bisschen umsehen.

Sie war denkbar ungünstig angezogen für einen Baustellenbesuch. Sie hatte sich bis jetzt noch nicht dazu durchringen können, sich von ihrer gewohnten Garderobe zu trennen. Korellas heimliche Blicke auf ihre Beine und seine Komplimente hatten da sicher ihr übriges getan. Sie musste zugeben, dass ihr seine Aufmerksamkeit gefiel. Ein paar Streicheleinheiten für die Seele braucht der Mensch eben.

Sie fuhr zum Dreiseitenhof und stellte zufrieden fest, dass der Weg zum Haus bereits gepflastert war. Das Tempo, das die Baufirmen hier vorlegten, war sagenhaft. Musste für sie ein überaus lukratives Geschäft sein, dass sie sich so ins Zeug legten.

An der Seite stand ein dunkelblauer Pick up. Ein grobschlächtiger Mann mit struppigen roten Haaren war dabei, das Auto auf Hochglanz zu polieren. Er stierte zu Jennifer rüber und musterte sie mit einem süffisanten Grinsen ungeniert von oben bis unten.

Unangenehm berührt nickte sie ihm nur kurz zu.

Von Stetten kam ihr aus dem Haupthaus mit ausgestreckten Händen entgegen und der Autowäscher zog den Kopf ein.

„Herzlich Willkommen, Frau Dorn", und wieder die für ihn typische Verbeugung, „wie schön, dass Sie die Zeit gefunden haben, meiner Einladung zu folgen."

Jennifer wunderte sich einmal mehr über sein vornehmes Auftreten. Kein Wunder, dass er im Ort nur *Landgraf* genannt wurde. In seinem weißen Hemd, den Reiterhosen und den auf Hochglanz polierten Stiefeln unterschied er sich drastisch von den meisten Männern dieser Gegend. Waren die Adligen tatsächlich so oder taten sie nur so, um dem Klischee jederzeit gerecht zu werden?

„Es ist beeindruckend, wie schnell die Arbeiten hier vorangehen. Jedes Mal, wenn ich vorbei komme, hat sich das Bild schon wieder geändert." Fasziniert schaute sie sich um.

Er folgte ihrem Blick. „Ja, ich bin recht zufrieden mit dem Fortgang der Dinge. Aber kommen Sie doch rein."

Er reichte Jennifer die Hand, um ihr über die noch provisorischen Stufen zu helfen und hielt ihr die Tür auf.
„Oh mein Gott“, Jennifer konnte ihr Erstaunen nicht zurück halten, „das ist ja, als würde man in ein Schloss kommen.“
Sie standen in einer großen Halle, von der aus eine breite geschwungene Treppe in die obere Etage führte.
Von Stetten lächelte. „Ich habe diesen Raum absichtlich so weitläufig belassen. Ich plane, hier in regelmäßigen Abständen Veranstaltungen durchzuführen. Ich dachte dabei an kleine Feste, Empfänge, Ausstellungen und dergleichen. Aber bis dahin ist es natürlich noch sehr viel Arbeit. Kommen Sie, ich zeige Ihnen die anderen Räume. Erlauben Sie, dass ich voraus gehe?“ Er führte sie weiter.
„Hier werden wir unsere Gäste kulinarisch verwöhnen. Ausschließlich mit einer sehr anspruchsvollen regionalen Küche natürlich. Darf ich Ihnen etwas anbieten? Einen Kaffee vielleicht? “
„Nein, danke. Das ist sehr freundlich von Ihnen, aber ich bin nur auf dem Sprung“, antwortete Jennifer, während sie sich interessiert weiter umsah.
„Selbstverständlich wollen wir uns in die Kategorie der umweltbewusst geführten Hotels einordnen. Das beginnt bei der Bauausführung, sprich, bei den verwendeten Baumaterialien und dem sich in das landschaftliche Umfeld einfügende Baustil, setzt sich fort beim ausschließlichen Angebot von Bioprodukten bis hin zu unserem Engagement, unseren Gästen die Natur näher zu bringen.“
„Ach, Sie betrachten sich also eher als Hotel? Ich dachte, Sie wären ein Pferdehof?“
„Das eine schließt das andere doch nicht aus, liebe Frau Dorn. Wir bieten unseren Gästen ländliche Erholung, mit und ohne Pferd, stellen Plätze für Pensionspferde zur Verfügung und das alles natürlich auf höchstem Niveau.“
Natürlich, dachte Jennifer, hier wurde nicht gekleckert, hier wurde geklotzt. Sie hatte das Gefühl, dass von Stetten zu den Männern gehörte, die nichts, aber auch gar nichts dem Zufall überließen.
Der Gastraum war schon komplett. Warme Farben an den Wänden, die Fenster von schweren Gardinen umrandet, auf denen Jagdmotive zu erkennen waren und kompakte Eichenmöbel bestimmten das Bild. Neben einem wuchtigen offenen Kamin hingen starke Trophäen von einheimischem Rotwild. Rüdiger hätte seine Freude daran. Überhaupt schien es Jennifer, als wäre das alles hier genau seine Kragenweite. Allerdings musste sie zugeben, dass es ihr selber auch ausnehmend gut gefiel. Der Gedanke,

bei prasselndem Feuer, einem guten Essen und einem noch besseren Rotwein hier einen schönen Abend zu verbringen, war reizvoll. Aber nicht allein.
Von Stetten zeigte ihr die Küche, einen Konferenzraum und einen so genannten Rauchersalon.
„Für etwaige konspirative Gespräche“, meinte er amüsiert und machte ein geheimnisvolles Gesicht.
„Wen wollen Sie stürzen?“, fragte Jennifer belustigt und sah sich weiter um, „Darum geht es in der Regel doch bei konspirativen Sitzungen.“ Ihr Blick blieb an einem alten Ölschinken hängen. Ein Jäger beobachtete aus einem Versteck heraus das Treiben eines Wilderers. Ein düsteres Bild.
„Und was ist mit Macht? Mit politischem und wirtschaftlichem Einfluss? Oder der Liebe einer Frau?“ Von Stetten lachte, als hätte er gerade einen Spaß gemacht, aber Jennifer hatte das unbehagliche Gefühl, dass er es sehr ernst meinte.
„Was haben Sie in der oberen Etage geplant?“, fragte sie schnell.
„Die linke Hälfte wird mein Privatbereich, die andere Seite bleibt besonderen Gästen vorbehalten. Möchten Sie…“
„Nein, nein“, das wurde Jennifer zu privat, „danke. Ich muss jetzt wieder los. Ich habe Ihre Zeit auch schon lange genug in Anspruch genommen.“
Sie runzelte die Stirn. „Ich habe Ihre Zeit schon genug in Anspruch genommen.“ Sie sprach schon genau so aufgesetzt wie von Stetten.
Er begleitete sie hinaus und berichtete ihr dabei noch über die Qualitäten der Pferdeboxen und der darüber liegenden Gästezimmer in den beiden Seitengebäuden.
„Ach, sagen Sie bitte, Herr von Stetten, an welche Art von Gästen haben Sie für Ihr Haus gedacht?“
„Nun, auch auf die Gefahr hin, dass ich Ihr Missfallen damit errege, aber dieses Haus wird ausschließlich einer gehobenen Schicht offen stehen. Ich bin nicht sicher, ob Sie verstehen, was ich meine, aber ich beabsichtige nicht, Domizil für Ferienkinder zu werden. Und wir werden ganz sicher auch keine Übernachtungen im Heu anbieten.“
„Oh ja, das verstehe ich absolut. Das ist auch nicht mein Klientel.“
Er sah Jennifer fragend an, aber sie lachte nur. „Entschuldigen Sie. Später. Das hat alles Zeit.“ Doch in ihrem Gehirn arbeiteten bereits Ideen für ihre Gäste rund um den Dreiseitenhof.
„Bitte kommen Sie bald einmal wieder“, von Stetten hauchte Jennifer einen Kuss auf die Hand. „Darf ich Sie bei einem Abendessen möglicherweise einmal von unserer exelenten Küche überzeugen?“

Jennifer errötete. „Das ist ein sehr verlockendes Angebot, vielen Dank. Das nehme ich gerne an."
Es ist doch zum Verrückt werden, dachte sie. Korella schwirrt um mich herum, von Stetten umwirbt mich auf die aristokratische Tour, nur Robert behandelt mich wie, wie, ach, was weiß ich.
Jennifer versuchte wieder einmal sich einzureden, dass es ihr doch auch eigentlich ganz egal war. Aber warum geisterte er ihr dann fast pausenlos im Kopf herum?

Jennifer hatte sich für ihr erstes Gespräch mit Carstens besonders sorgfältig zu Recht gemacht. Er sollte gar nicht erst auf die Idee kommen, dass sie für die, wie hatte Christiane gesagt, Birkenstockmafia zuständig war. Ihre Gäste stellten höhere Anforderungen an die Nutzung des Nationalparks, als nur eben durch den Wald zu laufen und durch Büsche zu kriechen.
Dementsprechend zog sie ihr klassisches graues Kostüm an und die hohen schwarzen Pumps dazu. Sie würde ihm schon klar machen, was sie erwartete.
Ihre Recherchen hatten ergeben, dass die Möglichkeiten im Nationalpark bisher doch eher bescheiden waren. Kutschfahrten, Fahrradfahren, Wandern, das gab's überall. Anspruchsvollen Gästen musste man etwas Besonderes bieten, wenn man sie gewinnen und halten wollte. Sie hatte da schon ein paar Ideen. Sie würde ihn schon davon überzeugen.
Als sie den Flur entlang ging, der sie zu Carstens Büro führte, kam ihr ein kleiner schmächtiger Förster in gebeugter Haltung entgegen. Er erwiderte weder ihren Gruß, noch schenkte er ihr irgendwelche Beachtung. Er schüttelte nur unaufhörlich den Kopf. „Irgendwas ist immer", murmelte er mit verzweifelter Mine, „irgendwas ist immer."
Jennifer sah dem Mann verwundert hinterher.
Sie klopfte an Carstens Tür und trat in das Vorzimmer der Sekretärin. Zu drall, zu blond, zu auffällig geschminkt, dachte Jennifer. Im nächsten Moment hörte sie im Nebenraum jemanden brüllen.
„Verdammte Scheiße, elende! Wie kann so was passieren? Mann, der macht immer so eine Scheiße. Ich komme."
„Frau Dorn?", fragte die Frau hinter dem Schreibtisch mit belegter Stimme, „ich fürchte..."
Die Tür zum Nebenraum wurde aufgerissen und Carstens kam heraus gestürmt. Fast hätte er Jennifer umgerannt, während er im Laufen seine Jacke anzog.
„Robert?" Jennifer war für den Bruchteil einer Sekunde sprachlos.

Er sah sie genau so überrascht an. „Was denn, Sie?“ Aber er hatte keine Zeit. Nicht für sie, nicht für seine Empfindungen. „Tut mir Leid, ich muss weg.“ Zerknirscht drängte er sich an ihr vorbei.
Jennifer fühlte Wut in sich aufsteigen. So nicht, Freundchen.
„He, wir sind verabredet. Ich habe einen Termin.“ Lange genug war sie ihm dafür hinterher gerannt.
Robert war schon fast aus der Tür, als er sich noch einmal kurz umdrehte.
„Hören Sie, Lady, einer meiner Männer hatte gerade einen schweren Unfall. Ich ruf Sie an.“ Und schon war er weg.
Carstens war Robert. R wie Robert. Jennifers Herz raste. Nicht genug, dass sie ihm im Freundeskreis schon ständig begegnete, nein, nun war er auch noch der, mit dem sie die Schlacht um den Nationalpark führen musste.
Ich könnte den Job abgeben, dachte sie. Wegen Befangenheit, oder so was. Das gab es doch? Nein, Wedekind würde sie wahrscheinlich nicht verstehen. Ihr zitterten die Knie.
Aber dann fasste sie sich wieder. Oh nein, sie würde sich von ihm nicht klein kriegen lassen. Jetzt gerade nicht.
Die Sekretärin schüttelte mit dem Kopf. „Gerade kam der Anruf. Es ist so schrecklich.“ Sie hatte die Augen weit aufgerissen.
Mehr wollte oder konnte sie nicht sagen.
Jennifer fühlte sich plötzlich unwohl in ihrer Haut. Ihr elegantes Outfit schien ihr so unpassend angesichts dessen, was da irgendwo im Wald gerade passiert war. Sie konnte es sich nicht erklären, aber sie schämte sich.

Eine tiefe Traurigkeit hatte sich in ihr eingenistet, als sie zu Hause mit einem Topf Kaffee in ihren Sessel gekauert saß. Sie kannte den Mann nicht, der am Vormittag tödlich verunglückt war. Das war aber auch egal. Er war jung und er hatte Familie. Sie dachte an Georg. Auch er hatte schon mal einen schweren Unfall. Er hatte Glück gehabt.
Jennifer traf Robert am nächsten Tag beim Einkaufen. Er hatte eine Flasche Whisky und natürlich Zigaretten im Korb. Seine Art der Schmerzbekämpfung. Er sah total fertig aus. Unrasiert, zu wenig Schlaf, zu viel Alkohol. Seine Wut war Verzweiflung gewichen. Am liebsten hätte Jennifer ihn in den Arm genommen, ihn getröstet und ihm seine Stärke zurückgegeben. Aber er hatte sie nicht mal angesehen. Er brauchte ihre Kraft nicht. Er wollte sie nicht.
Ein paar Tage später erzählte ihr Georg, dass der Forstarbeiter beim Fällen einer alten Eiche erschlagen wurde. Der Baum war ordnungsgemäß gefällt worden, aber der Mann hatte den vorgeschriebenen Sicherheitsabstand

nicht eingehalten und war unter den zurückfedernden Stamm geraten. Ein Leichtsinn, den Georg aus seinen Zeiten bei der Forst nur zu gut kannte. Routine war der größte Feind der Sicherheit.
Aber wie bei allen Dramen des Lebens, heilte auch hier die Zeit die Wunden und die Normalität hielt wieder Einzug in den Alltag.

Jennifer blätterte gerade in einer Nationalparkbroschüre, als sie im Flur polternde Schritte hörte. An die Tür klopfen und Reinkommen war alles eins.
„Lady?", Robert deutete einen Gruß an und griff sich einen Stuhl, auf den er sich rittlings drauf setzte und sah sie erwartungsvoll an.
„Herein, oh, schön Sie zu sehen", begrüßte Jennifer ihn spitz.
Robert überhörte ihren gereizten Ton. Er zeigte amüsiert auf die Broschüre. „Das ist also Ihre Arbeit? Bilderbücher anschauen. So verbringen Sie Ihren Tag?"
Das war doch nicht zu fassen. Erst versetzte er sie, ließ tagelang nichts von sich hören und nun kam er unangemeldet hereingeplatzt und machte sich auch über sie lustig. Jennifer verschlug es die Sprache.
„So, Sie sind also Frau Dorn. Dorn wie Rose?" Es klang verdammt ironisch.
Jennifer merkte, wie sie knallrot anlief. Verflucht, hörte das denn nie auf! Sie musste sich zusammen reißen. Er durfte nicht wissen, dass er sie total aus dem Konzept brachte, dass sie ihn im Traum an Stellen streichelte, die er wahrscheinlich selber nicht mal kannte, und dass sie seinem Hochmut nicht gewachsen war. Panzer, sie brauchte ihren Panzer.
Sie lehnte sich zurück und schaute ihn kalt an. Was hieß kalt, sie war die Schneekönigin in Person. Ja, so klappte das besser.
„Oder Dorn, wie Stachel", antwortete sie von oben herab, „aber Sie sind sicher nicht hier, um sich mit meinem Namen auseinanderzusetzen."
Jetzt nur schnell weiter reden. Ihn gar nicht erst zu Wort kommen lassen.
„Ich gehe mal davon aus, dass Sie darüber unterrichtet wurden, womit ich mich beschäftige und klare Anweisung bekommen haben", jetzt war sie diejenige, die spöttisch die Augenbrauen hoch zog, „mir bei meiner Arbeit volle Unterstützung zukommen zu lassen. Wenn ich mir den aktuellen Stand der Dinge ansehe, dann denke ich, dass im Zusammenspiel zwischen dem Tourismusbetrieb und dem Nationalpark enorme Reserven liegen."
Robert sah sie für einen Moment überrascht an, bevor er herablassend lächelte.

„So, der aktuelle Stand der Dinge. Reserven. Na, da bin ich ja mal gespannt, was Sie sich da ausgedacht haben." Er sah sich im Büro um. „Gibt es hier einen Kaffee?"
Jennifer stockte. Warum brachte sie die simple Frage nach einem Kaffee schon durcheinander?
„Aber natürlich", sagte sie dennoch, hob die Nase ein kleines Stück höher und stand auf. Sie spürte seinen Blick durch ihr Kostüm durch. Sie hätte in diesem Moment sonst etwas dafür gegeben, heute Hosen anzuhaben.
Schnell brachte sie wieder den Schreibtisch zwischen sich und Robert.
„Also, Lady, was wollen Sie?"
„Ich möchte für meine Gäste…"
„Für *Ihre* Gäste? So, so."
„Hören Sie auf, mich ständig zu unterbrechen." Jennifer hatte das ausgesprochene Bedürfnis, ihn zu ohrfeigen. Wie sollte sie mit so einem Menschen zusammen arbeiten können?
„Ich möchte für *Ihre* Gäste", sie legte den Kopf zur Seite und sah ihn herausfordernd an, „besser? Also ich möchte für die Gäste den Erlebnisbereich Nationalpark erweitern. Ich meine, sie sollten nicht nur wandern und Fahrrad fahren können. Es muss einfach mehr geboten werden."
Robert sah sie verständnislos an.
Jennifer war ein wenig verunsichert. „Na ja, in anderen Gegenden gibt es großartige Beispiele dafür. Nehmen wir nur mal das Reiten am Strand, das hier verboten ist, oder Jeepsafaris durch den Wald und in den Dünen, bessere Wege für Radfahrer und vielleicht eine Zufahrt zum Weststrand für Leute, die auf 's Auto angewiesen sind."
„Was wollen Sie? Das ist nicht Ihr Ernst." Robert glaubte seinen Ohren nicht zu trauen. „Ich will Ihnen mal was sagen", er stand auf und drehte den Stuhl mit einem Knall wieder um, „ich weiß, was die Leute hier wollen. Sie kommen wegen der Natur, wegen der Ruhe und unserer tollen Luft und nicht, um Motorengeknatter im Wald zu erleben. Und wer sich nicht bewegen kann oder will, der fährt mit der Kutsche oder bleibt eben außen vor."
Seine Wut gab Jennifer Oberwasser.
„Oh ja, das würde Ihnen so passen. Wenn es nach Ihnen ginge, käme überhaupt niemand mehr in Ihren geliebten Wald. Was bilden Sie sich eigentlich ein, was Ihr Wald so Besonderes ist? Es ist ein *Wald*, mehr nicht. Und nur Natur reicht den Leuten schon lange nicht mehr. Man muss die Natur zum Erlebnis machen. Das sollte doch auch jemand wie Sie begreifen können."

Robert atmete ein paar Mal tief ein und aus. So kamen sie nicht weiter. Am liebsten wäre er gegangen, hätte die Tür hinter sich zugeknallt und die feine Dame mit ihren Hirngespinsten zum Teufel gewünscht. Aber sein Chef hatte ihm nur zu unmissverständlich klar gemacht, dass er mit ihr zu arbeiten hatte. Hat wohl Bescheid von ganz oben bekommen. Außerdem war das der einzige Weg, vielleicht doch noch Schadensbegrenzung vornehmen zu können. Er kniff die Lippen zu einem Strich zusammen, fuhr sich mit der Hand über die Augen und setzte sich wieder hin.
„Hören Sie, Lady, ich fürchte, das bringt uns so nicht weiter. Ich mache Ihnen einen Vorschlag. Wir machen es auf meine Art. Ich gucke mir Ihre Ideen an, Sie geben mir dafür die Chance, Ihnen *meinen* Wald, wie Sie so schön sagen, zu zeigen. Es wäre doch nur gerecht, wenn jeder von uns die Gelegenheit bekäme, dem anderen seinen Blickwinkel der Situation darzulegen. Was meinen Sie?“
Jennifer merkte, wie krampfhaft er um Beherrschung bemüht war. Sie hatte ihn besiegt. Was jetzt kam, konnte so schlimm nicht werden. Die erste Schlacht war gewonnen. Und doch fühlte sie sich geschlagen.
„In Ordnung“, sie nickte erschöpft.
Robert holte tief Luft. Okay. Das war ein Anfang. Er kramte in seinen Taschen.
„Geben Sie mir mal Ihre Handynummer.“
„Wozu brauchen Sie meine …“, Jennifer schaute ihn argwöhnisch an.
„Wohl kaum, um Ihnen von meinem Tag zu erzählen“, antworte Robert brummig. „Ich sag Ihnen Bescheid, wenn wir unseren ersten Ausflug machen. Und Sie machen mal eine Auflistung aller Ihrer super Ideen. Also dann. Ach ja, haben Sie vielleicht auch andere Schuhe als diese?“
„Auf Wiedersehen“, sagte Jennifer in frostigem Ton, bevor er sich noch mehr ausließ und sie erneut in Streit gerieten.
Sie hatte das Gefühl, Schwerstarbeit geleistet zu haben, als Robert weg war. Ihre Knie zitterten, die Hände waren kalt und feucht, ihr Puls raste. Warum musste sie ausgerechnet mit ihm zu tun haben.
Jetzt hätte sie jemanden gebrauchen können, mit dem sie in Ruhe reden konnte, ohne Kampf, ohne sich verstellen zu müssen, der einfach nur nett zu ihr war.
Karin war auf Arbeit, Bea sicher auch, Irene und Georg standen als Roberts Freunde zwischen Baum und Borke. Es wäre ungerecht, von ihnen einen Schiedsspruch zu verlangen.
Sie setzte sich in ihr Auto und fuhr zum Friedhof.

„Ich glaube, ich habe noch nie in meinem Leben einen so unmöglichen Kerl kennen gelernt. Wenn ihr wüsstet, er ist so was von aufgeblasen, denkt, er wäre der Gott des Waldes, *seines* Waldes." Sie ließ ihren Blick über die Gräber schweifen.
„Und dabei ist er so…, so sexy", flüsterte sie. „Sein Bart wächst wahrscheinlich einen ganzen Zentimeter am Tag und dann seine Hände. Sogar, wenn er gerade unausstehlich ist, habe ich das Gefühl, dass mir seine Blicke Löcher in die Haut brennen. Das ist doch nicht normal? Oma, was soll ich bloß machen?"
Sie lehnte sich an die Buche neben dem Grab ihrer Großeltern und lauschte, ob sie ihr nicht vielleicht doch antworteten.
„Nein, natürlich nicht. Ich weiß, damit muss ich allein klar kommen." Sie stieß sich vom Baum ab. „Vielleicht sollte ich mit Korella ausgehen. Und mit von Stetten. Ihr würdet sie mögen. Ja, das werde ich tun. Das hilft mir, Abstand zu gewinnen."
Mit der Überzeugung, endlich eine Lösung für ihre Misere gefunden zu haben, fuhr sie zurück ins Büro.
Korella lief ihr prompt über den Weg.
„Frau Dorn, Sie sehen heute aber besonders gut aus."
Widerstrebend lächelte Jennifer. Was hatte Bea gesagt? Es ist ein Spiel. Es bringt keinen um. Aber wenn sie Korellas Einladung annähme und er sich davon mehr versprach als sie, was dann? Oder wenn sie gar mit ihm…? Er war ihr nicht unsympathisch, er war auch recht attraktiv, aber eben nicht der Mann, von dem sie mehr wollte. Vielleicht würde ihr gerade das tatsächlich helfen, Ordnung in ihre Hormone zu bringen. Nur, wie sollten sie dann in Zukunft miteinander arbeiten können? Bea, hast du daran auch mal gedacht?
„…heute Abend zusammen essen gehen?"
Jennifer schreckte aus ihren Gedanken auf. „Wie bitte? Ach so, ja doch, das wäre nett, ja."
Korella strahlte sie an. Anscheinend hatte er nicht mehr mit einer Zusage gerechnet. Er nahm Jennifers Hände.
„Ich dachte, wir gehen in den ‚Klönsnack'. Ist Ihnen das Recht?"
Jennifer nickte benommen.
„Ich hole Sie ab. Um sieben?"
Jennifer sah ihn mit gemischten Gefühlen hinterher.

„Bea, worauf habe ich mich da eingelassen?"
„Nun mach mal langsam, Jenny. Du gehst mit ihm essen."

„Aber wenn er denkt…“
„Wichtig ist doch, was du denkst.“
„Ich weiß es eben nicht.“
„Was weißt du nicht? Ob du mit ihm ins Bett willst?“
„Bea?“
„Jenny?“
„Wird man da wirklich ausgeglichener und ruhiger von?“
„Kommt auf den Typen an.“
„Wie?“
„Na, wenn er dich verrückt macht, wenn da mehr ist, meine ich, dann wird es dich auch nicht ruhiger machen. Dann wird es nur schlimmer. Weil du dann nicht genug von ihm kriegen kannst. Aber wenn es nur eben mal so passiert, dann ist es, wie soll ich sagen, was Biologisches. Das tut schon mal gut.“
„Und gesetzt den Fall, es ist für mich eben mal so, aber für ihn nicht?“
„Nun, dann hast du ein Problem. Aber kein unlösbares. Solche Sachen passieren doch andauernd.“
„Mm.“
„Du kannst noch absagen.“
„Und was sollte ich ihm deiner Meinung sagen?“
„Ich denke, du bist ein freier Mensch? Wirklich freie Menschen können Einladungen zum Essen ohne Vorwand ablehnen.“
„Ach, Bea.“
„Jenny, lass es doch einfach auf dich zukommen. Glaub mir, du wirst ganz genau merken, was du willst, und was nicht. Höre auf deine innere Stimme, dann kannst du nichts falsch machen.“
Na, hoffentlich verstehe ich sie auch richtig, meine innere Stimme, dachte Jennifer.

„…und stellen Sie sich vor, als er dann als Elternsprecher gewählt werden sollte, stellte sich heraus, dass der Mann die ganze Zeit in einer falschen Klasse gesessen hat. Schlimmer noch, seine Tochter ging in eine ganz andere Schule.“
Beide lachten, dass ihnen die Tränen kamen.
Es war ein sehr schöner Abend. Korella stellte sich als lustiger Unterhalter heraus. Jennifer fühlte sich wohl in seiner Gesellschaft und entspannte sich mit jedem Glas Sekt ein bisschen mehr. Und als er sie später draußen in den Arm nahm und küsste, hatte sie nichts dagegen. Auch nicht, als er sie noch auf einen Kaffee zu sich einlud.

Robert lehnte sich gelangweilt, Kaugummi kauend auf seinem Stuhl zurück und ließ die weitläufigen Ausschweifungen des Redners an sich vorbei rauschen. Immer wieder blickte er ungeduldig auf seine Uhr und tastete unruhig nach den Zigaretten in der Brusttasche seines Hemdes.
Er dachte an die ungeklärten Schüsse, die in letzter Zeit immer öfter gehört wurden und die Jäger beunruhigten. Wer trieb sich in fremden Revieren rum? Er sollte sich besser darum kümmern, anstatt hier sinnlos rum zu sitzen und sich diesen Mist anzuhören.
Wieder ein ach so kluger Typ, der wohl plötzlich an seinem Schreibtisch aufgewacht war und meinte, nun doch mal über die Belange des Nationalparks sprechen zu müssen, die längst zur gängigen Praxis gehörten. Es ging unter anderem um Aufforstung und Abholzungsverbote für Laubbäume. Konnte der überhaupt eine Kiefer von einer Buche unterscheiden, geschweige denn beurteilen, wie ein gesunder Waldbestand auszusehen hatte? Robert verschränkte ärgerlich die Arme vor der Brust.
Er schaute zu seinem Chef rüber, der mit hochrotem Gesicht bedächtig mit dem Kopf nickte.
Mann, dieses Thema ist doch uralt, dachte Robert mürrisch. Die Umkehr von den Monokulturen hin zu gesunden Mischwaldbeständen war schon vor Jahren erfolgt. Man hatte aus alten Fehlern gelernt. Hatte der Mann die Zeit verpennt? Ah, er ritt noch einmal auf den Vorschriften herum, die den strengsten Verbleib jeglichen Laubholzes im Nationalpark zum Inhalt hatten. Robert verdrehte genervt die Augen. Umgestürzte Bäume oder solche, die wegen Wegesicherung abgenommen werden mussten, hatten grundsätzlich und ohne Ausnahme im Wald liegen zu bleiben. Keine Verarbeitung. Wir waren Staub und werden zu Staub. Ein Irrsinn, den Robert so nicht teilen konnte. Ein unaufgeräumter Wald zum einen, kostbare Rohstoffe, die nutzlos verkamen zum anderen. Extrementscheidungen.
Er war schon mit denkbar schlechter Laune in die Versammlung rein gegangen. Erst dieses Wilddiebgewäsch, dann hatte er, auf dem Weg hierher, auch noch Jennifer mit Korella gesehen. Das heißt, er kam ganz zufällig an Jennifers Haus vorbei, als Korella sie gerade abholte. Toll sah sie aus in ihrem blauen Kleid. Robert hätte Korella am liebsten wieder eins mit der Faust verpasst, als der vertraulich seine Fangarme um sie legte, während er sie zum Auto führte. Wo sie wohl hin wollten? Bestimmt zum Essen. Und dann? Nein, das wollte er gar nicht wissen. Was ging es ihn auch an. Eigentlich nervte ihn die Frau doch permanent. In gewisser Weise gehörte sie doch genau zu den Leuten, wie der da vorn am Rednerpult. Keine Ahnung von Wald und Natur, aber sich überall reinhängen.

Robert schreckte aus seinen Gedanken auf, als der Gast mit lautem Applaus verabschiedet und eine energisch dreinschauende Frau in Forstuniform begrüßt wurde. Sie nickte den Anwesenden wohlwollend zu und setzte sich eine große schwarze Brille auf die Nase. Ihr Haar hatte sie streng nach hinten gebunden. Sie erinnerte ihn an eine Eule, aber sie sprach über Wölfe. Nein, mehr noch, sie begann von Wölfen zu schwärmen.
„Sie sind so stark, so klug, so ausdauernd, so schön."
In Brandenburg waren einige Tiere gesichtet worden, die wahrscheinlich von Polen über die Oder gekommen waren. Einzelexemplare streiften auf der Suche nach neuen Revieren auch immer mal wieder durch Mecklenburg-Vorpommern und andere Bundesländer. Darum war sie hier.
Endlich wieder Wölfe in Deutschland. Ein Segen. Ein Sieg der Natur.
Allerdings sah das nicht jeder so. Seit dem Auftauchen der ersten Wölfe ging jedes verschwundene oder gerissene Schaf auf deren Konto. Viehbesitzer und Wolfsgegner, darunter auch mancher Jäger, bliesen zum Sturm gegen die Teufel in Tierform. Der eine oder andere Wolf fand so ein unrühmliches Ende.
Das wiederum rief die Naturschützer und Biologen auf den Plan. Die stürzten sich mit einem nicht weniger erschreckenden Eifer zwischen die Fronten, bauschten das Vorhandensein einzelner Wölfe über alle Maßen auf und zogen gegen Isegrims Feinde mit schweren Waffen ins Feld. Wie gehabt stießen auch hier die Extreme aufeinander.
Die Eulenfrau schob ihre große Brille zurecht und berichtete mit tiefer Stimme, die zu ihrem herben Äußeren passte, von den jüngsten Aktivitäten des Bundes zum Schutz der Wölfe.
„Wir wollen auf jeden Fall vermeiden, dass die Menschen in den betreffenden Regionen in Panik geraten. Wir wissen doch alle, dass der Wolf nicht der Menschenfresser ist, als der er in dem Märchen vom Rotkäppchen dargestellt wird", sie lachte kehlig.
Robert runzelte die Stirn. Wen haben die denn hier angeschleppt? Saß er im falschen Film?
Ein alter Förster meldete sich zu Wort. „Das mag in den Wäldern von Brandenburg ja alles funktionieren. Aber hier bei uns sind die Flächen viel zu klein. Der gesamte Wildbestand stünde auf dem Spiel."
„Rehe haben wir doch reichlich", geiferte ein Mann im dicken Schaffwollpullover.
„Was weißt du denn von Rehen", blökte ein andere dazwischen.
Eine durchsichtige Blondine guckte erschrocken. „Kein Urlauber wird sich mehr zum Blaubeeren oder Pilze sammeln in den Wald trauen."

Na, das wäre ja mal was Erfreuliches, dachte Robert.
„Die Vermieter sollten besser gleich bei der Anreise kassieren.“ Grölendes Gelächter.
Die Rednerin ließ sich nicht beirren.
„…und so hat das Bundesministerium eine Image-Kampagne gestartet, um die Leute aufzuklären und so die Wölfe besser zu schützen.“
Sie sprach von einer elfseitigen Broschüre und einer beachtlichen Summe von über dreihunderttausend Euro, die dafür bereitgestellt worden waren. Um Bewunderung heischend lächelte sie breit ins Publikum.
Robert konnte es nicht fassen. Waren die denn total bescheuert geworden? Er beugte sich vor. „Sagen Sie mal, von wie vielen Wölfen reden wir hier?“
Sichtlich erfreut über das konkrete Interesse hob sie die Broschüre in die Höhe. „Es wurden bislang zwei Rudel mit insgesamt etwa zwanzig Tieren in Brandenburg beobachtet.“ Stolz blickte sie zu Robert rüber.
Der kniff die Augen zusammen und starrte sie ungläubig an.
„Das ist nicht Ihr Ernst? Sagen Sie, dass das nicht wahr ist.“
Die Frau zog verwundert die Augenbrauen hoch. Eine unheimliche Ruhe lag über dem Saal.
Robert stand auf und sah sie entgeistert an. „Der Bund gibt also über fünfzehntausend Euro pro Wolf aus, nur um dessen Image zu verbessern?“
Ein Raunen ging durch die Reihen. Die Leute hatten verstanden.
„Nun“, die Frau packte ihre Unterlagen zusammen und sah hochmütig zu Robert rüber, „irgendwo müssen wir beginnen und das Ministerium ist der Meinung, dass Aufklärung ein ganz entscheidender erster Schritt ist.“
Robert ging zur Tür. „Entschuldigen Sie mich“, brummte er unfreundlich.
Draußen steckte er sich mit zittrigen Händen eine Zigarette an und inhalierte tief. Augenblicklich wurde er etwas ruhiger.
Er gehörte doch selber zu denen, die die Rückkehr der Wölfe in die riesigen Waldgebiete Brandenburgs grundsätzlich begrüßten und sich für ihren Schutz und Erhalt einsetzten. Allerdings musste man dafür Sorge tragen, dass sie eben auch dort blieben. Die hiesigen Waldflächen waren als Territorium für die Wölfe viel zu klein, da hatte der alte Schröder ganz Recht, und das Ausmaß an Schäden war nicht abzusehen. Aber was regte er sich hier über das Geld auf. Klar, diese Summe war idiotisch, aber es steckte eine gute Absicht dahinter. Das konnte man weiß Gott nicht von allen Steuergeldver(sch)wendungen sagen.
In dem Moment öffnete sich die Tür zum Saal. Raucherpause.

Auch die Eulenfrau trat heraus und schüttelte aufgeregt eine Zigarette aus der Schachtel. Robert hielt ihr Feuer hin. Er sah einen dicken Ehering an ihrer Hand blinken.
„Tut mir leid“, grummelte er, bevor sie etwas sagen konnte, „ich wollte Sie nicht angreifen.“
„Doch, das wollten Sie“, antwortete sie mit fester Stimme und sah ihn über den Brillenrand hinweg an.
„Ich muss allerdings zugeben, dass ich Sie verstehe. Ein wenig zumindest.“ Sie zog heftig an ihrer Zigarette.
„Wissen Sie“, fuhr sie fort, „ich liebe Wölfe. Natürlich ist mir auch klar, dass die Verhältnismäßigkeit hier nicht auf den ersten Blick erkennbar ist, aber es ist ein Anfang.“
Sie musterte Robert prüfend. „Wie ist das mit Ihnen? Wer sind Ihre Wölfe?“
Robert runzelte widerstrebend die Stirn.
„Na, kommen Sie schon.“
„Seeadler“, quetschte er unwillig zwischen den Zähnen raus.
„Und? Wären Sie für deren Schutz nicht auch bereit, mehr zu tun, als andere für normal hielten?“
Sie ging zurück in den Saal und ließ ihn verwirrt zurück.
Es war wirklich leicht, das Tun und Lassen der Leute zu verurteilen, wenn das eigene Herz für etwas anderes schlug.
Wie weit würde er für die Seeadler gehen? Er musste zugeben, dieser Punkt ging an sie.
Nachdem der Seeadler zu Beginn des zwanzigsten Jahrhunderts fast ausgerottet war, hatte sich sein Bestand inzwischen wieder gut erholt. Ganz im Gegenteil. Man ging derzeit von etwa 240 Paaren allein in Mecklenburg-Vorpommern aus, so viel wie nie zuvor. Das war ihrem strengen Schutz zu verdanken. Und natürlich auch den idealen Lebensbedingungen, die sie hier vorfanden.
Für Robert waren Seeadler die mit Abstand edelsten und schönsten Tiere. Mit ihrer Flügelspanne bis zu 2,60 Meter waren sie die größten einheimischen Vögel. Aber viel mehr faszinierte ihn ihr königlicher Stolz und die majestätische Art, durch die Lüfte zu segeln. Er war einer der wenigen, der wusste, wo die Horste hier im Nationalpark zu finden waren. Das sollte auch so bleiben, wenn es nach ihm ginge.
Den Rest der Veranstaltung verfolgte Robert nur noch mit einem halben Ohr. Er konnte sich einfach nicht mehr konzentrieren.

„Können Sie mich mit lang nehmen? Mein Wagen hat den Geist aufgegeben.“ Die Eulenfrau sah ihn nur flüchtig an und wühlte dann in ihrer Tasche.
„Klar, steigen Sie ein. Wohin wollen Sie?“
Schweigend fuhren sie durch die Dunkelheit, jeder in seine Gedanken vertieft, als Robert Korella und Jennifer entdeckte.
Er erkannte sie sofort und sein Magen verkrampfte sich. Korella, der Jennifer im Arm hielt und küsste und sie dann lachend in sein Haus zog. Er folgte ihnen mit dem Blick und hatte zu tun, den Wagen auf der Fahrbahn zu halten. Übelkeit stieg in ihm auf. Dieses Arschloch. Unruhig klopfte er aufs Lenkrad.
Die Frau steckte sich eine Zigarette an und reichte sie Robert rüber. „Bekannte von Ihnen?“
„Was? Ach so, ja, nein.“ Verärgert winkte er ab, als wäre nichts gewesen.
Ein paar Minuten später hielt er vor dem Haus, in dem sie ein Apartment bezogen hatte.
„Kommen Sie“, sagte sie mit rauchiger Stimme, „ich geb noch ’n Kaffee aus. Sie sehen aus, als könnten Sie den brauchen.“
„Lassen Sie mal gut sein. Ich hab genug für heute“, brummte er mürrisch und sah zu, wie sie aus dem Wagen stieg. Unter der strengen Uniform schien ein recht akzeptabler Körper zu stecken.
Und Jennifer war jetzt bei Korella.
„Andererseits, ein Kaffee wäre wirklich nicht schlecht.“ Er schwang sich vom Sitz und folgte ihr. Mal sehen, was der Abend noch so hergab.
„Machen Sie schon mal den Kamin an. Ich bin gleich wieder da.“ Sie warf ihre Jacke über einen Stuhl und ging ins Nebenzimmer.
Robert machte Feuer und sah sich in dem behaglichen Raum um. Hier musste sonst jemand wohnen, so sah keine anonyme Ferienwohnung aus. Neugierig betrachtete er die Bücher im Regal. Überwiegend Fachliteratur aus den Bereichen Forst und Jagd.
„Die Wohnung gehört einem Bekannten“, hörte er sie sagen, als sie mit einem Tablett den Raum betrat. „Ein Hobbyförster. Er ist häufig hier.“
Robert drehte sich um und es verschlug ihm einen Moment die Sprache. Die Frau hatte die Uniform ausgezogen und stattdessen ein sehr kurzes nachtblaues Strickkleid an, das ihre üppigen Brüste und runden Hüften verführerisch betonte. Sie hatte die Brille abgesetzt und ihr dunkles Haar fiel locker über ihre Schultern.
Er grinste. Na, das sah doch gar nicht so übel aus.

Sie stellte die Tasse vor ihn hin und ein Hauch von Parfüm blieb in der Luft hängen als sie sich neben ihn setzte.
„Sie können gern rauchen“, sagte sie, „oder was immer Sie wollen“, fügte sie geheimnisvoll lächelnd hinzu. „Ich kann Ihnen auch einen richtig guten Cognac anbieten.“
„Ich muss noch fahren.“
Sein Einwand klang halbherzig. Ein Kribbeln lag in der Luft, seine Haut war wie elektrisiert.
Sie füllte die Gläser randvoll.
Sie rauchten, tranken und sprachen über Wölfe, Seeadler und den Wald. Aber eigentlich redeten sie die ganze Zeit um das, was sie wirklich wollten herum.
Robert hatte zunehmend Mühe, seinen Blick von ihren nackten Schenkeln und den Kurven unter der flauschigen Wolle loszureißen. Sie schlug die Beine übereinander und spreizte sie dabei für einen ganz kurzen Augenblick gerade so weit, dass Robert sehen konnte, dass sie unter dem Kleid nackt war. Er vergaß zu atmen. Was wäre, wenn er…
Als hätte sie seine Gedanken gelesen, hörte sie plötzlich auf zu reden. Sekundenlang lag eine fast unheimliche Stille über dem Raum, eine Stimmung, die alles bedeuten konnte.
Dann rückte sie auf einmal an ihn heran und rieb verführerisch ihre Brüste an seinem Arm. Sie flüsterte ihm Worte ins Ohr, die ihn wie ein Jüngling erröten ließen und ihn höllisch erregten. Ihr Mund wanderte von seinem Ohr abwärts, sie biss ihn in den Hals und ihre Finger öffneten geschickt die Knöpfe seines Hemdes. Sie strich durch sein Brusthaar und ließ ihre Hand langsam hinunter gleiten. Robert stöhnte auf und zog sie derb an sich. Seine Hände fuhren wie von selbst an ihren Schenkeln hoch. Nur mühsam beherrschte er sich, ihr nicht sofort zwischen die Beine zu greifen. Hastig strich er über die Hüften bis zu ihren vollen schweren Brüsten. Was für Brüste! Solche wundervollen Brüste hatte er noch nie…, seine Eingeweide zogen sich krampfartig zusammen. Schwer atmend streifte er ihr das Kleid hoch und nahm die harten Knospen zwischen die Lippen.
Sie hob die Arme und das Kleid flog in die Ecke. Robert drückte sein Gesicht in ihr weiches Fleisch, atmete den scharfen Geruch ihrer Begierde ein. Er vergaß Jennifer, Korella, den Wilderer und die Wölfe.
Seine Bartstoppeln hinterließen rote Flecken auf ihrer Haut, aber sie scheuerte sich wollüstig an ihm, wiegte sich unter seinen Liebkosungen und ließ sich weit nach hinten fallen. Seine Zunge glitt ihren Bauch abwärts, hin zur Erfüllung seiner sehnsüchtigsten Wünsche.

Keuchend befreite sie sich aus seiner Umarmung, aber nur, um ihm sein Hemd auszuziehen. Ihre Lippen strichen über seinen starken Oberkörper, dass ihm die Sinne schwanden. Dann bewegte sie sich abwärts und öffnete mit routiniertem Griff seinen Gürtel und die Hose und zog sie runter. Sie jauchzte leise auf bei dem, was ihr entgegen schnellte. Sie beugte sich runter und hüllte ihn mit ihrem heißen Atem ein und umkreiste mit der Zungenspitze gekonnt seine empfindsamste Stelle. Es war eine kaum spürbare Berührung, aber sie brachte Robert fast zum Wahnsinn. Wo hatte diese Frau so etwas gelernt.

Als sie ihn in den Mund nahm und ganz leicht massierte, musste er alle Kraft aufwenden, um nicht wie ein pubertierender Halbwüchsiger am Ende zu sein, bevor es richtig angefangen hatte.

„Hör auf", stieß er atemlos hervor, schob sie vorsichtig zurück und drückte sie auf den Boden. Er streichelte und küsste sie. Ganz langsam. Sie stöhnte laut und vollkommen ungehemmt und versuchte, seinen Kopf runter zu drücken, damit er schneller dort ankam, wo sie ihn jetzt unbedingt spüren musste. Genau da hin wollte er auch. Aber er ließ sie noch zappeln. Er küsste die Innenseite ihrer Oberschenkel und sie spreizte auffordernd die Beine, um ihn ganz nah an sich heran zu lassen. Als seine Zunge sie berührte, ging ein Zucken durch ihren Körper und er hörte sie lustvoll aufschreien. Er verstärkte den Druck und sie wand sich unter ihm und presste sich ihm verzweifelt entgegen.

Das konnte er nicht länger aushalten. Mit einem Laut äußerster Befriedigung fanden sie sich beide. Er stieß mit aller Kraft in sie hinein und sie schob sich mit derselben Energie auf ihn rauf. Ihr Erlösungsschrei ließ auch ihn kommen.

Die Grenze zwischen Schmerz und Lust verschmolz. Robert dachte, es würde ihm den ganzen Unterleib auseinander reißen, aber es war ein unsagbar gutes Gefühl.

Hinterher lagen sie nebeneinander und rauchten schweigend.

Der beste Sex ist der mit einer Fremden, dachte Robert.

Sie würden sich nicht wieder sehen.

„Bea? Ich hab's nicht getan."

„Kluges Mädchen."

„Wieso das?"

„Wenn du glaubst, dass du von dem einen los kommst, weil du es mit dem anderen treibst, dann kann ich dir nur sagen: Das klappt nie."

„Na, fein, dass du mir das jetzt auch schon sagst."

„He, du hast *mir* nicht gesagt, warum du überhaupt darüber nachgedacht hast, dich von einem anderen flach legen zu lassen."
„Bea! Wie redest du. Woher weißt du überhaupt von Robert?"
„Ah, Robert heißt der Knabe. Na, von Karin. Sie hat mir, im Gegensatz zu dir, alles von ihrem Urlaub bei dir erzählt. Und im Gegensatz zu ihr habe ich die Sache sofort durchschaut."
„Bea?"
„Jenny?"
„Du solltest kommen."
Es klopfte leise an die Tür und Irene guckte um die Ecke.
„Störe ich?"
„Nein, natürlich nicht. Ich habe gerade mit Bea telefoniert. Ich hätte nicht gedacht, dass das so ein Kraftakt wird, sie endlich mal hier her zu bekommen."
„Was, will sie nicht?"
„Doch schon, aber ihr Lover tut ein bisschen doof. Er hat keine Zeit und allein soll sie nicht fahren." Jennifer klang ein wenig traurig. Ihre Freundin Bea fehlte ihr.
Irene nahm sich einen Kaffee und goss auch Jennifer nach.
„Ich hab gehört, du warst mit Korella aus?" Sie schaute Jennifer schmunzelnd über den Tassenrand hinweg an.
Jennifer lief knallrot an. „Woher weißt du das denn schon wieder?"
„Wir leben auf dem Dorf, Jenny. Schlimm genug, dass ich es von anderen erfahren muss." Irene lachte.
„Wir waren doch nur essen." Jennifer versuchte, ganz locker zu klingen. „Eigentlich wollten wir in den „Klönsnack", aber da war kein Platz. Da sind wir in den „Hafen" gegangen. Korella ist mir seit Wochen auf den Geist gegangen. Na ja, und da habe ich gedacht, warum nicht."
„Und?"
„Es hat gut geschmeckt."
„Nein, ich meine, wie war der Abend?" Irene lächelte viel sagend.
Jennifer legte den Kopf zur Seite und fixierte ihr Gegenüber. „Du denkst doch nicht etwa…?"
Aber dann lehnte sie sich auf ihrem Stuhl zurück und sah ihre Freundin fest an.
„Das will ich dir sagen, ich habe tatsächlich daran gedacht. Es war ein toller Abend. Ich hätte nicht geglaubt, dass Korella so unterhaltsam sein könnte, so lustig." Wieder stieg eine leichte Röte in ihr Gesicht. „Ich habe mich sogar von ihm küssen lassen. Aber als wir dann bei ihm zu Hause waren

und er mir das Kleid aufmachen wollte, da brach alles zusammen. Ich fürchte, ich bin regelrecht hysterisch geworden."
Irene hörte gespannt zu, während Jennifer nervös mit einem Bleistift spielte. „Ich bin wie eine dumme Göre einfach abgehauen."
Irene riss die Augen auf. „Er wollte gegen deinen Willen…?"
„Nein! Um Gottes Willen, nein." Jennifer hob abwehrend die Hände. „Das würde er nie tun." Sie sackte in sich zusammen. „Er muss wohl gedacht haben, dass ich es wollte. Das habe ich bis zu dem Moment ja auch. Aber plötzlich hab ich Panik bekommen und gemerkt, dass ich gar nicht *ihn* meinte. Verstehst du das?"
„Ich habe eine Freundin, die auf dem Gebiet mehr Erfahrungen hat als ich. Die sagte mal, es ist oft nicht der Mann, der dich ins Bett bekommt, sondern die Situation."
„Ja, da ist was dran, denke ich." Jennifer kippelte mit ihrem Stuhl. „Aber weißt du, wie froh ich hinterher war, dass ich noch rechtzeitig die Kurve gekriegt habe?"
„Das kann ich mir vorstellen." Irene lachte herzlich bei der Vorstellung, wie ihre Freundin mit halb offenem Kleid durch Prerow rannte. „Und was hat dein abgeblitzter Verehrer hinterher gesagt?"
„Ich hab ihn heute noch nicht gesehen", antwortete Jennifer unsicher.
Irene beugte sich zu ihr rüber. „Verrätst du mir vielleicht auch noch, an *wen* du gestern Abend gedacht hast?"
Bevor Jennifer noch nach einer ausweichenden Antwort suchen konnte, wurde polternd die Tür aufgestoßen und Jennifer wäre mit ihrem Stuhl fast nach hinten gekippt.
„Guten Morgen, die Damen." Ein gut gelaunter Robert betrat das Büro, griff sich einen Stuhl, um sich wie beim letzten Mal rittlings drauf zu setzen. Grinsend schaute er in die verdutzten Gesichter der Frauen.
„Gibt's hier noch 'n Kaffee für mich?"
Irene stand auf und fuhr ihm durchs Haar. „Na, für dich doch immer."
„Zwei Zucker", murmelte Jennifer und bemerkte nicht die überraschten Blicke von Irene und Robert.
Sie sah nur den rotblauen Fleck an seinem Hals unterhalb des Bartansatzes und eine Welle von Eifersucht überrollte sie. Schnell bückte sie sich, als suchte sie etwas in der Schublade, damit er sie nicht durchschauen konnte. Sie versuchte, sich wieder zu beruhigen. Er hatte schließlich eine Frau zu Hause. Da sollte so was vorkommen.
Sie dachte zurück an Rüdiger. Sie musste bei ihm immer unheimlich aufpassen, damit sie ohne Knutschflecke davon kam. Er war der Saugertyp.

Dabei war ihr Sex nie sonderlich aufregend gewesen. Jennifer hatte immer geglaubt, da müsste es noch mehr geben. Eine stille Sehnsucht, die sich nicht erfüllte. Aber wahrscheinlich lag das an ihr. Sie war es doch, die sich gegen alles gesperrt hatte.
„Lady, was denken Sie. Wir sollten das tolle Wetter nutzen für einen ersten Ausflug", holte Robert sie zurück und schlürfte genüsslich seinen heißen Kaffee.
„Was, heute?" Jennifer fuhr erschrocken hoch.
„Wie schön wollen Sie 's noch haben? Fast Oktober und immer noch Sommer. Dem Klimawandel sei Dank. Oder sind Sie heute noch nicht fit?" Robert sah sie prüfend an, als wollte er in ihr Inneres schauen.
Schon wieder wurde sie rot.
„Woher wissen Sie? Ach, was soll's", ärgerlich winkte sie ab. Dorf eben. „Meinetwegen, klar, fahren wir in den Wald." Sie kniff lustlos die Lippen zusammen. „Wenn Sie denn nach Feierabend unbedingt noch arbeiten wollen", fügte sie höhnisch hinzu.
„Ich arbeite nie, ich habe nur Spaß." Robert grinste sie herausfordernd an.
Irene blickte lachend von einem zum anderen. „Ihr seid mir schon zwei Kampfhähne. Ach übrigens, Robert, was hast du da gestern mit dieser Wolfsfrau angestellt?"
Robert zuckte zusammen, hatte sich aber sofort wieder in der Gewalt. „Nur ein Missverständnis", brummte er und stand abrupt auf.
„Ich bin dann um halb drei bei Ihnen. Und", sein Blick glitt über Jennifers graues Kostüm bis zu den hochhackigen Pumps, „ziehen Sie sich was Ordentliches an."
Er hauchte Irene einen Kuss auf die Wange und verschwand.
Irene sah Jennifer verschwörerisch an. „Hast du gemerkt? Er wollte nicht über gestern Abend reden." Sie kicherte.
„Warum? Was war denn da?"
„Nationalparkversammlung. Unter anderem war da auch so eine Frau, vom Landwirtschaftsministerium glaube ich. Die hat über horrende Ausgaben zum Schutz von einer Hand voll Wölfen berichtet. Da hat Robert sich wohl wahnsinnig aufgeregt."
Also doch Robin Hood, dachte Jennifer. „Und, hat es ihm was genutzt?" fragte sie aber nur und zuckte mit den Schultern.
„Aber sag mal Reni", sie druckste herum, „was hältst du eigentlich von Roberts Frau?"
„Welcher Frau?" Irene sah sie verständnislos an.

„Na Inga. Du hast doch mal von ihr erzählt. Aber man sieht sie nie, sie ist nirgends dabei." Jennifer wand sich auf ihrem Stuhl. Aber sie wollte das endlich wissen.
„Ach Inga." Jetzt verstand Irene sie. „Die ist schon lange nicht mehr da. Robert lebt allein."
Sie nahm die Tassen und spülte sie ab. „So, ich muss dann mal wieder. Viel Spaß dann heute Nachmittag, und lasst euch nicht von den brunftigen Hirschen gabeln. Mach dich auf was gefasst, wenn der Waldschrat dich erst mal losschleppt." Sie lachte ein wenig gezwungen. „Bis morgen dann. Ich will alles wissen."
„Ja, bis morgen." Jennifer blickte ihr nachdenklich hinterher. Sie hatte gespürt, dass Irene nicht über Inga reden wollte. Da musste irgendetwas passiert sein.
Plötzlich fiel Jennifer der Tonnenball wieder ein. Die Frauen an ihrem Tisch, hatten die nicht von einer Carstens erzählt, die mit etlichen Männern…? Dann war Robert der gehörnte Ehemann, der so ausgerastet war? Kein Wunder, dass Irene dazu nichts sagen wollte.
Aber mit wem war Robert dann gestern zusammen? Der Gedanke machte sie fast verrückt. Wenn sie auch versuchte sich einzureden, dass es sie nichts anging, dass es sie ja eigentlich auch überhaupt nicht interessierte, sie zitterte dennoch am ganzen Körper bei der Vorstellung, wie diese Frau mit ihren Lippen an seinem nackten Körper hinunter glitt.
Schluss jetzt, Jennifer! Energisch packte sie ihre Sachen zusammen und räumte den Schreibtisch auf. Sie sah auf die Uhr. Sie hatte gerade noch Zeit, einen Happen zu essen und sich umzuziehen, um pünktlich fertig zu sein.

Jennifer steckte gerade ihre Haare hoch, als es kräftig an die Tür pochte.
„Kommen Sie rein. Die Tür ist offen", rief sie. Ein letzter prüfender Blick in den Spiegel, okay, sie war fertig.
Robert stand im Wohnzimmer und sah sich kopfschüttelnd in dem immer noch sehr übersichtlich eingerichteten Raum um.
„Dass sie so leben können", sagte er im Umdrehen, als er Jennifers Schritte hörte. „Wie sehen Sie denn aus? Wir sind doch nicht bei ‚Jenseits von Afrika'. Haben Sie nichts Unauffälligeres im Schrank? Oder in einem Ihrer Umzugskartons?" Spöttisch zeigte er in die Ecke.
Jennifer sah eingeschüchtert an ihrer weißen Bluse runter. „Ja sicher. Natürlich. Wenn Sie noch einen Moment warten?"
„Muss ich ja wohl", grummelte er.

Er ging ein paar Schritte durch den Raum. „Was ist nun mit ihrer Einrichtung? Tragen Sie sich vielleicht doch mit dem Gedanken, ihre Zelte hier vorzeitig wieder abzubrechen oder sind Sie eher der spartanische Typ?“, fragte er etwas lauter, während Jennifer sich im Schlafzimmer umzog.
„Was haben Sie gesagt?“ Sie kam in einem weiten dunkelblauen Shirt zurück, gerade so, als wollte sie sich darin vor ihm verstecken.
Robert winkte ab.
Jennifer zeigte auf ihr Shirt. „Besser so?“
„Gut genug für'n Busch.“ Er vermied absichtlich, Jennifer direkt anzusehen. Eine Strähne hatte sich beim Umziehen aus ihrem Haar gelöst. Er hätte sie ihr am liebsten aus dem Gesicht gestrichen. Nein, noch viel lieber hätte er ihr das Haar gelöst, um darin rumzuwühlen, während er sie küsste und streichelte. Er merkte, wie sie ihn erregte und drehte sich schnell weg. Das hatte ihm gerade noch gefehlt.
„Na ja, nach der letzten Nacht werden Sie ja wahrscheinlich sowieso nicht mehr lange hier wohnen“, stieß er bissig aus.
Jennifer stützte trotzig die Hände in die Hüften. „Na, Ihre Nacht war ja wohl auch nicht ohne.“
Robert griff automatisch an den Hals. Verdammte Scheiße, die Weiber hatten ihre Augen auch überall. Er stapfte zur Tür. „Sind Sie endlich fertig? Los jetzt, sonst ist es finster, ehe wir weg kommen.“ Er schaute auf ihre große Tasche. „Was um Gottes Willen schleppen Sie nur immer alles mit sich herum?“
Er winkte ab. Er wollte es gar nicht wissen.
„Was ist das nur für eine alte dreckige Kiste.“ Jennifer musterte den Landrover mit einem abfälligen Blick.
Robert sah sie verständnislos an. „Es ist ein Auto, Lady. Es muss funktionieren und alles mitmachen. Mehr nicht.“
Maximus gebärdete sich wie ein Wilder, als Jennifer in den Jeep kletterte. Sie sprach leise auf ihn ein, und zu Roberts Überraschung hörte er auf zu bellen und schaute Jennifer mit blitzenden Augen neugierig an. Sein kleiner Stummelschwanz wackelte dabei aufgeregt hin und her.
Robert zog irritiert die Schultern hoch. Aus dem Hund sollte einer schlau werden. Verräter!
Er ließ den Motor an und fuhr viel zu schnell vom Hof.
„Wir müssen noch erst bei mir vorbei, mein Telefon holen“, sagte er, während er guckte, ob die Straße frei war und dann im rasanten Tempo nach links abbog.

„Oh, Sie wollen mir Ihr Allerheiligstes zeigen“, antwortete Jennifer ironisch, aber insgeheim freute sie sich riesig, endlich zu sehen, wie und wo Robert wohnte.
Er grinste frech. „Davon war nicht die Rede. Aber wenn Sie unbedingt wollen, zeige ich Ihnen auch das.“
Jennifer wurde rot. Schon wieder. Leider fehlte ihr eine passende Antwort. So schaute sie nur aus ihrem Fenster, als hätte sie seine Bemerkung nicht gehört.
In ihrem Innern rumorte es. Wie kam sie nur darauf, dass er das gleiche meinen würde, an was sie gerade gedacht hatte. Sie dachte wieder an den Fleck an seinem Hals und fragte sich, ob er wohl noch mehr davon hatte.
Sie waren schon fast am Wald, als Robert in eine Einfahrt einbog, die sich weit in ein Grundstück hineinschlängelte, vorbei an großen Bäumen, als führte sie ins Nirgendwo. Aber dann tauchte vor ihnen ein Blockhaus auf. Ein wahr gewordener romantischer Traum.
„Warten Sie hier.“ Robert ließ die Tür offen. „Ich bin gleich wieder da.“
Jennifer sah ihm hinterher und stieg dann auch aus, um sich das Haus anzusehen, als Robert schon zurückkam. „So neugierig?“
„Das ist ein wunderschönes Haus. Also, ich wäre schon allein wegen des Hauses bei Ihnen geblieben.“
Robert zog wütend die Stirn in Falten. „Na, dann wissen Sie ja, was Ihnen gefehlt hat, dass Ihr Mann Sie verlassen hat.“
Jennifer drehte sich ärgerlich um und stapfte zum Wagen. „Was ist? Können wir endlich? Oder soll es erst Abend werden?“, fragte sie spitz.
Sie musste sich fest halten, um bei der Geschwindigkeit, mit der er den Wagen wendete, nicht zur Seite geschleudert zu werden.
„Könnten Sie vielleicht mal wie ein normaler Mensch fahren?“, stieß sie wütend hervor.
Robert schielte sie belustigt von der Seite an. „Na endlich, ich dachte schon, Sie würden nie was sagen.“ Er lehnte sich entspannt zurück und drosselte die Geschwindigkeit.
Der Weg hatte zum Teil ausgefahrene Rinnen und tiefe Löcher. Robert versuchte, ihnen auszuweichen, aber ab und an wurde Jennifer doch kräftig durchgeschüttelt.
„Was für fürchterliche Wege.“ Sie hielt sich krampfhaft am Türgriff fest. „Könnte man die Wege nicht befestigen? Das wäre doch für alle besser. Für die Fahrradfahrer, die Kutschen und Reiter, na, und für die Forstfahrzeuge doch auch. Dann könnte man sie doch auch besser reinigen.“
„Was könnte man?“ Robert sah sie begriffsstutzig an.

„Na, fegen und so. Die Wege sind im Sommer doch oft dermaßen versandet, dass keiner durch kommt, oder bei Regen total modderig. Das weiß ich von Gästen."
„Glauben Sie mir, Lady, die Leute wollen keine befestigten Straßen im Wald. Sie wollen Natur pur. Deswegen kommen sie. Da müssen die Designerschuhe eben mal zu Hause bleiben." Robert runzelte ärgerlich die Stirn.
Jennifer blieb beharrlich. „Sie irren sich. Die Menschen wollen Natur, ja, aber die meisten aus einer sauberen sicheren Distanz heraus."
Robert guckte noch grimmiger. „Mag sein, dass es solche Menschen gibt. Die würden, wenn es nach Ihnen ginge, wahrscheinlich mit dem Auto die Natur ergründen."
„Das könnte der nächste Schritt sein."
„Was?" Robert glaubte, sie nicht richtig verstanden zu haben.
„Na, eine Überlegung wäre es doch Wert. Wir fahren hier doch schließlich auch mit dem Auto."
„Ich fasse es nicht!" Robert ließ den Jeep absichtlich durch ein tiefes Loch krachen. „Sie wollen wohl alles zerstören, was die meisten Leute hierher zieht? Wie wäre's denn gleich noch mit ein paar Imbissbuden? Nein, Lady, das klappt mit mir nicht."
„Ach Sie, Sie sind doch gegen alles. Aber es ist nicht Ihr Wald. Wird es auch nie sein."
„Aber Ihrer auch nicht. Dafür werde ich sorgen." Kräftig schlug er mit beiden Händen auf das Lenkrad. „Sie können nicht hier her kommen und meinen, alles was Sie für gut und richtig halten wäre es auch. Wenn Sie mit den Leuten hier klar kommen wollen, dann sollten Sie mal versuchen, auch wie sie zu denken, sie zu verstehen. Hier geht es nicht um das, was Ihnen gefällt und passt. Hier geht es um die Natur, um unsere Verantwortung für die Tiere und Pflanzen und darum, den Menschen das in gegenseitigem Einvernehmen nahe zu bringen." Er tastete aufgeregt nach seinen Zigaretten, ließ sie aber stecken.
„Rauchen Sie ruhig, wenn Sie das endlich wieder beruhigt. Sie sind ja kaum noch zu ertragen."
Ein Mann und eine Frau, deren Schäferhund laut bellend hin und her tobte und schließlich stürmisch im Dickicht verschwand, kamen ihnen entgegen.
Robert hielt an und ließ das Fenster runter.
„Schönen guten Tag", sagte er betont liebenswürdig und schaute, Beifall heischend kurz zu Jennifer rüber. „Würden Sie wohl die Freundlichkeit besitzen, Ihren Hund an die Leine zu nehmen? Im Nationalpark herrscht zum Schutz der Natur und des Wildes Leinenzwang."

Jennifer war tatsächlich erstaunt, dass Robert nicht sofort los polterte, sondern derart höflich blieb. Sie wusste nur zu genau, dass es in seinem Innern ganz anders aussah.
Der Hundebesitzer baute sich breitbeinig neben dem Jeep auf. „Nu ma langsam, junger Mann. Rejen se sich nur nich so uff. Ham se nich was Besseret zu tun, als sich in fremde Leute ihre Anjelegenheiten zu mischen?" Provozierend warf er einen lüsternen Blick auf Jennifer.
Wie gebannt starrte Jennifer auf Robert. Würde er sich diese Frechheit gefallen lassen?
Robert schluckte und schien in Gedanken bis Zehn zu zählen.
„Ich fordere Sie noch einmal auf, Ihren Hund an die Leine zu nehmen."
Der andere drehte sich überheblich grinsend zu seiner Frau um, die eingeschüchterte schon ein paar Schritte weitergegangen war und ließ Robert einfach stehen.
„Und wenn das gar nicht unser Hund ist?", fragte er beiläufig mit einem schon beinahe Ekel erregend hochmütigen Gesichtsausdruck.
„Sie meinen also, das ist nicht Ihr Hund, der hier gerade unserem Wild nachsetzt?" Robert blieb fast schon unheimlich ruhig.
Ganz langsam stieg Robert aus, öffnete die hintere Tür und nahm sein Gewehr aus dem Futteral.
Dem Mann rutschte der Unterkiefer runter und seine Frau quietschte hysterisch auf. Gleichzeitig begannen beide panisch nach ihrem Hund zu schreien und machten ihn, als der endlich hechelnd und mit hängender Zunge angetrottet kam mit zittrigen Händen fest.
„Na also, geht doch. Warum nicht gleich so", brummte Robert zufrieden, legte die Waffe an ihren Platz zurück und stieg wieder ins Auto.
„Einen schönen Tag noch." Er hob die Hand grüßend zur Stirn und startete den Wagen. Er drehte sich zu Jennifer rüber, die ihn nicht weniger entsetzt ansah.
„Alles klar?", fragte er lässig.
Jennifer hatte einen Kloß im Hals.
„Sie hätten den Hund doch nicht erschossen?", fragte sie mit erstickter Stimme.
Robert amüsierte sich. „Nicht so ein schönes Tier. Der Hund kann doch nicht dafür."
„Hätten Sie das Recht gehabt, den Hund abzuschießen?"
„Ja."
„Ist die Waffe überhaupt geladen?"
„Nein."

Er hatte geblufft. Jennifer konnte es nicht fassen. Sie hatte sich bald in die Hosen gemacht vor Angst. Und die Leute wohl auch.
„Was sind Sie nur für ein raubeiniger Klotz." Sie schüttelte empört den Kopf.
„Für diesen Ruf hab ich hart gearbeitet", meinte er spöttisch. Doch dann wurde er wieder ernst. „Sie hatten nie einen Hund?"
„Nein, eine Katze."
„Oh, eine Katze. Natürlich." Robert zog höhnisch grinsend die Augenbrauen hoch. „Nun, Lady, was wäre wohl, wenn ihre Katze von einem Hund gehetzt würde? Haben Sie selbst schon mal Todesangst ausgestanden?"
Jennifer sah ihn verständnislos an.
„Was denken Sie, wie dem Wild zumute ist?"
„Na ja, aber mussten Sie die Leute deswegen gleich so erschrecken?"
„Mir schien, das war der einzige Weg."
Robert beugte sich vor, legte die Unterarme auf das Lenkrad und schaute konzentriert durch die Frontscheibe.
„Mecklenburg-Vorpommern ist eins der waldärmsten Bundesländer Deutschlands, aber dafür haben wir mit Abstand den gesündesten Waldbestand. Da, sehen Sie das?" Er zeigte seitlich in den Wald hinein.
Jennifer kniff die Augen zusammen und versuchte, seinem Blick zu folgen.
„Was meinen Sie?" Sie sah nur Bäume.
„Sehen sie den Sonnenstrahl nicht?" Roberts Blick hing fasziniert an dem Schauspiel.
Jennifer entdeckte die alte Buche mit dem Astloch. Es sah aus, als wären ein knöchriger Zeigefinger und ein Daumen an der Spitze zusammengewachsen und zu Holz geworden. Und genau da hindurch blitzte ein scharfer Strahl der schon ziemlich tief stehenden Sonne.
„Ist das nicht wunderschön?" Es war nur ein Flüstern, als fürchtete Robert, den Augenblick zu zerstören.
Jennifer verfolgte den Sonnenstrahl, der wie ein Pfeil durch die Äste schoss und im Waldboden stecken blieb. Ja, es gefiel ihr, aber so leicht ließ sie sich nicht von seinen Empfindungen mitreißen. So einfach konnte er sie nicht einwickeln.
„Ganz nett, ja doch", sagte sie daher nur.
Robert machte ein verdutztes Gesicht. „Ganz nett? Was ist das denn? Ein Buch kann ganz nett sein, ein Film vielleicht oder ein nicht ganz bescheuerter Nachbar. Vielleicht ist Ihr Korella *ganz nett*, aber das hier ist…", er suchte nach den richtigen Worten, „das ist einfach großartig."

„So was ist es also, was Ihre Gäste sehen wollen?“ Jennifer sah abschätzig zu ihm rüber.
„Ihre Gäste auch, glauben Sie mir.“
Jennifer konnte seine Begeisterung nur bedingt teilen. Aber die Liebe in seinem Blick, die nahm sie gefangen.
„Sie sind schon ein seltsamer Kauz. Wie kann so ein Gott verlassener Busch eine so weiche Seite in Ihnen wecken?“
„Sie wissen gar nichts vom Wald, sonst würden Sie nicht so reden.“
„Nun, ich bin eben ein Stadtkind.“
„Das ist doch wohl kein Grund, die Faszination nicht zu erkennen, die vom Wald ausgeht. Wie wollen Sie Ihren Touristen etwas verkaufen, was Ihnen selbst so wenig bedeutet?“
„Mein Gott, es sind Bäume, es ist feucht, dunkel und riecht modrig. Das werde ich meinen Kunden natürlich nicht sagen. Glauben Sie, dass die Verkäuferin bei Fleischer Hartmann alle Sorten Wurst liebt? Aber sie verkauft sie genau so. Warum sollte ich es nicht auch so halten?“ Jennifer kniff die Lippen zusammen, bevor sie weiter sprach. „Sie kritisieren mich, dass ich mit Ihrem Wald nichts anfangen kann, aber ich könnte wetten, dass Sie die Stadt nicht weniger ablehnen.“
„Ich teile nun mal nicht gern mein Bett mit einer Straßenbahn.“
„Oh nein, das glaube ich gern. Das ist ja auch schon besetzt“, konterte Jennifer mit einem Blick auf seinen Hals gereizt.
Robert hob erstaunt die Augenbrauen. „Na, bei mir sieht man sie wenigstens. Wer weiß, wo Sie die Spuren der letzten Nacht haben“, gab er bissig zurück.
Jennifer erstarrte. Robert dachte, sie hätte die Nacht mit Korella verbracht. Sie zog nachdenklich die Nase kraus. Na und, dann sollte er doch. Was er konnte, stand ihr schon lange zu. Trotzig verschränkte sie die Arme vor der Brust.
Robert fuhr stumm weiter und bog schließlich in einen dicht bewachsenen Weg ein.
Jennifer schreckte auf. „Was tun Sie da? Wo wollen Sie hier um Gottes Willen hin?“ Ängstlich blickte sie nach rechts und links und zuckte bei jedem Ast, der den Jeep streift zusammen, als würde er sie selbst treffen.
Als Robert plötzlich bremste und grimmig aus dem Fenster guckte, verstand Jennifer nicht, was ihn nun schon wieder aufregte.
Robert kramte sein Telefon aus der Jackentasche und suchte, es auf Armeslänge von sich entfernt haltend, nach einer bestimmten Nummer.

„Hannes? Grüß dich. Du, wer hat in der Hundertachtundsechzig Brennholz geworben? Wer, Otto? Dann sag dem Arschloch, er soll kommen und hier aufräumen. Hat sich das ganze Stammholz eingesackt und seinen Müll liegen lassen.“
Jennifer sah keinen Müll, nur Holzspäne und jede Menge Astwerk. Es sah wirklich irgendwie unordentlich aus.
„Was? Schon wieder Schüsse? Habt ihr irgendwas gefunden? Nein, natürlich nicht.“
Robert hatte das Telefon achtlos in die Ablage der Konsole geworfen.
„Was ist die Hundertachtundsechzig?“
„Die Nummer des Jagen, in dem wir gerade sind. Der ganze Wald ist in Jagen, also Forststücke aufgeteilt. Ein Jagen sind 36 Hektar.“
„Darf jeder im Wald Holz holen, wie und wo er will?“, fragte Jennifer unsicher.
„Nein, nur mit Genehmigung. Und nicht im Nationalpark.“
„Sind wir hier denn nicht im Nationalpark?“
„Nein, diese Seite vom Weg gehört zu einem anderen Forstbetrieb, da drüben fängt der Nationalpark an.“ Robert deute auf die andere Seite des Weges.
„Und die Leute, halten die sich an die Vorschriften?“
Robert strich sich über die Augen. „Nein. Zum einen haben wir es immer wieder mit solchen Typen zu tun, wie dem hier. Nehmen sich die Sahnestücken raus und den Dreck dürfen andere ihnen hinterher räumen.“ Er klang frustriert.
„Und was für Schüsse meinten Sie?“ Jennifer ließ nicht locker.
Robert sah sie fragend an. „Ach so, das meinen Sie. Mm, es fallen ab und an Schüsse, obwohl gerade keiner unserer Jäger draußen ist.“
„Oh, ein Wilddieb? Wie romantisch.“
Robert schüttelte den Kopf.
„Seltsame Vorstellung von Romantik haben Sie, Lady. Sind das Ihre Helden? Auch die, die wie die Raben klauen? Brennholz ist der Renner zurzeit. Ganze Wagenladungen verschwinden.“
„Na ja, bei den Preisen kann ich die Leute schon verstehen.“ Jennifer zuckte gleichgültig mit den Schultern.
„Das ist nicht Ihr Ernst, oder?“ Hatten die Weiber alle den Verstand verloren? Robert sah entgeistert zu ihr rüber. „Ich kann mich erinnern, dass Sie neulich mal davon sprachen, dass sich die Schuhpreise in letzter Zeit verdoppelt haben. Klauen Sie Ihre Schuhe jetzt auch? Ich sollte mir in Zukunft wirklich überlegen, ob ich mich mit Ihnen noch irgendwo sehen lasse.“

„Das ist doch was ganz anderes", antwortete Jennifer ärgerlich.
„Was ist daran anders? Nur, weil der Wald keine Wände hat, ist er doch noch lange kein Selbstbedienungsladen für Wilderer und Holzdiebe."
„Und was ist mit Pilze suchen?"
„Pilze suchen können Sie auch streichen. Ist verboten."
Robert beachtete Jennifers empörten Blick nicht. Er starrte konzentriert in den Busch hinein, hielt auf einmal an.
„Da, sehen Sie?"
Jennifer strengte ihre Augen an, so gut es ging, konnte aber nichts entdecken.
Robert ließ den Motor laufen, öffnete das Fenster und zeigte ihr die Richtung. Und da sah auch sie die Hirsche am Waldrand der Lichtung.
Was für imposante stolze Tiere.
„Haben die keine Angst vor uns? Oder können sie uns nicht sehen?" flüsterte sie aufgeregt.
Robert schaute durch sein Fernglas und reichte es Jennifer dann rüber.
„Die haben im Moment ganz andere Sorgen. Sehen Sie das Rudel da drüben?"
„Ach ja, es ist ja Brunft. Klar, Männer eben", lästerte Jennifer leise. „Werden sie noch kämpfen?"
„Frauen eben", spielte Robert den Ball zurück. „Ihr genießt es, wenn sich die Männer die Köpfe für euch einschlagen. Nein, die beiden hier werden nicht kämpfen. Noch nicht. Dem eigentlichen Kampf gehen meist stundenlanges Imponiergehabe und Scheinangriffe voraus, bei denen der Schwächere oft schon aufgibt." Robert hielt die Hände über die Augen. „In den Wochen während der Brunft nehmen die Hirsche keinerlei Nahrung auf. Da heißt es, Kräfte einteilen."
Jennifer lauschte fasziniert den Schreien der Hirsche, die das Motorengeräusch noch übertönten.
„Ich kann Sie mal mit zur Maase nehmen. Von dort kann man die Brunftaktivitäten sehr gut beobachten. Es gibt Führungen. Für Ihre Touristen. Wollen Sie?"
Jennifer konnte sich kaum von dem Anblick der prächtigen Tiere losreißen. Durch die Jagdreisen mit Rüdiger hatte sie schon viele beeindruckende Tiere der Welt gesehen. Aber der Rothirsch war wirklich etwas ganz besonderes.
„Ja, das würde ich gern."
Sie sah nicht, dass Robert zufrieden ihr vor Aufregung gerötetes Gesicht musterte.

Robert zog den Zündschlüssel ab. „Kommen Sie. Wir laufen ein Stück." Er schwang sich aus dem Wagen. Jennifer stieg zögerlich ebenfalls aus, vorsichtig darauf achtend, wo sie hintrat. Ihr Blick irrte hin und her, als hätte sie Angst, irgendetwas könnte sich aus dem Wald heraus auf sie stürzen. Es wurde schon ein wenig schummerig und ihr war kalt.
Ein knorriges Krächzen durchdrang die abendliche Stille, und Jennifer fuhr mit einem leisen Schrei erschrocken zusammen.
Robert war bereits ein Stück voraus. Er drehte sich um.
„Kolkraben. Das sind die Geier des Nordens."
Jennifer folgte ihm hastig, um ja nicht allein zurück zu bleiben.
„Riechen Sie das? Sauen." Er bückte sich und guckte nach den Fährten.
Jennifer hatte die Schultern hochgezogen und sah sich ängstlich um. Sie fühlte sich gar nicht wohl in ihrer Haut.
Sie schnupperte. „Irgendwie animalisch."
Robert grinste. „Nun ja, Schweine sind Tiere."
Jennifer blinzelte wütend zu ihm rüber. „Schönen Dank für die Belehrung."
Robert blieb vor einer uralten Buche stehen.
„Sind das nicht phantastische Bäume?" Er strich zärtlich über die Rinde des Baumes und sprach mit Jennifer ohne sich umzudrehen.
„Bäume atmen uns den ganzen Sauerstoff weg", erwiderte sie bockig.
„Irrtum, Lady, sie produzieren Sauerstoff. Wohl nicht aufgepasst in der Schule?"
Na klar. Das wusste Jennifer doch. Er machte sie mit seinem Wald und seinen Bäumen ganz wuschig.
„Gehen Sie mal allein durch den Wald. Versuchen Sie, ihn zu entdecken, zu riechen, ihn ganz in sich auf zu nehmen. Hören Sie drauf, was er Ihnen zu sagen hat. Geben Sie ihm eine Chance, Jennifer."
Sie sah überrascht auf. Es war das erste Mal, dass er sie beim Namen nannte. Ihr Blick haftete an seinen Händen, die immer noch an dem Baum lagen.
„Schluss für heute" sagte er, „wir sollten zurück fahren. Frieren Sie?"
Jennifer sah fröstelnd an sich herunter. Ihre Brustwarzen zeichneten sich unter dem T-Shirt ab. Verlegen verschränkte sie die Arme vor der Brust. „Nein, nein, ist schon okay. Aber mir reicht's jetzt auch." Sie tastete mit einer Hand nach ihren Haaren, die von den herunter hängenden Ästen vollkommen verzottelt schienen. Ich sehe bestimmt wie eine alte Hexe aus, dachte sie resigniert. Was musste sie hier auch durch den ollen Busch kriechen. Das hatte der Kerl absichtlich gemacht, um sie klein zu kriegen. Aber sollte er sich seinen Wald doch sonst wo hin stecken, es würde nie ihr

Wald werden. Hoffentlich kam er nicht zu oft auf die Idee, sie mitschleppen zu wollen.

„Ich kann mit diesem Mann nicht arbeiten!" Jennifer ließ sich in Irenes Büro auf einen Stuhl fallen. „Er macht mich wahnsinnig mit seiner verbohrten Affenliebe für den Wald."
Irene grinste verschmitzt zu Magrit rüber. Sie hatten nichts anderes erwartet. Sie kannten Robert schon zu lange, als auch nur einen Moment daran zu zweifeln, dass er Jennifer nicht die Hölle heiß machen würde, um sie für den Wald zu begeistern. Aber Jennifer war nun mal eine Großstadtpflanze. Da prallten unweigerlich Welten aufeinander.
Irene und Magrit hatten eine Zeit lang gehofft, Jennifer und Robert könnten vielleicht ein Paar werden. Aber sie waren wie Hund und Katze.
Jennifer gestikulierte wild mit Händen und Füßen, als sie den beiden von dem freilaufenden Hund und von all ihren Streitgesprächen erzählte.
Die Frauen hielten sich den Bauch vor Lachen. Ja, das war Robert.
Jennifer hatte sich müde, kaputt und schmutzig gefühlt, nachdem Robert sie gestern Abend zu Hause abgesetzt hatte. Ein Blick in den Spiegel bestätigte ihre schlimmsten Befürchtungen. Tannennadeln und vertrocknete Blätter im zerzausten Haar, Schrammen im Gesicht und auf den Armen. Wie sollte Robert sie so für voll nehmen? Nein, mit dem Aussehen konnte sie sich nicht gegen ihn behaupten.
Nur mit Mühe bekam sie ihr Haar durchgekämmt. Vielleicht sollte sie sie doch endlich abschneiden lassen?
„Hab ich dir doch schon lange gesagt. Die langen Zotteln wären mir schon längst auf den Geist gegangen", bestärkte Irene sie impulsiv, und Magrit nickte zustimmend.
„Meint ihr wirklich?" Jennifer begutachtete sich in Irenes Handspiegel. „Okay, ich tu's. Aber dann sofort. Sonst überlege ich es mir doch noch wieder. Wo geht ihr immer hin?"
Irene hatte in ihrem Salon angerufen und ein paar Minuten später saß Jennifer vor einem großen Spiegel, während die junge Friseurin ihr langes Haar durch die Hände gleiten ließ.
Sie bemerkte Jennifers zweifelnden Blick und lächelte sie aufmunternd an. „Ganz sicher?"
Jennifer nickte energisch mit dem Kopf, wie, um sich selbst Mut zu machen.
„Schneiden Sie sie ab."

Sie beobachtete mit zunehmender Ruhe die routinierten Handgriffe der Friseurin, sah Strähne für Strähne zu Boden fallen und ein Gefühl von Vorfreude erfüllte sie.
Als sie sich im Spiegel begutachtete, während die Farbe ins Haar einzog, musste sie unwillkürlich lachen und verschluckte sich fast an ihrem Kaffee. Dies war mit Abstand die beste Therapie, um eine Frau, um jede Frau von ihrem Sockel der Eitelkeit herunter zu holen.
Der eng umgelegte Kunststoffumhang ließ den Hals zum Schwanenhals mutieren. Der Wattestreifen unterhalb des Haaransatzes, der das Gesicht vor unliebsamen Verfärbungen schützen sollte, wirkte wie ein Dornenkranz, der zu alledem noch die Ohren gewaltig nach außen drückte. Und dann die undefinierbare Paste im Haar, die wirklich absolut keine Farbe erkennen ließ, eher einem Schlammbad ähnelte. Es gab wohl kaum eine Situation, in der eine Frau blöder aussah, als in dieser.
Dafür konnte sich das Ergebnis sehen lassen.
Jennifer glaubte, einer dreißig Jahre alten Erinnerung an sich selbst gegenüber zu sitzen. Ihr von Natur aus leicht welliges Haar fiel wie erlöst locker bis knapp auf die Schultern und der neue honigblond schimmernde Ton umschmeichelte ihren Teint wie bei einem jungen Mädchen.
Die distanzierte Schneekönigin war verschwunden. Sie hatte einer jüngeren, verletzbaren Jennifer das Feld geräumt.
Für einen kurzen Moment fragte Jennifer sich, hinter welcher Fassade sie künftig Zuflucht finden sollte, wenn sie mal wieder ihren Panzer brauchte. Aber sie verdrängte den Gedanken. Das konnte ja nun wirklich keine Frage der Haare sein.
Schon von weitem sah sie Friedrich Korella mit von Stetten vor dem Gemeindeamt stehen. Beide blickten ihr freudig und überrascht entgegen.
„Guten Tag, die Herren." Jennifer genoss die anerkennenden Blicke und gab den Männern die Hand. Amüsiert registrierte sie Korellas ärgerliches Gesicht, als von Stetten Jennifer wie immer einen Kuss auf die Hand hauchte.
„Frau Dorn, darf ich mir erlauben, Ihnen zu sagen, dass sie ganz bezaubernd aussehen?"
Korella ging einen Schritt auf sie zu, als wollte er Gebietsansprüche gegenüber von Stetten geltend machen. „Bezaubernd? Umwerfend siehst du aus, Jenny." Vertraulich legte er den Arm um sie.
Lachend befreite sich Jennifer und schüttelte beschwingt ihre neue Frisur.
Von Stetten zog einen Brief aus der Innentasche seines Jacketts und überreichte ihn Jennifer.

„Ich werde in drei Wochen anlässlich der bevorstehenden Eröffnung des Hofes zum Tag der offenen Tür einladen. Ich möchte einem ausgewählten Kreis gern die Fortschritte bei den Bauarbeiten zeigen und bei einem Glas Sekt Zwischenbilanz ziehen. Ich würde mich freuen, Sie dabei an meiner Seite zu wissen." Er deutete eine leichte Verbeugung an.
Jennifer wusste nicht, ob sie das vornehme Auftreten von Stettens mögen oder doch eher als unzeitgemäß und übertrieben ablehnen sollte. Auf jeden Fall schmeichelte es ihr.
Wie Korella darüber dachte, war ihm mehr als anzusehen, aber von Stetten fuhr unbeeindruckt fort. „Unabhängig davon, würde ich Sie gern übermorgen zum Abendessen in meinem Haus begrüßen. Sie erinnern sich, wir sprachen neulich darüber."
„Übermorgen?" Jennifer zögerte ihre Antwort etwas hinaus. Warum musste er sie gerade in Gegenwart von Korella einladen? Und überhaupt. War das eben eine Einladung oder ein Bescheid? Es klang gerade so, als ob ein Widerspruch nicht in Frage käme.
Andererseits, was sollte sie davon abhalten? Auf die Art und Weise könnte sie ihr Verhältnis zu Korella gleich wieder auf ein normales Level zurück stufen.
In ihrem Kopf brausten die Gedanken noch durcheinander, als sie sich selber schon sagen hörte: „Aber natürlich. Ich komme sehr gern. Ich bin schon so gespannt, wie jetzt alles aussieht. Und das Privileg, als eine der ersten die fertigen Räume gezeigt zu bekommen, kann ich mir doch nicht entgehen lassen."
„Darf ich Sie dann abholen lassen oder…?"
„Nein, danke", unterbrach Jennifer ihn sanft, „ich …, obwohl, doch, das wäre wirklich sehr nett."
Von Stetten verabschiedete sich formvollendet und ließ Jennifer und einen zutiefst verwirrten Korella zurück.
„Mein Hof. Ausgewählter Kreis. Dürfte ich mir erlauben. Küss die Hand." Korella äffte von Stetten wütend nach, während Jennifer lachte.
Doch dann wurde er ernst, nahm ihre Hände und sah sie eindringlich an. „Jenny, habe ich gestern etwas falsch gemacht?"
Jennifer verkrampfte sich. „Nein, Fritz. Das hast du nicht. Aber ich fürchte, ich schon. Ich habe wohl den Kopf verloren, mich ein wenig zu weit aus dem Fenster gelehnt."
Sie brachte es einfach nicht über's Herz, ihm eine eindeutige Abfuhr zu erteilen.

Korella schien Hoffnung zu schöpfen. Aber er war klug genug, Jennifer nicht wegen der Einladung zu von Stetten zur Rede zu stellen. Eine Frau wie Jennifer konnte man nicht an die Kette legen, die musste man erobern. Wenn nötig, auch im Kampf gegen starke Gegner.
Jennifer musterte ihn belustigt. „Du magst ihn nicht besonders?"
„Er tut viel für Prerow", versuchte Korella von seinen Gefühlen abzulenken. „Er gibt Geld für Spielplätze, unterstützt den Tonnenbund und den Nationalpark, und der Hof selbst ist auch eine große Bereicherung für unsere Region."
„Aber du magst ihn nicht?", bohrte Jennifer nach. Sie merkte nur zu gut, dass er sich um eine ehrliche Antwort drückte.
„Du musst doch zugeben", begann er vorsichtig, „dass seine Art ziemlich aufgeblasen ist. So spricht doch kein normaler Mensch mehr. Muss er so verdammt den Adligen heraus hängen lassen?"
Er hielt immer noch ihre Hände, als Roberts Landrover schnaufend neben ihnen zum Stehen kam.
Jennifer zog schnell ihre Hände zurück.
Robert ließ die Scheibe runter. „Hallo, Lady. Fritz." Er hob lässig die Hand. „Lady, heute Abend, Peters Kreuz. Da ist Treffpunkt für alle Brunftinteressierten. Um halb sechs. Ist das okay für Sie?"
Jennifer sah ihn erschrocken an. „Wie soll ich denn da hinkommen?"
„Na, wie alle anderen auch. Sie werden doch wohl ein Fahrrad haben?"
„Ja, schon, aber…", Jennifer zögerte. Wie sollte sie da raus kommen? „Aber ich kenne mich da überhaupt nicht aus."
Robert wühlte in seinen Jackentaschen und zog einen zerknitterten Plan heraus. „Kommen Sie her, ich zeig's Ihnen." Er stieg aus und legte die Karte auf die Kühlerhaube.
Korellas Telefon klingelte und er ging ein Stück zur Seite.
Jennifer stand neben Robert und ihre Arme berührten sich. Ihr Blut begann zu rasen und es flimmerte vor ihren Augen, so dass sie nichts auf der Karte erkennen konnte. Aber das war auch egal. Sie würde niemals abends mit dem Fahrrad in den Wald fahren. Sie würde überhaupt nicht allein mit dem Fahrrad in den Wald fahren.
„Sie fahren einfach den Langseher Weg immer gerade aus und dann links, hier, sehen Sie. Dann können Sie es gar nicht verfehlen." Seine Finger glitten irgendwelche Wege lang über das Papier.
„Ich lass sie Ihnen hier." Er schob ihr die Karte rüber. „So, dann sollte das ja geklärt sein. Dann will ich Ihre Zweisamkeit nicht länger stören." Er wollte einsteigen.

„Robert", Jennifer druckste, „ich kann nicht …"
„Was können Sie nicht?"
Jennifer wagte nicht, ihn anzusehen. „Ich habe Angst", flüsterte sie.
Robert blieb schlagartig stehen. „Was haben Sie?"
„Ich habe Angst im Wald." Jennifer sprach so leise, dass er sie kaum verstehen konnte.
„Sie haben Angst im Wald." Robert atmete schwer aus. Diese Frau trieb ihn noch in den Wahnsinn. Allerdings wurde ihm nun vieles klar. Daher also ihre spröde Abneigung gegen den Wald, ihre mädchenhafte Schreckhaftigkeit, die Panik in ihren Augen.
Er holte tief Luft. „Gut, ich hol Sie ab."
Er stieg ins Auto und beugte sich noch einmal heraus. „Übrigens, Sie sehen toll aus."
Jennifer sah ihm hinterher und fuhr durch ihr Haar. Ihre Haut brannte noch an der Stelle, wo sich ihre Arme berührt hatten.

„Was soll man mit so einer Person anfangen!" Robert streckte die Beine weit von sich, zog an seiner Zigarette. „Ich weiß nicht, wie sie anderen Leuten unsere Natur schmackhaft machen will, wenn sie selbst so wenig davon hält. Sie sollte eher ihre Stadt verkaufen. "
Georg langte Robert ein Bier rüber.
„Na, den Eindruck habe ich gar nicht. Jennifer hat sich doch super eingelebt. Wenn sie sich hier nicht wohl fühlen würde, wäre sie gar nicht erst gekommen. Gib ihr ein bisschen Zeit."
Robert sah mürrisch zu Georg rüber. Bilde dir nie ein, jemanden zu kennen, solange du keinen Streit mit ihm hattest, dachte er. Aber er sagte nichts.
„Hast du übrigens schon ihre neue Frisur gesehen? Genau so sah sie als Mädchen aus", sagte Georg träumerisch.
„Mm." Und ob Robert sie gesehen hatte. Total aus dem Konzept hatte sie ihn gebracht. Sie sah plötzlich so zerbrechlich aus. Und als sie ihm dann noch ihre Angst eingestanden hatte, hätte er sie beinahe in den Arm genommen. Aber ihr großer Beschützer stand ja nur ein paar Meter entfernt und wartete darauf, sie wieder festzuhalten. Sollte er doch auf sie aufpassen.
„Hast du auch 'ne Einladung zu von Stettens Hoffest?" Georg drehte die Flasche in der Hand. „Er hat Reni eingeladen, na ja, uns beide, um genau zu sein. Ich hab' null Bock darauf, aber es könnte für Reni wichtig sein."
Robert trank sein Bier aus und stand auf. „Wenn du auch da bist, dann ist's ja okay. Der Alte hat mich verdonnert hinzugehen. Vielleicht färbt ja ein

bisschen adliger Glanz auf uns ab.“ Robert lachte rau. „Ich muss los. Hab heute Dienst bei der Maase. Ich nehme übrigens unsere Großstadtlady mit.“
Georg grinste überrascht.
Robert zuckte mit den Schultern. „Anweisung von oben.“

Robert rauchte schon die zweite Zigarette, als er mit Jennifer zur Maase fuhr.
„Hat Ihnen schon mal jemand gesagt, dass Sie zu viel rauchen?“, fragte Jennifer gereizt.
Er sah sie von der Seite an. „Natürlich, Lady, *Sie* haben nie geraucht.“
„Ich habe tatsächlich nie geraucht. Ich brauchte das nie für mein Selbstwertgefühl.“
„Für Ihr was?“
„Für mein Selbstwertgefühl. Die meisten fangen doch mit dem Rauchen an, um sich erwachsener, toller, heute würde man sagen cooler zu fühlen. Ich brauchte das nicht.“
Robert lachte ironisch auf. „Nein, Sie brauchten das bestimmt nicht. Jede Wette, Sie waren schon immer die Vernunft in Person. Und an Selbstbewusstsein hat's Ihnen garantiert auch nie gemangelt.“ Seine Stimme klang verächtlich. „Außer im Wald natürlich.“
Jennifer bäumte sich innerlich auf. Das hatte sie nicht nötig, sich so dumm kommen zu lassen. Dann dachte sie aber daran, dass sie nach dieser Veranstaltung auch wieder nach Hause wollte. Was, wenn er sie allein im Wald stehen lassen würde?
Sie entschied, besser nicht auf seine Worte einzugehen.
„Vermarkten Sie diese Wildbeobachtung hier allein?“, fragte sie, um das Thema zu wechseln.
Robert sah überrascht zu ihr rüber.
„Vermarkten ist so nicht ganz richtig“, antwortete er dann aber. „Der Nationalpark darf keinen Kommerz betreiben. Die Leute zahlen sozusagen eine Spende dafür, dass sie mehr zu sehen bekommen als andere.“
„Ist das nicht irgendwie dumm? Wenn der Nationalpark mehr Geld einnehmen würde, zum Beispiel über Holzverkauf oder für die Wildbeobachtungen, das käme ihm doch wieder zu Gute.“
„Wir machen die Gesetze nicht, Lady.“
„Oder ist die Nachfrage nicht so hoch?“
„Und ob sie das ist. Neulich wollte ein Reiseunternehmen aus Hannover sämtliche Karten für die Wildbeobachtungen während der Brunft aufkau-

fen." Robert guckte konzentriert zu beiden Seiten in den Busch hinein. „Natürlich zu einem besonders günstigen Preis." Er schnaufte verächtlich. „Um sie dann zu Höchstpreisen an seine Kunden weiter zu reichen, nehme ich mal an. Selbstverständlich wollten sie dann auch mit dem Bus bis zur Maase fahren. Da waren sie bei Frisch ja genau richtig. Er hat ihn voll abblitzen lassen und rausgeworfen. Aber Sie sehen das ja anders."

Jennifer funkelte ihn wütend an. „Übertreiben Sie doch nicht immer so maßlos."

Ehe sie noch mehr sagen konnte, sah sie schon die bunte Gruppe, etwa zwanzig Leute, auf der Kreuzung stehen. Passionierte Waidmänner und Tierschützer, Fotografen, Naturliebhaber und solche, die mit diesem Termin einen weiteren Haken auf ihrer Urlaubsprogrammliste machen konnten. Wieder was abgearbeitet, oder so. Sie schnatterten alle durcheinander und nahmen Robert sofort in Beschlag. Vor allem die Frauen schmissen sich auf eine derart impertinente Weise an ihn ran, dass es Jennifer fast schlecht wurde. Robert aber schien das sichtlich zu genießen. Er grinste nur hämisch zu ihr rüber. Er meckerte nicht mal über die weiße Bluse, die sich besonders eng an ihn heran drängte.

Er zeigte in die Richtung, aus der die Brunftschreie der Hirsche herüber schallten und beantwortete Fragen. Jennifer stand unbeachtet daneben und trottete dann unlustig einen engen Weg entlang hinter allen her zum Aussichtsturm.

Dieser stellte sich als große Kanzel heraus, mit abfallenden Bankreihen wie im Theater, so dass jeder eine gute Sicht hatte.

Vor ihnen lag eine große Wiese, ringsherum von Wald umgeben. Ein Paradies für das Wild. Und Jagdruhezone, wie Robert betonte.

Außer ihr hatten alle Ferngläser mit und jeder Anblick wurde mit geflüstertem Ah und Oh quittiert. Jennifer sackte unglücklich in sich zusammen. Ohne Glas würde sie nichts sehen können. Die Hirsche waren viel zu weit entfernt. Was sollte sie hier?

Hilflos schaute sie zu Robert rüber, der an der Seite stand und darauf wartete, dass Ruhe einkehrte, um über das Wild im Allgemeinen und die Brunft im Besonderen zu sprechen.

„Wo haben Sie Ihr Fernglas?", fuhr er sie an. „Sie haben es im Auto liegen lassen. Das kann doch nicht wahr sein. Hier nehmen Sie meins so lange." Gequält stöhnte er auf, gab allen ein Zeichen, ruhig zu sein und ging zum Auto zurück.

Jetzt konnte auch Jennifer die Szenerie betrachten. Es war eher wie im Zoo und nicht wie in freier Natur. Ein großes Rudel weiblicher Tiere wurde von

einem uralt erscheinenden Hirsch zusammengehalten. Gleichzeitig musste er seine Rivalen, die nur auf eine Gelegenheit warteten, an seinen Harem heran zu kommen, auf Abstand halten. Er schwenkte sein riesiges Geweih hin und her und hob sein mächtiges Haupt mit dem gigantischen Geweih zum Himmel, während er seine Brunftschreie ausstieß.
Zwei jüngere starke Hirsche maßen ganz in der Nähe mit Scheinangriffen ihre Kräfte. Aus dem Wald dröhnte das Röhren weiterer Tiere. Von allen Seiten kamen sie. Stolz, mächtig, imposant, aufreißerisch. Pure Männlichkeit.
Die Wolkendecke riss auf und die letzten Sonnenstrahlen ergossen sich über die Buchholzer Maase. Aber als die Sonne endgültig unterging, legte sich die Dämmerung wie ein schützendes Tuch über die Natur und verbreitete tiefe Stille, nur unterbrochen von den Schreien der Hirsche und dem Klicken der Kameras.
„Brunft ist von September bis Oktober", flüsterte Robert. „Wir haben hier oft mehr als zehn Hirsche auf dem Platz, dazu die Alttiere, Kälber und natürlich die jungen Wilden." Robert kontrollierte durch das Fernglas den Waldrand.
„Es dreht sich alles um die Frauen", fügte er hinzu. „Wer sonst macht im Leben auch das Treiben verrückt."
Einige der anwesenden Männer brummten zustimmend und die Frau mit der weißen Bluse kicherte.
„Da, sehen Sie", Robert zeigte zur rechten Seite.
„Nachwuchsschweine", flüsterte eine Frau aufgeregt und wedelte mit den Armen.
„Überläufer nennt man die, die Halbstarken unter den Sauen."
„Oh, Wildschweine. Wie süß." Eine Frau klatschte in die Hände und erntete böse Blicke dafür.
Jennifer war fasziniert. Die Schweine stolperten in hohem Tempo über die Wiese, daher wohl der Begriff *Schweinsgalopp*, genau auf die Hirsche zu. Aber keiner nahm vom anderen Notiz.
Inzwischen wurde es auf der Aussichtskanzel schon etwas unruhig. Einige waren der Beobachtungen überdrüssig, raschelten mit Bonbonpapier und einer öffnete sogar geräuschvoll eine Bierdose. Eine Frau quengelte, doch nun endlich gehen zu wollen.
Jennifer sah zu Robert rüber. Ihn schien das nicht zu stören. Er war wahrscheinlich daran gewöhnt.
Erst als es so dunkel war, dass niemand mehr etwas erkennen konnte, führte er die Gruppe zum Hauptweg zurück.

„Warten Sie hier. Ich geh' nur die Tore abschließen." Er ließ Jennifer allein im Dunkeln stehen.
Jennifer sah die schwankenden Lichter der Fahrradfahrer immer kleiner werden und schließlich verschwinden. Nur ihr lautes Lachen und Grölen war noch zu hören. Bestimmt versuchten sie damit, ihrer Angst in der Finsternis Herr zu werden. Oder war sie die Einzige, die fast in Panik verfiel? Dabei konnte sie nicht mal sagen, wovor oder vor wem sie sich fürchtete. Es war eine nackte undefinierbare Angst.
Sie hörte ein lautes Pochen und erstarrte, ehe sie begriff, dass es ihr eigener Puls war, das in ihren Ohren dröhnte.
Als Robert sie leicht berührte, fuhr sie erschrocken zusammen.
„Kommen Sie, ist nur ein kleines Stück."
Wie selbstverständlich legte er seinen Arm um Jennifer, damit sie Halt hatte, bis sie beim Auto waren.
„Haben Sie schon was gegessen?", fragte er, als er den Motor startete.
„Nicht nach heute Mittag", antwortete Jennifer überrascht.
„Ich fahre noch ins Blockhaus. Was ist, kommen Sie mit?"
„Sie meinen die Blockhütte? Am Bernsteinweg?"
„Ja. Es hieß mal Blockhaus. Sie mussten sich umbenennen, weil BLOCK HOUSE, Sie wissen schon, die Steakhauskette mit Klage gedroht hat. Die hatten doch tatsächlich Angst um ihren Ruf. Wegen der Namensähnlichkeit. Dabei sind die hier um Längen besser."
Robert fuhr gleich durch den Wald am Zeltplatz vorbei und stellte den Jeep hinter dem Blockhaus ab.
„Oh, die Straße ist ja schon ausgebaggert", stellte Jennifer überrascht fest.
„Schon ist gut. Aber wir können wohl zufrieden sein, dass überhaupt endlich was losgeht", grummelte Robert und half Jennifer über die provisorische Treppe in die Gaststätte hinein.
Außer ihnen saß nur ein verliebtes Pärchen Hände haltend in einer Ecke.
Eine junge Kellnerin brachte zwei Gläser Rotwein an den Tisch.
Was für ein zierliches Persönchen, dachte Jennifer, bevor sie ihren Salat bestellte.
Robert steckte sich eine Zigarette an, lehnte sich entspannt zurück und guckte mit ausgestreckten Armen und zusammen gekniffenen Augen in die Karte.
„Und was hätten Sie gern?", fragte die Kellnerin, an Robert gewandt ein wenig ungeduldig.

Der sah sie zuckersüß lächelnd an. „Also, ich hätte gern die Goldwäscherpfanne…“, die Kellnerin schrieb eifrig mit, „das Blockhausschnitzel, den Jägertopf und…“
Sie sah ihn mit großen Augen an. „Alles auf einmal?“
Jennifer konnte sich das Lachen kaum verkneifen. Was machte er mit dem armen Mädchen.
„Sie haben Recht. Ist vielleicht wirklich ein bisschen viel auf einmal.“ Er schmunzelte. „Bringen Sie mir einfach ein Rumpsteak. Das Große bitte. Medium.“ Er klappte laut die Karte zu und reichte sie ihr rüber.
Die Kleine strich die ersten Bestellungen auf ihrem Zettel durch und ging kichernd zur Küche.
„Sie haben sie ganz durcheinander gebracht. Ich wusste gar nicht, dass sie Humor besitzen. Sie werden Ihren Ruf noch verderben“, meinte Jennifer lachend und wischte sich die Tränen aus den Augen.
„Verraten Sie es keinem“, Robert zwinkerte ihr verschmitzt zu.
Er hob ihr sein Glas entgegen und Jennifers Puls begann zu rasen. Sie trank einen großen Schluck, damit er ihre Verwirrung nicht merkte.
„Erzählen Sie mal“, versuchte sie abzulenken, „wie sind Sie geworden, was sie heute sind?“
„Mir gefiel die Uniform.“ Er grinste. „Nein, das war es natürlich nicht. In unserer Familie waren alle Männer Förster. Ich konnte also gar nichts anderes werden.“ Er zog an seiner Zigarette.
„Es gab von klein an nur den Wald für mich. Ich war schon als Kind von Stille fasziniert. Ich meine nicht die absolute Stille, sondern die leise, wohltuende, die von stetigen Geräuschen begleitet wird. Baumwipfel im Wind, knarrende Äste, Rascheln und so was.“ Er drückte die Zigarette aus. „Ich glaube fast, mein Vater hat mich als Baby schon im Rucksack mitgeschleppt. Er hat mich von Anfang an bis zu seinem Tod gedrillt. Ich muss zu seiner Verteidigung allerdings sagen, ich hab tatsächlich den besten Job der Welt, allerdings“, er kniff belustigt die Lippen zusammen, „allerdings befürchte ich, Sie werden ihn mir vermiesen.“
Jennifer überhörte den letzten Satz geflissentlich. „Dann haben Sie Ihren Vater wohl sehr geliebt.“
Robert beugte sich vor und er strich nachdenklich mit dem Daumen über seine Unterlippe.
„Geliebt? Nein, das trifft es nicht. Geachtet, ja, respektiert. Er war der General im Haus. Als Kind hatte ich meist Angst vor ihm. Vor seinen Anforderungen, den Strafen und davor, in seinen Augen nie gut genug zu sein. Das war ich bis zum Schluss auch nicht.“ Er lehnte sich amüsiert

zurück. „Wenn Sie mit mir schon Probleme haben, na, was Sie wohl zu meinem Vater gesagt hätten?“
„Wieso? Was wollte er denn noch? Sie sind doch in seine Fußstapfen getreten?“
„Was Väter eben so wollen. Die Söhne werden nie gut genug, fleißig genug oder sonst wie zufrieden stellend sein. Sie schlafen zu lange, geben zu viel Geld aus und saufen zu viel. Ist nun mal so.“ Robert zuckte gleichgültig mit den Schultern. „Ich habe in meinem Leben vieles richtig gemacht, aber wohl genau so vieles auch nicht.“
„Sind Sie auch so ein Vater? Haben Sie einen Sohn?“
„Ja. Aber wir haben eine ganz einfache Lösung gefunden.“
„Ach so?“
Robert schmunzelte vergnügt. „Oliver lebt und arbeitet in Südafrika. Als Ranger im Krüger-National-Park. Da können wir schlecht aneinander geraten.“
„Oh ha, nun, das ist ja wirklich ganz einfach. Aber ich kann mir nicht helfen, ich habe das Gefühl, dass Sie gerade vor Stolz fast platzen.“
„Ja, da hab’ ich auch allen Grund zu. Ist schon ein toller Kerl. Was aber nicht heißt, dass wir unsere Problemzeiten ausgelassen hätten.“
„Und Ihre Mutter?“
Für einen Moment glitt ein weicher Zug über Roberts Gesicht. „Sie war immer die Vermittlerin zwischen meinem Vater und mir, hat dafür gesorgt, dass wir uns nicht die Köpfe eingeschlagen haben. Sie hat’s nie leicht gehabt mit uns.“
Jennifer hätte zu gern nach Olivers Mutter gefragt, aber sie traute sich nicht.
„Und wie war’s bei Ihnen?“ Robert hob interessiert die Augenbrauen hoch.
„Sie wissen doch schon fast alles von mir. Hier geboren, nach Berlin entführt worden und nun wieder hier. Wenn auch nur auf Zeit. Ich hatte eine vollkommen unspektakuläre herrliche Kindheit. Ich hoffe, dass meine Tochter das auch mal sagen wird.“
„Und der Vater?“
„Julias? Wissen Sie, ich habe mit gerade einmal achtzehn das erste Mal geheiratet. Meine Schulbankliebe. Ein Jahr später dachte ich, das kann doch noch nicht alles gewesen sein und bin gegangen. Dann kam Rüdiger, Julias Vater, und nach über fünfundzwanzig Ehejahren war er es, der plötzlich meinte, das könnte doch nicht alles gewesen sein und sich aus dem Staub machte.“

Jennifer erschrak. Das hatte sie gar nicht erzählen wollen. Das ging ihn nichts an.
„Sonst wären Sie jetzt wohl nicht hier. Hat also alles auch sein Gutes“, meinte Robert nur lapidar und ging nicht weiter darauf ein.
Jennifer atmete erleichtert auf. Das Letzte, was sie gewollt hätte, wäre, ihr Privatleben mit ihm auszudiskutieren. Aber was meinte er damit, dass es gut so wäre? Er tat ja gerade so, als würde ihm etwas daran liegen, dass sie hier war. Nein, das hatte sie wohl falsch verstanden.
Robert hatte sein Steak schon aufgegessen, als Jennifer immer noch in ihrem Salat rumstocherte. Er schaute irritiert zu ihr rüber. Was tat diese Frau da?
„Schmeckt's Ihnen nicht?“
„Doch, ich kann nur nicht so viel essen.“
Robert sah auf den halb vollen Teller, schürzte die Lippen und nickte verstehend mit dem Kopf. „Nicht so viel, aha. Wie sieht das aus, wenn Sie wenig essen?“
Er gab der Kellnerin ein Zeichen, noch zwei Gläser Wein zu bringen.
„Aber was anderes. Wie hat's Ihnen heute Abend gefallen?“ Er beugte sich etwas vor und sah sie gespannt an. „Und sagen Sie nicht wieder, nett.“
„Nein, es war großartig.“ Jennifer nippte an ihrem Glas. „Ich glaube, ich habe noch nie vorher etwas so beeindruckendes gesehen“, fügte sie leise hinzu und schob ihren Teller beiseite.
Aber dann verfinsterte sich ihr Gesicht. „Aber was sind das nur für unmögliche Leute gewesen. Haben Sie das mitgekriegt, der eine hat sogar Bier getrunken. Und dann das Geraschel und Gequatsche. Ist das immer so? Ich hasse sie.“
Sie war sichtlich empört, was Robert ein breites Grinsen entlockte.
„Soll das heißen, wir haben endlich mal etwas Gemeinsames?“, lästerte er. „So sind Sie nun mal, Ihre Gäste. Das sind die Leute, für die Sie die Waldwege asphaltieren wollen, und, wie war das noch, Jeepsafaris durch den Busch und in den Dünen organisieren möchten. Und was immer Sie noch für tolle Ideen hatten.“
Er steckte sich eine Zigarette an. „Und sicher ist, diese Leute würden Ihnen dafür die Füße küssen, während die wirklichen Naturliebhaber auf der Strecke bleiben. Schlimmer noch, sie werden weg bleiben. Dann haben Sie nur noch solche Banausen hier.“
Lässig streckte er die Beine weit von sich.
Jennifer verstand nicht, was da gerade mit ihnen passierte. Eben war es noch so nett, hm, schon wieder dieses *nett*, na ja, so unterhaltsam, dachte

sie, und schon fing er wieder an, auf ihr herum zu hacken. Er brauchte ihr nicht permanent zeigen, dass er sie nicht mochte. Das hatte sie längst kapiert. Aber wenn er es so wollte, das sie konnte auch.
„Nun tun Sie doch nicht so. Als ob Sie überhaupt Leute im Wald haben wollten. Weder die Banausen, noch die Naturliebhaber. Sie wollen einfach nicht verstehen, dass sich die Zeiten ändern. Wir müssen den Leuten heute mehr bieten als früher, sie wollen unterhalten und beschäftigt werden. Sie werden nur schützen, was sie kennen und lieben."
„Das ist ja interessant. Wir sollen ihnen also das bieten, was unserem Wald schadet, nur damit sie lernen, dass genau das verkehrt ist?"
„Ach, Sie sind doch gegen alles, egal ob gut oder schlecht für die Natur, wenn das bedeutet, dass fremde Menschen in Ihr Revier eindringen."
„Na, wenn sie als Masseninvasion auftreten."
„Wo sehen Sie Massen? Sind zwanzig Leute schon zu viel für Sie?"
„Sie sollten öfter mal in den Wald oder auch mal zum Nothafen gehen und den Rundwanderweg zum Leuchtturm lang laufen. Vielleicht verstehen Sie dann, was ich meine." Roberts Miene verschloss sich.
„Das ist ja mal ein Angebot. Wie kommt es, dass Sie den Hafen nicht auch sofort für sich allein beanspruchen? Sie würden ihn doch sicher am liebsten sofort schließen."
„Oh nein, Lady, das unterstellen Sie mir nicht. Nur, weil ich nicht wie Sie Halligalli im Nationalpark haben will, bin ich noch lange nicht gegen die Leute, die sich ehrlich für unsere Natur interessieren, und schon gar nicht gegen unsere Fischer oder die Segler."
„Ach ja, tut mir leid, ich vergaß, Ihr bester Freund hat ja sein Boot im Hafen…"
Robert fixierte Jennifer böse. „Sie verstehen gar nichts."
Er stand polternd auf, knallte einen Geldschein auf den Tisch und ließ sie grußlos sitzen.

Jennifer ließ das heiße Wasser über ihren Körper laufen. Was war da gerade geschehen? Warum konnten sie nicht einmal miteinander reden, ohne in Streit zu geraten? Wer hatte angefangen? Oder war es einfach nur ein Missverständnis? Das Wasser wurde kalt. Sie stellte es schnell ab und wickelte sich in ein großes Handtuch ein.
Vielleicht sollte sie ihn anrufen.
Aber hatte er sie nicht provoziert, förmlich herausgefordert?

Sie kauerte sich in ihrem Sessel zusammen und starrte auf das Telefon neben sich. Sie nahm es zögerlich in die Hand und wählte seine Nummer.
Besetzt.
Gut, es sollte wohl nicht sein.
Dann eben nicht.

Robert hielt das Telefon am Ohr und hörte den sich wiederholenden kurzen Piepton. Schweren Herzens hatte er sich dazu durchgerungen, sie anzurufen. Nur um des lieben Friedens willen, versuchte er sich einzureden. Aber mit den Weibern war das immer das Selbe. Entweder sie stritten oder sie telefonierten.
Dann eben nicht.

Den ganzen Tag hatte Jennifer gewartet. Auf einen Anruf. Auf das Motorengeräusch des Landrovers oder darauf, dass Robert einfach in ihr Büro gestürmt käme. Aber nichts dergleichen geschah.
Sie war Irene ganz bewusst aus dem Weg gegangen. Was hätte sie ihr auch sagen sollen. Sie wusste ja selber nicht, wie es nun weiter gehen sollte.
Am Abend hatte dann ihr Stolz gesiegt. Sollte er sich doch zum Teufel scheren.
Unschlüssig stand sie vor ihrem Kleiderschrank. In einer knappen Stunde würde von Stetten sie abholen. Nein, abholen lassen. Der Mann lebte in einer anderen Welt. Zugegeben, in einer nicht uninteressanten Welt.
Jennifer schminkte sich besonders sorgfältig und entschied sich für den engen wollweißen Rock und den eleganten braunen Pullover dazu. Das hatte Stil, war aber auch nicht zu fein. Sie schlüpfte in die hohen Pumps.
Sie überprüfte ihr Spiegelbild und nickte zufrieden.
Von Stetten sparte nicht mit Komplimenten und Jennifers Laune verbesserte sich von Minute zu Minute mehr.
Sie wurde bedient wie eine Königin, das Essen war ein Genuss und von Stetten ein großartiger Gesprächspartner.
Als sie später bei leiser Musik mit einem vorzüglichen Rotwein zusammen in seinen privaten Räumen am Kamin saßen, war jegliche Spannung von ihr abgefallen.
Verstohlen musterte sie von Stetten, als der ein paar Scheite nachlegte. Der Mann schien den Seiten eines Hochglanzjournals, das über die Welt der Schönen und vor allem Reichen berichtete, entsprungen zu sein. Eine bis auf die Haarwurzel gepflegte Erscheinung von unaufdringlicher, zeitloser Eleganz. Das teuerste war gerade gut genug.

Bea würde vor Begeisterung in die Hände klatschen.
Roberts Bild tauchte vor ihren Augen auf. Er war eher der rustikale Typ Mann, der aber genau damit jede Frau verrückt machen konnte. Jennifer spürte einen wilden Schauer in ihrem Unterleib. Genau das war ihm wohl zu Kopf gestiegen, dachte Jennifer ärgerlich.
Ganz anders von Stetten. Er umwarb sie auf eine ruhige zurückhaltende Art, die sie unter keinerlei Druck setzte. Und es gab keinen Streit.
Sie hatte sich lange nicht so wohl gefühlt.
„Sie haben hier etwas Wunderschönes aufgebaut, Herr von Stetten“, sagte Jennifer, während sie sich in dem gemütlichen Raum umsah.
Von Stetten lächelte wohlwollend. „Dass es Ihnen gefällt, bedeutet mir besonders viel. Aber bitte, nennen Sie mich doch Konrad.“ Er hielt ihr sein Glas entgegen.
„Dann sagen Sie bitte auch Jennifer.“
Ihre Gläser erfüllten mit hellem Klang den Raum.
„Jennifer, das ist ein wunderschöner Name. Er passt zu seiner Trägerin.“ Von Stettens Worte wurden von einem zärtlichen Lächeln begleitet.
„Kennen Sie die Schauspielerin Jennifer Jones noch?“ Jennifer sah ihn fragend an. „Nein? Ist ja auch schon Ewigkeiten her. Sie muss in den fünfziger Jahren ganz berühmt gewesen sein. Für meine Mutter war sie die Größte. Ich kann mich erinnern, dass sie mir mit Tränen in den Augen von einem Film erzählt hat, in dem Jennifer Jones als aufopferungsvolle Ärztin im Koreakrieg ihre große Liebe verloren hat. Diese Frau hat in ihren Filmen alle Sehnsüchte nach Liebe, Fernweh und Abenteuer gestillt. Ich glaube, sie hat dafür sogar einen Oscar bekommen. Für meine Mama muss dieser Film wohl ein Schlüsselerlebnis gewesen sein.“ Jennifer lachte verlegen. „So hat jeder seine Träume. Dieser Hof ist Ihr Lebenstraum?“
Von Stetten schlug die Beine übereinander und ließ den Rotwein im Glas kreisen.
„Nein, das kann man so nicht sagen. Wenn mir einer vor zwei Jahren gesagt hätte, dass ich hier in Prerow landen würde, ich hätte ihn ausgelacht.“
Jennifer sah ihn fragend an.
„Meine Vorfahren waren alle Braumeister. Damit war mein Weg vorbestimmt.“
Jennifer stutzte. Das hatte sie schon einmal gehört. Natürlich. Robert. Aber sie wollte jetzt nicht an ihn denken.
„Nach dem Tod meines Vaters übernahm ich die Geschäfte. Aber, Sie wissen sicher wie das ist, irgendwann reichte mir das nicht mehr. Aus der

Brauerei wurde ein Brauhaus, kurze Zeit später kamen ein zweites und ein drittes dazu. Am Ende gehörten fünfzehn große Brauhäuser in allen Teilen des Landes zum Unternehmen."
Er schenkte Wein nach.
„Es war viel Arbeit. Aber sie erfüllte mich. Und als wir dann den Osten dazu bekommen haben…"
„Entschuldigung, wie war das eben? Als Sie den Osten dazu bekamen?" Jennifer legte argwöhnisch den Kopf auf die Seite.
„Tut mir Leid, Jennifer, ich wollte Sie nicht kränken", beeilte von Stetten sich zu sagen.
Er hatte für einen Moment die ausgeprägte Sensibilität und den Stolz vieler Ostdeutscher für ihr Land vergessen. Sie wollten einfach nicht wahrhaben, dass sie schlicht weg annektiert wurden. Aber es wäre denkbar ungünstig, gerade jetzt auf seiner Meinung bestehen zu wollen. Er hob, um Entschuldigung bittend seine Hände.
„Ich meinte natürlich, nach der Wiedervereinigung, da dehnten wir unser Unternehmen auch auf die neuen Länder aus. Bis zu dem Tag, an dem der Körper streikte. Herzinfarkt. Und so kam das Umdenken. Also, kein Lebenstraum, eher ein Überlebenstraum." Er lächelte versonnen. „Ich habe auf einen Schlag fast alles verkauft, mich im Land umgesehen und hier mein neue Erfüllung gefunden."
„Ich stelle es mir schwer vor, als Besetzer des Ostens neue Freunde zu finden, noch dazu hier, wo die Menschen Fremden gegenüber doch ziemlich verschlossen sind." Jennifer hatte die Kröte noch nicht geschluckt.
„Nun sind Sie mir doch böse", sagte er sanft.
Jennifer lächelte schwach. „Nein, nein. Ist schon gut."
Von Stetten legte die gepflegten Finger aneinander. „Wissen Sie, ich habe nirgends Freunde. Ich brauche auch keine Freunde. Ich lebe für meine Arbeit. So muss ich mich bei keinem Liebkind machen. Ich habe Geschäftspartner, an die ich meine Forderungen stelle, und denen gegenüber ich meinerseits meine Pflichten erfülle."
Jennifer sah ihn irritiert an. Ein Leben ohne Freunde? Für sie unvorstellbar.
„Das hört sich allerdings alles nicht so gut für Ihr Herz an."
„Es ist ein Traum. Insofern hatten Sie schon Recht. Es wird überschaubar bleiben, und ich habe sehr gute Leute, die mir zur Seite stehen und mich unterstützen. Glauben Sie mir, ich habe meine Lektion gelernt. Ich lebe gern. Heute mehr denn je." Er suchte ihren Blick.

Jennifer hielt ihm stand. „Ja, ich denke, ich verstehe Sie. Was kann besser sein, als seinen Traum zu leben. Waren Pferde schon immer wichtig für Sie?“
„Ich liebe Pferde. Was ist mit Ihnen? Wollen Sie mal mit mir ausreiten?“
„Ich? Um Gottes Willen, nein. Ich mag Pferde, aber nur aus sicherer Distanz.“
Von Stetten lachte. „Da sind Sie bei weitem nicht die Einzige, Jennifer. Darum habe ich bereits einen Wellnessbereich angedacht. Weitere Investitionen, zum Beispiel sportlicher Natur nicht ausgeschlossen. Ich möchte mein Haus nicht ausschließlich als Pferdehof verstanden wissen, sondern allen anspruchsvollen Gästen öffnen.“
„Ein Wellnesskomplex, Konrad, ich fürchte, Sie vergessen doch schon wieder Ihr Herz“, nun lachte auch Jennifer.
Von Stetten sah sie ernst an. „Vielleicht möchten Sie mir ja helfen, künftig besser darauf aufzupassen.“
Mit einer solchen Antwort hatte Jennifer nicht gerechnet. Sie wusste nicht, was sie sagen sollte. Aber von Stetten legte besänftigend seine Hände auf ihre.
„Nun habe ich Sie verwirrt. Entschuldigen Sie bitte. Aber wäre Ihnen der Gedanke, mir ab und an etwas von Ihrer kostbaren Zeit zu schenken so unangenehm?“
„Ja, das heißt, nein, natürlich nicht. Ich weiß nicht“, stotterte Jennifer. „Natürlich komme ich gern…“ Verunsichert knetete sie ihre Hände.
Hab ich das eben wirklich gesagt, fragte sie sich augenblicklich. Was mache ich hier?
Von Stetten stand auf, nahm ihr das Weinglas aus der Hand und stellte es auf dem Tisch ab.
„Tanzen Sie mit mir. Bitte.“ Er zog sie an sich.
„Was denn, tanzen? Hier? Jetzt?“
Von Stetten führte sie zu den leisen Klängen federleicht über das Parkett. Der Duft seines Rasierwassers, sein fester Halt und sicher auch der Rotwein hüllten Jennifer in eine Decke von Wärme und Wohligkeit ein. Sie geriet hier in etwas, das ihr aus dem Ruder laufen könnte.
Sie löste sich aus seinen Armen. „Ich glaube, ich gehe jetzt besser.“
„Bitte, bleiben Sie.“ Er nahm ihre Hand und wollte sie sacht wieder an sich ziehen, aber Jennifer trat einen Schritt zurück.
„Ich könnte die Kontrolle verlieren“, Jennifer bemühte sich, lustig zu klingen, aber sie fühlte sich alles andere als das.
„Wäre das so schlimm?“ Von Stetten strich ihr sanft über das Haar.

In ihren Adern raste das Blut und die Hormone schlugen Purzelbäume. Was hatte Irene gesagt, die Situation ist es, nicht der Mann. Nein, das wollte sie nicht. Es war Roberts Gesicht, das immer wieder vor ihr auftauchte. Warum drängelte er sich andauernd dazwischen? Warum vermieste er ihr jedes Date?
„Oder wartet jemand auf Sie?", hörte sie von Stetten leise fragen.
Er dachte an Korella, sie an Robert. An seine Augen, seine Lippen, an seine Hände, die sie doch nie berühren würden.
„Nein", hauchte sie, unfähig, sich zu bewegen, „Aber wir kennen uns kaum …"
„Dann lassen Sie uns besser kennen lernen", flüsterte er und zog sie wieder an sich.
Er streichelte liebevoll über ihre Wangen, bevor er sie sanft küsste. Ein Kuss wie ein leichter Windhauch. Jennifer war nicht mal sicher, ob das wirklich gerade geschehen war.
Von Stetten zog sie auf die Couch.
„Komm, Jennifer", flüsterte er, „glaub mir, es ist richtig."
Es ist die Situation, dachte Jennifer, es ist die Situation. Es ist ein Spiel. Es ist rein biologisch. Ihr Herz pochte panisch.
Als von Stetten sie erneut küsste, bäumte sich etwas in ihr auf. Sie befreite sich hektisch aus seiner Umarmung und rückte von ihm ab.
„Ich kann das nicht", stieß sie atemlos aus.
Von Stetten respektierte den Abstand und reichte ihr lächelnd das Rotweinglas.
„Lass dir Zeit, Jennifer", sagte er ruhig, „ich kann warten."
Jennifer schlug die Augen nieder. Sie stand auf.
„Ich möchte jetzt gern nach Hause."

Es war kalt geworden. Die Sonne schickte nur noch ein fahles Licht durch die Fenster. Die Tage hatten an Helligkeit verloren.
Das Laub an den Bäumen leuchtete feuerrot, goldgelb und nussbraun und schien nur darauf zu warten, dass der erste Frost es runter fallen und vom Wind durch die Straßen tanzen lassen würde. Jennifer liebte diese melancholisch stimmende Jahreszeit.
Im Ort war Ruhe eingekehrt. Nur noch einzelne Gäste verirrten sich her, um die letzten Kraniche zu beobachten und sich an der herbstlichen Natur zu erfreuen.
Der Oktober ging auf sein Ende zu.

Jennifer hatte Robert seit dem Abend in der Blockhütte nicht wieder gesehen. Sie hatte ab und an seine Nummer gewählt, mit der festen Absicht, würde er sich melden, sofort aufzulegen. Aber der Ruf ging ins Leere.
Sie besuchte alle möglichen Veranstaltungen, sah fasziniert tausende Kraniche morgens von ihren Schlafplätzen zu den Feldern aufbrechen und abends wieder einfliegen, ein Anblick, der ihr eine Gänsehaut über den Körper jagte.
Und sie war im Wald. Am Vormittag, um ja nicht von der Dunkelheit überrascht zu werden. Sie hatte versucht, ihn mit Roberts Augen zu sehen. Sie strich über die knorrigen alten Bäume, in der Hoffnung, das gleiche wie er zu fühlen. Sie lauschte auf ihr knorriges Ächzen, auf die kleinen Vögel in ihren Zweigen und das Rascheln in im trocknen Laub.
Sie setzte sich unter eine alte Buche, schloss die Augen und ließ sich ein, auf den Wald, auf Roberts Welt. Und blieb mit verwirrten Gefühlen allein zurück.
Sie streifte stundenlang durch silbrig schimmernde Dünen und den weiten menschenleeren Strand entlang und genoss den stürmischen Wind in ihren Haaren. Am Horizont flossen Himmel und Meer ineinander und Jennifer konnte die Rundung der Erde fast ahnen.
An grauen Tagen, wenn die Luft nach Regen roch und der Himmel tief hing, arbeitete sie ihr Material auf und schrieb nebenbei ein paar kleinere Artikel für verschiedene Zeitschriften, bis ihr vor Müdigkeit die Augen zu fielen.
Manchmal saß sie abends mit Reni und Georg zusammen. Wie gern hätte sie nach Robert gefragt, aber sie wollte nicht hören, dass er sie eben einfach nicht sehen wollte.
Irene und Georg erzählten ihr von der bevorstehenden Fuchsjagd.
„Also“, erklärte Georg, „jedes Jahr im November, meistens am Tag des Heiligen Hubertus, Schutzpatron der Jäger, feiert der Reitertonnenbund mit einer Fuchsjagd Saisonausklang.“
„Was denn, Jagd auf einen Fuchs?“
Irene beruhigte sie lachend. „Nein, das hat hier nur insofern mit einem Fuchs zu tun, als dass ein ausgewählter Reiter mit einem Fuchsfell durch den Wald galoppiert und ihm die anderen Reiter folgen. Alles ohne Waffen, Jennifer. Du musst dir also keine Sorgen um das Seelenheil des Fuchses machen.“
„Das ist wie ein Volksfest, Jenny. Viele sind mit Kutschen unterwegs. Es gibt auch eine Menge Gäste, die sich das nicht entgehen lassen.“
„Hast du schon mal ein Jagdhornkonzert miterlebt? Musst du unbedingt.“

„Später gibt's Mittag aus der Gulaschkanone, es werden Schießwettbewerbe ausgetragen und zum Schluss, beim Abgalopp geht's dann noch mal so richtig zur Sache."
„Das wird dir gefallen, Jenny." Irene hatte strahlende Augen, während Georg sich in diesem Glanz sonnte.
„Ist das nicht gefährlich?", fragte Jennifer zaghaft.
Die Vorstellung, auf einem nervigen Pferd, wie sie es beim Tonnenabschlagen erlebt hatte, durch den Wald, über umgestürzte Bäume und Gräben zu galoppieren, erschien ihr wie Selbstmord. Warum drängte sich ihr schon wieder Roberts Bild auf?
„Na, man muss schon ganz schön was drauf haben", antwortete Georg stolz. „Unsere ganze Truppe wird dabei sein. Und ihr Frauen werdet uns ordentlich anfeuern."
Jennifer war verunsichert. Robert ritt auch mit. Das fragile Kartenhaus ihrer Gefühle würde wieder einstürzen. Nein, sie wollte nicht dabei sein.
Allmählich fand sie ihr inneres Gleichgewicht wieder. Sie dachte seltener an ihn, und wenn, dann tat es nicht mehr so weh. Was soll's, es ging auch ohne ihn.

Es war ein klarer Novembertag, an dem die Männer mit lautem Gejohle dem Fuchs hinterher jagten. Die Sonne ließ das Herbstlaub der Bäume in tausend Goldtönen leuchten. Aber ein eisiger Wind wehte über die Wiese am Wald, wo eine bunt gemischte fröhliche Menge auf die Ankunft der Reiter wartete.
Jennifer erinnerte sich daran, dass ihr Opa diesen Monat am meisten liebte. „Es ist der ehrlichste Monat, Jenny", hatte er gesagt. „Er gaukelt dir nicht vor, dich mit Sonne, Wärme oder auch Schnee verwöhnen zu wollen, um es dann doch nicht zu tun. Er steht dazu, meist ungemütlich, kalt und grau zu sein. Er kann dich also nur angenehm überraschen."
„He, da kommen unsere Männer", rief Magrit laut, als der „Fuchs" aus dem Wald heraus geprescht kam, dicht gefolgt vom Masterreiter und den johlenden Jägern.
Laute Rufe, Pfiffe und Freudengeschrei hallten über das Feld und der Klang der Jagdhörner begrüßte die erschöpften Reiter.
Jennifer suchte in der Gruppe nach Robert. Die ganze Zeit war sie irgendwie ohne ihn klar gekommen, hatte sich schon eingebildet, ihn nicht einmal zu vermissen. Jetzt, wo sie seine Nähe schon beinah körperlich spürte, schlugen ihre Gefühle wieder Purzelbaum. Hörte das denn nie auf?

Eigentlich wollte sie ja genau deshalb gar nicht mit her kommen. Aber Irene und Georg hatten ihr keine Ruhe gelassen. Am Ende meinten sie, dass die Hubertusjagd unbedingt in ihr Buch gehörte und sie allein deshalb dabei sein musste.
Ihr Herz schlug vor Aufregung.
Wenn sie auch noch so sehr versuchte sich einzureden, er wäre ihr egal, es klappte einfach nicht.
Da war er. Zusammen mit Georg, Jimmy und Wilhelm kam er auf sie zu.
Wilhelm strahlte. „War das ein Spaß! Habt ihr gesehen, wie wir den Landgrafen und sein Gefolge abgekocht haben?“
Sie schwangen sich von den Pferden und banden sie fest.
„Ich hol erst mal Bier“, sagte Georg und kam kurz darauf mit vier Krügen wieder.
Die Männer wurden von den Frauen umringt. Nur Jennifer blieb ein kleines Stück abseits stehen. Sie konnte sich nicht von Robert losreißen. Er kaute mürrisch auf einem Kaugummi herum. Das hatte sie überhaupt noch nie bei ihm gesehen. Sie hätte nie geglaubt, dass Kaugummikauen ein derart sinnlicher Anblick sein könnte. Kleine Schweißperlen standen auf seiner Stirn und die Haare kringelten sich. Ein Schweißtropfen rollte verwegen an seinem Hals hinunter in den Hemdkragen hinein und verschwand an Stellen, die …, oh je, Jennifer guckte verlegen zu Boden.
In dem Moment spürte sie seinen Blick. Die Härchen auf ihren Armen stellten sich auf, ein Kribbeln zog durch ihren Körper.
„He, Jenny, hier ist dein Glühwein.“ Irene reichte ihn ihr rüber. Dankbar versteckte sich Jennifer hinter dem heißen Getränk.
Beim Abgalopp ging es in rasantem Tempo über die Wiese. Die Reiter lagen förmlich auf ihren Pferden mit ihren wehenden Mähnen und flogen, angefeuert von den begeisterten Zuschauern, dem Ziel entgegen. Es war ein beeindruckendes Rennen, aber Jennifer konnte sich nicht darauf konzentrieren. Sie hatte nur Augen für Robert.
Wie sollte sie damit je klar kommen? Wenn sie ihn nicht sah, glaubte sie, dass es ohne ihn auch ging. Aber kaum war er in ihrer Nähe, spielten ihr Körper und ihr Verstand verrückt. Sie begehrte ihn in einem Ausmaß, dass es wehtat. Manchmal hatte sie das Gefühl, er würde ähnlich empfinden. Dabei konnten sie kaum drei Worte wechseln, ohne gleich zu streiten.
Was war nur an diesem überheblichen, sturen Typen dran, dass so viele Frauen ausgerechnete auf sie herein fielen? Wie einfach könnte ein Leben mit Fritz Korella sein. Oder mit Konrad von Stetten. Sie trugen sie auf Händen. Aber Robert…

„Los kommt, wir gehen ans Feuer“, rief einer. Jemand spielte Gitarre, es wurde gesungen und gelacht, einige tanzten. Etwas abseits stand ein Pärchen und küsste sich.

Jennifer starrte fasziniert zu ihnen rüber, als sich ein Arm um sie legte. „Kommen Sie rüber, Lady. Sie sind ja schon ganz blau gefroren.“ Robert schaute kurz lächelnd zu dem in sich selbst versunkenen Paar rüber und zog Jennifer mit sich.

„Ich hab Sie lange nicht gesehen. Geht's Ihnen gut?“ Robert reichte ihr den nächsten Glühwein rüber.

Jennifer schloss für einen kurzen Moment die Augen und hätte sich am liebsten an ihn gelehnt. Sie wollte ihm von ihren Waldspaziergängen berichten, von all dem, was sie gefühlt hatte und wie wunderschön es war, aber er kam ihr zuvor.

„Haben Sie Ihr Vernichtungswerk schon fertig?“

Sie schreckte auf. „Was soll ich fertig haben?“

„Na, Ihr Buch. ‚Wie zerstöre ich die Natur', oder wie wollen Sie es nennen?“

Jennifer brauchte einige Sekunden, um seine Worte zu verstehen. Was war denn nun schon wieder mit ihm los?

Hatte er nichts Besseres zu tun, als Streit zu suchen?

Ich dumme, dumme Kuh, schalt sie sich wohl zum hundertsten Mal. Warum denke ich immer wieder, dass er vielleicht doch nett ist? Wie komme ich nur darauf, dass er mich mögen könnte?

Sie verspannte sich und sie funkelte ihn böse an.

„Wie sollte ich, wo Sie es ja glänzend verstehen, mich kalt zu stellen. Eigentlich wurde mir Ihre Unterstützung zugesagt, aber Sie begreifen gar nichts, scheint mir. Ist Ihnen schon einmal die Idee gekommen, dass außer Ihnen auch andere Menschen Anspruch auf die Schönheiten der Region haben und das nichts, absolut gar nichts mit Zerstörung zu tun hat?“

Jennifer hätte ihn am liebsten geohrfeigt.

„Sehen Sie, Lady, genau darum geht es“, erwiderte er verbissen, „wenn es nämlich um den Anspruch auf Schönheit geht, dann setzt bei vielen Menschen sofort ein Besitzdenken ein. Was sie schön finden, wollen sie für sich haben. Es gibt keine unbefangene, uneigennützige Freude am Schönen mehr.“

„Ach ja, entschuldigen Sie, das habe ich ja glatt vergessen. Mit dieser Form von Besitzdenken, wie Sie sagen, kennen Sie sich ja bestens aus. Es geht hier schließlich um *Ihren* Wald!“ Sie lachte höhnisch auf.

„Mein Wald? Vielleicht fragen Sie Ihren Freund von Stetten mal, wie der darüber denkt. Der tut doch, als würde ihm der halbe Nationalpark bereits gehören. Nun, bei seinen Beziehungen könnte das ja bald klappen. Natürlich nur, damit er seinen noblen Gästen etwas ganz Besonderes bieten kann. Aber in dieser Beziehung passen Sie beide ja ausgezeichnet zusammen."

Jennifer riss die Augen auf. He, er war eifersüchtig. Unfug, bremste sie sich, es ging hier nur um den Wald.

„Er hat auf jeden Fall erkannt, was wichtig ist", erklärte sie und hob überzeugt die Nasenspitze in die Höhe.

„Oh ja, das hat er. Er weiß, wie man noch mehr Kohle machen kann, besonders auf Kosten anderer. Ganz ohne schnödes Besitzdenken natürlich."

„He, ihr zwei", wurden sie von Christiane unterbrochen, „was haltet ihr davon, wenn wir noch ein bisschen zu uns gehen. Es ist saukalt hier, ich habe schon gar keine Zehen mehr. Die anderen sind alle dabei."

Sie trafen sich bei Wilhelm und Christiane in ihrem gemütlichen Wintergarten. Jennifer mied es für den Rest des Abends, Robert anzusehen, geschweige denn, mit ihm ein weiteres Wort zu wechseln.

Sie trank zum ersten Mal in ihrem Leben Feuerzangenbowle. Der heiße Alkohol und die lustigen Gespräche mit den Freunden halfen ihr, sich zu entspannen.

Wilhelm hielt Jimmy den Whisky hin.

„Nein danke, ich hab den Schnaps aufgegeben."

„Du konntest dich wohl nicht mehr ertragen?"

„Ich fand mich Klasse, aber alle anderen nicht. Aber füll Robert mal noch einen ein. Bei ihm ist es anders rum."

Sie scherzten, sie lachten und auch Robert, der anfangs zerknirscht in der Ecke saß, fand zu seinem trockenen Humor zurück.

Jennifer fuhr später mit Georg und Irene nach Hause.

Der erste Schnee. Er bedeckte den grauen Boden, versteckte altes Laub, abgestorbene Pflanzen und schmutzige Ecken unter sich, setzte kecke Häubchen auf die Zaunpfosten und verbreitete überall ein Bild von Klarheit und Reinheit. Silbrig glänzende Baumkronen glitzerten in der Sonne und die Dächer sahen aus, als wären sie unter Zuckerwatte begraben. Eine vorweihnachtliche Stimmung legte sich über das Land. Es war ein Traum.

Jennifer war fasziniert von der Schönheit und der Ruhe ringsherum, von der scheinbaren Unberührtheit im schimmernden Gewand, die von der verschneiten Landschaft ausgingen.
Voll Tatendrang schaufelte sie ihren Fußweg bis zur Straße vor frei. Die aufgewirbelten Schneekristalle sausten um sie herum und setzten sich auf ihr Gesicht und ihre Haare, um im nächsten Moment kleine nasse Spuren zu hinterlassen.
Sie hielt ein Schwätzchen mit Nachbar Grell und machte dann einen langen Spaziergang.
Der kalte Wind fegte die Schneeflocken über den Strand, ließ sie fliegen und tanzen und an anderer Stelle für einen kurzen Moment zur Ruhe kommen, bevor er sie erneut zum wilden Miteinander aufforderte. Die gefühlte Temperatur lag bei minus zwanzig Grad, die Wellenhöhe bei fünf Metern und die Windstärke bei siebzehn. Es war der Nordost.
Ganz anders im Wald. Eine himmlische Ruhe empfing Jennifer dort. Es fühlte sich wie die Eroberung neuen Landes an. Kein Mensch war vor ihr über den frisch gefallenen Schnee gelaufen. Die Luft war klar und kalt und es tat fast weh, als sie ganz tief einatmete. Das war, wie würde Bea sagen, eine Frischzellenkur höchster Güte.
Jennifer dachte zurück und versuchte sich zu erinnern. War das immer so? War Prerow eines der Winterparadiese Deutschlands?
Sie dachte an all die phantastischen Möglichkeiten, die sich Erholung suchenden Gästen bieten würden, wenn es immer so winterlich wäre. Schlittenfahrten durch den Darßwald, Skilanglauf, Schlittschuhlaufen auf dem Bodden.
Aber die Vorstellung, diesen wunderbaren Augenblick der Ruhe, diese scheinbar unberührte Natur mit Fremden teilen zu müssen, gab ihr plötzlich einen Stich.
Was war los mit ihr? Sie war doch hier, um Prerow jedes, auch das letzte Geheimnis seiner Reize zu entlocken und interessierten Gästen zukommen zu lassen.
Wie oft hatte sie sich mit Robert gestritten, weil er genau das nicht wollte. Sie hörte ihn noch, wie er ihr mit seinem spöttischen Grinsen über den Mund fuhr.
„Na, da haben wir ja Glück, dass Sie auf das Wetter noch keinen Einfluss haben. Sonst hätten wir das ganze Jahr keine Ruhe mehr vor Ihren Leuten. Kein Fleckchen wäre mehr vor ihnen sicher."
Sie hatte ihm immer wieder Vorwürfe gemacht, dass er sich dem Tourismus verwehrte, na ja, ihr zumindest jede Menge Steine in den Weg legte, wenn

es um den Wald ging. Und nun stand sie hier in einem Traum aus Weiß und fühlte wie er.
Robert. Der Gedanke an ihn ließ ihr Herz schneller schlagen und ihr Puls begann zu jagen.

Es roch nach frisch gebackenen Plätzchen, als Jennifer und Irene zu Magrit in die Küche gingen. Fast wie bei Mutti. Leise Weihnachtsmusik und unzählige rote Kerzen sorgten für Adventsstimmung. Das herrliche Winterwetter hatte sich längst schon wieder verabschiedet und dem typischen nasskalten Schmuddelwetter den Platz geräumt.
Die Männer kamen polternd von draußen rein. Jimmy verdrehte genervt die Augen. „Es stinkt. Maggy, mach das Fenster auf und die Tür zu. Und stell doch dieses Gedudel ab."
Die Frauen sahen sich verständnislos an. „Es riecht fantastisch. He, es geht auf Weihnachten zu, du alter Brummelkopf."
Männer! Nur Wilhelm schnupperte verzückt und nahm sich gleich eine Hand voll Kekse vom heißen Blech.
„Das Rezept war in der letzten Wochenendausgabe drin", sagte Magrit stolz.
Christiane guckte vorwurfsvoll zu ihrem Mann. „Da hast du's. Er hat die Zeitung nämlich abbestellt, nur weil ich abends beim Lesen manchmal einschlafe", fügte sie beschämt hinzu.
Jimmy schüttelte unwirsch den Kopf. „Kommt, lasst uns hier abhauen. Georg, hast du schon von dem Sechzehnender gehört, den der alte Grams geschossen hat?"
Georg und Wilhelm, der noch einen wehmütigen Blick zur Küche zurück warf, folgten Jimmy ins Wohnzimmer, um die neuesten Trophäen zu begutachten, während die Frauen sich über die aktuellen Gerüchte austauschten.
„Inge Moll wohnt jetzt in der Wohnung über Doktor Weimar."
„Ach so? Da hat doch Monika Lechmann drin gewohnt."
„Die ist zu ihrem Mann zurück. Danach war Gesine Müller 'ne Weile da."
„Und nun Inge Moll? Aber ich hab gehört, dass Hertha Scheller dort einziehen will."
„Die Alte? Die ist auch von ihrem Mann weg?"
Jennifer guckte fragend von einem zum anderen. „Doktor Weimar? Bei dem war ich neulich auch."
„Wegen der Wohnung?" Die Freundinnen lachten.

„Nein. Ich war so erkältet. Er meinte, das hätte nichts mit kalt werden zu tun, sondern mit Tröpfcheninfektion. Wahrscheinlich hätte mich jemand ganz schrecklich angeniest und angeprustet."
„Tröpfcheninfektion. Das Wort allein ist schon ganz schlimm. Ich wollte nicht die Tröpfchen von irgendeinem an mir haben."
„Nein, ganz bestimmt nicht. Auf jeden Fall fragt der mich doch, wie mein, also, wie das aussieht, was da aus meiner Nase kommt. Ich sag ihm, dass ich ihm die Frage nun wirklich nicht beantworten will. Ich will das nämlich gar nicht wissen, weil ich mich ekle. Vor mir selbst ekle." Angewidert spreizt sie die Finger ab. „Glauben Sie mir, sagte er da, ich ekle mich auch." Jennifer runzelte verdrossen die Stirn. „Da hab ich ihn ganz böse angeguckt und gesagt: He, Sie sind mein Arzt, Sie dürfen sich nicht ekeln. Schon gar nicht vor mir. Aber er meinte, auch ein Arzt kenne Ekel." Sie schüttelte sich, während die Frauen sich amüsierten.
„Er hat eine Wohnung über seiner Praxis. Bei ihm finden alle Frauen, die zu Hause raus wollen oder müssen Unterschlupf."
„Warum denn immer nur kurz?"
„Zu teuer. Dadurch wird sie aber auch schnell immer wieder frei für Bedürftige."
„Wenn Wilhelm mal nicht spurt, drohe ich ihm immer mit Doktor Weimar."
Die Frauen prusteten vor Spaß laut los.
Wie immer, wenn Robert noch in der Runde fehlte, hatte Jennifer alle Mühe, sich auf die Gespräche zu konzentrieren.
Aber sie würde sich eher die Zunge abbeißen, als nach ihm zu fragen. Womöglich dachte noch jemand, ihr würde etwas an ihm liegen.
Es war schon schwer genug, ihm gegenüber stark zu bleiben. Manchmal war da ein Blitzen in seinen Augen, als könnte er ihre Gedanken lesen. Kein Wunder, dass er sich derart arrogant benahm. Es gab auch Momente, in denen sie glaubte, in seinen Augen ihre eigenen Sehnsüchte zu entdecken. Was für eine dämliche Einbildung.
„Jenny?"
„Was? Oh, entschuldigt, ich war gerade in Gedanken ganz woanders."
Die Frauen lachten herzlich. „Erzähl mal, wer ist der Glückliche, der dich beschäftigt, dass du so weit weg bist."
Jennifer lief rot an und stotterte etwas von Arbeit und Artikel, und Terminen, die drückten. Aber sie wusste genau, dass keiner ihr glaubte.
„Worum ging es eben?"
„Wir haben uns gerade über Weihnachten unterhalten."

„Herr Gott, Weihnachten", stöhnte Jimmy. „Alle Jahre die verflixte Suche nach diesem blöden Weihnachtsbaumständer. Aber diesmal hab ich es mir ganz leicht gemacht. Das Ding steht seit letztem Jahr neben dem Hundefressnapf." Seine Augen leuchteten.
Wilhelms Blick verdunkelte sich. „Weihnachtsbaumständer?" Aber dann ging ein Strahlen über sein Gesicht. „Ha, ich weiß. Der ist immer noch am Baum dran, irgendwo hinten auf dem Hof."
Die Frauen sahen sich an. Überall das Gleiche.
„Kommen deine Eltern her? Oder Julia?", fragte Irene.
„Nein", Jennifer griff nach der Wasserflasche, „meine Eltern verbringen den Jahreswechsel immer in Tirol. Und Julia? Nein, ich denke auch nicht. Sie hat letztes Mal von einem jungen Mann gesprochen, Tim, glaube ich. Der wird wichtiger sein."
„Na, dann könnten wir alleingelassenen Alten ja zusammen Weihnachten feiern. Was haltet ihr davon?"

Robert schaute genervt auf die Uhr. Eigentlich wollte er längst bei Jimmy sein. Aber wieder einmal war etwas dazwischen gekommen. Ein Wildunfall. Ein Autofahrer war in ein ganzes Rudel Hirsche rein gefahren und hatte drei davon schwer erwischt. Ein Tier war sofort tot, ein zweites musste Robert vor Ort von seinen Qualen erlösen, aber ein drittes war verletzt in den Wald geflüchtet. Also, Nachsuche.
Maximus leistete ganze Arbeit. Er nahm die Fährte auf und stellte den schwer verwundeten Hirsch. Der Fangschuss saß. Zum Glück kamen ein paar starke Männer Robert zur Hilfe, um das Tier aus dem dichten Busch zu bergen. Das war Schwerstarbeit.
Er dachte an Jenny. Er sah sie vor sich in der Runde der Freunde sitzen, die kleine elegante Lady aus der Großstadt, die mit vor Staunen weit aufgerissenen Augen dem Klatsch und Tratsch des Dorfes folgte und oftmals so gar nicht verstand, dass die Leute hier eben ganz anders tickten. Sie rüttelte in ihrer Unwissenheit und ihrem beruflichen Ehrgeiz an allem, was ihm lieb und heilig war und dennoch machte sie ihn verrückt. Seine Eingeweide zogen sich zusammen. Wie viele Wochen quälten sie sich beide nun schon? Er spürte Jennys Blicke jedes Mal wie Pfeile in sich eindringen. Es erregte ihn schon, wenn er nur daran dachte, sie zu berühren und lief förmlich über, wenn er sich noch ein bisschen mehr vorstellte.
Vor ihm lag der ausgeweidete Hirsch. Er war nicht sehr stark, aber seine sechzig, siebzig Kilo hatte er auch.

„Der Grams hat seinen Hirsch neulich unter den Vorderläufen umfasst und sich zusammen mit dem Tier auf die Ladefläche geschmissen." Griese kicherte. „Ihn allein rein heben war unmöglich."
Robert sah sich schon Arm in Arm mit dem Hirsch im Auto liegen. Scheißvorstellung.
Aber zusammen mit Griese gelang es ihm dann doch, das Tier auf normalem Weg zu verladen und in die Kühlkammer des Nationalparks zu bringen.
Gott, er sah aus wie ein Schwein. Das Blut war ihm überall hin gespritzt. Er sollte erst duschen und sich umziehen.
Er suchte nach seinen Zigaretten. Ach nee, er wollte ja nicht mehr rauchen. Zerknirscht steckte er sich einen Kaugummi in den Mund, dankte Griese und schwang sich in den Landrover.

Die anderen waren schon mit dem Essen fertig, als Robert endlich eintraf.
Jennifers Sorgen lösten sich augenblicklich in Luft auf. Er war da! Aber zugleich versteifte sie sich, aus Angst, er könnte sie sofort wieder angreifen. Sein erster Blick, als er den Raum betrat galt ihr. Er hüllte sie ein, umwickelte ihren ganzen Körper und schmiegte sich an sie, bis er tief in ihrem Innern angekommen war. Es war wie eine liebevolle Umarmung.
Während sie noch versuchte, sich von diesem nur Sekunden dauernden Rausch der Sinne zu erholen, berichtete Robert schon ganz sachlich von dem Unfall.
„Was denn, der Junge von Ulli? Ist ihm was passiert? Nein? Na, Gott sei Dank."
„Das Auto ist ganz neu."
Robert lehnte sich mit seinem Bier in der Hand nach hinten. „Es war ganz neu. Jetzt nicht mehr. Es ist total hin."
„Robert, komm, iss erst mal was." Magrit wollte ihm den Teller vor die Nase stellen, aber er winkte ab.
„Danke, Maggy, ich hab keinen Hunger."
„Mensch, drei Zuwachshirsche gleich. Ist das ein Jammer." Georg konnte es nicht fassen.
Wildunfälle standen auf der Tagesordnung. Viele Fahrer unterschätzten einfach die Gefahren und fuhren viel zu schnell. Andererseits hatte man, wenn die Tiere scheinbar aus dem Nichts auf die Straße sprangen, auch kaum noch eine Chance auszuweichen.

Immer wieder begegneten sich Jennifers und Roberts Blick wie zufällig. Aber außer ihnen merkte keiner etwas von der Spannung, die sich zwischen ihnen aufbaute.
„Aber jetzt erzählt doch erst mal, wie war's denn in Wolfsburg?", fragte Georg, an Wilhelm und Jimmy gewand.
„Ach ja, ihr vier habt ja das neue Auto geholt." Irene schaute interessiert auf.
Wilhelm und Jimmy wechselten einen unheilvollen Blick, während Christiane und Magrit zu kakeln begannen.
„Die Autostadt ist schon toll. Können wir nur jedem empfehlen, sich das mal anzusehen. Aber …"
„Wir hatten eine Nacht im Hotel dort gebucht. Ganz schön teuer …"
„Sehr modern und minimalistisch gehalten das Ganze."
„Nichts Böses ahnend hatten wir uns abends Plätze im Restaurant bestellt. Mein lieber Mann fragte mich doch tatsächlich, warum es in der Speisekarte keine Preise gäbe. Gab es. Sie sahen auf den ersten Blick nur nicht danach aus."
Alle grölten vor Spaß.
„Da musstest ihr wohl noch einen Kleinwagen drauf bezahlen?"
„Seid ihr wenigstens satt geworden?"
„Ich sag nur, auch hier war alles sehr überschaubar."
„Für uns Frauen war's genug."
„Aber das stärkste Stück kam zum Schluss." Auf Wilhelms Stirn bildete sich bei der Erinnerung an den Vorfall eine gefährlich tiefe Falte. „Als Jimmy und ich nach dem Essen eine Zigarre rauchen wollte, kam dieser schleimige Oberkellner an und meinte, es wäre verboten. Dabei haben die um uns herum Zigaretten gequalmt wie verrückt. Ja, aber das wäre etwas ganz anderes. Ich war stinksauer, kann ich euch sagen. Ich kaufe bei denen ein Auto nach dem anderen und dann so was. Wenn ich mich künftig für eine andere Marke entscheide, habe ich zu dem Kerl gesagt, dann kann er sich das auf seine Fahne schreiben." Wilhelm zeichnete mit seinen gewaltigen Pranken einen riesigen Kreis seiner Empörung in den Raum.
Christiane kicherte. „Darauf hin hat der Restaurantleiter wohl mal in seinen Computer geguckt, so nach dem Motto, mal sehen, was das für ein aufmüpfiger Kerl ist, und hat gesehen, dass wir wirklich ausgesprochen gute Kunden sind. Er kam angekrochen, hat sich tausend Mal entschuldigt. Aber Wilhelm hat ihm immer wieder vorgehalten, dass er ihm den ganzen Abend, was heißt Abend, den ganzen Aufenthalt verdorben hat. Der Restaurantleiter hat sich gewunden wie ein Aal und uns letztendlich als Entschädigung

auf Kosten des Hauses in die Hotelbar eingeladen. Er wollte auf gar keinen Fall, dass wir *versäuert* das Haus verlassen, hat er gesagt. Die teuersten Drinks und Zigarren haben wir gratis bekommen."
„Hinterher waren wir noch bei unserer Tochter in Berlin. Da war ich ja gerade noch in der richtigen Stimmung", fuhr Wilhelm fort. „Sie wohnt nun schon über ein Jahr in der neuen Wohnung und hat noch keine Lampe an der Decke."
Irene schaute ihn vorwurfsvoll an. „Na, wofür hat man denn einen liebenden Papa."
Christiane guckte von Irene zu Wilhelm und zurück und winkte resigniert ab.
Wilhelm ereiferte sich. „Na so weit kommt das noch. Sie hat einen Haufen Freunde und so ein smarter Börsenmakler sitzt da auf ihrer Couch und redet klug daher. Da soll *ich* ihre Lampe anbauen?"
„Er hat doch glatt weg zu dem Jungen gesagt, wer meine Tochter bumst, kann ihr auch in der Wohnung helfen."
„Nein! So was kann man doch nicht sagen."
„Wilhelm schon."
„Und was hat Tinas Freund dazu gesagt?"
„Geguckt wie ein Karpfen hat er und eine nach der anderen geraucht."
„Ja, aber die Lampe ist inzwischen dran", stellte Christiane klar.
Allgemeines Gelächter, dem eine hitzige Diskussion über das Rauchen folgte.
Jennifer schielte zu Robert. Ganz schlechtes Thema. Er schob seinen Kaugummi griesgrämig von einer Seite auf die andere. Er tat sich sehr schwer mit dem Verzicht. Armer Kerl. Wie gern hätte sie ihn von seinen Rauchgelüsten abgelenkt.
Im Gegensatz zu den anderen, die gelegentlich in gemütlicher Runde mal eine pafften, gab's für ihn nur alles oder nichts. Und alles war auf die Dauer einfach zu viel.
Magrit brachte Kaffee. „Schokolade, Mädels?"
Wilhelm richtete sich kerzengerade auf. „Was heißt hier, Mädels?"
Christiane kämpfte mit sich, nahm dann aber doch ein Stück. „Ich weiß, ich sollte keine essen, aber ich liebe Schokolade so." Sie schaute achtsam zu Wilhelm rüber, der mit den Männern sprach, um sicher zu gehen, dass er sie nicht hörte.
„Wisst ihr, manchmal stehe ich nachts auf und hole mir ein Stück aus dem Kühlschrank. Morgens ist dann mein ganzes Kopfkissen voll Schokoladenflecken."

Irene guckte auf ihre eigenen leichten Rundungen. „Na und, wenn es schmeckt. Ich war früher ganz dünn. Aber als ich mit Georg zusammen zog, da fingen die Probleme an. Du fängst an, für deinen Mann zu kochen und zu backen. Und entsprechend seiner Vorlieben schön fett und süß. Da kannst du nicht dünn bei bleiben.“
„Wenn du etwas älter wirst, musst du einfach einen gewissen Wegschaublick haben. Wenn du dich über jedes Gramm zuviel aufregen willst, wo bleibt da der Spaß am Leben?“ Magrit zuckte gleichgültig mit den Schultern.
Jennifer kam sich fast etwas schuldig vor, dass sie als einzige in der Runde keine Figurprobleme hatte. Aber Essen hatte für sie auch noch nie den Stellenwert wie für alle ihre Freundinnen. Ein guter Rotwein schon eher.
„Und was macht dein Klavierunterricht, Christiane?“
„Oh, ich hätte nie gedacht, dass das so schwer ist. Wenn ich sehe, wie leicht es meiner Enkelin fällt. Und Wilhelm spielt auch schon richtig gut Gitarre.“
Jennifer schaute sie beeindruckt an. „Das ist ja toll. Ich wollte mein Leben lang Gitarre spielen lernen. Aber ich hab's nie gepackt. Das erste Mal, mit zwölf, hab ich es allein versucht. Ging nicht. Später, beim Abi, sollte ich erst Noten lernen. Das sind aber nur undurchschaubare Häkchen für mich, die über's Papier zappeln, um mir das Leben schwer zu machen. Ich weiß gerade mal, dass die oberen für hohe und die unteren für tiefe Töne stehen. Die Dinger werde ich nie begreifen. Und der dritte Versuch endete fast im Fiasko. Der Lehrer, ein altes Hutzelmännchen wollte in erster Linie grabbeln.“ Sie schüttelte sich angeekelt. „Da hab ich's aufgegeben.“
Magrit nickte verständnisvoll. „Ich musste als Kind Geigenunterricht nehmen. Zwei Jahre lang haben meine Eltern mich gequält. Als ich dann Weihnachten was vorspielen sollte, haben sie endlich eingesehen, dass es für alle besser wäre, wenn ich aufhörte. Aber ihr zwei, wann kriegen wir denn mal was von euch zu hören?“
Irene klinkte sich gleich ein. „Ja, zu Weihnachten. Das wäre doch toll.“
Christiane zierte sich ein bisschen, sagte dann aber zu. „Aber, Jenny, wenn du so gern Gitarre spielen willst, warum lässt du es dir dann nicht von Robert beibringen?“
Robert hob die Arme hinter den Kopf und grinste sie an.
Ich fasse es nicht, dachte Jennifer, er lacht mich aus. Er will mich provozieren? Oder gefällt ihm der Gedanke etwa?
Oh nein, das wäre zu viel Nähe. Sie schüttelte energisch den Kopf. „Wer weiß, was mich beim vierten Anlauf erwarten würde. Ich glaube, das riskier ich lieber nicht.“

Irene schaute lachend zu Robert rüber. „Ich fürchte, Jenny hat Recht. Ob so ein ruppiger Kerl wie du das Zeug zum Lehrer hätte? Ich weiß ja nicht."
„Was heißt hier ruppig? Vielleicht bin ich ja zum Lehrer geboren?", sagte Robert und warf Jennifer einen Blick zu, der sie bis zu den Haarwurzeln erröten ließ.
Georg kniff skeptisch die Augen zusammen. „Also, ich weiß nicht, alter Freund. Ein Charmebolzen bist du ja nun wirklich nicht gerade."
„Charme? Was hat das mit Charme zu tun?", fragte Robert belustigt. „Ich dachte, es geht ums Lehren."
„Na höre mal, wir Frauen sind sensibel. Ganz besonders, wenn es um Lehrer geht." Irene stemmte gespielt vorwurfsvoll die Arme in die Seite.
„Na, so viel Charme habe ich noch alle male, um eure zarten Seelen nicht zu verletzen."
Nun lachten alle. Ausgerechnet Robert.
Irene hielt sich den Bauch. „Na gut, na gut. Charmefaktor zehn." Sie konnte nicht aufhören zu lachen.
Robert guckte fragend. „Klingt doch gar nicht so schlecht. Ist das viel?"
„Viel? Ein Hering hat etwa den gleichen Charmefaktor", prustete sie heraus und hatte alle Lacher auf ihrer Seite.
Jennifer wusste, was ihre Freunde meinten. Sie hatte Roberts Charmeattacken oft genug zu spüren bekommen. Sensibel wie eine Axt im Walde.
Er sah sie herausfordernd an. „Na, Lady, was ist? Wollen Sie was zum Weihnachtskonzert beitragen?"
Sie winkte ab. „Nein, lassen Sie mal gut sein. Ich werde mich auf das beschränken, was ich kann. Ich werde zuhören."
Robert grinste sie hämisch an. „Sie und zuhören? Na, das ist ja mal ganz was Neues."
Jennifer runzelte die Stirn. Dieser unverschämte Kerl.
Aber sie wollte nicht vor den Freunden streiten und die gute Stimmung verderben. Und er sollte ja nicht glauben, sie hätte keinen Humor.
Sie richtete sich kerzengerade auf. „Ich habe zum Beispiel auch eine ausgesprochen große Begabung darin, schlecht zu singen. Wie wäre es damit?"
Sie sah Robert dabei an, als hätte sie ihn gemeint. Sein Lächeln ließ das Gelächter der anderen an ihr vorbei sausen.
Er blickte in die Runde. „Na das werden wir uns auf keinen Fall entgehen lassen."

„Bea, sag schon, das ist doch nicht normal!"

Jennifer hatte Bea, ungeachtet der späten Stunde, sofort angerufen, als sie zu Hause ankam. Sie musste einfach mit jemandem reden, der sie verstand. Oder auch nicht. Wie auch immer. Ohne sich auch nur einmal unterbrechen zu lassen, sprudelte alles nur so aus ihr heraus.
Bea gähnte geräuschvoll. „Mein Gott, Jenny, du hast Sorgen. Weißt du überhaupt, wie spät es ist?"
„Bea", Jennifers Stimme klang weinerlich, „mit wem soll ich denn sonst darüber reden? Was soll ich denn nun machen?"
„Ist ja gut, meine Kleine", Bea fügte sich in ihre mütterliche Rolle, „dann lass uns mal überlegen. Ich bin sicher nicht unbedingt diejenige, die man in Beziehungsfragen um Rat fragen sollte. Mm, du magst diesen Fritz ganz gern, und, wie hieß er noch, ach ja, Konrad, den also auch. Und beide sind verrückt nach dir. Aber scharf bist du nur auf den Förster."
„Robert heißt er, Bea, Robert."
„Ja, ja, meinetwegen. So, der will dich aber nicht. Mm, verzwickte Sache. Ich würde sagen…, hm, der beste Weg eine Versuchung los zu werden, ist immer noch, ihr nachzugeben, also, pass auf, du bist doch eine klasse Frau. Verführ' ihn. Nimm ihn dir. Vielleicht merkst du dann, dass er doch gar nicht so toll ist und alles ist geklärt."
„Meinst du?"
„Na ja, auf jeden Fall kriegst du dann endlich deinen Hormonhaushalt wieder auf die Reihe." Bea kicherte.
„Ja, aber wie soll ich das anstellen?"
„Jenny, nun mach mal halblang. Du wirst doch wohl einen Mann verführen können?"
„Das kommt auf die Gelegenheit an, denke ich", meinte Jennifer zögerlich.
„Gelegenheiten bieten sich selten von selbst. Sie müssen gesucht werden."
„Ich weiß nicht. Und was ist danach?"
„Das kann ich dir auch nicht sagen. Das wirst du doch sehen. Entweder, es wird so umwerfend, dass ihr dabei bleibt, oder du bist das Problem los. So, und jetzt lass mich schlafen. Ich muss früh raus. Wir können ja morgen noch mal telefonieren."
Jennifer rollte sich schläfrig in ihrem Sessel zusammen. Sie sollte auch ins Bett gehen. Morgen, ja morgen würde ihr schon das Richtige einfallen.

Jennifer schlug die Zeitung auf. Eigentlich stand jeden Tag das Selbe drin. Entlassungen hier, Fördermittelbetrug da, Kriege, Mord und Totschlag. Sie überblätterte die ersten Seiten, um zum Lokalteil zu gelangen.

Von Stetten lächelte ihr entgegen. Er stand vor seinem Haus. Was für ein herrliches Gebäude, dachte Jennifer und überflog den Artikel. Es ging um den Tag der offenen Tür am Wochenende. Ach ja, natürlich, er hatte sie ja gebeten zu kommen. Warum auch nicht.
Rind beim Viehabtrieb auf Bülten vergessen. Jennifer runzelte die Stirn. Es hatte den Anschein, als schaute das Tier traurig zum Festland rüber. Jennifer las weiter. *Seit fast drei Monaten sich selbst überlassen.*
Es klopfte und Korella kam ins Büro.
„Guten Morgen, Jenny, ich wollte…, ach, du liest gerade Zeitung. Wirst du am Sonntag auch auf dem Dreiseitenhof sein?“
Jennifer nickte nachdenklich mit dem Kopf. „Sag mal Fritz, hast du das mit der Kuh gelesen?“
Korella schaute ihr über die Schulter. „Ja. Das ist ’n Ding, was? Das Vieh hat seinen ‚Mallorcaurlaub’ eigenmächtig verlängert und guckt nun dumm aus der Wäsche.“ Er lachte derb.
Jennifer sah ihn fragend an.
„Ist so ’ne Redensart, weil die Rinder über Sommer immer auf der Insel sind. Einer von den Männern hat mir erzählt, dass dieses Vieh wohl gemeingefährlich wäre. Hat die Leute massiv angegriffen, als sie es runter treiben wollten.“
„Und deshalb lässt man es nun einfach dort verhungern und erfrieren?“
„Na ja, eigentlich soll es das abkönnen. Und zu fressen findet es angeblich genug. Das Problem ist nur der steigende Wasserstand. In diesem Jahr steht das Wasser ungewöhnlich hoch.“
„Also wird es ertrinken?“
„Nein, das wohl nicht, aber wer hat schon gern ständig nasse Füße?“ Korellas kratzte sich am Kopf.
„Und was passiert nun?“
„So viel ich weiß nichts. Es sollte erschossen werden, geht aber nicht, weil es kein jagdbares Wild ist. Man muss eine Sondergenehmigung vom Kreis dafür haben.“
„Erschießen? Da muss es doch noch einen anderen Weg geben.“
Korella zuckte mit den Schultern und ging zur Tür. „Dazu kann ich dir auch nichts sagen. Ich wollte dich eigentlich fragen, ob du nachher auf einen Kaffee rüber kommst. Ich hab neue Veranstaltungsangebote da.“
„Ja, ich komme nachher gleich“, sagte Jennifer, war aber mit den Gedanken ganz woanders.
Sie griff zum Telefon.

„Robert, haben Sie von dem Rind auf dieser Insel gehört? Das kann doch nicht wahr sein. Können Sie …“
„Hören Sie, Lady …“
„Nein, Sie hören mir jetzt zu …“
„Lady, können wir das nicht in Ruhe besprechen?“
„Nein, ich will das jetzt wissen.“
„Bitte, ich sitze gerade in einer Dienstbesprechung. Wie wäre’s mit einem Kaffe? Um zwei?“
„Oh, tut mir Leid. Ich wollte nicht …, ja, zwei klingt gut.“
Jennifer legte auf. Oh Gott, sie zog eine jämmerliche Grimasse. Sie hatte sich wieder wie eine hysterische Ziege aufgeführt. Als wenn Robert Schuld an diesem Dilemma hätte.
Aber dann lächelte sie verschmitzt. Immerhin würden sie sich nun treffen. Vielleicht könnten sie ihre Eiszeit endlich beenden und ihre Zusammenarbeit wieder aufnehmen. Sie schloss die Augen und sah ihn vor sich. Sein wuscheliges Haar, der kratzige Bart und die Augen, in denen sich Himmel, Meer und Wald vereinten. Sie hörte seine raue Stimme und fühlte seine Hände.
Schluss damit. Fritz Korella wartete.
Sie musste seinen Mitteilungsdrang abwürgen, um rechtzeitig wieder in ihrem Büro zu sein. Nein, um die kulturelle Betreuung der Gäste brauchte sie sich keine Gedanken machen. Wenn sie die Möglichkeiten alle im Einzelnen aufführen wollte, dann würde am Ende sicher ein Dreiteiler entstehen. Aber wer ging schon gern mit so einem Berg Lektüre auf Reisen. Aber im Bereich Natur und Nationalpark sah ihr Material noch eher dürftig aus. Sicher, die ganze Region war ein Fahrradparadies und ideal für Spaziergänger und Nordic Walker. Wie hatte Robert sie noch genannt? Waldzerstecher?
Kutschfahrten, geführte Wanderungen, Wildbeobachtungen – gut und schön, aber das konnte doch noch nicht alles sein.
Kurz vor zwei stieg Jennifers Aufregung ins Unermessliche. Sie lief in ihrem Büro auf und ab, schaute immer wieder prüfend in den Spiegel, um im nächsten Moment wieder aus dem Fenster zu gucken. Bis er endlich kam.
„Verführ ihn“, hörte sie Bea sagen, und wusste doch, dass sie das nicht konnte. Nicht ihn.
Als er das Büro betrat, legte sie den Telefonhörer auf, als hätte sie gerade mit jemandem gesprochen. Er sollte nur nicht denken, sie hätte auf ihn gewartet.

Aber ihre leuchtenden Augen verrieten sie. Robert entging das nicht. Es war ein kurzer Moment, in dem ihre Blicke ineinander versanken.
Robert hüstelte, um sein Gleichgewicht wieder zu finden.
„Kommen Sie, Lady, ich lade Sie ein", seine Stimme klang rauchig.
Sie wollten gerade das Büro verlassen, als das Telefon klingelte. Jennifer drehte sich kurz um, schüttelte dann aber den Kopf.
„Wollen Sie nicht ran gehen?", fragte Robert halb belustigt. „Könnte doch wichtig sein. Ich laufe Ihnen nicht weg."
Jennifer kniff die Lippen zusammen.
Sie nahm den Hörer ab und sah dabei zu Robert, der sie, lässig am Türrahmen lehnend beobachtete.
„Dorn", meldete sie sich zaghaft. Dieser Mann brachte sie total aus dem Konzept.
„Oh, hallo Konrad", verlegen schielte sie zur Tür, „es geht mir gut, danke. Du, es passt im Moment gar nicht. Ich bin auf dem Weg zu einer Sitzung. Kann ich dich zurückrufen? Natürlich komme ich am Sonntag. Ja, ich rufe dich nachher noch mal an. Ja, auf Wiederhören."
Jennifer sah, wie sich Roberts Gesichtszüge verspannten. Mist. Wäre sie bloß nicht ran gegangen.
„Sitzung? So, so." Er lächelte ironisch.
Sie gingen ins „Strandeck". Über die Terrasse, dort, wo sie sich das erste Mal sahen, wehte heute ein eisiger Wind. Alte vertrocknete Blätter lagen in den Ecken und die Möbel waren mit verstaubten Planen abgedeckt.
Drinnen war es warm und gemütlich.
„Möchten Sie Kuchen?"
„Nein danke. Nur Kaffee heute."
„Ohne alles, klar." Er sah sie an, als wollte er in ihre Gedanken gucken. „Also, Lady, was haben Sie auf dem Herzen?"
Er steckte sich eine Zigarette an und inhalierte tief.
„He, ich denke, Sie wollten es lassen? War da nicht neulich die Rede von?"
„Ich hab's mir überlegt."
„Ah, Sie haben es sich überlegt." Jennifer wiegte Verständnis vortäuschend den Kopf.
Robert lehnte sich zurück und hielt die Zigarette so, dass der Rauch nicht zu Jennifer rüber zog. „Ich kann jederzeit aufhören, wenn ich will."
„Ja, genau so sehen Sie aus", Jennifer feixte, „aber deswegen sind wir ja nicht hier. Ich wollte gern mit Ihnen über diese Kuh reden."
Robert schaute sie belustigt an. „So, über die Kuh. Aha. Und über welche Kuh?"

„Mann", Jennifer zog ärgerlich die Augenbrauen zusammen, „diese Kuh, die da auf der Insel, Bülten, oder wie die heißt geblieben ist."
Robert drückte die Zigarette aus und wurde ernst. „Ist ja gut. Okay, also, was wollen Sie wissen?"
„Diese Kuh friert und steht mit den Füßen im Wasser."
„Wie wär's mit Gummistiefeln?"
„Kann man da nichts machen?", fragte Jennifer, ohne auf seinen Spott einzugehen.
„Man?"
„Können Sie nichts tun?"
„Nein, kann ich nicht."
„Aber …"
„Aber keine Sorge, das Tier ist heute früh getötet worden."
„Getötet?"
„Tut mir Leid, Lady, aber eine andere Möglichkeit gab es nicht. Bei dem Wasserstand und dem Wetter war keine Lebendbergung möglich. Außerdem war es sehr aggressiv und somit gefährlich für jeden, der in seine Nähe kam. Wollte wohl partout sein Revier verteidigen. Dummes Vieh."
Jennifer schluckte.
„He, es war ein Rind." Robert legte seine Hand auf ihre. „Es war seine Bestimmung, eines Tages ein Steak zu werden."
Er lehnte sich wieder zurück. „Was ist übrigens mit Ihrer Wunschliste?"
Jennifer wurde rot. „Was für eine Wunschliste?"
Oh, ihr gingen hundert Wünsche durch den Kopf. Tausend Wünsche. Nimm mich in den Arm, streichle mich, küsse mich …
Robert zog fragend die Augenbrauen hoch. In seinen Augen blitzte der Schalk. Konnte er ihre Gedanken lesen?
Jennifer riss sich zusammen. „Ach so ja, entschuldigen Sie, das Rind …, ich war gerade noch …, also die Ideenliste", stotterte sie. Sie trank schnell einen Schluck Kaffee. „Ich hab sie jetzt nicht hier. Vielleicht kann ich mal in Ihr Büro kommen, wenn es Ihnen passt? Oder Sie kommen?"
„Ich komme?", Robert grinste frech.
„Ja, in meinem Büro", Jennifer erschrak und verhaspelte sich, „in *mein* Büro, meine ich, ach, nun verdrehen Sie mir doch nicht alle Worte im Mund."
Sie stand hektisch auf. „Ich muss jetzt gehen."
„Klar, und vergessen Sie nicht, von Stetten anzurufen", sagte Robert mit einem bitteren Unterton, der Jennifer aufhorchen ließ.

„Nein, das werde ich ganz gewiss nicht vergessen.“ Sie hatte wieder Oberwasser. „Und danke für den Kaffee.“
„Gern geschehen.“ Robert nickte. „Ich komme dann mal“, fügte er amüsiert hinzu.
Vor der Tür blieb Jennifer einen Augenblick stehen und atmete tief durch, bevor sie ihre Jacke fester um sich zog und zurück zum Büro lief. Eigentlich wäre sie viel lieber bei Robert geblieben, aber wo sollte das hinführen. Das würde nie klappen. Mit ihm war einfach nicht auszukommen.

Jennifer hatte ihre Pumps ausgezogen und rieb die kalten Füße aneinander. Vor ihr lag die *Wunschliste*. Sie hatte sie mit so viel Begeisterung erarbeitet, hatte jede einzelne Idee in bunten Farben vor sich gesehen.
Da waren die Jeeps, die, jedes Hindernis überwindend die Gäste zu Plätzen im Wald bringen konnten, die sie sonst nie entdeckt hätten, und die Reitertruppen, die in horrendem Tempo über den Strand preschten (war das etwa Robert vorn an der Spitze?). Sie sah Menschen auf einem Hochweg, wie es sie in vielen Ländern, aber inzwischen auch in Thüringen schon gab, durch das Dach des Darßwaldes laufen. Autos brummten an ihr vorbei, die auf der neu befestigten Straße im Tross unterwegs zum Weststrand waren. Damit eröffnete sich automatisch die Möglichkeit, den Bereich künftig auch mit einem gewissen Service auszustatten. Sanitäreinrichtungen, Strandbedarf, Gastronomie.
Aber plötzlich konnte Jennifer sich über all das nicht mehr freuen. Wollte sie das wirklich? Knatternde Jeeps im Wald, riesige Parkplätze am Weststrand und von früh bis spät grölenden Menschenmassen? Wollten die Gäste das? Sicher, es gab solche Leute, die wahrscheinlich genau das brauchten. Aber waren das wirklich die, die gut für die Region waren?
Natürlich war ihr klar, dass es nicht in ihrer Entscheidung lag, solche Ideen letztendlich auch durchzusetzen. Aber allein, sie ins Gespräch zu bringen empfand sie plötzlich als Ungeheuerlichkeit.
Und Robert? Er würde sie verächtlich ansehen, vielleicht auch enttäuscht und traurig. Jennifer nahm den Zettel und schob ihn in die Schublade. Sie würde später darüber nachdenken.

Jennifer stellte Mao neben all den Fahrzeugen, die bereits vor ihr eingetroffen waren, auf dem Acker ab. Schon von weitem sah sie die bunten Wimpel im eisigen Wind flattern, Blasmusik hallte zu ihr herüber, Getränke- und Imbisswagen standen bereit und Personal lief eifrig hin und her.
Unwillkürlich musste sie lächeln. Von Stetten machte keine halben Sachen.

Sorgfältig achtete sie darauf, wo sie hintrat, um mit ihren hochhackigen Stiefeln nicht umzuknicken. Der ansonsten noch sehr modderige Boden war an diesem Sonntag gefroren.
Die Kapelle saß geschützt in einem offenen Zelt. Überall standen Besucher, Bier und Glühwein in den kalten Händen.
Von Stetten sah Jennifer kommen und eilte auf sie zu.
„Jennifer, herzlich willkommen. Ich muss zugeben, ich war schon etwas in Sorge."
Sie schaute auf ihre Uhr. „Es ist gerade elf Uhr, Konrad."
Er tätschelte ihren Arm. „Natürlich. Das sollte doch kein Vorwurf sein. Um Gottes Willen. Es war die Ungeduld, die aus mir sprach." Er hielt ihr ein Glas Sekt hin.
Jennifer stieß mit ihm an. „Auf deinen Hof."
Er sah sie ganz merkwürdig an. „Ich möchte gern mit dir darauf anstoßen, dass es vielleicht nicht nur mein …"
In dem Moment kam Korella auf sie zu.
Jennifer atmete erleichtert auf. Sie ahnte, was er hatte sagen wollen. Sie wollte sich auf keinen Fall so sehr vereinnahmen lassen.
„Kompliment, Herr von Stetten", Korella ergriff seine Hand, „toller Hof. Jenny, schön, dich zu sehen." Er umarmte sie vertraulich, was von Stetten mit einem missbilligenden Blick quittierte.
Ein dicker rotgesichtiger Mann gesellte sich zu ihnen. Er hatte dicke Tränensäcke und seine Wangen hingen wie geschmolzenes Wachs herunter. Trotz der Kälte standen Schweißtropfen auf seiner Stirn und sein Atem ging schwer.
Von Stetten schlug ihm grüßend auf die Schulter und wendete sich Jennifer zu.
„Jennifer, darf ich dir Forstamtsleiter Anton Frisch vorstellen? Anton, das ist Jennifer Dorn. Sie kommt aus Berlin und arbeitet hier an einem touristischen Jahresbuch für, nun, ich sage mal, unsere Altersgruppe."
Frisch reichte Jennifer seine wulstige Hand. „Ach Sie sind das. Ich weiß, ja. Ich hab Carstens auf Sie angesetzt, oh, Entschuldigung, ich meine, dass er mit Ihnen zusammenarbeitet." Er wischte sich mit einem Taschentuch über seine Glatze. „Ich hoffe, Sie kommen mit ihm klar. Sonst sagen Sie mir Bescheid, dann werde ich mich selbst um Sie kümmern." Er lachte dröhnend und maß sie mit einem lüsternen Blick.
Jennifer fühlte sich unbehaglich. Was für ein unangenehmer Mensch. Von Stetten hüstelte missbilligend und Korella trat mit Beschützermiene einen Schritt näher an Jennifer ran.

„Und, wie sieht's aus, kriegen wir nun was zu sehen hier?" Frisch schien von all dem vollkommen unbeeindruckt.
Von Stetten straffte sich. „Aber selbstverständlich. Herr Korella, möchten Sie uns begleiten? Vielleicht wollen sich die Herren hier drüben ebenfalls anschließen, wenn ich Ihnen die Stallungen zeige?"
„Jennifer", von Stetten legte ihr wohlbedacht den Arm um die Schulter, „dürfte ich dich wohl bitten, den interessierten Besuchern das Haus zu zeigen?"
Jennifer war irritiert. Wieso sollte sie?
Von Stetten bemerkte ihr Zögern. „Bitte, du würdest mir eine Freude machen. Ich kann während dessen die Herren hier draußen herumführen." Er lächelte sie bittend an.
Jennifer nickte, immer noch etwas unsicher. „Ja, sicher. Natürlich kann ich das."
Sie ging zum Haus, wo schon etliche Besucher warteten.
He, ich bin ein Profi, redete sie sich selbst gut zu. Es ist Arbeit, nichts weiter.
Sie führte die Leute durch die Räume der unteren Etage und registrierte bei ihnen das gleiche überraschte Erstaunen, wie sie es selbst bei ihrem ersten Besuch erlebt hatte. Als sie nach der oberen Etage gefragt wurde, blockte sie ab. Nein, dort befanden sich die privaten Räumlichkeiten, die könnte sie ihnen nicht zeigen. Fragen nach deren Ausstattung wich sie aus.
„Aha, Hausherrinnenpflichten?"
Jennifer fuhr herum und sah in Roberts spöttisch funkelnde Augen. Sie wäre am liebsten im Erdboden versunken. Natürlich, was sollte er auch sonst denken.
„Wenn Sie es so sehen wollen", antwortete sie spitz, „ich betrachte es eher als …", oh je, ja als was denn?
„Guten Tag, Carstens", von Stetten trat an ihre Seite, „wie Sie sehen, habe ich ganz reizende Hilfe." Er reichte Robert mit einem kalten berechnenden Lächeln die Hand.
Frisch nickte Robert zu. „Dass Sie mir Frau …, nun, die Dame bei ihrer Arbeit ja vernünftig unterstützen", er schnaufte. „Gibt's jetzt 'n Bier?"
Jennifer wurde von neuen Gästen in Beschlag genommen und sah Robert mit Georg und ein paar anderen Männern zum Bierwagen gehen, wo unter anderem auch dieser stiernackige Rotschopf stand, der für von Stetten arbeitete.

Ab und an kam von Stetten mit Leuten, die Jennifer nicht kannte, um sie ihr vorzustellen. Sie fühlte sich von ihm in eine Rolle gezwängt, die sie nicht spielen wollte.
Unter dem Vorwand, starke Kopfschmerzen zu haben, verließ sie am frühen Nachmittag die Veranstaltung.
Robert war da schon lange weg.

„Mami, und du bist wirklich nicht traurig, wenn ich nicht komme?"
Jennifer kuschelte sich in ihren Sessel und nippte an einer heißen Schokolade.
„Nein, Juli, wirklich nicht. Ich hab's mir schon gedacht. Meine Freunde sind schon ganz glücklich, weil sie mich dann für sich haben. Die sind nämlich auch alle allein."
„Ich muss dir noch was erzählen", Julia räusperte sich, als wollte sie Zeit gewinnen, „ich werde im Januar nach Bonn ziehen."
Jennifer horchte auf. „Nach Bonn? Ich denke, München ist so großartig?"
„Ja, schon. Aber weißt du, Tim kann dort nicht weg und ich kriege eine Stelle in einer guten Kanzlei. Mami, ich muss einfach bei ihm sein. Das verstehst du doch? Das würdest du doch genau so machen, wenn du jemanden hättest, der dir so viel bedeutet?"
Warum konnten sich jungen Leuten so viel leichter für etwas oder jemanden entscheiden?
Je älter wir werden, je weniger Zeit uns bleibt, um mehr schieben wir Entscheidungen vor uns her oder verdrängten sie ganz und gar. Wir lassen uns von alten Gewohnheiten und scheinbaren Sicherheiten so vereinnahmen, dass wir uns zu keinem mutigen Neuanfang mehr durchringen können.
Wir verzögern, verschieben und weigern uns letztendlich ganz und gar, etwas Neues zu wagen, bis wir, wahrscheinlich viel zu spät begreifen, dass wir etwas ganz Wunderbares verpasst haben.
Julia hatte sich für Tim entschieden. Wir können doch nur wissen, ob wir wirklich zusammen gehören, wenn wir es ausprobieren, hatte sie gesagt.
„Du bist nach Prerow zurückgegangen. Ich finde das unheimlich stark und ich bin mächtig stolz auf dich. Ich will eben einfach so sein wie du."
Wenn du wüsstest. Jennifer dachte an die schlaflosen Nächte, ehe sie sich zu diesem Schritt durchgerungen hatte. Und heute? Sie wusste doch immer noch nicht, was sie wollte. Oder sie wusste es und scheute trotzdem die Entscheidung.
Von wegen starke Mutter.

„Juli? Du hast Recht. Packe dein Glück bei den Hörnern. Und kämpfe darum, hörst du, lass dich nicht davon abbringen. Aber ruf mich ab und zu an, ja?“

Weihnachten in Prerow. Jennifer hatte am Anfang ein wenig Angst vor diesen Tagen. Es steckten oft so übersteigerte Erwartungen in dieser Zeit, dass am Ende nur Enttäuschung bleiben konnte. Die Weihnachtsträume aus der Kindheit zogen sich durch ein ganzes Leben, ohne jemals wieder dieselbe Erfüllung zu finden. Du suchst nach den Gerüchen und Klängen, nach den Überraschungen und den glänzenden Augen von damals, aber du findest sie nicht mehr.

Hier in Prerow entdeckte Jennifer dann doch noch Spuren dieser wunderschönen Vergangenheit. Wenn auch leider ohne Schnee, so ließ der Frost die Bäume funkeln und glitzern, die Häuser waren festlich erleuchtet, das Dorf und der Wald erschienen noch ruhiger und friedlicher, als zu jeder anderen Zeit des Jahres.

Jennifer begutachtete ihren kleinen Weihnachtsbaum von allen Seiten. In seinen roten und goldenen Kugeln spiegelte sich das flackernde Licht der Kerzen. Sie hatte jede Menge rote Schleifen in die Äste gebunden und Strohsterne tanzten an langen Fäden hin und her.

Das Kerzenlicht tauchte Jennifers Wohnung in ein warmes Licht. Es sah fast gemütlich aus.

Den letzten Umzugskarton hatte sie unter einer Weihnachtsdecke versteckt und in die Fenster Schwippbögen gestellt.

Im neuen Jahr, nahm sie sich ganz fest vor, würde sie ihr Häuschen fertig einrichten. Ganz bestimmt.

Sie stand mit ihrer Tasse in der Hand am Fenster, als sie Robert kommen sah. Sie war so überrascht, dass sie ihren Kaffee fast verschüttet hätte.

„Kommen Sie rein“, rief sie mit pochendem Herzen, als er klopfte, „die Tür ist offen.“

„Guten Morgen, Lady. Ich dachte, Sie haben vielleicht einen Kaffe für mich.“ Er sah müde aus und klang mürrisch.

„Ja, sicher. Setzen Sie sich.“ Sie ging in die Küche. „Wo kommen Sie so früh her?“, rief sie rüber.

Er kam ihr entgegen. „Schönen Baum haben Sie.“

„Hat Georg mir besorgt.“

„Georg und ich waren die halbe Nacht im Wald unterwegs. Griese und einer seiner Jäger haben die Tage wieder Schlingen gefunden.“

„Was für Schlingen?“

„Drahtschlingen. Wilderer. In einer hatte sich ein Reh verfangen. Kein schöner Anblick.“ Er rieb sich die Augen.
„Wer macht denn so was?“ Jennifer sah ihn entsetzt an. Sie erinnerte sich, dass Robert schon einmal etwas von ungeklärten Schüssen erzählt hatte. Aber Schlingen?
„Wir hatten eine ganze Zeit Ruhe, aber jetzt, zu Weihnachten …“
„Sie denken, es geht um Weihnachtsbraten?“
Robert zuckte mit den Schultern.
„Schon möglich. Wir hatten auch schon Stücke, denen nur das Haupt fehlte. Da wollte einer nur die Trophäen.“
„Haben Sie einen Verdacht? Ist es ein Jäger?“
„Nein. Zumindest glauben wir das nicht. Aber deswegen bin ich nicht hier.“ Er zog ein Päckchen aus seiner Jackentasche.
„Ich hab ein Weihnachtsgeschenk für Sie.“
Jennifer sah ihn mit großen Augen an. „Sie haben ein Weihnachtsgeschenk für mich?“
„Ja. Aber ich wollte's Ihnen allein geben. Es ist, nun, es ist was Persönliches.“
Ihre Finger berührten sich für den Bruchteil einer Sekunde und Jennifer zuckte zusammen.
„Soll ich es gleich aufmachen?“, fragte sie leise und sah ihn fast ängstlich an.
Es ist etwas Persönliches, hatte er gesagt. Geschenke sind immer etwas sehr Persönliches. Kaum etwas verrät so viel über einen Menschen wie ein Geschenk.
„Nein, es ist ja noch nicht Heiligabend. Machen Sie es später auf.“ Robert lachte etwas verlegen. „Okay, ich will dann mal wieder. Ich hol Sie heute Abend ab.“
Er sah Jennifer an, als wollte er noch was sagen, entschied sich dann aber doch anders, hob nur noch mal zum Gruß die Hand und ließ sie allein.
Jennifer saß wie gebannt vor dem Päckchen. Sie war aufgeregt wie als Kind. Aber sie würde warten. Sie würde es sich bis zum Abend aufheben.
Sie hatte für Robert auch ein Geschenk. Natürlich. Wenn alle ihre Freunde beschenkt wurden, dann sollte er nicht leer ausgehen.
Es war das Schwierigste von allen. Im Gegensatz zu ihm, war sie nicht auf die Idee gekommen, es ihm vorher zu geben. Somit musste es auf jeden Fall öffentlichkeitstauglich sein. Aber trotzdem sollte es, wie bei jedem ihrer Freunde, etwas Besonderes sein. Sie hatten Kleinigkeiten vereinbart. Die Überraschung zählte.

Nur, was schenkte man so einem Mann?
Sie musste kichern, als ihr eine Episode mit Bea einfiel. Sie wollte für ihren Bruder eine Unterhose kaufen und die Verkäuferin zog alle Register. Als erstes holte sie einen durchsichtigen Strintanga heraus.
Bea hatte sie verständnislos angesehen. „Ich suche etwas für einen Mann, nicht für irgendein kleines schwules Kerlchen."
„Und wie wäre es hiermit?" Die Frau legte eine Hose mit tanzenden Enten (?) vor Bea hin. „Die sieht doch lustig aus."
„Also, das Letzte, was ich wollte, wenn ein Mann sich bei mir auszieht, ist, dass er *lustig* aussieht", hatte Bea entrüstet gesagt, bevor sie wutschnaubend den Laden verlassen hatten.
Aber Jennifer glaubte, etwas Passendes für Robert gefunden zu haben.
Es klopfte. Jennifer schaute genervt zur Uhr. Sie wollte gerade duschen gehen, um rechtzeitig fertig zu sein. Sie musste feixen bei dem Gedanken, Robert könnte sie unter der Dusche antreffen. Wie würde er wohl reagieren?
Vor der Tür stand von Stetten mit einem Karton im Arm.
„Konrad. Was für eine Überraschung." Jennifer sah ihn erstaunt an.
„Guten Tag, Jennifer. Darf ich reinkommen?"
Jennifer trat zur Seite. „Ja, ja natürlich. Bitte tritt ein. Es ist nur, ich hab nicht viel Zeit."
„Ich will dich auch nicht lange aufhalten, ich wollte dir nur frohe Weihnachten wünschen und dir ein kleines Geschenk bringen."
Jennifer fühlte sich unbehaglich. Schenken und beschenkt zu werden war etwas gleichermaßen sehr schönes, aber es hatte in jedem Fall auch immer etwas Bindendes, irgendwie verpflichtendes, fand sie. Bei Freunden und Familie war das in Ordnung, aber bei ihm? Sie wollte sich von ihm nicht unter Druck setzen lassen. Aber wie sollte sie da raus kommen?
„Konrad, ich möchte das nicht. Es ist mir unangenehm." Jennifer kaute betreten auf ihrer Lippe.
Von Stetten stellte den Karton ab und nahm ihre Hände. „Das muss es nicht, Jennifer. Betrachte es als ehrenhaften Beweis meiner Zuneigung. Ich schwöre", er hob die Hände, „keine Hintergedanken. Bitte, pack ihn aus."
„Ich …"
„Bitte."
Jennifer lächelte gequält. Ihr war gar nicht wohl dabei.
Während sie den Karton öffnete, sah sich von Stetten im Wohnzimmer um. Sein überraschter Blick glitt über die kahlen weißen Wände zu den Fenstern, an denen nach wie vor die Übergardinen fehlten.

Jennifer hatte ihn beobachtet.
„Sag nichts“, meinte sie forscher als beabsichtigt, „ich mag es so.“
Sie wollte ihm auf gar keinen Fall auf die Nase binden, dass sie immer noch keinen Plan hatte und es deshalb so aussah.
Von Stetten lächelte beschwichtigend.
„Oh!“ Jennifer hob einen riesigen Nussknacker aus dem Karton heraus.
„Es ist ein echter. Kein chinesisches Imitat, meine ich“, beeilte sich von Stetten zu sagen.
„Er ist … gewaltig.“ Oh Gott, der musste ein Vermögen gekostete haben. Jennifer blickte eingeschüchtert in das strenge Gesicht der Figur.
„Konrad, das ist …, er ist wirklich sehr beeindruckend“, stotterte sie.
Sie stellte ihn neben den Weihnachtsbaum. „Gut so?“ Sie drehte sich fragend zu von Stetten um, der sie fasziniert betrachtete und nickte.
„Sehr schön, Jennifer, wirklich sehr schön.“
Jennifer schaute wieder zur Uhr. „Ich hätte dir ja gern etwas angeboten, aber …“
„Es ist schon in Ordnung. Ein anders Mal vielleicht? Ich lass dich jetzt allein.“ Er trat an sie ran und küsste sie auf die Wange. Sie versteifte sich unter seiner Berührung und er ließ sie sofort los.
„Im Februar werden die Arbeiten am Dreiseitenhof voraussichtlich abgeschlossen sein. Dann werde ich ein Fest geben. Dürfte ich dich wohl jetzt schon um den Eröffnungstanz bitten?“
„Ja natürlich, sehr gern.“ Jennifer hatte sich wieder unter Kontrolle. Er wollte ihr eine Freude bereiten und sie stellte sich so zickig an.
„Ich werde sehr gern mit dir tanzen“, sagte sie freundlich. „Und, danke noch mal.“
Von Stetten verbeugte sich und gab Jennifer einen Handkuss.
Als er weg war, begutachtete Jennifer den Nussknacker misstrauisch. Er starrte sie an.
So ein Quatsch. Was für ein Unsinn! Energisch drehte sie sich um und ging ins Bad.
Als sie zurückkam, schaute er ihr mit durchdringendem Blick entgegen.
Jennifer kniff die Augen zu einem Spalt zusammen, ging auf ihn zu und drehte ihn mit dem Gesicht zur Wand. Dann lächelte sie zufrieden. Ja, das war schon viel besser.

Robert kam etwas früher als verabredet.
„Fertig, Lady?“
Jennifer versuchte gerade, ihre Haare zu bändigen.

„Gießen Sie uns mal noch einen Kaffee ein, Robert. Ich bin gleich da."
Robert ging in die Küche und suchte nach Tassen. Er lachte.
„Was ist denn das?"
Jennifer schaute um die Ecke. „Tassen, würde ich sagen."
Robert hielt einen weißen Kaffeetopf mit hellblauen Punkten und einen mit roten Streifen und Marienkäfern in den Händen.
„Ich hätte wetten können, dass ich in Ihrem Schrank nur Designergeschirr finde."
„Tja, so kann man sich irren", rief Jennifer gut gelaunt.
Als sie in die Küche kam, stieß Robert einen bewundernden Pfiff aus. „Oha, Lady, Sie sehen toll aus."
Jennifer sah an sich herunter. Sie hatte sich ganz klassisch für eine weiße Bluse und einen dunkelblauen Rock entschieden. Nichts Besonders also. Und doch freute sie sich über sein Kompliment.
Sie setzten sich ins Wohnzimmer.
Robert entdeckte den Nussknacker und hob fragend die Augenbrauen.
Jennifer kaute verlegen auf ihrem Daumennagel.
„Von Stetten", sagte sie, als würde das alles erklären.
Ein Schatten glitt über sein Gesicht, der aber sofort wieder seinem spitzbübischen Grinsen wich.
„Und warum haben Sie ihn umgedreht? Was hat er verbrochen, dass er zur Strafe in die Ecke muss? Das ist ja wie früher in der Schule."
Jennifer druckste. „Er beobachtete mich."
Sie schielte zu Robert rüber, ob er sie auslachen würde, aber er musterte den hölzernen Gesellen mit todernster Miene.
„Ja, das ist gut möglich. Mann ist eben Mann." Aber dann prustete er los. Frauen!
Am liebsten hätte er das Ding aus dem Fenster geschmissen. Von Stetten. Immer wieder von Stetten.
„Wollen wir?"
Sie waren die Letzten und wurden mit lautem Ah und Oh begrüßt.
„Ihr seid zu spät. Wir dachten schon, Ihr hättet euch im Haus geirrt", lästerten sie und ein lauernder Ausdruck lag in ihren Augen. Insgeheim wünschten sich wohl alle, Jennifer und Robert könnten zusammen kommen. Aber die wenigen friedlichen Momente täuschten nur über den ständig schwelenden Kriegszustand, der zwischen ihnen herrschte, hinweg. Sie waren oft genug Zeugen ihrer unüberwindlichen Diskrepanzen geworden.
Robert grinste frech. „Nun, zwischen zu früh und zu spät liegt oft nur ein Augenblick."

Er hatte die Lacher auf seiner Seite.
Jennifer legte ihre Geschenke zu den anderen unter Christianes in Blau und Silber glitzernden Weihnachtsbaum und setzte sich zu Irene.
Robert hatte sich bereits zu den Männern gesellt und in ihre Diskussion über den Wilderer eingeklinkt.
„Da will einer den Klöden neulich Nacht im Busch gesehen haben“, wusste Wilhelm zu berichten, „mit dem Pick up von seinem Boss.“
„Sie hatten ihn vor zwei Jahren, glaube ich, schon mal auf dem Kieker und konnten ihm nichts beweisen.“
„Ach Jungs, nun hört doch auf mit euren Gräuelgeschichten. Es ist Weihnachten“, unterbrach Irene die Männer. „Das Fest der Liebe.“
Jennifer und Robert sahen sich gleichzeitig an und wieder weg.
Wir sind wie Kinder, dachte Jennifer.
Wir sind wie Kinder, dachte auch Robert.
Aber dann wurden sie wieder in den Strudel des Weihnachtsabends mit hineingezogen.
„Bescherung! Bescherung!“, rief Wilhelm, der es gar nicht erwarten konnte.
„Oh nein, erst wird gegessen, sagte Christiane mit bestimmtem Ton.“
Jennifer starrte fasziniert auf den Tisch. Kartoffelsalat und Würstchen. Es war wie früher. Sie musste sich in diesem Moment zusammenreißen, um nicht vor Sentimentalität loszuheulen. Das war definitiv ein Stück frühester Jugend. Sie hatte es vergessen.
So was Schnödes gab es bei Rüdiger nicht. Da musste es immer teuer und delikat sein. Er hatte ja keine Ahnung.
Seltsam, dass etwas Einfaches wie Kartoffelsalat und Würstchen einem so sehr das Gefühl geben konnte, zu Hause zu sein.
Immer, wenn Jennifer glaubte, Robert würde es nicht sehen, beobachtete sie ihn. Sie mochte es, wie er aß. Er benutzte grundsätzlich Messer und Gabel und er aß schnörkellos und schnell.
Nicht, wie von Stetten. Der legte das Besteck zwischendurch immer wieder auf den Tellerrand, faltete die Hände beim Erzählen zusammen, um es dann wieder aufzunehmen und langsam weiter zu essen. Das machte Jennifer verrückt.
Irgendjemand hatte mal gesagt, so, wie man isst, so arbeitet man auch. Nun gut, sie wollte von Stetten nicht unterstellen, ebenso bedächtig zu arbeiten, aber ihr gefiel Roberts Art, die Mahlzeiten einzunehmen deutlich besser.
Sie fing seinen belustigten Blick auf und schaute hastig zur anderen Seite.
Endlich war es dann so weit. Bescherung.

Jennifer konnte sich nicht erinnern, je eine so ausgelassene Stimmung am Heiligen Abend erlebt zu haben. Die Begeisterung jedes einzelnen über seine Geschenke wurde weit übertroffen von seinem Interesse an der Freude der anderen. Jedes Geschenk wurde einzeln ausgepackt und von allen begutachtet und mit lustigen, ernsten oder manchmal auch zweideutigen Kommentaren bedacht, ehe der nächste ein weiteres Paket öffnete.
Jennifer hatte den Nerv ihrer Freunde getroffen. Sie konnte die ehrliche Freude auf ihren Gesichtern lesen.
Als Robert ihr Geschenk öffnete, schlug ihr Herz bis zum Hals. Was, wenn es ihm nicht gefiel?
Georg hatte irgendwann mal davon erzählt, dass Robert sozusagen der Hüter der Seeadler im Nationalpark wäre. Er liebte diese großen starken Vögel und würde ihr Leben gegen alles und jeden verteidigen. Georg meinte, er kenne niemanden, dem Robert schon einmal die Brutplätze gezeigt hätte. Nicht mal ihm. Da war er eigen.
Jennifer wusste nichts über Seeadler, aber als sie bei Ebay einen Kalender mit phänomenalen Aufnahmen dieser Vögel entdeckte, verstand sie seine Begeisterung. Sie hatte noch nichts Schöneres, Erhabeneres gesehen.
Drei, zwei, eins, meins!
Es hatte geklappt.
Robert war fasziniert von den Bildern. Der Glanz in seinen Augen war Jennifers schönstes Weihnachtsgeschenk.
Es fiel niemandem auf, dass er für Jennifer anscheinend kein Geschenk hatte. Nur sie selbst dachte an das kleine Päckchen zu Hause, den Höhepunkt ihres heutigen Abends.
Nachdem sich die Aufregung um die Bescherung gelegt hatte, begann der musikalische Teil des Abends.
Es blieb Jennifer erspart zu singen. Besser für alle, dachte sie.
Christianes Klavierkünste aber wurden ausgiebig gewürdigt und Wilhelm und Robert spielten zusammen auf ihren Gitarren. Jennifer hätte ihnen Stunden zuhören können.
Aber schon bald bestimmten wieder die kleinen und großen Probleme des Alltags die Unterhaltung.
Unweigerlich kamen sie wieder auf die Wilderei zu sprechen. Es war ein Thema, das jeden auf seine Art beschäftigte.
„Wir kriegen das Schwein", brummte Robert zerknirscht, „und dann gnade ihm Gott."
Die Männer nickten zustimmend. Eine Clique der verwegenen Gestalten.

„Das kann doch nicht eure Aufgabe sein. Es muss doch Leute geben, die dafür ausgebildet sind. Das ist doch bestimmt nicht ungefährlich." Magrit sah die Männer skeptisch an. „Oder ist das womöglich für euch ein willkommenes Kriegsspiel?"
„Bei Männern geht es doch das ganze Leben nur um Gewinnen und Verlieren."
„Beides kann man nur, wenn man vorher gekämpft hat."
„Was ist denn so toll am Gewinnen?"
„Gewinnen hat keine Kehrseite. Es ist immer ein großartiges Gefühl."
„Und wer, wenn nicht wir soll den Kerl schnappen?" Jimmy schüttelte über Maggys Kommentar missbilligend den Kopf.
„Und wir werden diesem Dunkeltaps klipp und klar zeigen, was wir davon halten", unterstütze Georg ihn.
„Was sagt denn der Forstamtsleiter dazu?"
„Frisch? Das ich nicht lache. Der frische Wind aus dem Westen ist nur ein laues Lüftchen. Da kommt gar nichts. Er palavert viel, aber unternimmt nichts. Folglich müssen wir was tun."
Robert runzelte die Stirn. „Das ist so nicht richtig. Frisch ist genau so sauer wie wir. Aber ihm sind die Hände gebunden. Er kann auf offiziellem Weg nichts machen, so lange es keine Beweise gibt. Wenn wir sie ihm allerdings verschaffen könnten…"
Jennifer konnte nicht glauben, was sie da hörte.
„He, das klingt verdammt nach Selbstjustiz, meine Herren. Und ihr kommt euch auch noch richtig toll dabei vor, scheint mir."
„Lady, davon verstehen Sie nichts. Es gibt Leute, die kapieren es sonst nicht. Und wenn wir auf die Rechtsprechung warten wollen, dann wird das nie was."
„Ach, so ein Unsinn. Gewalt mit Gewalt bekämpfen zeugt auch nicht gerade von ausgeprägtem Rechtssinn."
Robert beugte sich vor und sah sie mit intensivem Blick an. „Ich könnte Ihnen da Sachen erzählen. Glauben Sie mir, wir sind keine Wüteriche mit schlechtem Charakter. Wir haben hier lediglich eine sehr männliche Art, unseren Ärger auszudrücken. Für uns ist es normal, das körperlich zu tun." Wieder dieses spitzbübische Grinsen.
„Sie meinen, für *Sie* ist es normal. Oh ja, wie konnte ich das vergessen", antwortete Jennifer zornig.
Robert schaute sie versöhnlich an. „Wir tragen unseren Teil dazu bei, die Welt besser zu machen."

Jennifer schüttelte den Kopf. Du dummer Kerl! Merkst du denn nicht, dass ich nur Angst um dich habe. Aber das sagte sie natürlich nicht.
Irene mischte sich lachend ein. Es war Zeit, die Kampfhähne wieder auseinander zu bringen.
„Ich weiß ja nicht, wie ihr das seht, Mädels, aber ich glaube, in unseren Männern steckt doch noch ganz schön viel von kleinen Jungs. Aber nun lasst uns wirklich das Thema wechseln."
„Kommt, wir wollen ein bisschen tanzen", rief Christiane, sprang auf und machte die Musik lauter.
Die Männer sahen sich entgeistert an. Ideen hatte die Frau.
„Na los, was ist denn?", bohrte Christiane nach.
Jimmy wehrte sich. „So 'n Quatsch. Tanzen ist doch nur eine Form des Balzens, nur um die Frau ins Bett zu bekommen." Er lehnte sich zufrieden grinsend zurück. „Und aus der Phase sind wir ja wohl raus."
Die anderen atmeten erleichtert auf. Sie hielten alle vier nicht viel vom Tanzen.
Georg gab Robert ein Zeichen und die beiden verschwanden zum Rauchen vor die Tür.
Enttäuscht setzte sich Christiane wieder hin.
„Aber sagt mal, ehe wir das vergessen, was liegt Sylvester an?" Magrit sah fragend in die Runde.
„Wir sind nicht hier. Wir fliegen übermorgen nach Dubai. Unsere Jungs liegen dort zwei Tage vor Anker und da haben wir gleich noch eine Woche dran gehängt." Irene strahlte.
„Und wir sind bei Schwiegereltern eingeladen", meinte Wilhelm verdrossen. Anscheinend wäre er viel lieber hier geblieben.
„Na, Jenny, da können wir Übriggebliebenen uns ja vielleicht zum Anstoßen an der Seebrücke treffen?"
„Ist da was los?"
Irene guckte überrascht, aber dann erhellte sich ihr Gesicht. „Ach stimmt ja, es ist ja dein erster Jahreswechsel bei uns."
Die Stimmen überschlugen sich. Sie sprachen davon, dass jedes Jahr mehr Gäste kamen, um hier zu feiern, schwärmten vom Feuerwerk über der Ostsee und klassischer Musik am Strand.
Robert und Georg kamen wieder rein und Robert verabschiedete sich.
„Ich muss noch mal raus. Die Schlingen …", versuchte er, zu erklären.
„Robert, es ist Weihnachten." Irene wollte ihn aufhalten.
Er zuckte nur mit den Schultern.

Er umarmte Irene und Georg, gab den anderen die Hand und stand dann sekundenlang unschlüssig vor Jennifer.
„Gute Nacht, Lady. Und alles Gute für's neue Jahr.“
Für's Neue Jahr? Das ist noch eine Woche hin. Was ist los, warum willst du mich nicht sehen, warum lässt du mich Sylvester allein, hätte sie ihm am liebsten nachgerufen. Aber sie schwieg hilflos, unfähig, ihren Gefühlen freien Lauf zu lassen.
Später, allein zu Hause, nahm sie sein Päckchen und strich behutsam mit den Fingern drüber, ehe sie vorsichtig das Band löste und eine CD in Händen hielt.
Nordost stand drauf.
Sie sah sich an ihrem ersten Tag auf der Düne stehen und mit Bea telefonieren. Sie tanzen mit *Nordost*, hatte er gesagt.
Jennifer schluckte.
Es waren alle ihre Lieblingstitel drauf, Lieder, die er auf dem Zeltplatz am Feuer gespielt hatte, im Kreise der Freunde und heute Abend. Er hatte gespürt, was sie ihr bedeuteten.
Sie drückte die CD an sich heulte drauf los. Na und, es sah sie ja niemand, außerdem hatte sie noch nie ein so schönes, ein so persönliches Geschenk bekommen. Da musste man doch heulen.
Sie schaute zur Uhr. Fast zwei. Nein, um diese Zeit konnte sie ihn nicht mehr anrufen.
Sie legte die CD ein, kuschelte sich in ihren Sessel und ließ sich mit der Musik von Bruce Springsteen, Russell Crowe und Eric Clapton in ein Traumland entführen.
Irgendwann gegen Morgen kam sie zu sich und taumelte todmüde und frierend ins Bett.

Mit Verwunderung beobachtete Jennifer, wie Prerow zum Jahresende vorübergehend aus seinem Winterschlaf erwachte und Hochsaisontrubel einzog.
Fritz Korella hatte sie darauf vorbereitet und stolz auf das umfangreiche kulturelle Angebot hingewiesen, aber an so viele Gäste hätte sie im Traum nicht gedacht.
Sie ertappte sich dabei, mit Wehmut die ruhige Zeit zurück zu sehnen.
Im ganzen Ort wimmelte es von gutgelaunten Menschen, kein Waldweg, auf dem sie nicht krakeelenden Kindern oder tobenden Hunden begegnete und am Strand stiegen tausende bunte Drachen in den klaren Winterhimmel.

Sie rief sich zur Ordnung. Das war doch das Ziel ihrer Arbeit, noch mehr Menschen die Schönheiten der Region und die ungeahnten Möglichkeiten, ganz besonders außerhalb der sowieso schon stark frequentierten Hauptsaison nahe zu bringen. Darum ging es doch.
Aber im Grunde dachte Jennifer nur an Robert.
Er kam nicht, er ging nicht an's Telefon, er war nirgends zu sehen.
Das war doch nicht normal. Erst machte er ihr ein Geschenk, das einer Liebeserklärung gleich kam, und dann löste er sich in Luft auf. Anscheinend maß sie ihm mal wieder mehr Bedeutung bei, als er es Wert war.
In der Sylvesternacht mied sie wohlweislich den Bereich der Seebrücke, wo ausgelassene Menschenmassen ins Neue Jahr hinein feierten.
Sie wanderte mit einer Flasche Sekt ganz allein Richtung Zeltplatz und stieß um Mitternacht mit sich allein an. Im Rausch der knallenden Feuerwerkskörper und schillernden Lichter am Himmel träumte sie, Robert wäre an ihrer Seite. Sie stellte sich vor, in seinen starken Armen zu liegen, seine dunkle Stimme zärtliche Worte flüstern zu hören und seine Lippen auf ihren zu spüren. Aber sie war allein.
Noch nie hatte sie sich so einsam gefühlt.

„Reni, ich fahre für ein paar Tage nach Berlin. Ich muss mal raus, nach meinen Eltern sehen und werde mich nach allen Regeln der Kunst mit Karin betrinken."
„Tolle Idee. Ich sollte mitkommen." Irene lachte. „Und was ist mit Bea? Ist sie auch da? Warum kommt sie nicht mal her?"
„Nein, sie ist immer noch in München."
Jennifer hatte sich das auch bestimmt schon hundert Mal gefragt. Aber dann wurde ihr klar, dass sie selbst genau sowenig Anstalten gemacht hatte, die Freundin in München zu besuchen. Es war eben doch ein verdammt weiter Weg.
„Reni …"
„Ja?"
„Ach, ist schon gut. Also bis dann."
Jennifer hatte nun schon über vier Wochen nichts von Robert gehört. Sie fühlte sich hundeelend, krank vor Sorge, beleidigt aber bei alledem zu stolz, als dass sie nach ihm gefragt hätte.
Korella trank jeden Tag mit ihr Kaffee, von Stetten überhäufte sie mit Einladungen, die sie stets ablehnte, aber Robert war weder für das eine, noch für das andere da. Es war zum verrückt werden.

Jennifer freute sich auf Berlin. Endlich mal wieder Großstadtluft schnuppern, den Kudamm lang schlendern, shoppen, elegant ausgehen. Und sie konnte es kaum erwarten, ihre Eltern und Karin wieder zu sehen. Schade nur, dass Bea nicht da war.
Als Jennifer in Berlin ankam, war sie überrascht, wie grau die Stadt auf sie wirkte. Das war ihr früher nie aufgefallen.
Aber als sie in ihren Kiez kam, dem Ort, in dem sie aufgewachsen war, wo sie ihre Familie und ihre Freunde hatte, stellte sich die alte Vertrautheit wieder ein. Sie war zu Hause.
Sie war wie berauscht von dem dichten Verkehr und hätte am liebsten alle umherhastenden Menschen umarmt. Mit weit ausgebreiteten Armen wollte sie ihnen zurufen: Ich bin wieder da.
Bei ihren Eltern war alles wohltuend unverändert. Die gelbe Blechkiste mit den schwarzen Palmen drauf voll selbstgebackener Plätzchen, der köstliche Cappuccino und ihre liebevolle Art, miteinander umzugehen.
Mutti hatte sie ganz fest im Arm gehalten, gelacht und zugleich heimlich ein paar Tränen weg gewischt. Ihr Vater hatte sie ein Stück von sich abgehalten und zufrieden gemustert.
„Gut siehst du aus, mein Mädchen. Die Ostseeluft bekommt dir."
„Und die neue Frisur!" Mutti konnte sich gar nicht satt sehen an ihr.
Jennifer berichtete ausführlich, was sie in den Monaten erlebt hatte. Sie sprach von ihren Freunden, von Korella und von Stetten und ihrer Arbeit. Sie schilderte begeistert, wie sie im Laufe der Zeit den Wald für sich erschlossen hatte und wie es sie immer wieder an den Strand zog, wo sie mit dem Sturm um die Wette lief.
Sie erzählte, was es Neues in Prerow gab, berichtete, wie wunderschön der neue Bernsteinweg wurde, über das neue moderne Veranstaltungsgebäude am Kulturhaus „Kiek in", plauderte über aktuelle Gerüchte, obwohl ihre Eltern die Leute gar nicht kannten und schwärmte von Seeadlern, die sie noch nie gesehen hatte. Nur von Robert sprach sie nicht.
Ihre Eltern wechselten einen viel sagenden Blick. Sie erkannten, was Jennifer noch nicht bewusst war.
Sie war hier in Berlin nur noch zu Besuch.
Das merkte auch Karin. Aber das tat ihrer Freundschaft keinen Abbruch.
Im Gegensatz zu Jennifers Eltern wollte Karin natürlich als erstes über die Männer informiert werden.
Sie mochte Jennifers Freunde in Prerow, kannte sie aber zu wenig, als dass sie mehr über sie wissen wollte. Und Jennifers Arbeit, nun ja, sie schrieb eben Reiseberichte. Aber die Männer, das war doch was.

Jennifer erzählte ihr von Fritz Korella, dass sie mit ihm aus war und beinahe …
„Nein“, Karin sah sie aus großen Augen an. Sie konnte so herrlich naiv staunen.
Als Jennifer über von Stetten und den Furcht erregenden Nussknacker sprach, glänzten ihre Augen. Ja, sie erinnerte sich an den galanten Tänzer vom Tonnenball.
Würde ihre Freundin Herrin vom Dreiseitenhof werden?
„Nein, Karin, das glaube ich nicht. Er ist sehr nett, aber irgendwas steht zwischen uns.“
„Irgendwas oder irgendwer?“
Jennifer sah sie hilflos an
„Was ist mit dem Förster“, drängelte Karin, „nun sag schon.“
Jennifer kniff die Lippen zusammen. Ja, was war mit dem Förster.
„Es gibt ihn und es gibt ihn auch wieder nicht.“
Karin runzelte die Stirn.
Jennifer schilderte ihr in kurzen Zügen das Auf und Ab ihres Verhältnisses, die Geschichte von Krieg und Frieden, von Hitze und Kälte, Nähe und grenzenloser Ferne.
Karin sackte in sich zusammen. „Ach, wenn Bea doch hier wäre. Die wüsste, was zu tun ist.“
Jennifer nickte. Sie hatte Beas Rat noch im Ohr. „Verführ ihn.“ Aber wie sollte man, selbst wenn man wollte, jemanden verführen, der nicht da war?
So saßen die beiden Freundinnen sekundenlang zusammen, die Köpfe in die Hände gestützt und grübelten über die Fußangeln, die einem das Leben legte.
Aber dann lachten sie drauf los und widmeten sich wieder unbeschwert den schönen Dingen. Klatsch, Tratsch und Rotwein.
Mit seinen kleinen und großen Problemen musste jeder am Ende doch allein fertig werden.
Nach drei Tagen wurde Jennifer unruhig. Der Verkehr ging ihr auf den Geist, sie fühlte sich von den vielen Leuten auf der Straße bedrängt und ihr fehlte die Luft zum Atmen.
Am fünften Tag fuhr sie zurück nach Prerow.
Nach Hause.

„Jenny, was ziehst du heute Abend an?“ Irene schaute verzweifelt in ihren Kleiderschrank. „Du warst doch schon öfter bei von Stetten. Es ist sehr vornehm da, ja?“

„Zieh dein kleines Schwarzes an. Damit liegst du immer richtig."
Erleichtert atmete Irene auf. „Klar doch, dass ich darauf nicht gleich gekommen bin." Sie nahm das Telefon an das andere Ohr und nahm das Kleid vom Bügel. „Ich hoffe nur, dass nicht alle Frauen in ihren kleinen Schwarzen kommen. Wer ist hier schon auf so ein vornehmes Fest eingestellt."
„He, so vornehm ist es nun auch wieder nicht. Ein bisschen adlig verstaubt eben", lachte Jennifer. „Ich werde die Gesellschaft mit meinem roten Kleid etwas aufmischen."
„Das mit dem tiefen Rückenausschnitt? Oh je, du spielst mit dem Feuer, Jenny. Korella und von Stetten werden sich noch ein Duell liefern heute Abend."
„Vielleicht hast du Recht", stimmte Jennifer ihr nachdenklich zu. „Ein bisschen dezenter wäre wohl besser. Okay, ich ziehe das Hellblaue an. Macht auch jünger."
„Aber es wird die Männer nicht weniger anmachen", kicherte Irene.
Sie beobachtete die beiden buhlenden Kontrahenten schon lange mit sichtlichem Vergnügen, hatte aber auch genau erkannt, dass Jenny sich bisher für keinen von beiden entschieden hatte. Sie hielt sie auf Abstand.
Aber wer war es dann? Sie dachte an Jennys Worte, als sie ihr von dem Abend mit Korella und ihrer wilden Flucht erzählt hatte. Oder meinte sie womöglich doch von Stetten?
Natürlich hatte sie sie gefragt. Schließlich waren sie Freundinnen. Aber Jenny war ihr ausgewichen. Irene akzeptierte das. Manche Dinge mussten erst reifen. Da hieß es auch für eine Freundin warten.
„Wir holen dich dann gleich ab. Oder schickt von Stetten dir einen Wagen?"
„Nein, das wollte ich nicht. Sonst wird er womöglich noch erschossen, bevor wir etwas zu Essen bekommen." Jennifer lachte. „Also, bis gleich."

Von Stetten begrüßte seine Gäste alle persönlich. Ein Angestellter nahm ihnen die Jacken und Mäntel ab, ein anderer stand mit einem Tablett voll Sektgläser bereit.
Von Stetten nahm zwei Gläser und reichte Jennifer eins und stieß mit ihr an.
„Jennifer, wie wunderschön du bist."
Jennifer sah aus den Augenwinkeln, dass Georg sie mit offenem Mund anstarrte und Irene ihn lächelnd weiter zog. Das Kleid zeigte Wirkung.

Von Stetten führte Jennifer in den Saal, wo die meisten Gäste sich schon unterhielten. Sekundenlang spürte sie die neugierigen Blicke, bevor jeder sich wieder seinem Gesprächspartner zuwendete.
Da waren der Elektromeister mit Frau, der Möbeltischler, Herr und Frau Bürgermeister, der Bäckermeister, eben alle Geschäftsleute und einflussreichen Einwohner des Ortes.
Fritz Korella wurde von einigen Hoteliers und Pensionsbesitzern in Beschlag genommen und konnte Jennifer nur von weitem zuwinken. Auch ein paar fremde Gäste waren in der Runde. Vielleicht Familie oder Freunde aus der alten Heimat.
Die Männer trugen durchweg dunkle Anzüge. Ihre Frauen hatten sich in mehr oder weniger geschmackvolle Kleider gezwängt. Der Friseur musste heute Hochkonjunktur gehabt haben.
Sehen und gesehen werden war das Programm des Abends. Es war den Leuten anzusehen, dass sie es sichtlich genossen, zum elitären Kreis dieses Abends zu gehören.
Von Stetten entschuldigte sich bei Jennifer, um auch die letzten Gäste zu begrüßen und sie gesellte sich wieder zu Irene und Georg.
„Ich sag's doch, dein Kleid macht alle verrückt", lästerte Irene lachend. „Sogar mein Mann bekommt Stielaugen."
Jennifer umarmte beide. Was für ein Glück, so liebe Freunde zu haben. Nein, Irene würde keinen Moment an ihr zweifeln.
Sie standen etwas abseits, als von Stetten seine Begrüßungsansprache hielt und Georgs Handy plötzlich leise klingelte. Entschuldigend hob er die Hand und ging in den Nebenraum, war aber schnell zurück.
„Das war Robert. Er ist gerade zu Hause angekommen. Sein Flieger hatte Verspätung. Sollte er nicht schon heute früh da sein?" Georg sah Irene fragend an. „Er schmeißt sich bloß noch in Schale und ist dann gleich hier."
Jennifers Herz machte einen Sprung und ihr Gesicht begann zu glühen.
„Flieger?", versuchte sie dennoch unbeteiligt zu fragen.
Irene und Georg sahen sie erstaunt an. „Ja. Er war doch bei Oliver. In Südafrika. Wusstest du das nicht?"
„Muss ich wohl überhört haben", meinte Jennifer und drehte den Kopf zur anderen Seite, um ihre Gefühle zu verbergen.
In dem Moment kam Fleischer Hartmann mit seiner dicken Ehefrau auf sie zu, schüttelte ihnen überschwänglich die Hände und lenkte das Gespräch in eine andere Richtung.

Häppchen wurden verteilt, Tabletts mit verschiedenen Getränken machten die Runde und die Stimmung wurde immer entspannter.
Von Stetten verschaffte sich Aufmerksamkeit, in dem er die Kapelle einen Tusch spielen ließ.
„Meine Damen und Herren, ich bitte zum Tanz."
Er kam auf Jennifer zu, verbeugte sich vor ihr und bat sie, mit ihm den Tanz zu eröffnen. Alle Augenpaare waren auf sie gerichtet.

Robert stellte den Wagen neben den Ställen ab. Ungeduldig griff er mit der Hand in den Kragen, öffnete den obersten Knopf seines Hemdes und zerrte an der Krawatte. Er atmete tief durch. Er fühlte sich ausgelaugt und kaputt von der Reise. Müde fuhr er sich mit der Hand über das Gesicht. Er hätte sich rasieren müssen
Er war nicht scharf darauf gewesen, zu dieser Veranstaltung zu erscheinen, aber der Alte hatte darauf bestanden. Einem so wichtigen Mann wie von Stetten hatte man die nötige Aufmerksamkeit zu zollen.
Robert steckte sich eine Zigarette an, lehnte sich an den Landrover und sah zu den hell erleuchteten Fenstern rüber. Na, dann mal los. Er trat die Zigarette aus.
Das Licht im Saal blendete ihn im ersten Augenblick, dass er kaum etwas erkennen konnte, als eine kleine Gestalt auf ihn zu gestürzt kam.
„Ah, Herr Carstens, da sind Sie ja. Ich hatte schon befürchtet ..."
Robert klopfte dem Mann auf die Schulter. „Hallo Griese. Klar bin ich hier. Alles im grünen Bereich?"
Der Angesprochene wiegte weinerlich den Kopf. „Ach, was denken Sie, Herr Carstens, was denken Sie. Der Chef hat schon nach Ihnen gefragt. In Ihrer Abwesenheit ..."
„Was hat er denn schon wieder?", unterbrach Robert ihn ein wenig ungeduldig.
Griese war ein netter Kerl, aber immer furchtbar umständlich und unbeholfen. Er schien Angst vor der ganzen Welt zu haben.
„Er hat wieder zugeschlagen", flüsterte er Robert panisch zu, und sah sich ängstlich um, als fürchte er, belauscht zu werden. „Er hat es schon wieder getan."
Robert rieb sich die Augen. Der Mann machte ihn wahnsinnig.
„Wer hat was?"
„Er wird es immer wieder tun", wisperte Griese in jämmerlichem Ton und schüttelte verzweifelt den Kopf.

Robert tastete nach seinen Zigaretten und sah sich um. Aber niemand sonst rauchte. Ärgerlich runzelte er die Stirn.
Auch das noch.
„Also, was ist los Griese. Nun mal Klartext, bitte."
„Na, der Wilderer", Griese sah ihn mit großen Augen an.
„Scheiße!" Robert schloss genervt die Augen. Musste das denn gleich wieder anfangen. Aber was hatte er gedacht? Dass es von allein aufhörte?
In dem Augenblick entdeckte er Jennifer auf der anderen Seite des Saales. Von Stetten geleitete sie gerade zu Irene und Georg zurück, beugte sich über ihre Hand und forderte dann Irene zum Tanz auf.
Robert stockte der Atem. Sie sah umwerfend aus. Dieses Kleid. Als würden tausende von Eiskristallen um sie herum wirbeln.
„Wir müssen unbedingt …"
„Ja, ja. Später, Griese, nicht heute Abend", würgte Robert ihn ab und starrte wie gebannt zu Jennifer rüber.
Griese folgte seinem Blick und lächelte kläglich.
„Eisblau", sagte er bedächtig.
„Was für'n Ding?" Robert nahm ihn kaum wahr.
„Eisblau. Das Kleid, die Farbe, meine ich", stotterte Griese.
„Eisblau? Woher wissen Sie so was?" Robert sah ihn kurz an.
„Ich hab' eine Frau und drei Töchter zu Hause. Da weiß man so was." Griese fiel immer mehr in sich zusammen.
Robert klopfte ihm noch einmal flüchtig auf die Schulter.
„Wir sehen uns morgen." Er ließ Griese stehen.
Im Vorbeigehen nahm er sich von einem Tablett einen Whisky, trank ihn in einem Zug und nahm gleich einen zweiten.
„Aber…", Griese schaute ihm unglücklich hinter. „Ach, irgendwas ist immer", jammerte er.

Jennifer sah Robert auf sich zukommen. Ein Bild von einem Mann. Braun gebrannt, tadelloser Anzug, nur der Bart …, nein, gerade der Bart …, ein dicker Kloß saß ihr im Hals.
Georg hatte ihn auch entdeckt und lachte erleichtert auf.
„Na endlich! Ich dachte schon, ich müsste mich hier allein durchkämpfen. Hallo Krieger." Die Männer umarmten sich.
„Lady." Robert gab Jennifer die Hand und hauchte ihr einen Kuss auf die Wange. Das hatte er noch nie gemacht und Jennifer sah ihn entgeistert an. Erst ließ er sie wochenlang ohne ein Lebenszeichen sitzen, und dann tat er wieder so vertraulich. Dachte er, er könnte sich alles mit ihr erlauben?

Mist, dachte sie, jetzt nur nicht rot werden. Nur das nicht. Ich muss etwas sagen. Irgendwas. Abstand schaffen.
„Krieger? Wohl den Kampf gegen den Rasierer verloren“, hörte sie sich mit eisiger Kälte in der Stimme sagen.
In ihr zog sich alles zusammen. Oh je, war ich das eben? Oh nein, das wollte ich nicht.
Robert hob fragend die Augenbrauen. Aber ihm fehlten heute Abend die Kraft und die Lust zum Streiten.
„Ich freue mich auch sehr, Sie wieder zu sehen, Lady“, sagte er müde und drehte sich zu Georg.
„Gibt's hier noch was zu trinken? Sonst überstehen wir das wohl nicht. Übrigens, Griese hat mich eben angehauen. Wegen der Wilderei. Hast du was gehört?“
Georg winkte den Mann mit dem Getränketablett heran.
„Man munkelt da verschiedenerlei, aber was Genaues weiß keiner. Auf jeden Fall hat man nun schon zum zweiten Mal Aufbruch gefunden und das abgeschärfte Haupt von einem Zwölfender. Aber keine Schlingen. Ich sag dir, das stinkt.“
„Also doch.“
Georg drückte ihm einen Whisky in die Hand. „Aber erzähl doch erst mal. Wie war's denn so? Ach nein, warte, sonst musst du nachher alles noch mal erzählen, wenn Irene hier ist. Prost erst mal.“
Jennifer riss die Augen auf. „Was denn, schon wieder Wilderer?“
„So ist das nun mal, wenn man auf den Arm des Gesetzes wartet“, sagte Robert mit einem spöttischen Seitenblick.
Georg und er stießen die Gläser aneinander.
Jennifer schluckte. Aber sie hatte es doch so gewollt. Schließlich war sie es, die den Kampf eröffnete.
Irene kam mit hochrotem Kopf von der Tanzfläche.
„Robert, wie schön, dass du wieder da bist.“ Sie umarmte ihn herzlich und hakte sich bei ihm ein. „Wie war es denn? Wie geht es Oliver? Was habt ihr gemacht?“ Sie überhäufte ihn strahlend mit Fragen.
„Und, wie sieht's aus, kaufst du dir eine Farm in Afrika?“
Robert beantwortete geduldig alle ihre Fragen.
„Eine Farm in Afrika? Wenn eine Flutwelle über den Darß schwappt und ihn verschluckt oder die Beulenpest alles dahinrafft, nun, dann vielleicht.“ Er lachte rau.
Jennifer stand wehmütig daneben. Warum behandelte Robert sie so? Wie schön wäre es, jetzt an seiner Seite zu sein.

Plötzlich stand Korella vor ihr. Er nickte kurz grüßend zu den anderen rüber und zog Jennifer ungefragt hinter sich her auf die Tanzfläche.
„Endlich“, erleichtert atmete er tief durch, „ich dachte schon, die lassen mich gar nicht mehr aus ihren Fängen.“ Er wirbelte Jennifer im Kreis und drückte sie an sich. „Darauf hab ich mich schon den ganzen Abend gefreut.“ Er strahlte sie weinselig an.
Als sie an ihren Freunden vorbei tanzten spürte sie, dass Robert sie beobachtete. Und wann immer sie zu ihm hin sah, trafen sich ihre Blicke.
Korella presste sie derweil immer fester an sich, so sehr sie sich auch dagegen anstemmte, und vergrub sein Gesicht in ihren Haaren.
„Oh, oh, Jenny sieht nicht sehr glücklich aus“, meinte Irene mit skeptischer Miene und wiegte den Kopf hin und her.
Robert schaute ihnen angespannt nach. Er kippte seinen Whisky runter.
„Entschuldigt mich mal einen Moment“, murmelte er Georg und Irene zu, „ich glaub, ich muss da mal eine Seele retten.“
Die beiden sahen sich verdutzt an. Robert tanzte nie.
Aber er ging auf die Tanzenden zu und tippte Korella von hinten auf die Schulter. Mit stoischer Gelassenheit klatschte er lässig zwei Mal in die Hände und nahm Jennifers Hand.
Sie wusste vor Überraschung gar nichts zu sagen. Sie hatte das Gefühl, ihre Beine würden ihr den Dienst verwehren.
Bereitwillig ließ sie sich von Robert in die Arme nehmen und wünschte sich augenblicklich nur noch, dieser Tanz möge nicht enden. Sie wollte sich an ihn schmiegen, ihn fühlen und riechen und nie wieder damit aufhören.
Robert war kein so guter Tänzer wie Korella, schon gar nicht wie von Stetten, aber er hatte etwas, was beiden fehlte. Er machte sie verrückt.
Klar, dachte Jennifer, weil er mich nicht will. Was man nicht haben kann, macht einen immer am meisten an. Aber will ich ihn denn überhaupt?
Korella stand da wie gelähmt und verstand die Welt nicht mehr. Es sah aus, als wollte er sich auf Robert stürzen, als Irene plötzlich da war, ihn bei der Hand nahm und mit ihm zu tanzen begann. Das hätte gerade noch gefehlt, dass die beiden hier eine Schlägerei anfingen.
Georg stand am Rand und platzte fast vor Stolz über seine diplomatische Frau.
Von Stetten unterhielt sich ein Stück abseits mit anderen Gästen. Aber auch er erfasste die Situation und zog nachdenklich die Stirn kraus. Da war ihm wohl etwas entgangen. Nun, er würde Carstens im Auge behalten.
Robert und Jennifer sprachen gar nicht. Erst als sie zu Georg und Irene zurückkehrten, suchte Jennifer nach Worten.

Verlegen räusperte sie sich. „Danke, Robert. Das war eben sehr nett von Ihnen."
„Nett?" Robert hob belustigt die Augenbrauen.
Das macht er so oft, dachte Jennifer, und ich mag das so an ihm.
Robert sah amüsiert zu Georg rüber. „Nicht gemeckert ist genug gelobt", und deutete mit einem Zwinkern auf Jennifer.
Hastig griff sie nach dem Sektglas, das Irene ihr hinhielt. Sie musste die Kontrolle behalten. Behalten? Oh Gott, reiß dich zusammen, Jennifer!
„Korella benimmt sich wie ein liebestoller Kater", Irene lachte aus vollem Hals. „Und hast du von Stettens Blick gesehen, Jenny? Ich sage euch, die beiden werden sich tatsächlich noch in die Haare kriegen."
Jennifer blickte verlegen zu Boden, als Robert sie spöttisch musterte.
„Ja, Lady, so kann's gehen, wenn man mit den Männern seine Spielchen treibt."
Jennifer fuhr auf. Wer trieb hier wohl mit wem Spielchen? Gerade noch hatte er sie in seinen Armen, hat sie festgehalten, als wollte er sie nie wieder los lassen und jetzt machte er sie schon wieder fertig. Immer dasselbe.
Sie baute sich wütend vor ihm auf. „Ich will Ihnen mal was sagen: Wenn die Männer denken, nur, weil eine Frau mal mit ihnen zu Abend isst und ein Glas Wein trinkt, hätten sie irgendwelche Rechte auf sie, dann liegt der Fehler doch wohl eher bei ihnen selbst, als bei den Frauen. Was bildet ihr Männer euch nur ein?"
„Wer weiß, vielleicht war es ja doch ein bisschen mehr? Schließlich ist nicht immer ein Retter in der Nähe." Robert grinste unverblümt.
„Robert, es reicht." Irene legte ihm besänftigend die Hand auf den Arm.
Aber Jennifer kochte vor Wut. „Und wenn! Erstens habe ich Sie nicht um Ihre Hilfe gebeten, außerdem glaube ich kaum, dass die Damen, die Sie gelegentlich so sehr beglücken deshalb gleich Rechte an Ihnen geltend machen können. Warum also umgekehrt?"
Jennifer machte auf dem Absatz kehrt und lief hinaus.
Dieser aufgeblasene Kerl. Chauvinist. Weiberheld. Sie hätte vor Wut heulen können.
Und es war furchtbar kalt.
Sie sah ihn durch die Dunkelheit auf sich zukommen.
Er zog sein Jackett aus und hing es ihr über die Schulter.
„Tut mir leid", sagte er leise. „Was auch immer da war, niemand hat ein Recht auf Sie. Und schon gar nicht auf etwas, was Sie nicht wollen. Ich weiß, ich bin manchmal ein echtes …, Entschuldigung, ein mieser Kerl

eben.“ Er streichelte ihr über’s Haar. „Gehen Sie rein. Sie holen sich den Tod hier draußen.“
Er hob ihr Kinn hoch und sah sie bittend an. „Verzeihen Sie mir?“
Jennifer schniefte.
„Ja“, flüsterte sie mit tränenerstickter Stimme.
Er beugte sich zu ihr runter und küsste sie. Ein flüchtiger Kuss, kaum, dass sie seine Zunge gespürt hätte. Und doch war plötzlich nichts mehr wie es war. Dieser Kuss brachte ihren Eispanzer zum Schmelzen. Fassungslos sah sie ihn an.
„Ich fahr’ jetzt nach Hause“, sagte Robert leise. „Ich melde mich.“
„Ja“, war das einzige, was Jennifer sagen konnte, obwohl sie genau das nicht wollte. Er sollte sie nicht allein lassen. Sie fühlte sich wie betäubt.
In dem Augenblick wurde die Tür des Haupthauses aufgerissen. Musik und Gelächter schallten heraus.
„Carstens!“, dröhnte es.
„Nee, ne?“, seufzte Robert, blickte genervt auf seine Uhr und dann zu dem Mann rüber. Er zog Jennifer sein Jackett fester um die Schultern.
„Wenn Gott ruft …“, er zuckte hilflos mit den Schultern und ging zurück.
Jennifer sah, wie Forstamtsleiter Anton Frisch Robert vertraulich seine fleischige Hand auf den Rücken legte und eifrig auf ihn einredete.
Sie betastete ihre Lippen, als könnte sie Roberts Kuss noch auf ihnen spüren.
Robert hatte sich eine Zigarette angezündet und Jennifer sah die Glut wie Glühwürmchen hin und her tanzen. Er konnte es nicht lassen. Sie lächelte schwach.
Robert folgte seinem Chef ins Haus.
Als Jennifer den Saal betrat, kam Irene ihr aufgeregt entgegen.
„Ich hab dich schon gesucht. Alles in Ordnung?“ Sie schaute Jennifer besorgt an.
Sie machte eine Kopfbewegung zur anderen Seite des Saales, wo Georg und Robert mit Frisch, Griese, von Stetten und noch ein paar Männern standen und heftig diskutierten.
„Krisensitzung. Sie wollen dem Wilderer an den Kragen.“
„Heute Nacht noch? Und was hat Konrad, ich meine, von Stetten damit zu tun?“
Irene sah Jennifer aufmerksam von der Seite an. „Das weißt du nicht? Er ist doch der Busenfreund von Frisch. Kommen aus der gleichen Ecke.“
„Von Stetten hat keine Freunde“, murmelte Jennifer.

„Er hat sich wohl bereit erklärt, seine Leute für die Jagd auf den oder die Wilderer abzustellen."
„Gibt's einen Verdacht?"
„Nein, so weit ich weiß nicht. Aber sie denken, dass es einer von hier ist. Es geht schon zu lange."
Jennifer sah, wie Robert sich immer wieder über die Augen strich. Er hatte die Zigarette im Mundwinkel und krempelte sich die Ärmel hoch. Er pfiff auf Förmlichkeit und Etikette. Jennifer konnte den Blick nicht von ihm losreißen.
Endlich löste sich die Runde auf.
Frisch haute Robert derb auf die Schulter und sagte irgendetwas, was Robert mit verschlossener Miene nur nickend quittierte. Damit war er entlassen und Frisch wendete sich von Stetten zu. Der gab ihm ein Zeichen, schon mal in den Rauchersalon vor zu gehen.
Georg und Robert kamen, die Hände in den Hosentaschen, zu den Frauen rüber geschlendert.
„Genug für heute", meinte Georg. „Jenny, kommst du mit uns mit?"
„Lass mal", Robert nahm den Autoschlüssel aus der Tasche, „ich nehme sie mit lang." Er sah Jennifer an. „Wenn es Ihnen recht ist?" Er lächelte matt. „Ich hab` was gut zu machen."
Irene streckte lachend den Zeigefinger in die Höhe. „Na, so einfach geht das wohl nicht."
Robert hob beschwörend die Hände. „Ich arbeite dran. Versprochen."
Von Stetten verabschiedete seine Gäste an der Tür, ganz Gentleman bis zum letzten Augenblick.
Er verbeugte sich vor Irene und küsste Jennifer mit einem aufmerksamen Seitenblick auf Robert die Hand.
„Du weißt, du bist immer willkommen", beschwor er sie eindringlich.
Jennifer wäre am liebsten im Erdboden versunken und traute sich nicht, zu Robert rüber zu sehen.
Von Stetten aber lächelte zufrieden.
„Bis gleich, Carstens", er nickte Robert flüchtig zu und gab dann Georg die Hand zum Abschied.
Robert half Jennifers ins Auto und schlug die Tür hinter ihr zu, bevor er sich noch einmal zu von Stetten umdrehte. Aber der war bereits im Haus verschwunden.
„Sie müssen noch mal raus heute Nacht?", fragte Jennifer leise.
„Mm" Robert wendete den Wagen und folgte den Lichtern von Georgs Auto. „Patrouille."

Er rieb sich wieder über die Augen.
„Sie brauchen Schlaf.“
Robert trommelte auf das Lenkrad. „Danach geht's nicht. Ich fürchte allerdings …“
„Was fürchten Sie?“
„Ach, vergessen Sie's.“
„Dass der Wilddieb heute Abend auch auf dem Fest war und jetzt friedlich seinen Rausch ausschläft?“
Robert schaute überrascht zu ihr rüber, sagte aber nichts dazu.
Er fuhr diesmal bis vor Jennifers Haustür und half ihr beim Aussteigen.
Sie lehnte sich mit dem Rücken an das Auto und Robert stand vor ihr. Er spielte mit einer vorwitzigen Haarsträne, die ihr
ins Gesicht gefallen war.
„Unterschätzen Sie von Stetten nicht“, bat er sie leise, aber bestimmt und legte ihr, als sie etwas erwidern wollte, den Finger auf den Mund. „Pst. Sagen Sie jetzt nichts.“
Er nahm zärtlich ihr Gesicht in die Hände und sie streckte ihm ihre halboffenen Lippen entgegen.
Als er sie küsste, legte sie zaghaft ihre Arme um ihn.
Seine Lippen liebkosten sie zart und ihre Zungen fanden zueinander. Sie wusste nicht, wann sie sich je so glücklich gefühlt hatte.
Roberts Telefon riss sie auseinander.
„Ich komme ja“, stieß er bitter aus, ohne abzuheben und schlug mit der flachen Hand auf das Auto.
„Kommen Sie“, sagte er leise und brachte Jennifer an die Tür. Er schob sie ins Haus. „Schließen Sie hinter sich zu.“
Er strich ihr noch einmal zärtlich über die Wange.
„Pass auf dich auf“, flüsterte Jennifer, als der Landrover vom Hof fuhr.
Sie schloss die Tür, spielte gedankenverloren mit der Kette und lehnte sich dann selig lächelnd an den Türrahmen. Robert.
Die Schmetterlinge in ihrem Bauch befreiten sich von ihren Fesseln, flatterten wie wild durch ihren ganzen Körper und wurden zu Hubschraubern. Das Schulmädchen in Jennifer gewann die Oberhand und sie tanzte glücklich durch das Wohnzimmer.
Sie sah den dunkelblauen Pick up nicht, der auf der Straße hielt, auch nicht den Mann, der mit einem Fernglas in ihre erleuchteten Fenster hinein spähte.

Jennifer schlief unruhig. Korella wirbelte sie im Traum über die Tanzfläche, der dicke Fleischer streckte seine wulstigen Hände nach ihr aus und Maximus hetzte mit hängender Zunge auf der Suche nach seinem Herrchen durch den dunklen Busch. Und unablässig verfolgten sie die stechenden Augen des Nussknackers, der wie von Stetten aussah.
Endlich schien die Sonne ins Fenster und kitzelte Jennifer an der Nase. Sie streckte sich wohlig. – Robert. – Ein warmer Schauer zog durch ihren Körper. Was wäre passiert, wenn er nicht zum Dienst gemusst hätte? Hatte sie sich getäuscht oder wäre er gern geblieben? Sie schwang sich aus dem Bett. Eine erstaunlich frische Jennifer blickte ihr aus dem Spiegel entgegen.

Das stellte auch Irene etwas später im Büro fest. Da war etwas in Jennifers Zügen, das kannte sie noch nicht.
„Jenny", sie schaute ihre Freundin besorgt an, „es ist doch nicht von Stetten?"
Jennifer verstand sie erst nicht. Aber dann umarmte sie Irene lachend. „Ach Reni, was du immer denkst. Ich fühle mich einfach gut heute. Das ist alles."
Irene war alles andere als beruhigt. Diese ausweichende Antwort konnte alles bedeuten. Und sie hatte, was von Stetten anging, irgendwie ein komisches Gefühl. Sie konnte es nicht erklären. Er war immer korrekt und überaus höflich. Und doch hatte er etwas Raubtierartiges an sich, fand Irene.
Jennifers Telefon klingelte und sie zuckte zusammen. Robert?
„Hallo Jenny, Fritz hier."
Enttäuscht kniff sie die Lippen zusammen.
„Guten Morgen, Fritz."
„Ich wollte dich nur erinnern, dass ich diese Woche nicht mehr erreichbar bin. Du weißt doch, das Freundschaftstreffen in Polen."
Ja, sie wusste. Er wollte, dass sie ihn begleitete, aber sie hatte abgelehnt. Sie musste etliche Artikel abliefern, vor allem aber wollte sie keine Hoffnungen mehr in ihm wecken, die sie nicht zu erfüllen bereit war. Das musste ein Ende haben.
„Und du willst wirklich nicht …", setzte er noch einmal an.
Jennifer unterbrach ihn. „Fritz, bitte, ich hab's dir doch gesagt. Mach dir ein paar schöne Tage."
„Ist es von Stetten?"
Jennifer runzelte die Stirn. Schon wieder von Stetten. Was hatten sie nur alle.

„Lass uns darüber reden, wenn du zurück bist, ja?“ sagte sie sanft. „Und, es ist nicht von Stetten.“

Den Rest des Tages verbrachte sie damit, auf einen Anruf von Robert zu warten.

Sie hatte von Georg gehört, dass es nach wie vor keine heiße Spur gab. Aber man wollte nun nicht locker lassen und die nächtlichen Streifen fortsetzen.

Als es Abend wurde und sie immer noch nichts von ihm gehört hatte, sank ihre Stimmung in den Keller.

Irene steckte den Kopf zur Tür rein. „Du bist ja immer noch hier, Jenny. Wir fahren jetzt los. Ich freue mich schon so. Wir sehen uns dann Freitag.“

Jennifer lief zur Tür und drückte Irene herzlich. „Tschüss. Und grüß mir deine Jungs.“

Es war schon dunkel, als sie nach Hause kam. Jennifer setzte Teewasser auf und sprang unter die Dusche. Sie rubbelte gerade ihr Haare trocken, da klingelte ihr Handy.

Ihr Herz pochte wie wahnsinnig.

„Hallo Lady, wie war Ihr Tag?“

Ein befreites Lachen zog über ihr Gesicht. Zugleich versetzte ihr sein *Sie* einen leichten Stich. Nach dem Kuss gestern Nacht … Aber vor allem anderen fühlte sie eine ungeheure Erleichterung, ihn endlich zu hören.

„He, Krieger, wie war Ihre Nacht?“

„Na, der erste Teil war ganz toll.“ Seine samtige Stimme hüllte sie wie ein warmer Sommerwind ein, aber in ihr tobten die wildesten Stürme. Der erste Teil der Nacht. Sie presste eine Hand auf ihren Bauch.

„Was machen Sie gerade?“

Jennifer hörte das Motorengeräusch im Hintergrund.

„Ich komme gerade aus der Dusche. Und ich habe die schönste Musik der Welt an. Die sollten Sie mal hören.“ Sie summte ein paar Takte mit.

„Oh, das klingt …, mm, so ein Ärger, ich bin auf dem Weg zum Dienst.“

„Was denn, heute schon wieder? Gibt’s denn keinen anderen, der auch mal dran ist?“

„Nein. Das geht noch die ganze Woche so. Aber keine Sorge, ich bin nicht der Einzige.“

Jennifer sackte enttäuscht zusammen. Aber das wollte sie sich nicht anmerken lassen.

„Nun, da gibt’s nur eins, schnappen Sie den Kerl, dann ist die Sache erledigt.“ Sie versuchte, betont lustig zu klingen.

„Super Idee. Muss ich mir merken. Haben Sie auch noch'n Tipp für mich, wie ich das machen soll?"
„Na, halten Sie sich doch an die Waffen der Wilderer. Legen Sie ihm eine Schlinge. Am besten um den Hals."
„Okay, werd ich …", es knackte in der Leitung, „… muss jetzt …, Freitag …" Die Leitung war unterbrochen.
Jennifer drückte das Telefon an sich. Er hatte an sie gedacht.

Irene umarmte Jennifer. „Schön, dass du schon da bist. Die anderen werden auch gleich kommen. Guck dir meine Prachtjungs an." Sie setzte die Brille auf die Nase und klickte die Bilder auf der Kamera an.
„Ganz der Vater", Jennifer erkannte in ihnen den Georg ihrer Jugend wieder.
„Dass du immer noch so gut sehen kannst." Irene hauchte frustriert auf ihre Brillengläser und rieb sie mit dem Pulloverrand sauber.
Jennifer schüttelte skeptisch den Kopf. „Meine Arme werden auch schon länger. Ich hole dich ein. Kann ich dir noch irgendwas helfen?"
Jennifer sah sich suchend in der Küche um und Irene drückte ihr, mit einem Seitenblick auf ihr elegantes Wollkleid eine Schürze in die Hand.
„Sicher ist sicher", scherzte sie. „Ich hab soweit alles fertig. Schmeckst du nur noch mal den Salat ab?"
Sie deckten gemeinsam den Tisch, als Wilhelm und Christiane eintrafen.
„Jimmy und Magrit sind auch im Anmarsch."
Ein paar Minuten später saßen die Freunde laut erzählend und lachend um den Tisch. Jennifer schaute in die Runde. Wie konnte man nur ohne Freunde sein? Freunde gaben einem Sicherheit, Halt und mit die schönsten Stunden im Leben. Nein, Konrad von Stetten, du hast wirklich keine Ahnung.
Aber immer wieder schweifte ihr Blick zur Tür.
Georg stellte Bierflaschen auf den Tisch und öffnete die Weinflaschen.
Irene trocknete sich die Hände am Geschirrtuch ab und schaute auf die Uhr. „Und Robert?"
Jennifer zuckte leicht zusammen.
„Er muss jeden Moment hier sein." Georg füllte die Gläser.
Jennifer war unruhig und konnte vor Ungeduld kaum still sitzen.
Als er endlich kam, war es, als würden schwere Ketten von ihr abfallen und scheppernd auf den Boden krachen. Aber sie war eine gute Schauspielerin. Keiner merkte etwas davon.
Robert klopfte zum Gruß auf den Tisch und nahm am anderen Ende Platz.

Ihre Blicke trafen sich und sein flüchtiges Lächeln jagte Jennifer eine Gänsehaut über den Körper.
Jimmy war gerade dabei, seine Wut über so ein Straßenkontrollfahrzeug abzulassen, das zur Hauptverkehrszeit eine Schlange von mindestens fünfzig Fahrzeugen hinter sich her zog.
„Und? Hast du denen deine Meinung gesagt?", fragte Irene belustigt. Bei Jimmy verlief immer alles explosiv.
„Na, und ob. Und was tut der Kerl? Grinst nur blöde."
„Mein lieber Mann hat ihm dann auf die ihm eigene zurück haltende Art erst einen Vogel und dann den Mittelfinger gezeigt", mischte Magrit sich ein.
„Oh, oh, das kann teuer werden", Wilhelm wiegte pessimistisch den Kopf.
Jimmy guckte grimmig. „Was soll ich euch sagen, ich bin kaum zu Hause, da klingelt das Telefon und so 'ne Olle von der Straßenwacht ist dran. Ich hab gedacht, dieser Blödmann hätte mich angezeigt und sie wollte mich nun Maß nehmen. Na, die kam mir gerade richtig."
Magrit legte ihr Besteck aus den Händen. „Ihr hättet ihn hören sollen. Er hat die Frau zur Schnecke gemacht! Ist gleich voll auf Abwehr und Anklage gegangen." Sie lachte und Jimmy grinste hämisch.
„Dabei wollte sie nur 'ne Spende für Verkehrserziehung oder so was. Ich hab ihr klar gemacht, dass sie einen ganz schlechten Zeitpunkt gewählt hat und aufgelegt." Tiefe Falten lagen auf seiner Stirn.
Alle redeten durcheinander. Jeder hatte schon ähnliche Erfahrungen aufzuweisen und sich mehr oder weniger darüber aufgeregt.
„Kaffee?", fragte Irene und räumte die Teller zusammen.
Wilhelm schielte zu ihr rüber. „Hast du auch Nachtisch?"
Irene stellte eine große Torte auf den Tisch und er strahlte.
Robert hatte Jennifer kaum einen Moment aus den Augen gelassen. Ab und an hatte sie seinen Blick erwidert, dann aber verlegen woanders hingeguckt. Sie hatte das Gefühl, einer Rotlichtlampe zu ähneln, so sehr glühte sie.
„Robert hat gerade eine Woche Nachtschicht hinter sich", sagte Georg und schob sich das nächste Stück Torte in den Mund.
„Ja, ich hab davon gehört, dass da was im Wald gefunden wurde. War das wirklich Wilddieberei?" Wilhelm beugte sich vor, um Robert besser sehen zu können.
„Ja", brummte er, „das Schwein arbeitet für die Kühltruhe."
„Und ich dachte, er sei auf die Trophäen scharf." Wilhelm sah zu Irene rüber. „Darf ich noch ein Stück?" Beherzt griff er zu.
„Hat eure Nachtwache denn was gebracht?", fragte Magrit skeptisch.

Oh ja! Jennifer dachte wohl zum hundertsten Mal daran, was hätte sein können, wenn Robert nach diesem Kuss nicht weg gemusst hätte.
„Wie man's nimmt." Robert schaute zu Jennifer. „Nein, das Ganze war ein Schuss in den Ofen."
„Ich kann mir nicht helfen", Georg schob Robert den Whisky rüber, „der Kerl wusste Bescheid. Der hat in seinem Bett gelegen und sich einen Ast gelacht, während wir uns die Nächte um die Ohren geschlagen haben. Und wenn sich die Wogen glätten, dann schlägt er wieder zu."
Robert brummte zustimmend. „Gib mal noch `n Bier rüber. Kein Schnaps heute."
„Müssen Sie heute Nacht wieder raus?" Jennifer versuchte, ganz sachlich zu klingen, aber in ihren Ohren rauschte das Blut.
Georg und Irene sahen sich wie auf Kommando an.
„Wartet mal", unterbrach Georg, und Irene nickte heftig mit dem Kopf, „meint ihr nicht alle, dass Robert und Jenny endlich mit dem Gesieze aufhören sollten?"
Laute Zustimmung.
„Los Ihr zwei, trinkt Brüderschaft.".
Jennifer spürte, wie sie knallrot wurde, aber Robert lächelte sie beruhigend an. Langsam ging er mit seinem Glas auf sie zu.
Jennifer stand mit zittrigen Händen ebenfalls auf.
„Küssen! Küssen!", riefen alle und klatschten begeistert in die Hände.
Robert blickte Jennifer ganz tief in die Augen. „Tun wir ihnen den Gefallen?", fragte er sie kaum hörbar.
Jennifer nickte, ebenfalls kaum erkennbar.
Robert nahm ihr das Glas aus der Hand und stellte auch seins zur Seite. Er legte seinen Arm um sie. Der Kuss, den er ihr dann gab, haute ihr fast die Beine weg. Seine Lippen schmiegten sich auf ihre und seine Zunge vereinigte sich mit ihrer. Ihre Körper verschmolzen miteinander und sein Blut vermischte sich mit ihrem.
Jennifer vergaß Zeit und Raum, aber das Ganze dauert nur Sekunden.
Die Freunde ließen johlend die Gläser klingen. Für sie war es ein Spaß, aber Jennifer stand wie erstarrt, als Robert zu seinem Platz zurückging.
Irene umarmte Jennifer. „He, sei ihm nicht böse. Er ist manchmal ein bisschen impulsiv."
Jennifer lächelte verlegen. Ihm böse sein? Für so einen Kuss?
„Ist schon okay", sagte sie leise.
Als sie zu Robert sah, fing sie seinen zärtlichen Blick auf. Hatte er das gleiche gespürt?

„Sagt mal“, plapperte Christiane nun wieder drauf los, „ihr wart doch neulich auf dem Dreiseitenhof. Wie war’s denn? Ich finde, es ist eine tolle Anlage.“
„Na, bei so viel Fördermitteln …“
„Georg“, rief Irene ihn zur Ordnung, „nun hör schon auf. Es ist wirklich sehr schön geworden. Und wenn man von Stetten die Unterstützung angeboten hat, warum sollte er sie dann ablehnen.“
„Wer weiß …“, setzte Georg noch einmal an.
„Nein, Georg, lass deine Verschwörungstheorien stecken. Es war ein schönes Fest. Aber habt ihr gesehen“, wendete Irene sich an die anderen, „Klöden arbeitet bei ihm.“
„Was denn, der Wilderer?“
„He, he, mal langsam. Sie konnten ihm nie was nachweisen“, bremste Robert die aufkommende Hysterie.
„Aber stellt euch mal vor, wenn er vielleicht doch…, dann konnte er doch neulich Abend mitgekriegt haben, dass ihr Streifen losgeschickt habt.“
„Er ist dauernd mit dem Pick up von seinem Boss unterwegs. Führt sich auf, als wäre er der Gutsherr. “
„Na, wie auch immer, ich denke, da hat sich von Stetten eine ganz schöne Laus in den Pelz gesetzt“, sinnierte Georg.
„Ist das so ein Rothaariger?“ fragte Jennifer interessiert. „Den hab ich öfter schon gesehen, wenn ich …“, sie zögerte kurz, „als ich neulich dort war. Der hat einen ganz ekligen Blick.“ Sie schüttelte sich angewidert und sah dabei die Frauen an.
„Hat er dich belästigt?“ Roberts Blick verengte sich gefährlich.
„Nein, hat er nicht. Aber ich finde, er hat was Unheimliches an sich.“
Die Frauen stimmten ihr zu.
„Er hat seine Frau gerade wieder mal fast krankenhausreif geprügelt.“
Magrit nickte mit dem Kopf. „Ja, ich hab sie beim Arzt gesehen. Gott, sie sah schrecklich aus.“
„Und, war’s wieder die Treppe?“
„Na sicher. Angezeigt hat sie ihn nicht.“
Jennifer hörte mit geweiteten Augen zu. Gab es so was wirklich noch?
„Oh, schon fast eins.“ Magrit und Jimmy standen auf. „Zeit, nach Hause zu gehen. Habt schönen Dank. Es war ein toller Abend.“
„Nehmt ihr uns gleich mit lang?“ Wilhelm und Christiane schlossen sich an.
Jennifer räumte schon ein bisschen auf, während Irene und Georg die anderen an der Tür verabschiedeten und Robert eine Zigarette rauchte.
„Ich werde dann mal auch. Spät genug.“ Jennifer nahm ihre Jacke.

Ihr Herz raste und ihr Blut pochte in den Adern. Würde Robert sie allein gehen lassen? Sie traute sich nicht, ihn anzusehen.
Sie umarmte Irene und Georg.
Robert warf seine Jacke über die Schulter.
„Schlaft gut, ihr zwei." Er küsste Irene auf die Wange.
Wie selbstverständlich ging er zum Auto und öffnete die Beifahrertür für Jennifer.
Jennifer wusste vor Aufregung nicht, wo sie hinsehen sollte. In sein Gesicht? Auf seine Hände, die ihr unendliche Zärtlichkeiten versprachen? Nein, besser nur aus dem Fenster in die Dunkelheit. Sie zitterte.
Sie rutschte aus dem Auto direkt in seine starken Arme und dann konnten sie nicht mehr voneinander lassen. Ihre Küsse wurden immer heftiger und seine Hände waren überall.
Schwer atmend, mit zittrigen Fingern schloss er die Tür auf.
Ihre Jacken flogen zur Seite, die Schuhe in die Ecke. Ihre Lippen trennten sich nur noch, um sich gegenseitig ihrer Sachen zu entledigen.
Robert hob Jenny hoch, küsste ihren Mund, den Hals und ihre nackten Brüste. Sie klebte an seiner schweißnassen Haut. Keuchend hob er sie auf ihren großen Tisch. Jennifer ließ sich vorsichtig nach hinten fallen. Sie spürte das harte Holz unter sich nicht, sie fühlte nur seinen Körper, seinen heißen Atem an ihrem Gesicht abwärts gleitend bis hin zu den Brüsten. Als er an ihren Brustwarzen saugte, jagte eine Ekstase nach der anderen durch sie hindurch. Sie schlang die Beine um ihn und drückte ihn an sich. Keuchend richtete sie sich ein wenig auf. Ihre Hände suchten erregt nach ihm und schoben ihn in sich hinein.
Er stöhnte laut auf und presste sie noch fester an sich, bis er das Gefühl hatte, tief in ihr irgendwo anzustoßen. Immer wieder stieß er gegen diesen Punkt. Jennifer hob ihm ihr Becken entgegen. Sie konnte nicht genug von ihm bekommen.
„Langsam", stöhnte Robert, „langsam", und versuchte, sich ein Stück zurück zu ziehen. Aber sie hielt ihn fest umklammert. Keinen Zentimeter Zugeständnis.
Er konnte es nicht aufhalten.
„Oh, mein Gott Jenny, das geht so nicht. Das hält der stärkste Mann nicht aus." Atemlos streichelte er zärtlich über ihr Haut.
„Ich …", sie rang heftig nach Luft, „ich konnte nicht anders. Du …, du hast mich so verrückt gemacht."
Robert zog sie sachte hoch und nahm sie auf den Arm.
„Du frierst", flüsterte er, „komm."

Er trug sie zum Bett und deckte sie liebevoll zu.
„Bitte, geh nicht“, flehte sie leise. „Lass mich jetzt nicht allein.“
Robert lächelte zärtlich. „Nein, ganz bestimmt nicht.“
Er legte sich zu ihr. „Ich hab noch was vor heute Nacht.“
Jennifer kuschelte sich eng an ihn und ihre Hände tasteten nach ihm.
Er überhäufte ihr Gesicht mit Küssen. „Warte. Gib mir ein bisschen Zeit mich zu erholen.“ Er lachte leise. „Ich bin keine Achtzehn mehr.“
Jenny schmiegte sich, ein wohliges Schnurren von sich gebend in seine Arme. Sie kämpfte gegen die Müdigkeit. Sie wollte gern so lange wie möglich wach bleiben, um keine Minute mit ihm zu versäumen.
„Warum hast du mir nicht gesagt, dass du so lange weg fährst?“, fragte sie schläfrig.
„Zu Oliver? Ich weiß nicht.“ Robert pustete zärtlich in ihr Haar. „Ich wollte, aber …“
Er horchte lächelnd auf ihren gleichmäßigen Atem. Sie war eingeschlafen. Behutsam strich er ihre eine Haarsträhne aus dem Gesicht.
Plötzlich glaubte er, draußen jemanden zu hören.
Er löste sich aus Jennys Umarmung und ging ins Wohnzimmer rüber. War da gerade eine dunkle Gestalt am Fenster vorbeigehuscht?
Kurz danach raste auf der Straße ein Auto mit quietschenden Reifen davon. Unsinn. Wer sollte hier mitten in der Nacht ums Haus herum schleichen. Waren sicher wieder die Halbwilden, die sich Rennen im Ort lieferten.
Er verschloss die Tür.
Der Mond tauchte den Raum in ein silbriges Licht und schickte es über die auf dem Boden verstreuten Sachen.
Robert schüttelte lächelnd den Kopf. Jenny hatte immer noch keine Gardinen. Und in der Ecke stand nach wie vor einer der Umzugskartons rum.
War sie immer noch nicht angekommen? Würde sie jemals hier zu Hause sein?
Er schaute auf die Uhr. Sein Auto sollte morgens nicht hier stehen. Er wollte nicht, dass die Leute über sie redeten. Aber etwas Zeit blieb ihnen noch.
Er ging zurück zum Bett.
Die Decke war zur Seite gerutscht und Jenny lag nackt vor ihm. Das Mondlicht kroch über den Boden in das Schlafzimmer, auf das Bett hinauf über ihre Schenkel.
Robert setzte sich neben sie. Er streichelte ganz sanft über ihre Wangen. Dann folgte er ihrem leichten Pulsschlag am Hals entlang über das Schlüsselbein und umkreiste mit den Fingerspitzen ihre Brustwarzen.

Jenny räkelte sich unter seinen Händen.
„Mach weiter", flüsterte sie. Ihr Atem wurde unruhiger und durch ihren Körper ging ein Zucken.
Robert strich lächelnd an den Rundungen ihrer Brüste herunter zu ihrem Bauch. Jenny bog sich ihm fast unmerklich entgegen und spreizte ihre Beine ein ganz klein wenig, so dass seine Finger wie von selbst in sie hinein glitten. Er schluckte heftig, beugte sich über sie und suchte sich Zugang zu ihrem Mund. Langsam zog er seine Hand zurück und wanderte an ihrem Körper hinunter, schmiegte sich in ihre Armbeugen und knabberte an ihren Brüsten.
Jennifer stöhnte leise, hielt aber ganz still. Was tat er mit ihr? Noch nie hatte sie solche Lust gespürt.
Roberts Lippen liebkosten ihren Bauch und seine Zunge ergründete verspielt ihren Bauchnabel.
Stück für Stück glitt er hinab. Ihr aufregender Geruch und die Erwartung ihres köstlichen Geschmacks machten ihn vollkommen benommen, als er plötzlich merkte, dass sie sich verkrampfte.
„Es ist alles gut", flüsterte er heiser.
„Ich …", sie sah ihn ängstlich an, „ich hab das noch nie …"
Wieder die hochgezogenen Augenbrauen und tausend Fragen in seinem Blick.
Aber dann streichelte Robert sie beruhigend und ließ seine Lippen wieder an ihrem Körper hoch gleiten, bis sich ihre Münder erneut fanden.
Seine Finger tasten sich zu ihren empfindlichsten Stellen. Ein Beben ging durch ihn hindurch, als er ihr vor Erregung geschwollenes Inneres spürte, dass ihn heiß und feucht empfing.
„Oh Gott, oh Gott …", Jennifer bog sich ihm entgegen, „nicht aufhören, bitte, hör nicht auf …"
Sie musste schreien. Sie konnte nicht anders. Erschrocken hielt sie sich den Mund zu, aber Robert nahm ihre Hand und bedeckte sie mit Küssen.
„Schrei ruhig, Jenny, lass es raus", raunte er ihr erregt ins Ohr, „schrei."
Und Jennifer ließ ihren Empfindungen freien Lauf. Dieses wahnsinnige Gefühl schien kein Ende zu nehmen und sie sie drückte die Beine, immer noch mit seiner Hand in sich, fest zusammen, um es bis zum letzten Moment auszukosten.
Als er dann in sie eindrang, fingen die gereizten Nerven sofort wieder Feuer. Schon nach den ersten Stößen erschütterte der nächste Höhepunkt ihren Körper und Robert verstand es, sie wieder und wieder da hin zu

bringen, bis sich ihre Körper in einer gewaltigen Explosion gemeinsam noch einmal aufbäumten.
Robert rollte sich erschöpft auf den Rücken und zog Jenny auf sich. Er hielt sie fest. Er wollte sie nie wieder los lassen.
Einen flüchtigen Moment dachte er an all die oberflächlichen, unbedeutenden Abenteuer der letzten Jahre. Was war das gegen die Liebe einer Frau. Sie stellte alles Gewesene in den Schatten.
Jenny kuschelte sich in seine Arme und rieb sich an ihm. Sein Körper reagierte. Erstaunt und entzückt spürte sie seine erneute Erektion. Sie schob ihn zwischen ihre Beine, wo ihn ein heißer Schwall empfing und erneut verschluckte.
Der Mond faltete bedächtig die Hände und lächelte zufrieden.
Als Robert aufwachte, dämmerte es draußen schon. Jennifer lag auf der Seite und schlief tief und fest. Er hauchte ihr einen sanften Kuss auf die Schulter. Zärtlich zog er die Decke über sie und stand leise auf.
Kurze Zeit später rollte der Landrover langsam auf die Straße.

Konrad von Stetten hörte sich mit versteinerter Miene Klödens Bericht an. In ihm tobte die nackte Wut, aber nach außen verriet lediglich die Zornesfalte zwischen seinen Augen, was er fühlte.
Klöden lehnte lässig an dem Pick up.
„Carstens hat sie nach allen Regeln der Kunst durchgevögelt, kann ich Ihnen sagen. Oh Mann, die ist abgegangen!" Lüstern leckte er über seine Lippen und griff sich in den Schritt.
„Genug, Klöden. Halten Sie den Mund." Von Stetten schlug aufgewühlt mit der Reitpeitsche gegen seine Stiefel. „Gehen Sie jetzt an Ihre Arbeit. Und Klöden", er sah ihn durchdringend an, „kein Wort. Zu niemandem."
„Klar doch, Boss." Klöden hob den Zeigefinger an die Mütze und schlurfte zum Stall.
Angewidert guckte von Stetten dem Mann hinterher. Aber er brauchte ihn noch. Er wollte über alles, was Jennifer tat Bescheid wissen, aber ganz sicher nicht selber nachts in fremde Fenster schauen.
Ein mitleidiges Lächeln lag für Sekunden über seinem Gesicht, als er an Korella dachte. Wie ein verliebter Gockel war er Jennifer hinterher gestiegen. Er hatte nicht das Format für diese Frau.
Aber schon gar nicht hatte sie sich einem dahergelaufenen Förster in so schamloser Weise in die Arme zu werfen.
Carstens! Von Stettens Wut wuchs ins Grenzenlose. Wie konnte es sein, dass der bekam, was ihm selbst verwehrt wurde.

Und ich habe es auf ihre Schüchternheit, auf züchtige Zurückhaltung geschoben. Hab sie noch bewundert dafür, mir zu ihr gratuliert. Er lachte hart auf.
Nun, er musste eine Entscheidung treffen.
Er begehrte Jennifer. Er wollte Jennifer.
Sie war in einem Alter, in dem der Wunsch nach nervenden Kindern kein Thema mehr war, und doch jung und attraktiv genug, um Begehrlichkeiten in ihm zu wecken. Und sie gehörte nicht zu den Frauen, die unbedingt geheiratet werden wollten. Sie war klug, redegewandt und hatte aristokratischen Stil.
Er hatte tatsächlich geglaubt, sie könnte einem Mann wie ihm nicht auf Dauer widerstehen.
Nun, noch war nicht aller Tage Abend.
Klöden meinte, der Landrover wäre morgens weg gewesen. Wie aufmerksam von Carstens.
Von Stetten wusste nur zu gut, wie schnell sich gerade solche Neuigkeiten in einem Dorf verbreiteten. Würde Jennifers Techtelmechtel erst Ortsgespräch werden, wäre sie für ihn wertlos.
Klöden würde die Klappe halten. Alles eine Frage des Geldes.
Von Stetten hatte nicht die Absicht, kampflos aufzugeben. Nicht gegen einen Carstens.
Er ging in sein Büro und griff zum Telefon. Auf der anderen Seite wurde abgenommen.
Von Stetten räusperte sich. „Anton, wir müssen reden."

Es war schon später Vormittag, als Jennifer aufwachte. Sie tastete auf die andere Seite des Bettes, aber Robert war nicht mehr da. Enttäuscht kuschelte sie sich noch einmal in die Kissen und versuchte, sich mit geschlossenen Augen an jeden Augenblick dieser Nacht zu erinnern. Warum hatte ihr nie jemand gesagt, dass es so schön und aufregend sein konnte?
Sie fühlte sich noch ein wenig wackelig auf den Beinen, aber nach dem Duschen meinte sie, Bäume ausreißen zu können. Oder aber auch ganz etwas anderes zu tun.
Mit dem Handtuch um den Körper gewickelt lief sie durch das Wohnzimmer und sammelte ihre Sachen zusammen, als sie den Landrover hörte.
Robert strahlte sie an. Er legte eine große Tüte mit Brötchen auf den Tisch.
Jennifer steckte den Kopf zur Tür raus. „Kommt noch jemand?"
Robert sah sie fragend an.

„Ich meine, wegen der Brötchen." Sie lachte. „Die reichen für eine ganze Garnison ausgehungerter Kerle."
Er nahm sie in die Arme. „Du weißt nicht, was ich für einen Bärenhunger habe."
Seine Lippen suchten ihre und das Handtuch fiel zu Boden.
„Du bist so süß", raunte er ihr ins Ohr, streichelte ihre Brüste und ließ seine Hand über ihre noch feuchte Haut zwischen ihre Beine gleiten. „Oh, mein Gott", stöhnte er, und auch Jennifers Atem begann zu rasen.
In dem Augenblick kamen Irene und Georg auf den Hof gefahren.
Schnell packte Jennifer ihr Handtuch und verschwand im Schlafzimmer, während Robert versuchte, seine Fassung zurück zu gewinnen.
Die beiden stürmten fröhlich herein, in den Händen ebenfalls eine Tüte Brötchen.
„Hier bist du, alter Junge, na, da kann ich das Telefon ja ewig klingeln lassen." Georg sah sich um. „Wo ist Jenny?"
Irene drückte Robert einen Kuss auf die Wange.
„Sie kommt gleich. Madam hat bis eben geschlafen." Robert zuckte gewohnt lässig mit den Schultern.
Georg und Reni waren seine besten Freunde, ja, aber das hier war etwas anderes. Das war noch so frisch. Es war noch nicht die Zeit, darüber zu reden.
Jennifer war schnell in Jeans und Pullover geschlüpft und begrüßte ihre Freunde herzlich. Robert und sie wechselten einen kurzen Blick. Sie dachte wie er.
Irene sah auf Roberts Brötchen. „Da hatten wir wohl alle den gleichen Gedanken. Das Wetter ist so toll, wollen wir nicht was zusammen unternehmen?"
„Klasse Idee. Ich hatte sowieso vor, unsere Großstadtlady zum Weststrand zu entführen. Schließlich habe ich einen Vertrag zu erfüllen, damit sie ihre Gäste dann auch überall hinschleppen kann." Er zwinkerte Jenny zu. „Und Wegzehrung haben wir ja nun genug."
Irene und Georg schienen überhaupt nichts Ungewöhnliches daran zu finden, dass Robert schon vor ihnen hier war. Sie bemerkten auch ihre heimlichen Blicke und versteckten Berührungen nicht. Sie waren einfach nur froh, dass die beiden Streithähne endlich Frieden geschlossen hatten.
Keiner nahm Notiz von dem dunkelblauen Pick up, der langsam am Haus vorbei fuhr.

Klöden war wütend auf sich. Er hätte dem Boss noch nichts von Carstens und der heißen Braut erzählen sollen. Womöglich versaute der ihm nun sein nächtliches Vergnügen.
Er hatte von Stettens Telefonat mit Frisch belauscht. Natürlich, der sollte ihm dabei helfen, Carstens von der Frau weg zu bekommen.
Ein schmieriges Grinsen machte sich auf seinem Gesicht breit. Er konnte von Stetten verstehen. Wollte den scharfen Feger für sich haben. Aber ob der es ihr genau so besorgen konnte wie Carstens?
Klöden fasste sich in den Schritt und verdrehte verzückt die Augen. Er könnte es noch besser.
Das Wasser lief ihm im Mund zusammen und ein Speichelfaden hing an seinem Kinn. Heute Nacht würde er wieder hingehen und…, er schob, auf's höchste erregt seine Hand in die Hose, bis sich sein Körper unter gewaltigen Zuckungen verbog und sein Gesicht sich zu einer animalischen Fratze verzerrte.

Die vier liefen zu Fuß durch den Wald. Gegen den Protest der Männer hatten Irene und Jennifer einen autofreien Tag durchgesetzt. Es war fast März und der erste milde Tag nach dem Winter.
Sie waren allein im Wald. Kein Mensch war außer ihnen unterwegs. Wenn die Leute wüssten, wie schön es hier zu dieser Zeit sein kann, dachte Jenny, dann würden sie auch jetzt herkommen.
Aber andererseits, war es nicht herrlich, einpaar Monate im Jahr Prerow ganz für sich allein zu haben?
Neulich war sie tatsächlich ganz allein am Strand. Niemand zu sehen weit und breit. Sie hatte die Arme weit ausgebreitet und mit dem Wind getanzt. Er kam aus Nordost.
Robert und Georg zeigten ihr die Unterschiede der vielen Baumarten und erklärten ihr, dass Schalenwild, also Tiere mit Hufen, Fährten, alle anderen Tiere Spuren hinterließen, wiesen auf Wildschäden hin und recht hämisch auf zurückgelassenen Müll. Knapper Kommentar: „*Deine* Gäste!"
Robert brachte sie alle dazu, für Augenblicke die Augen zu schließen, ganz still zu sein und nur auf die Geräusche des Waldes zu hören. Er selber nutzte die Gelegenheit, Jenny währenddessen einen Kuss auf die Lippen zu hauchen.
Schon von weitem hörten sie das Rauschen des Meeres. Auf dem letzten Stück des Weges, einem märchenhaften Wald mit uralten Buchen, konnte man am Ende den Strand schon durch die Bäume leuchten sehen.

Jennifer war viel zu lange nicht am Weststrand gewesen. Großer Fehler, musste sie zugeben. Sie hatte vergessen, wie beeindruckend hier die Naturgewalten aufeinander stießen und einen sich ständig verändernden Küstenstreifen schufen, wie ihn kein Künstler imposanter und wilder gestalten konnte.
Die Ostsee tobte in hundert verschiedenen Grautönen und auf ihren Wellen tanzten große und kleine weiße Schaumkronen. Sie wurden vom Wasser bis weit auf den Strand, oftmals ins Land gespült. Das Meer fraß sich unersättlich jedes Jahr weiter in den Wald hinein und verschlang etliche Meter unwiederbringlich.
Tote, von Wind, Wasser und Sand abgeschliffene Bäume ragten gespenstisch zum Himmel. Lose Äste lagen wie gebleichte Knochen überall am Strand herum, dazwischen Seegras, Tang und buntes Strandgut.
Irene erzählte, dass ihr Bruder als Kind einmal eine ganze Kiste mit Konservenbüchsen gefunden hatte. Goldene Dosen voll köstlichem Schwarzbrot.
Früher konnte man oft interessante Dinge hier finden, Schiffsladungen, die bei Sturm über Bord gespült und angeschwemmt wurden.
Mit dem Containertransport hatte dieser Segen ein Ende.
Heute fand man fast nur noch Müll, den Seeleute oder Strandspaziergänger gedankenlos entsorgt hatten.
„Du solltest mal ins Museum gehen", sagte Georg, „da kannst du allerhand darüber erfahren, wie die Prerower früher mit Wagen und Karren hergekommen sind, wenn es nach einem Sturm hieß, Schipp an' Strand."
„Und nicht zu vergessen, dass so manch ein Schiff in Seenot geriet und seine Waren unfreiwillig hergeben musste, weil es durch Irrlichter absichtlich in Untiefen gelotst wurde und auf Grund lief." Irene lachte. „Die waren schon ganz schöne Strandpiraten hier, damals."
Jennifer erfuhr von versteinerten Seeigeln, Donnerkeilen und Hühnergöttern, die sich zwischen den Steinen und dem leuchtend weißen Sand versteckten, und von den Bernsteinwinden, die oft ganze Scharen von Leuten mit Keschern, Netzen oder einfach nur guten Augen hertrieben.
Irgendwann suchten sie sich ein geschütztes Plätzchen in einer der für den Weststrand typischen Strandburgen. Abgestorbenes Holz, angespülte Bretter, Segeltuch und was immer geeignet erschien, wurde zu kunstfertigen Gebilden verbaut.
„Die Bauherren hämmerten ein Schild dran, von wann bis wann sie ihre Urlaubsfestung selbst nutzen würden, danach konnte ein anderer sie in Beschlag nehmen. Jeder hat sich daran gehalten, das war ein ungeschriebe-

nes Gesetz. Aber nach der Wende kamen neue Eroberer. Da zählten die alten Regeln plötzlich nicht mehr. Da galt das Gesetz des Stärkeren."
„Beziehungsweise des Unverschämteren."
Jennifer dachte an von Stetten und nickte. *Als wir den Osten dazu bekommen haben*, das waren doch seine Worte.
„Heute gibt es kaum noch solche Burgen. Dafür zehn mal so viele Menschen und tausende bunte Strandmuscheln."
„Aber schön ist es trotzdem immer noch. Nur eben ganz anders."
„Und nackt badet auch kaum noch einer."
„Nackt?" Jennifer sah Robert schelmisch an.
„Der Weststrand war, so lange ich zurück denken kann, immer FKK-Zone. Heute bestimmen die prüderen Mitmenschen das Bild."
„Tut euch keinen Zwang an", Jennifer machte eine einladende Handbewegung, „ich halte gern eure Sachen so lange."
„Glaub nur nicht, dass wir ohne dich ins Wasser gehen. Alle, oder…" Robert wollte nach ihr greifen, aber sie rannte lachend davon.
Irene und Georg sahen, wie die zwei albernd durch den Sand rollten und guckten sich überrascht an. Was für eine Veränderung.
Die Männer machten im Schutz der Strandburg ein kleines Feuer und die Frauen deckten den aus Kisten zusammen gehämmerten Tisch. Es gab Brötchen. Klar, was sonst.
Danach lagen sie einfach alle nebeneinander im Sand und hingen ihren Gedanken nach.
Robert und Jennifer verschränkten unbeobachtet ihre Finger ineinander, und beide träumten davon, sich genau hier an diesem Platz einmal zu lieben. Gleichzeitig verstärkten beide den Druck ihrer Hände.
Später, vom Leuchtturm aus, hatten sie einen traumhaften Blick über die ganze Landzunge.
Auf der einen Seite der urtümliche Weststrand, gesäumt vom Dunkel des Waldes. Auf der anderen Seite folgte ihr Blick dem Rundwanderweg über die Landspitze bis hin zu dem kleinen Nothafen, der, eingebettet von lieblicher Natur einem Stück vom Paradies glich.
Nach Norden strahlte der weiße Sand der Bernsteininsel, nur flach von durchsichtigem Wasser überspült.
Und dann der endlos scheinende breite glitzernde Strand! Vorbei am Zeltplatz, mitten in den Dünen gelegen, war weit hinten die Seebrücke zu erkennen. Prerow bettete sich wie ein verschlafenes Spielzeugdörfchen mit winzigen Straßen und roten Dächern in eine Decke aus Grün.

Über's Meer, sagte Robert, könnte man an guten Tagen Hiddensee erkennen. Aber es wurde schon langsam schummerig. Sie würden ein anderes Mal wieder herkommen.

Klöden musste viele Male vergeblich an Jennifers Haus vorbei fahren, ehe die anderen beiden endlich weg waren und nur noch das kleine gelbe Auto und der Landrover vor der Tür standen.
Aber dann kam er auf seine Kosten.
Erst spät in der Nacht schlich er breitbeinig und völlig ausgepumpt davon.

Jennifer sah sich in ihrem Wohnzimmer um. Bisher hatte es ihr nicht so viel ausgemacht, dass es leer und kalt wirkte. Jetzt suchte sie nach der Wärme und Geborgenheit, die sie ohne Robert schmerzlich vermisste.
Mit ihm war jeder Raum eine behagliche Höhle. Er gab den Wänden schmeichelnde Farbe, verwandelte grelle Strahlen in wärmendes Licht und füllte die Ecken mit Gemütlichkeit.
Aber wenn sie allein war, holte sie die Unvollkommenheit ihrer Wohnung wieder ein.
Robert hatte sie gefragt, warum sie immer noch nicht angekommen war.
Nein, das war es nicht. Sie musste sich eingestehen, dass sie immer noch nicht wusste, was sie wollte und wie sie es wollte. Und solange sie nichts tat, konnte es auch nicht das Verkehrte sein. Sie drückte sich vor einer Entscheidung.
Robert hatte sie in den Arm genommen. „Guck genau hin, Jenny, dann siehst du, was *du* sehen willst. Hör auf dein Herz." Seine Lippen! Oh, seine Lippen!
„Und vor allem, kauf dir Gardinen. Sonst steht irgendwann ganz Prerow an, um uns zuzusehen." Lachend wirbelte er sie herum.
Und Klöden wartete, dass sie endlich zur Sache kämen.

Jennifer rief Picasso an. Das Weiß der Wände wurde durch sonniges Gelb, mildes Orange und warmes Rot ersetzt.
Gemeinsam mit Irene nähte sie wollige, warme Gardinenschals in goldenen und rostfarbenen Naturtönen.
Beim Kauf des Teppichs dachte Jennifer daran, wie es wohl sein würde, sich mit Robert darauf zu lieben. Sie entschied sich für die dicke flauschige Qualität.
Der Aufbau der Bücherregale und des Schrankes mit der herrlichen Hausbar gestaltete sich etwas komplizierter.

Robert und Georg meckerten um die Wette über die *saublöden* Aufbaubeschreibungen und fehlende Teile.
Als das Grundgestell das erste Mal in sich zusammenstürzte, lagen die Nerven blank.
Irene und Jennifer sparten nicht mit vielen klugen Ratschlägen. Am Ende hatten die Männer sie vollkommen verzweifelt aus dem Haus gejagt.
Aber nun war alles fertig und sie packte den letzten Umzugskarton aus.
Als der März die ersten Frühlingsboten schickte, war Jennifers Haus endlich ihr zu Hause.

Jennifer hatte selbst gar nicht bewusst wahrgenommen, wie sehr sie die letzte Zeit verändert hatte.
Wie selbstverständlich stieg sie morgens in ihre Jeans, trug T-Shirts und Pullover (da konnte Roberts Hand viel schneller mal drunter rutschen!) statt eleganter Blusen und verzichtete fast ganz auf ihre hochhackigen Schuhe. Sie begnügte sich immer öfter damit, lediglich ein wenig Lippenstift zu benutzen.
Und sie fühlte sich so gut dabei.
Korella beobachtete diesen Wandel mit großer Verwunderung. Er trug seine Niederlage wie ein Mann. Natürlich nagte immer noch ein Rest verletzten Stolzes an ihm, aber sich einem Kontrahenten wie von Stetten geschlagen geben zu müssen, war keine Schande.
Jennifer hatte es zwar abgestritten, aber Korella wusste, was er sah. Sich gegen so viel Geld und Macht durchzusetzen, war schier unmöglich. Trotzdem ging ihm von Stettens überhebliches Auftreten, jedes Mal, wenn sie gezwungener Maßen miteinander zu tun hatten auf den Geist. Er musste ihm ja nun nicht immer wieder seine Verliererrolle unter die Nase reiben.
Jennifers neuer Stil warf für ihn allerdings Fragen auf. Er selbst fand ihn bezaubernd. Sie erschien ihm in ihrer Natürlichkeit begehrenswerter als je zuvor. Aber von Stetten?

Auch Konrad von Stetten entgingen die Veränderungen nicht, die Jennifer durchlebte. Er konnte sie nicht gut heißen, aber zu gegebener Zeit würde er ihr schon klar machen, was er von ihr erwartete.
Er versäumte nicht, mehrmals die Woche bei Jennifer vorbei zu schauen oder sie zumindest anzurufen. Ihre Arbeit an diesem Tourismusprojekt gab ihm ausreichend Rechtfertigung für regelmäßige Treffen. Schließlich ging es hier um den gegenseitigen Nutzen.

Dass Jennifer ihre Liaison mit Carstens nach wie vor geheim hielt, war natürlich ein Glücksfall. Vielleicht war es aber auch ein sicheres Indiz dafür, dass es ihr nicht ernst war und sie sehr wohl wusste, wo sie letztendlich hingehörte.

Er verhielt sich grundsätzlich äußerst korrekt und mit der nötigen Distanz, um sie auf gar keinen Fall abzuschrecken. Er wiegte sie mit rein geschäftlichem Auftreten in Sicherheit. Sie war stets sehr freundlich zu ihm, erstrahlte unbefangen unter seinen Komplimenten und ließ sich von seinen Ideen für die Gästebetreuung begeistern. Seine Investition in den Golfplatz zahlte sich jetzt schon aus.

Als er an ihre vor Aufregung geröteten Wangen dachte, während sie darüber sprachen, erfasste ihn eine Erregung, die er von sich nur selten kannte. Er war versucht gewesen, sie an sich zu reißen und sie, mit oder ohne ihre Einwilligung zu nehmen.

Aber er war viel zu professionell, als dass er sich tatsächlich so gehen lassen würde. Seine Stunde würde kommen.

Allerdings musste diese Geschichte mit Carstens endlich ein Ende haben. Sie hatte sich nun genug ausgetobt.

Es war an der Zeit, dass etwas geschah.

Mit Befriedigung sah er Frisch auf den Hof fahren.

Sie setzten sich mit einem alten schottischen Whisky und einer dicken Zigarre in den Rauchersalon.

Frisch rutschte unruhig in seinem Sessel hin und her. Er fühlte sich ganz und gar nicht wohl in seiner Haut.

„Solche Machenschaften können mich meine Stellung kosten“, quetschte er gequält zwischen den Zähnen hervor.

Von Stetten lehnte sich kalt lächelnd zurück und schlug die Beine übereinander. Er fixierte Frisch wie eine Schlange ihr Opfer.

„Darf ich dich daran erinnern, wem du diese Stellung zu verdanken hast?“

„Ja.“ Frisch wischte sich mit einem Taschentuch den Angstschweiß von der Glatze. „Ja doch.“ Er kippte sich den Whisky hinter.

„Ich erwarte lediglich von dir, dass du mir Carstens eine Weile vom Hals schaffst.“ Von Stetten lächelte Frisch ironisch an. „Nicht aus dem Weg, nur vom Hals.“ Er wurde sofort wieder ernst. „Das kann doch nicht so schwer sein.“

Er brauchte nur freie Bahn, um seine Fäden ziehen zu können.

„Was hast du mit Carstens am Hut? Nein, sag nichts. Ich will es gar nicht wissen.“ Frisch war so schon unwohl genug. Er wollte nicht noch tiefer in diese Angelegenheit mit rein gezogen werden.

Von Stetten hatte allerdings auch nicht die Absicht gehabt, Frisch einzuweihen. Er sollte seine Hausaufgaben machen. Sonst nichts.
Frisch dachte angestrengt nach und rieb sich das feiste Kinn.
„Ich könnte ihn nach Bayern schicken. Eigentlich sollte Griese fahren. Ist ganz heiß darauf, der Kerl." Er schnippte die Asche von der Zigarre.
Von Stetten horchte interessiert auf. „Bayern?"
„Ja, da ist so'n Kolloquium über Rotwildjagd. Um Wilderei geht's da, glaube ich, unter anderem auch. Wir sind immer noch hinter dem Schwein her."
„Gut. Sehr gut." Von Stetten nickte zufrieden mit dem Kopf. „Wann wäre das?"
„Übermorgen schon. Er müsste spätestens morgen Abend los."
Von Stetten stand auf und lief unruhig hin und her. Jetzt, wo er einem ersten Erfolg so nahe war, wollte er auch um jeden Preis verhindern, dass Carstens noch eine weitere Nacht mit Jennifer verbringen würde.
Nein, das musste ein Ende haben! Ein für alle Mal.
„Gut, das wäre also geklärt. Dann musst du dir nur noch etwas einfallen lassen, wie du ihn die Zeit bis dahin voll einspannst." Von Stetten schien keinen Widerspruch zu dulden.
Frisch beugte sich ächzend vor und hielt von Stetten sein leeres Whiskyglas hin.
„Wenn der Wilddieb letzte Nacht erneut zugeschlagen hätte", von Stetten sah ihn durchdringend an, „dann könntest du Carstens und noch ein paar andere möglicher Weise rund um die Uhr raus schicken."
Frisch glotzte ihn verständnislos an. „Du meinst …?"
„Was ich meine, ist egal. Sorge du nur dafür, dass Carstens die Nacht draußen ist", unterbrach von Stetten ihn barsch.
Frisch nickte hilflos. Kalter Angstschweiß lief ihm die Glatze runter. Schwerfällig erhob er sich aus dem Sessel.
„In Ordnung. Gib mir Bescheid, wo wir fündig werden."
Von Stettens Augen verengten sich zu Schlitzen. Er wusste, was zu tun war. Er griff zum Telefon. „Klöden soll kommen."

Griese torkelte aus Frischs Büro. Wieder Carstens! Immer Carstens! Und er selbst musste wieder einmal zurück stecken.
„Irgendwas ist immer", jammerte er kläglich, „irgendwas ist immer."
Von Stetten lehnte an seinem Wagen und erwartete Griese bereits. Ganz zufällig, natürlich.

„Herr Griese, hallo“, begrüßte er ihn betont freundlich, „wie geht es Ihnen?“
Griese erwiderte seinen Gruß irritiert. Von Stetten hatte bisher immer durch ihn hindurch gesehen.
„Sie sehen aus, als hätten Sie Sorgen“, Von Stetten legte ihm mitfühlend die Hand auf die Schulter.
Griese wurde immer unsicherer. Aber dann sagte er sich, dass er sich vielleicht immer in von Stetten getäuscht hatte. Froh darüber, sich bei jemanden den Ärger von der Seele reden zu können, klagte er ihm sein Leid.
Von Stetten verstand es perfekt, überrascht und verständnisvoll zu reagieren.
„Ja, Herr Griese, manchen Menschen gelingt es immer wieder, sich die Rosinen aus dem Kuchen zu picken.“ Vorwurfsvoll schüttelte er den Kopf. „Aber warum reden Sie nicht mal mit Grell? Der ist doch mit Carstens befreundet. Vielleicht kann der ihn dazu bewegen, zu Ihren Gunsten zu verzichten. Haben Sie nicht mal mit ihm zusammen gearbeitet?“
„Ja schon“, Griese sah ihn hilflos an, aber ein Hoffnungsschimmer lag in seinem Blick, „aber wo finde ich ihn? Es ist doch nicht mehr viel Zeit.“
Von Stetten musste sich zügeln, sich seine Ungeduld nicht anmerken zu lassen. Dieser unfähige Mann war eine Zumutung.
„Ich weiß rein zufällig, dass er jeden Vormittag bei seiner Frau im Reisebüro zum Kaffee ist.“
Und bei Jennifer, dachte von Stetten zufrieden.

Zur selben Zeit saß Robert Frisch gegenüber und erhielt Order, auf Grund des Ernstes der Situation an Stelle von Griese zehn Tage nach Bayern zu fahren. Vorher aber sollte er sich noch ein paar Männer nehmen und das Revier abfahren. Jemand hätte letzte Nacht wieder Schüsse gehört, aber ohne Corpus Delicti könnte man schließlich nichts unternehmen.
Zufrieden strich sich Frisch über den Bauch. Der Kadaver, den man nachmittags finden würde, rechtfertigte einen nachfolgenden Nachteinsatz.
Die Türen, die Robert beim Verlassen des Gebäudes wutentbrannt zuknallte und das ganze Gebäude erschütterten, entlockten Frisch und von Stetten gleichermaßen ein befriedigtes Lächeln.

Jennifer hatte dem aufgeregten Bericht Grieses mit verschlossenem Gesicht gelauscht. Tausend Gedanken wirbelten ihr durch den Kopf. Warum wollte Robert unbedingt schon wieder nach Bayern? Warum ließ er Griese nicht fahren, der so gern mal weg von Frau und Töchtern im Mittelpunkt eines solchen Events stehen wollte?

Was wimmerte Griese da? Ausflüge, nettes Beieinander? Robert war doch im Sommer erst dort. Wie ein giftiger Stachel tauchte die Erinnerung an den Fleck an seinem Hals auf.

Nein, nein, nein. Sie rief sich zur Ordnung. Das tat er nicht.

Aber wie konnte sie so sicher sein? Nur, weil sie seit einer Woche miteinander schliefen? Keiner wusste davon. Nicht mal ihre besten Freunde. Warum hatten sie ihnen eigentlich noch nichts gesagt? Bedeutete es womöglich alles gar nichts?

Aber dann nahm sie sich vor, sich nicht verrückt zu machen. Sie würde mit ihm reden. Bestimmt lösten sich ihre Bedenken alle in Luft auf.

Sie hatte es geschafft, dem Gespräch völlig unbefangen zu folgen, als ginge es sie nichts an. Ganz im Gegenteil, sie hatte sogar gelacht, als Georg amüsiert Anspielungen auf Roberts Vorliebe für schöne Försterinnen machte, obwohl es sie innerlich fast zerriss.

Jetzt klopfte sie mit pochendem Herzen an Roberts Bürotür. Sie war nach ihrem ersten vergeblichen Versuch, ihn zu treffen nicht wieder hier gewesen.

„Frau Dorn“, Roberts Sekretärin sah sie herablassend an, „hatten Sie einen Termin?“

Dumme Kuh, dachte Jennifer, du weißt genau, dass ich keinen hab.

Sie zwang sich, freundlich zu lächeln. „Nein, ich kam nur gerade vorbei und dachte…, ist er da?“

„Tut mir Leid“, fertigte die Frau hinter dem Schreibtisch sie kurz ab, entschied sich aber plötzlich doch zu einem lieblichen Lächeln, „Bobby ist unterwegs. Der Wilderer, wissen Sie.“

Bobby. Ein Messer bohrte sich in Jennifers Rücken.

Die Sekretärin stand auf und kam um den Tisch herum. Ihr Rock war wohl zwei Nummern zu klein, und, Jennifer traute ihren Augen nicht, sie trug keinen BH.

„Ich will gern mal in seinen Kalender gucken, vielleicht …, aber ich fürchte, nein, das hab ich ja ganz vergessen, Bobby fährt ja nach Bayern. Vorerst wird es also nichts.“ Jetzt strahlte sie förmlich vor Verzückung.

„Bobby?“, fragte Jennifer nun doch? Diese Vertraulichkeit schien ihr doch sehr unangemessen.

„Na ja“, die Sekretärin gab sich ein wenig verlegen, „entschuldigen Sie, ich meine natürlich Herr Carstens. Die Gewohnheit, Sie wissen schon.“ Sie lachte gekünstelt.

Jennifer lächelte sie nun ebenfalls zuckersüß an. „Sie stehen sich wohl sehr nah?“, fragte sie verschwörerisch. In ihr tobte ein Sturm aus Angst und Zweifeln.
Die Frau schlug gespielt die Augen nieder.
Was für ein Theater, dachte Jennifer, aber sie spielte mit. „Na, mir können Sie es doch sagen. So von Frau zu Frau, meine ich.“
Oh Gott, was tue ich hier, schalt sie sich. Bin ich von allen guten Geistern verlassen?
„Na, Sie wissen doch, wie so was ist.“ Die Frau tat genierlich und legte den Zeigefinger über die Lippen. „Aber von mir erfährt niemand etwas.“
Jennifer versuchte sich einzureden, dass das nun wirklich nur wichtigtuerisches Gehabe war. Aber auch dieser Stachel saß.

„Du warst doch letztes Jahr erst in Bayern.“ Jennifer starrte trotzig vor sich hin.
Roberts Gesichtszüge verhärteten sich. „Das erzähl mal Frisch. Griese hat sich darum gerissen. Ich wollte nicht hin. Ich weiß nicht, was dem alten in den Kopf gekommen ist. Es kotzt mich total an.“
Er nahm Jennifers Gesicht in die Hände. „Entschuldige. Glaub mir, ich würde viel lieber bei dir bleiben.“ Er wollte sie küssen, aber sie drehte den Kopf zur Seite.
Sie konnte sich nicht von ihren Zweifeln befreien, so gern sie ihm auch glauben wollte.
„Und dann auch noch heute Nacht“, sagte sie weinerlich.
Robert umarmte sie zärtlich. „Sei nicht sauer. Frisch muss etwas unternehmen. Die Forstleute haben heute Nachmittag schon wieder was gefunden. Dieses Schwein schlachtet unser Wild ab. Das können wir uns doch nicht einfach gefallen lassen.“ Er hob ihr Kinn hoch und gab ihr einen Kuss. „Zehn Tage. Du wirst froh sein, mal etwas Ruhe vor mir zu haben. Und vergiss nicht immer, deine Tür zuzuschließen.“
Oh, Jennifer liebte sein freches Grinsen.
„Ich muss los.“ Robert suchte nach ihren Lippen. „Jenny…“
„Ja Robert.“
„Ich …“, er zögerte, „ach, ich sag’s dir, wenn ich zurück bin.“
„Was willst du mir sagen?“
Robert schloss ihren Mund mit einem langen Kuss.
„Pass auf dich auf.“
Dann war er weg.

Jennifer versuchte, sich auf ihren Artikel zu konzentrieren. Aber ihre Gedanken flogen immer wieder zu Robert zurück. Was hatte er ihr sagen wollen? Vielleicht das Gleiche wie sie? Beinahe hätte sie ihm gestanden, dass sie sich unsterblich in ihn verliebt hatte.
Wie peinlich, wenn er ihr Verhältnis ganz anders bewertete. Wenn es für ihn vielleicht alles nur ein Spaß war.
Warum sagte er ihr nicht, was er für sie fühlte?
Er kam kurz bevor er nach Bayern aufbrach noch einmal zu ihr. Er war übermüdet und frustriert. Natürlich hatten sie nichts erreicht.
Der Abschied fiel nüchtern aus. Jeder hatte sich in sein Schneckenhaus aus Sorgen, Ärger und Zweifeln zurückgezogen.
Es klopfte und von Stetten kam herein.
„Jennifer, du wirst jeden Tag schöner." Er verbeugte sich, küsste ihr die Hand und zog einen herrlichen Blumenstrauß hinter dem Rücken vor.
„Ich dachte, an so einem grauen Tag würdest du dich darüber ein wenig freuen."
Jennifer lächelte ihn dankbar an. Er war immer so aufmerksam. Er hatte nicht einmal wieder versucht, sich ihr mehr als freundschaftlich zu nähern. Er behandelte sie wie eine Geschäftspartnerin, weihte sie in seine Pläne ein und fragte sie nach ihrer Meinung.
Je mehr sie über ihn und seine einflussreichen Beziehungen erfuhr, umso mehr wuchs ihr Stolz, mit ihm arbeiten zu dürfen.
Georg hatte sehr skeptisch reagiert, als Jennifer darüber sprach. Nein, er konnte nichts gegen ihn vorbringen, aber er lehnte ihn dennoch ab. Irene konnte von der Zusammenarbeit mit von Stetten zwar auch nur Gutes berichten, teilte aber aus unerfindlichen Gründen Georgs Bedenken.
„Jennifer, ich wollte dich gern einladen. Am Freitag kommen ein paar recht wichtige Leute." Von Stetten zwinkerte ihr aufmunternd zu. „Es geht um den Golfplatz."
Jennifer war sofort hellwach.
„Vielleicht können wir vorher noch mal die Pläne durchgehen, damit wir ihnen unsere Vorstellungen dann ganz genau darlegen können."
„Aber", Jennifer war verunsichert, „es ist dein Baby."
Von Stetten sah sie eindringlich an. „Du weißt, dass mir deine Meinung sehr wichtig ist. Es ist immer gut, eine zweite kompetente Stimme zu hören. Und ich habe das Gefühl, dieses Baby, wie du sagst, liegt dir auch sehr am Herzen." Er lächelte gewinnend. „Übrigens sind das außerordentlich interessante Leute, die da kommen werden. Ich bin sicher, du könntest beruflich sehr davon profitieren."

Jennifers journalistischer Ehrgeiz war geweckt.
„Ach ja?"
Von Stetten schmunzelte verschwörerisch. „Ich sage nur, Landestourimusverband, Wirtschafts- und Finanzministerium …"
„Oh!"
„Also?"
„Da kann ich wohl nicht Nein sagen."
„Was ist mit heute Abend?"
Von Stetten hatte nicht die Absicht, unnötig Zeit zu vergeuden. Zehn Tage, er hatte zehn Tage.
Jennifer überlegte kurz. Warum nicht. Wehmütig dachte sie an die nächsten zehn einsamen Tage. Und vor allem Nächte.
Da war Arbeit die beste Medizin.
„Ach", von Stetten rieb sich nachdenklich das Kinn, „würde es dir etwas ausmachen, allein mit dem Auto zu kommen? Klöden ist noch mit meinem Wagen unterwegs."
Nein, das war kein Problem. Im Gegenteil, dann könnte sie kommen und gehen, wann sie wollte.
Am Ende blieb ihr Auto auf dem Dreiseitenhof stehen. Es wollte einfach nicht mehr anspringen. Das hatte Mao ihr noch nie angetan.
Von Stetten hatte Klöden unauffällig anerkennend zugenickt, und Jennifer versprochen, sich die nächsten Tage persönlich um die Reparatur zu kümmern.
So kam es, dass eine Neuigkeit in Prerow die Runde machte. Die Frau aus Berlin hätte einige Tage und Nächte im Gutshaus verbracht.

Robert konnte es nicht glauben, als seine Sekretärin ihm am Telefon davon erzählte, natürlich nicht ohne das ganze schmückende Beiwerk, das Gerüchten erst die richtige Würze gab.
Irrtum ausgeschlossen. So ein Auto gab es hier nur einmal.

Jennifer ahnte nichts von all dem. Sie war ein Stadtkind. Da kannten sich die Menschen zu wenig, als dass sie in der Form übereinander herziehen würden.
Anders auf dem Land. Noch dazu im Winterhalbjahr. Begierig wurde alles aufgesogen, um für einen kurzen Moment dem tristen Allerlei zu entkommen. Wen interessierten schon Hintergründe und Wahrheitsgehalt, wenn es nur unterhaltsam war.

Jennifer hatte wieder und wieder versucht, Robert zu erreichen. Aber sein Handy war abgeschaltet. Und er rief auch nicht an.
Georg und Irene hatten auch noch nichts von ihm gehört. Sie wunderten sich allerdings nicht darüber. Was sollte es schon zu berichten geben, was nicht Zeit hätte, bis er wieder hier war. Sie ahnten ja nichts.

An dem Freitag ließ von Stetten Jennifer abholen.
Fasziniert sah er sie an. Sie war wieder ganz die Alte. Die Frau wusste eben, wie man bei solchen Gelegenheiten aufzutreten hatte.
Jennifer war sich um die Bedeutung des Abends und der anwesenden Personen sehr wohl bewusst.
Von Stetten hatte ihr gesagt, es ginge um ein zwangloses Miteinander zur Sondierung künftiger Möglichkeiten. Ja, genau so hatte er es ausgedrückt.
Jennifer hatte sich für Rock und Bluse und natürlich hohe Schuhe entschieden. Ihr Haar, das schon wieder tüchtig nachgewachsen war steckte sie hoch. Sie fand, das sah irgendwie geschäftlich seriöser aus.
Obwohl der Abend nicht als offizieller Termin galt, war die Presse anwesend.
Von Stetten verstand es geschickt, bei den Aufnahmen immer sehr nah bei Jennifer zu stehen, ohne dass sie selbst irgendeinen Verdacht schöpfte. Und er sorgte dafür, dass sie im Bericht als wichtige Mitarbeiterin an den Golfplatzplänen erwähnt wurde.
Von Stetten schlug zufrieden die Zeitung zu. Sehr gut. Genau so hatte er sich das vorgestellt.
In Prerow wurde Jennifer derweil bereits als neue Frau an der Seite des Landgrafen gehandelt.

Irene kam mit der Zeitung in Jennifers Büro.
„Es ist ein Job, Reni." Jennifer verstand ihre Freundin nicht.
Irene druckste herum und wusste nicht, wie sie Jennifer klar machen konnte, dass der allgemeine Eindruck ein ganz anderer war.
„Die Leute …, weißt du, also man munkelt im Ort, dass da was läuft zwischen dir und von Stetten." So, nun war es raus.
Jennifer sah sie überrascht an. „Wie kommen die denn auf so was?"
„Na ja, erst steht Tage lang, vor allem Nächte lang, dein Auto bei von Stetten, und nun diese Fotos, auf denen er dir fast in die Bluse kriecht." Irene fühlte sich sichtbar unwohl in ihrer Haut.

Jennifer zog die Zeitung zu sich heran und guckte auf die Bilder. „Das ist mir gar nicht aufgefallen. Das ist bestimmt Zufall.“ Aber ihre Stimme bebte.

„Versteh mich nicht falsch“, Irene straffte sich und sah Jennifer jetzt fest an, „wer, wenn nicht ich, als deine Freundin sollte dir das sagen. Es ist deine eigene Sache, ich weiß, aber ich hatte bisher immer das Gefühl, dass dir von Stetten nicht so viel bedeutet. Wenn du jetzt sagst, dass es doch so ist, okay, dann ist es so. Ich möchte nur wissen, wie ich damit umgehen soll.“

Jennifer hatte ihr mit großen Augen zugehört. Ihr wurde ganz schlecht vor Schreck. Was, wenn Robert das erfuhr? Was würde er denken? Könnte er ihr glauben und vertrauen?

Sie nahm Irenes Hände. „Hör mir jetzt gut zu, Reni. Mein Auto stand bei von Stetten, weil es kaputt war. Es sprang einfach nicht mehr an. Er hat es reparieren lassen. Ich habe weder diese, noch irgendeine andere Nacht bei, geschweige denn mit ihm verbracht. Und diese Bilder …, Reni, ich hatte nichts mit von Stetten und ich werde nie etwas mit ihm haben.“

Irene lachte erleichtert auf. „Mensch Jenny, bin ich froh. Weißt du, es ist ja nicht so, dass es mich etwas anginge, aber …, ich finde, er ist einfach nicht der Richtige für dich.“

Sie sah Jennifers fragenden Blick. „Er sollte dich lieben und sich nicht nur mit dir schmücken wollen. Verstehst du, was ich meine?“

Ihre Miene verfinsterte sich. „Was, wenn von Stetten nicht ganz unschuldig an diesem Gerde ist?“

Jennifer überkam plötzlich eine panische Angst. Robert. Robert. Robert. Sie konnte an nichts anders denken.

Was hatte er ihr einmal gesagt? Sie sollte von Stetten nicht unterschätzen.

Jennifer hielt erschrocken die Hand vor den Mund. „Du meinst, er hat das Auto manipuliert? Mao hat mich vorher noch im Stich gelassen.“ Sie guckte noch einmal auf die Bilder in der Zeitung. Reni hatte Recht. Da passte kaum ein Blatt Papier zwischen sie und ihn. Und sie hatte es nicht einmal gemerkt.

Tränen traten ihr in die Augen. „Reni, was mache ich jetzt nur?“

„Na ja, zum einen, dem guten Herrn vielleicht ein wenig mehr auf die Finger schauen. Lass dich nicht von ihm missbrauchen, Jenny, was auch immer seine Absichten sein mögen. Und dann, einfach nur die Zeit für dich arbeiten lassen. Gerüchte kommen und gehen.“ Sie zuckte mit den Schultern. „He, so schlimm ist das doch nun auch nicht. Du bist doch niemandem Rechenschaft schuldig.“

„Doch, Reni, doch." Jennifer weinte hemmungslos.
Irene rückte ein Stück zu ihr ran. „Vielleicht möchtest du mir was sagen?"
Jennifer schüttelte den Kopf. Nein, das konnte sie nicht. Nicht ohne Robert.
Aber *Bobby* musste ja unbedingt nach Bayern. Und sie selbst?
Sie kramte nach ihrem Taschentuch. Heulen brachte sie nicht weiter. Sie musste das klären.
Sie schnaubte laut aus und wischte sich über die Augen.
„Nein Reni, aber irgendwie muss ich da raus. Ich habe keine Zeit, einfach nur zu warten."

Jennifer fuhr nach Hause und stellte sich unter die Dusche. Das half ihr noch immer, wieder einen klaren Kopf zu bekommen. Dann stand ihr Entschluss fest.
Sie musste mit von Stetten reden. Falls er wirklich dachte, dass er sie gewinnen könnte, auf welchem Weg auch immer, war sie ihm Ehrlichkeit schuldig und umgekehrt genau so. Wenn nicht und doch alles nur Zufall war, gut, dann blamierte sie sich gewaltig vor ihm, aber das würde sie überleben.
Und was Robert und sie anging, würde sie es genau so halten, sobald er zurück wäre. Sie wollte sich nicht mehr zermürben lassen, weil eine viel zu stark geschminkte Frau „Bobby" zu ihm sagte, er schon wieder in Bayern war oder sie einfach nur Angst davor hatte, was er wirklich für sie empfand.
Aber erst mal Konrad von Stetten.
Sie wählte bewusst elegante Kleidung. Darin fühlte sie sich stark und unverwundbar. Meistens.
Klöden starrte ihr gierig hinterher, als sie mit von Stetten das Haus betrat. Was für ein reifes Fleisch. Er grinste verschlagen. Er würde sich nichts von dem Gespräch entgehen lassen.
Von Stetten hörte Jennifer in aller Ruhe zu. Er hatte von je her gelernt, seine Gefühle unter Kontrolle zu behalten.
Er schenkte ihr Tee ein.
Natürlich hätte er sich gewünscht, sagte er, mit Jennifer mehr als nur beruflich verbunden zu sein. Zum ersten Mal hätte er das aufrichtige Bedürfnis gespürt, sich auf eine Freundschaft einzulassen, aber er wollte sie dabei auf gar keinen Fall kompromittieren.
Jennifer spielte sein Spiel mit. Wichtig für sie war, dass sie ihren Part darin eindeutig geklärt hatte.

Sie verzichtete darauf, von Stetten nach dem defekten Auto und den Bildern in der Zeitung zu fragen. Wenn es wirklich keine Zufälle gewesen waren, ein Mann wie er würde derartiges nie zugeben.
Sie konnte es nicht ungeschehen machen.
Von Stetten verabschiedete Jennifer freundlich, als wäre alles wie immer, verzichtete diesmal allerdings auf den Handkuss.
Erst, als Jennifer weg war, versteinerten sich seine Gesichtszüge. Sie hatte ihm einen Korb gegeben und er hatte sehr wohl verstanden, dass diese Entscheidung endgültig war.
Er kniff die Lippen zu einem schmalen Strich zusammen.
Nun gut, mal gewann man, mal nicht. Verlieren würde er nie.
Er war der angesehene Geschäftsmann in Prerow, der einer unbedeutenden Journalistin lediglich eine Chance geben wollte. Rein beruflich natürlich.
Seine Frau musste kommen. Die „verkauften" Brauhäuser würden eine Zeit lang auch ohne sie zu Recht kommen.
Nicht zu lange. Nur, bis sein Ruf hier über jeden Verdacht erhaben war. Er griff zum Telefon.

Klöden entfernte sich zufrieden. Er hatte genug gehört. Wenn sein Boss die Braut nun nicht mehr wollte, dann könnte er sie ja ganz getrost mal besuchen. Zufrieden pfeifend machte er sich wieder an seine Arbeit.

Er stellte den Pick up vor dem Haus auf der Straße ab. Kein Mensch würde hier mitten in der Nacht mehr vorbei kommen.
Eigentlich wollte er warten, bis sie das Licht löschte. Er schlich um das Haus und versuchte in die erleuchteten Fenster zu sehen. Aber bis auf einen winzigen Spalt waren die Gardinen dicht zugezogen.
Er lachte boshaft in sich hinein. Vielleicht war es sogar besser so. Er musste das Schloss von der Tür nicht knacken, sie würde ihm die Tür öffnen.
Gut, sie würde ihn bei Licht erkennen. Sie könnte ihn anzeigen. Aber sie würde es genießen, wenn er sie erst mal so richtig dran nahm. Er erbebte.
Er wird sie überall anfassen, ihr jede verdammte Öffnung auslecken und aussaugen und sie ficken, dass ihr Hören und Sehen vergeht. Sie wird gar nicht genug von ihm kriegen können, ihn anflehen, es ihr noch einmal zu besorgen, was heißt einmal, nein, immer wieder.
Seine Augen wurden glasig und der Speichel lief ihm schon wieder aus dem Mund. Er fuhr sich mit der Hand in die Hose und begann zu reiben, hörte aber gleich wieder auf. Nein, heute Nacht würde er sich für sie aufsparen.
Er klopfte.

Jennifer schrak auf. Es war nach Mitternacht. Wer konnte das um diese Zeit noch sein? Ein heißer Strom jagte durch ihren Körper. Robert?
Sie ging zur Tür. „Wer ist da?"
„Gunnar Klöden ist hier, Frau Dorn, es ist wegen dem Herrn von Stetten."
Er grinste. Das war ihm gut eingefallen.
„Was denn, um diese Zeit? Was ist mit ihm?" Jennifer starrte misstrauisch auf die verschlossene Tür.
„Es ist ganz dringend. Es ist was Schlimmes passiert. Machen Sie auf."
Jennifer erschrak. Sie dachte an ihr Gespräch und daran, dass von Stetten schon mal einen Herzinfarkt hatte. Aber warum kam Klöden zu ihr? Sie öffnete die Tür.
Noch bevor sie richtig begriff, dass sie einen riesengroßen Fehler begangen hatte, stand Klöden bereits im Flur, schlug die Tür hinter sich zu und stierte sie sabbernd an. Jennifer sah, wie er sich mit dem Ärmel die Spucke vom Mund wischte und wie ein geistesgestörter geiferte.
Panik machte sich in ihr breit. Ruhe bewahren, ich muss um Gottes Willen Ruhe bewahren, dachte sie. Nur jetzt nicht hysterisch werden. Aber ein Gefühl von Übelkeit stieg in ihr hoch und das Blut pochte unbarmherzig gegen ihre Stirn. Sie war kurz davor, los zu schreien. Panzer! Panzer! Sie brauchte ihren Panzer.
„Herr Klöden, was wollen Sie?", fragte sie in eisigem Ton, obwohl sie es ihm genau ansah. Ihre Stimme zitterte.
Ich muss Zeit gewinnen, dachte sie, Zeit. Aber wofür? Keiner würde sie hören. Und der Kerl war so groß und stark. Ihr wurde schwindlig.
Klöden hatte es nicht eilig. Er wollte die Vorfreude voll auskosten. Seine Augen krochen an ihrem Körper herunter. Sie hatte unter dem dünnen Hausanzug nichts an, stellte er fest und leckte sich gierig über die Lippen. Gleich würde er…
„Verschwinden Sie!", schrie Jennifer ihn an. Sie hatte die Augen weit aufgerissen. Sie wusste, sie hatte keine Chance und konnte sich nicht länger beherrschen.
„Nun stell dich mal nicht so an, Püppchen. Ich weiß doch, wie gern du es hast." Klöden griff gierig nach ihr.
Jennifer wollte nach hinten fliehen. Wenn sie es bis ins Bad schaffen würde. Sie könnte sich da einschließen. Aber nein, sie hatte kein Schloss. Vor wem sollte sie sich dort auch einschließen wollen.
Sie spürte die Tränen über ihr Gesicht rollen, als Klöden sie mit seinen riesigen Händen festhielt und anfing, sie zu begrapschen.

„Na, wo hast du es denn besonders gern. Los zeig's mir." Sein nasser Mund suchte nach ihr und er schien tausend Finger zu haben, die überall auf einmal waren, aber Jennifer schlug schreiend mit aller Kraft um sich. Ein Stuhl krachte polternd zu Boden und die gelbe Vase zerbrach in tausend Scherben.
„Stell dich doch nicht so an, wirst sehen, ich kann's dir viel besser besorgen, als alle Carstens und von Stettens dieser Welt", keuchte Klöden ihr ins Ohr, drückte sie an den großen Tisch und zerrte hektisch an ihrer Hose.
Jennifer erstarrte für Sekunden. Wieso von Stetten? Und woher wusste er …? Ihr Blick fiel auf die Fenster und die neuen Gardinen. Warum hatte sie nie an so etwas gedacht? Er hatte sie und Robert beobachtet. Und jetzt wollte er sich dasselbe holen. Das Grauen schlug über ihr zusammen.
Sie schrie in ihrer Hoffnungslosigkeit, brüllte vor Angst und Panik, schlug und trat nach ihm, nicht gewillt, auch nur ein Stück von sich freiwillig herzugeben.
In dem Augenblick hörte sie die Tür knallen, Klöden wurde von ihr runter gerissen, flog in die Ecke, wurde hoch gehoben und mit einem weiteren derben Schlag in die nächste Ecke geschleudert, wieder gegriffen und donnernd zu Boden gestoßen, wo er winselnd liegen blieb.
Georg zog Jennifer an sich, nicht ohne auf Klöden Acht zu geben.
„Georg, Georg, dass du da bist", wimmerte Jennifer erstickend und krümmte sich beschämt und erlöst zugleich zusammen.
„Hat dir das Schwein wehgetan, Kleine?" Er wiegte sie tröstend in seinen Armen.
Jennifer konnte nichts sagen. Ihre ganze Angst, ihr Hass und der grenzenlose Ekel stürzten mit den Tränen aus ihr heraus.
„Ich werde die Polizei rufen", sagte Georg leise und streichelte ihr beruhigend über das zerzauste Haar.
Jennifer schniefte laut und wischte sich mit dem Ärmel über die Augen.
„Nein, Georg, er soll nur verschwinden", flüsterte sie heiser, „er soll nur verschwinden." Sie zitterte am ganzen Körper.
„Aber…"
„Er soll gehen." Jennifer sackte verzweifelt auf einen Stuhl.
Georg sah sie verständnislos an, packte Klöden aber dann am Schlafittchen und beförderte ihn mit einem Fußtritt nach draußen.
„Und wenn ich dich auch nur ein einziges Mal wieder in ihrer Nähe sehe, ich schwöre dir, ich bringe dich um!" Voll Verachtung spuckte er hinter ihm aus und wartete, bis Klöden halb kriechend, halb stolpernd den Pick up erreichte und davon fuhr.

Jennifer saß noch immer reglos auf dem Stuhl. Sie schaute Georg aus riesengroßen Augen an.
„Wieso bist du hier?", fragte sie mit schwacher Stimme, als konnte sie es noch immer nicht glauben.
Georg setzte sich neben sie und legte seinen Arm beschützend um sie.
„Ich war auf Nachtpatrouille. Mal wieder." Er lachte verächtlich auf. „Da hab ich auf dem Rückweg den Pick up auf der Straße stehen sehen. Reni hatte mir das mit von Stetten erzählt …"
„Sie hat es dir erzählt?" Jennifer schaute eingeschüchtert zu Boden.
Georg hob ihr Kinn hoch. „He, Kleine, du hast nichts Schlimmes gemacht. Es gibt nichts, wofür du dich schämen musst."
„Doch, Georg, ich habe ihn unterschätzt. Ich hab nicht gehört."
„Du denkst, von Stetten hat Klöden geschickt?" Georg sah sie fassungslos an.
„Nicht dazu", Jennifer war kaum zu verstehen, „das ganz bestimmt nicht."
Georg hielt sie noch ein bisschen fester. „Reni hat gesagt, du willst ihn nicht. Du wolltest ihn nie und willst ihn nicht. Als ich das Auto auf der Straße gesehen hab, um diese Zeit, dachte ich, dass er das vielleicht anders sieht und du Hilfe brauchen könntest." Er hielt mit verhaltenem Triumph den Zweitschlüssel in die Höhe. „Aber an so was habe ich weiß Gott nicht gedacht. Warum willst du das Schwein nicht anzeigen?"
Jennifer krümmte sich wieder zusammen. Die Vorstellung, Klöden würde der Polizei alles erzählen, auf seine dreckige Art über Robert und sie reden, ihre schönsten Stunden in den Schmutz ziehen, löste Brechreiz in ihr aus.
„Georg, ich habe ihm die Tür aufgemacht", flüsterte sie darum schuldbewusst. „Und du warst ja da", schluchzte sie wieder los. Sie sah ihn mit tränenüberströmtem Gesicht, die Finger voll Entsetzen vor dem Mund an, als würde ihr erst jetzt bewusst, was beinah passiert wäre.
„Komm", sagte er sanft, „zieh dir was an. Du schläfst heute Nacht bei uns."

Jennifer saß in ihrem Sessel, die Arme um die Beine geschlungen und das Kinn auf den Knien.
Ihre Freunde hatten ihr wieder auf die Beine geholfen und sie fühlte sich wieder ganz gut. Sie hatte geduscht und geduscht und geduscht, bis sie Klödens widerliche Hände halbwegs von sich abgewaschen hatte.
Die schrecklichen Erinnerungen verblassten jeden Tag ein bisschen mehr.
Aber der Gedanke an Robert machte sie fast verrückt. Er war nun schon über eine Woche weg und noch kein Lebenszeichen von ihm.

Wenn von Stetten wirklich von ihr und Robert wusste, Jennifers Gehirn arbeitete auf Hochtouren, dann musste Robert vielleicht deswegen weg? Von Stetten und Frisch sind Busenfreunde, hatte Reni gesagt. Robert wollte sie gar nicht allein lassen. Er musste. Jennifer wurde auf einmal alles klar. Das Fest bei von Stetten. Er hatte sie und Robert gesehen und seinen Knecht zum Spionieren geschickt. Und dann dafür gesorgt, dass Robert aus ihrer Nähe verschwand.
Aber die Wilddieberei genau zu dieser Zeit? Klöden?
Ihr brummte der Kopf. Sie sollte an die Luft gehen.
Schwerfällig erhob sie sich. Die blauen Flecke an den Armen und auf dem Rücken taten weh.
Da hörte sie den Landrover. Ein Glücksgefühl durchströmte ihren Körper, ihr wurde schwindlig und sie musste sich am Tisch festhalten, als Robert ins Haus kam.
Wortlos nahm er sie in den Arm und drückte sie an sich.
Jennifer weinte leise. „Endlich bist du da. Du hast mir so gefehlt."
Sie schaute erschrocken auf seine verbundene Hand. „Was hast du gemacht?"
Robert hielt sie immer noch fest. In seinem Gesicht spiegelten sich Wut und Verzweiflung, Liebe aber auch unendliche Trauer wider.
„Eine offene Rechnung." Er versuchte zu lächeln, schluckte dann aber heftig. „Ich hab dir doch gesagt, du sollst deine Tür abschließen."
Jennifer sah ihn mit Tränenverschmierten Augen an. „Du hast ihn …? Ja, du hast." Sie nickte schuldbewusst. „Und du hattest mir auch …"
Er legte ihr den Finger über den Mund. „Pst. Quäl dich nicht. Es ist vorbei. Der kommt nicht noch mal."
Jennifer streckte ihm bittend ihren Mund entgegen, aber Robert schüttelte mit verschlossener Mine den Kopf.
„Komm, setz dich hin. Wir müssen reden." Er zog Jennifer zur Couch rüber. Er saß nach vorn gebeugt, die Ellenbogen auf die Oberschenkel gestützt und rieb den Daumen über seine Unterlippe.
Jennifer sah ihn ängstlich an.
„Ich war bei Georg und Reni", fing er leise an. „Sie haben es mir erzählt. Auch das mit deinem Auto und das mit den Fotos." Er zog die Zeitung aus der Jackentasche und warf sie auf den Tisch vor sich.
Jennifer wollte etwas sagen, aber Robert hob einhaltend die Hand.
„Ich habe das alles schon in Bayern erfahren. Ich meine, dass du Tage und Nächte bei von Stetten verbracht hast. Und dass du die neue Frau an seiner Seite bist." Er rieb sich die Augen. „Irgendjemand hat ganze Arbeit geleis-

tet, damit ich jederzeit umfassend informiert bin. Natürlich nicht darüber, das alles getürkt war." Robert lachte bitter auf. „Die Rechnung ist auch ganz gut aufgegangen. Ich war wie vor den Kopf geschlagen."
Jennifer nickte zaghaft.
„Ich hatte das Gefühl, die Vergangenheit holt mich wieder ein. Da gibt es nach langer Zeit endlich jemanden, der mir etwas bedeutet und ich bin wieder nicht der einzige."
„Nein, Robert." Es war ein verzweifelter Schrei.
Er lächelte sie müde an. „Ich weiß, Jenny. Du bist nicht Inga. Du bist so viel mehr." Er stand auf und ging ans Fenster. „Aber mir ist plötzlich etwas klar geworden. Du wirst nur noch ein paar Monate hier sein. Dann gehst du zurück nach Berlin." Er kam zum Tisch zurück und schlug mit der flachen Hand auf das Bild in der Zeitung. „Das hier ist dein Leben, Jenny. Guck dich an, du siehst umwerfend aus, du stichst mit deiner Eleganz und Souveränität alle aus. Das ist dein Parkett. Nicht der Wald. Du gehörst in die Stadt, unter genau solche Menschen."
Er setzte seine Wanderung durch das Zimmer fort. „Und du weißt, ich hab's nicht so mit Straßenbahnen." Er versuchte, zu lachen, aber der Schmerz in seinem Gesicht strafte die Bemühung Lügen. Es gab nichts Schwereres, als sich gegen den zu wehren, den man liebte.
Er hockte sich vor sie. „Du wirst mir das Herz brechen, Jenny. Und das halte ich nicht noch einmal aus."
Er stand auf und ging zur Tür. „Lass uns Freunde sein, Jenny. Lass es uns wenigstens versuchen."
Die Tür fiel hinter ihm ins Schloss.

Er stand vor dem Haus und starrte in den Himmel.
Ich liebe diese Frau und ich begehre sie so sehr, dass mir schon alles weh tut. Aber nein, ich suhle mich lieber in meinen Verlustängsten statt in ihrem Armen. Ich sollte wieder rein gehen und endlich das tun, was wir uns beide sehnlichst wünschen.
Aber ich kann's nicht.

Jennifer saß da wie gelähmt. Sie konnte nichts sagen, sich nicht bewegen, ihm nicht nachlaufen.
Ein eisiger Ring schnürte ihr die Brust zusammen.
Wann wusste man, dass man einen Menschen liebte? Wie viel Zeit brauchte es, um sich seiner Gefühle sicher zu sein?

Robert wusste es, und genau darum hatte er vorausgeschaut, an das gedacht, was sein würde.
Und sie, Jennifer? Heute glaubte auch sie, ihn zu lieben. Aber was würde sie tun, wenn das Jahr vorüber war?
Gab es das Gefühl, endlich angekommen zu sein überhaupt? Oder blieb da immer eine Sehnsucht nach dem, was man gerade nicht hatte oder nach dem, wo man gerade nicht war?

„Was hast du gemacht?"
„Bea, schrei mir nicht so ins Ohr."
„Na, das ist ja wohl auch nicht zu glauben. Seit Monaten kannst du an nichts anderes mehr denken, als an diesen Mann, und jetzt, wo du ihn endlich hast, lässt du ihn gehen. Freunde! Das ich nicht lache. Ich sag dir was, Freunde hast du genug. Du brauchst den Mann." Sie schnaufte aufgeregt. „Was ist nun, liebst du ihn oder nicht?"
„Es zerreißt mich fast, wenn ich nur an ihn denke, ich verbrenne und erfriere gleichzeitig, wenn ich ihn sehe. Und ich könnte mich pausenlos übergeben, wenn ich daran denke, nie wieder so mit ihm zusammen zu sein. Es ist wie sterben mitten im Leben. Wenn das Liebe ist, ja, dann liebe ich ihn."
Bea kicherte. „Der muss ja ein ganz toller Hecht sein."
„Ich wusste nicht, dass es so sein kann", flüsterte Jennifer schüchtern.
„Wie solltest du auch, mit einem wie Rüdiger", spuckte Bea verächtlich aus. „Also, du liebst ihn. Ich sag dir was. Wenn du ihn sausen lässt, wirst du dir das nie verzeihen. Da können dir kein Berlin und keine noch so illustre Gesellschaft drüber weg helfen. Nicht der Ort ist wichtig. Orte gibt es so viele, aber tolle Männer sind rar gesät. Was spricht überhaupt gegen Prerow?"
„Eigentlich nichts. Aber werde ich auf die Dauer …"
„Hat dir schon mal einer gesagt, dass man jederzeit nach Berlin einreisen darf?"
„Ach, Bea."
„Jenny, du musst endlich begreifen, dass Liebe nicht dazu da ist glücklich zu machen, sondern um dir die Grenzen deiner Leidensfähigkeit zu zeigen." Sie kicherte schadenfroh. „Aber wenn du endlich zu Verstand kommst und die richtige Entscheidung triffst, die einzig richtige Entscheidung, dann denk dran, dass ich ganz heiß auf deine roten Pumps bin. Die brauchst *du* dann nämlich nicht mehr."

Jennifer schaute versonnen auf das Telefon. Für Bea war wieder mal alles ganz einfach. Aber so war das Leben nicht.
Jennifer war sich nicht sicher, ob sie hier bleiben wollte. Sie liebte Prerow, keine Frage, jeden Tag ein bisschen mehr. Und sie liebte Robert.
Aber wenn sie seinetwegen ganz hier bliebe, würde sie ihm das womöglich eines Tages vorhalten? Und ginge sie dann zurück, was würde das für ihn bedeuten?
Nein, Jennifer schüttelte den Kopf, sie hatte nicht das Recht mit Robert zu spielen. Gerade, weil sie ihn liebte, wollte sie ihm um keinen Preis wehtun. Sie mussten es schaffen. Sie würden gute Freunde werden.

Jennifer hatte sehr viel zu tun. Entgegen anfänglicher Befürchtungen bekam sie neben der Arbeit an dem Reiseführer für Prerow jede Menge Anfragen für verschiedenste Artikel über die Region. Außerdem wurde sie immer öfter als Lokalreporter zu interessanten Veranstaltungen eingeladen, um anschließend in der Ostseezeitung darüber zu berichten. Sie konnte sich also über Arbeitsmangel nicht beklagen.
Die notwendigen Absprachen mit von Stetten waren abgeschlossen.
Jennifer empfand das als besonders befreiend, denn sie war sich nach wie vor nicht sicher, wie viel Anteil er an dem Intrigenspiel um Robert und sie hatte und in welcher Beziehung Klöden zu all dem stand.
Von Stetten verhielt sich Jennifer gegenüber äußerst korrekt, als hätte er nie eine andere Basis ihrer Zusammenarbeit gesucht. Allerdings unternahm er auch keinerlei Versuche mehr, sie in eins der neuen Tourismusprojekte sowie in seine Kontakte zu den einflussreichen Persönlichkeiten des Landes zu integrieren. Aber Jennifer war das sehr Recht. Sie besann sich auf ihre eigentliche Aufgabe, nämlich die der Reisejournalistin, der Beobachterin und Berichterstatterin.
Immer mal wieder tauchten Gerüchte auf, dass es Zusammenhänge zwischen von Stetten und der Wilderei sowie Holzdiebstählen gäbe, aber es konnte ihm nie etwas nachgewiesen werden. Seine Weste blieb weiß.
Klöden hatte einige Tage im Krankenhaus zugebracht. Er war, wie man sich im Ort schadenfroh erzählte, „die Treppe runter gestürzt".
Von Stetten hatte ihn nach seiner Genesung versetzt. Er arbeitete nun in einem der angeblich verkauften Brauhäuser der von Stettens in Niedersachsen, hieß es.
Von Stettens Ehefrau war inzwischen auch wieder dort hin zurückgekehrt.
Fakt war, dass mit Klödens Verschwinden die Wilderei ein Ende hatte.

Die Arbeit mit Korella gestaltete sich sehr angenehm. Er akzeptierte Jennifer uneingeschränkt als Geschäftspartnerin, die die Interessen Prerows nach außen trug. Sie offerierte in ihrem Buch die Schönheiten der Region, die Freundlichkeit der Menschen, Service, Kultur, Sport und Spaß und unterstützte damit seine Ideale.
Nach wie vor interessierte ihn ihre Meinung zu Belangen der touristischen und wirtschaftlichen Entwicklung Prerows und sie spielten in unendlichen Diskussionen mögliche und unmögliche Wege durch.
Korella sah sich nicht als Verlierer. Er hatte einer wunderbaren Frau den Hof gemacht und war abgewiesen worden. Der Versuch war es Wert gewesen. Letztendlich hatte er eine wertvolle Kollegin gewonnen. Man konnte nicht alles haben im Leben.
So musste er sich mit der Zeit auch eingestehen, dass seine Vorstellungen von einem noch schöneren Prerow nicht mit einem Streich durchzusetzen waren. Es würde ein langer Kampf gegen die Tücken der Demokratie und Bürokratie werden. Wo viele Mitspracherechte hatten, gab es immer auch verschiedene Meinungen, die es oft schier unmöglich machten, zu einem Ergebnis zu kommen. Manchmal wünschte Korella sich, nur einen einzigen Tag lang Diktator sein zu dürfen. Er würde die Gemeindevertreter vielleicht anhören und abwägen, aber dann allein entscheiden. Endlich einmal Entschlüsse durchzusetzen und nach Jahre langem Gezerre etwas zum Abschluss bringen zu können, das wäre ein Traum.
Aber, da war es wieder, man konnte nicht alles haben.

So sehr Jennifer sich auch mühte, Robert ging ihr nicht aus dem Kopf. Die Vorstellung, ihn nie wieder an ihrem Körper zu spüren, nie wieder von ihm geküsst und geliebt zu werden, drohte sie zu ersticken. Sie konnte nichts anderes tun, als aus diesen Gedanken in die Arbeit oder in irgendwelche Nichtigkeiten zu flüchten. Aber die Traurigkeit blieb wie ein dicker, unersättlicher Kloß, der sich in ihr breit machte und täglich größer wurde.
Sie musste sich endlich ihren Sehnsüchten stellen, wenn sie nicht durchdrehen wollte, ihnen nicht ausweichen und sie nicht verdrängen.
Sie schob ihre Träume von nun an nicht mehr beiseite, sondern begann, sich jede Sekunde mit Robert in den schillernsten Farben auszumalen, gab sich den Empfindungen ihres Körpers dabei vollkommen hin. Und wenn es so weh tat, dass sie glaubte, es würde ihr den Verstand rauben, setzte sie noch einen drauf, indem sie Robert in Gedanken Dinge tun ließ, die sie noch nie zuvor jemandem zugestanden hatte.
So lernte sie allmählich, mit dem Schmerz umzugehen.

Aber los kam sie auf diese Art und Weise auch von ihm nicht.

Der zu Ende gehende März schickte kräftige Stürme. Es schien, als würden der Winter und der Frühling einen erbitterten Kampf um die Vorherrschaft führen.
Die Tage wurden gar nicht richtig hell, es war kalt und Regen peitschte gegen die Scheiben. Die Fensterläden klapperten die ganze Nacht und die Bäume rings herum knarrten gefährlich.
Nun war es fast ein Jahr her, dass Jennifer das erste Mal wieder in Prerow war. So vieles war in dieser Zeit geschehen, und doch hatte sie das Gefühl, wieder ganz am Anfang zu stehen.
Nein, sicher, das stimmte so nicht. Sie wohnte in einem wunderschönen Haus, die besten Freunde, die sich nur wünschen konnte, standen ihr zur Seite, und sie hatte eine Arbeit, die ihr viel Spaß machte.
Aber Robert und sie gingen sich weitestgehend aus dem Weg.
Wenn sie sich bei Georg und Irenen oder den anderen trafen, verhielten sie sich ausnahmslos freundlich zueinander. Sie stritten nicht mehr. Ihre Art, dermaßen nett und rücksichtsvoll mit einander umzugehen, irritierte sogar die anderen.
Jennifer vermisste die explosiven Gespräche, die Spannung zwischen ihnen, das schwelende Feuer, dass durch einen einzigen kleinen Funken entzündet werden konnte.
Aber vor allem fehlte ihr seine Liebe.
Sie hatte gedacht, es würde vorbei gehen. Sie glaubte, es wäre nur eine Frage der Zeit, aber insgeheim träumte sie doch immer wieder von all den wunderbaren Dingen, die sie mit ihm erlebt hatte.
Sie hockte verloren in ihrem Sessel, hörte seine Musik und starrte im Halbdunkeln vor sich hin.
Und auf einmal wusste sie es: Nicht eine Sekunde länger wollte sie warten.
Sie würde in Prerow bleiben, egal, ob die Sonne schien oder Regen und Sturm tobten. Und sie würde ein Buch schreiben.
Vor allem aber würde sie Robert nicht kampflos aufgeben.
Sie sprang auf. Jetzt sofort würde sie zu ihm gehen und ihn fragen, ob er sie noch wollte, ob er sich ein Leben mit ihr vorstellen konnte.
Sie hatte keine Angst mehr vor dieser Entscheidung.
Sie hatte nur Angst vor seiner Antwort.
Als fürchtete sie, sie könnte womöglich zu spät kommen, sprang sie in ihre Jeans, zog einen warmen Pullover über das T-Shirt, Stiefel und die dicke Jacke an.

Gerade, als sie ihren weißen Wollschal um den Hals wickelte, öffnete sich die Tür.
Robert stand vor ihr.
„Hallo, Jenny“, er schaute verunsichert auf ihre vermummte Gestalt, „du wolltest gerade gehen?“
„Ja“, Jennifer nickte zaghaft, richtete sich dann aber gerade auf. Jetzt oder nie, dachte sie. Ich werde nicht noch einen Fehler machen, den ich hinterher bitter bereue.
„Ich wollte zu dir.“
Robert zog überrascht die Augenbrauen hoch und Jennifer jubilierte innerlich. Genau diese Geste hatte sie so sehr vermisst.
„Hast du auch eine Mütze?“, fragte er dann aber einfach nur. „Ich will dir was zeigen.“
Jennifer sah ihn an, unfähig, sich auch nur einen Zentimeter zu bewegen.
Er war gekommen, um sie zu holen.
Aber dann kramte sie aufgeregt in der Schublade nach einer Kopfbedeckung und stand erwartungsvoll wie ein Kind vor ihm.
Vielleicht war ja doch noch nicht alles zu spät?
Er lächelte sie zufrieden an, zog ihr die Mütze noch ein bisschen tiefer ins Gesicht und wickelte ihr den dicken Schal fester um.
„Komm.“
Er öffnete ihr die Wagentür und dann fuhr er mit ihr fast bis an den Strand. Als er ihr aus dem Auto half, stieß eine gewaltige Sturmböe Jenny beinahe zu Boden. Aber Robert hielt sie und zog sie hinter sich her auf die Düne
Vor ihnen tobte die See. Wie eine brodelnde kochende schwarze Masse wühlte sich das Wasser bis an den Dünenrand heran, schleuderte ihnen die Gischt in die Gesichter und fraß sich gierig schmatzend immer weiter in den weichen Sand hinein. Immer neue riesige Wogen rollten krachend über das Meer auf die Küste zu und brachen mit lautem Getöse, ehe sie in unzähligen kleineren Wellen blitzschnell an den Dünen hoch peitschten und den Sand davon spülten.
Jennifer klammerte sich an Robert und beobachtete fasziniert dieses Schauspiel. Sie streckte dem Sturm lachend ihr Gesicht entgegen und breitete auf einmal ihre Arme weit aus, als wollte sie sich von seinen gewaltigen Böen davon tragen lassen. Alle Sorgen der letzten Zeit wurden einfach so davon gefegt.
Robert schlang seine Arme um sie und drehte sie zu sich um.
„Das ist der Nordost, Jenny“, rief er gegen den Wind an.

Er strich Jennifer eine Träne aus dem Gesicht. „Aber er ist nichts ohne dich.“
Er zog sie an eine geschützte Stelle hinter die Dünen.
„Hör mir zu, Jenny, ich war so ein Idiot. Ich will nicht ohne dich leben. Und was daraus wird, werden wir sehen. Ja, vielleicht brichst du mir das Herz, mag sein. Aber ich lass es drauf ankommen. Wenn du mich noch willst.“ Er sah sie flehentlich an. „Ich liebe dich.“
Jennifer schloss für einen winzigen Moment die Augen und atmete ganz tief durch, bevor sie Robert stürmisch umarmte.
„Robert, Robert!“ Sie konnte ihr Glück nicht fassen. Sie bedeckte sein Gesicht mit Küssen. „Ich habe dich so unendlich vermisst. Ich liebe dich so sehr.“
Als ihre Lippen sich fanden, zählte nichts anderes mehr um sie herum. Es gab keinen Sturm und Regen, es gab nur noch sie. Sie lagen im nassen Sand und drängten sich in Wochen lang aufgestauter Sehnsucht aneinander. Ihre Küsse wurden inniger und ihre Hände suchten einander.
Robert stöhnte auf, als er unter dem T-Shirt Jennys nackte Haut fühlte, und er tastete atemlos nach ihren Brüsten. Aber dann nahm er seine Hand zurück.
„Du wirst mir hier ganz kalt“, er streifte ihren Pullover wieder runter, „komm, wir fahren nach Hause.“
Er zog Jennifer auf die Füße und an sich ran. Ihre Münder fanden sich sofort wieder, ihre Zungen spielten miteinander und ihr Verlangen erhitzte ihre Körper.
„Bitte“, flüsterte sie erregt, „lass es uns hier tun. Einmal im Nordost lieben.“
Robert sah sie ungläubig grinsend an. „Bist du sicher?“
Er wirbelte sie glücklich herum. „Du bist verrückt, weißt du das?“, rief er gegen den Sturm an.
Sie küssten sich wieder und wieder und spürten weder den Regen, den kalten Sand unter sich, noch den Sturm auf ihrer nackten Haut als sie sich wild und leidenschaftlich liebten.
Ihr erlösender Schrei verschmolz mit dem der kreischenden Möwen, die über ihnen gegen die Naturgewalten kämpften.
So etwas hatte sie noch nicht gesehen.
Sie fuhren zu Robert nach Hause.
„Du brauchst jetzt eine heiße Dusche, damit du mir nicht krank wirst. Ich mach inzwischen Feuer.“ Lachend befreite er sich aus ihren Armen, die ihn am liebsten gar nicht mehr losgelassen hätte.

„Schaffst du's allein?", fragte er vieldeutig.
Jennifer sah ihn verzagt an. „Ich fürchte nicht. Meine Hände sind so kalt, ich bekomme nicht mal den Knopf auf.
Er half ihr aus den nassen Sachen, wobei seine Hände schon wieder über ihre weiche Haut glitten, die sie ihm willig darbot. Er musste sich gewaltsam von ihr lösen, damit sie in die Dusche gehen konnte.
„Ich koche Tee", sagte er, seine Erregung unterdrückend und ließ sie allein.
Jennifer schaute sich neugierig um. Von wegen Junggesellenbude. Da hatte sie sich ja wohl total geirrt.
Das ganze Haus war ein einziger Ort der Wärme und Gemütlichkeit. Holz, gepaart mit Naturstein, kompakte Ledermöbel, dicke Teppiche, gedämpftes Licht, ja, so stellte man sich ein Forsthaus vor. Aber nirgendwo Trophäen.
Eine wohlige Wärme machte sich schon jetzt in ihr breit.
Sie spürte, wie mit einem heftigen Kribbeln das Leben in ihren unterkühlten Körper zurückkehrte.
Das heiße Wasser weckte auch ihre letzten Lebensgeister wieder.
Sie zog ein flauschiges kariertes Hemd und warme Wollsocken von Robert an und setzte sich auf die Decke, die er vor dem Kamin ausgebreitet hatte.
Er stellte ihr einen dampfenden Tee hin. „Gib mir fünf Minuten." Er küsste sie zärtlich auf die Nasenspitze.
Jennifer schlang die Arme um die Knie und horchte auf den Sturm, der draußen immer noch tobte und versuchte, sich den Weg in den Schornstein zu bahnen. Aber das Feuer drängte ihn mit lautem Zischen zurück.
Sie sah die brodelnde See vor sich, fühlte noch einmal den scheuernden Sand auf ihrer Haut und Robert in sich. Konnte das Leben schöner sein?
Er kam, die nassen Haare nach hinten gekämmt in frischen Jeans und ebenfalls kariertem Hemd, eine Flasche Rotwein und zwei Gläser in den Händen ans Feuer und legte sich, auf die Ellenbogen gestützt neben sie.
„Ist dir warm genug?", fragte er und streichelte zärtlich über ihre nackten Beine.
Ein heißer Schauer lief über ihren Körper und die kleinen Härchen stellten sich auf.
Sie lächelte ihn schelmisch an. „Mir ist schon wieder ganz schön heiß."
„Überall?" Seine Hand glitt langsam an ihren Beinen hoch.
„Mm." Sie kicherte leise.
„Oh", Robert schaute überrascht hoch. Jenny hatte außer seinem Hemd und den Socken nichts weiter an. Mit hochgezogenen Augenbrauen nickte er anerkennend.
Jennys Atem ging schneller, als Robert ihr bedächtig das Hemd aufknöpfte.

Er küsste ihre Stirn, die Nase und den Mund, wanderte tiefer den Hals entlang zu den Brüsten. Als er zärtlich an ihnen knabberte, schmolz Jenny förmlich dahin. Sie spürte eine Welle des Verlangens in sich, wie sie sie noch nicht kannte. Sie wünschte sich, Robert möge nicht aufhören und sie an jeder Stelle ihres Körpers genau so küssen.
Sie rutschte fast unmerklich ein kleines Stück höher, um ihn diesem Ziel näher zu bringen. Sie traute sich nicht, ihm zu sagen, was sie sich jetzt mehr als alles sonst wünschte, aber sie wollte es ihm zeigen.
Und Robert verstand.
Unendlich langsam umspielte er mit seiner Zunge ihre Brüste, bevor er ihren Bauch mit tausend kleinen Küssen bedeckte.
Jenny stöhnte vor Wonne auf, als er sein Gesicht in den blonden krausen Härchen vergrub und ihren herrlichen Duft tief in sich aufsog.
Er schaute zu ihr hoch. ‚Willst du es wirklich' schienen seine Augen zu fragen.
Jennys Blick sagte ihm alles.
„Oh mein Gott, Jenny", keuchte er, „bist du schön."
Robert konnte sich nicht satt sehen an ihr. Nie hatte die Natur etwas Herrlicheres geschaffen.
Er küsste sich tief in sie hinein. Er trank aus ihr und massierte mit der Zunge die kleinen Berge und Täler, bevor er ihre Tiefen zu erforschen begann.
„Nicht aufhören", flehte Jenny, „bitte nicht aufhören."
Das war das Letzte, was er wollte. In ihm baute sich eine Druckwelle auf, die kurz davor war zu detonieren. Er konnte nicht aufhören. Jetzt nicht mehr.
Es dauerte nur noch einen winzigen Augenblick, und ein Beben erschütterte ihren ganzen Körper.
„Mach weiter, bitte, mach weiter…, oh, mein Gott", Jennifers Nägel gruben sich tief in die Decke hinein, während in ihr eine Explosion die nächste jagte.
Robert verkrampfte sich. Er musste alle Kraft aufwenden, es ihr nicht gleich zu tun. Er war noch nicht an der Reihe.
Schwer atmend legte er seinen Kopf auf ihren Bauch und versuchte, seine Beherrschung zurück zu gewinnen. Es sollte noch nicht vorbei sein.
Jenny kam mit einem glücklichen Lächeln im Gesicht allmählich wieder zu Atem.
„Oh Robert, was hast du mit mir gemacht. So war es noch nie."

Er küsste sie zärtlich auf die Lippen. „Du wirst sehen, es wird noch viel besser“, flüsterte er.
Jenny spürte sein ungestilltes Verlangen und ihr Körper rief nach ihm. Sie hatte auf einmal das Bedürfnis Dinge zu tun, von denen sie es nie zuvor für möglich gehalten hatte.
Sie richtete sich auf und begann, Robert auszuziehen. Stück für Stück ergründete sie nun seinen Körper und hüllte ihn in heiße Küsse ein. Aber Robert musste ihr Einhalt gebieten.
„Nein, Jenny, nicht weiter. Das halte ich jetzt nicht mehr aus. Lass mich rein, sonst…“
Er wurde eins mit ihr. Ihre schwitzenden Körper bewegten sich im selben Rhythmus und verschmolzen im Augenblick des gemeinsamen Höhepunktes.
„Ich hab noch was gut“, flüsterte Jenny hinterher atemlos. „Versprochen?“
Robert lächelte verwundert. Was muss ihr Mann für ein Trottel gewesen sein. Wie konnte es sonst sein, dass sie diese wunderschöne Seite der Liebe nicht kannte. Sie hatten sehr viel nachzuholen.
„Worauf du dich verlassen kannst“, antwortete er glücklich und schloss sie fest in seine Arme.

Jennifer tanzte singend durch ihr Haus, auf dem Gesicht immer noch das Lächeln einer Nacht voll Sonnenschein.
Es war Frühling geworden. Die Sonne schien auf erstes zaghaftes Grün, die Narzissen steckten vorwitzig ihre Köpfe heraus und auch ein paar Tulpen versuchten es ihnen gleich zu tun.
Die Vögel saßen zwitschernd in den Ästen und hatten sich nach dem Winter unendlich viel zu erzählen.
Die Bettwäsche hing auf der Leine und wurde von der frischen Frühlingsluft getrocknet. Sich abends in ein Bett einzukuscheln, das am Tag Sonne und Wind in sich aufgenommen hatte, das war der Geruch der Kindheit.
Jennifer putzte ihre Fenster, als Irene auf den Hof kam.
Jennifer winkte ihr fröhlich entgegen.
„He, du Putzteufel, was ist denn in dich gefahren?“, begrüßte Irene sie aufgeräumt. „Du sprühst ja vor Begeisterung. Wie wäre’s, willst du meine Fenster auch gleich putzen?“
Jennifer umarmte ihre Freundin strahlend und zog sie ins Haus.
„Kaffee?“

Wie gern hätte sie Irene von ihrem Glück erzählt, empfand aber zugleich eine nahezu diebische Freude dabei, sie noch ein wenig im Unklaren zu lassen und diese ersten wundervollen Tage mit Robert allein zu haben.
In der nächsten Woche würde sie nach Berlin fahren, ihre Arbeit abliefern und entscheiden, wie es mit ihrer Wohnung weitergehen sollte. Brauchte sie noch eine Hintertür? Wollte sie noch einen Koffer in Berlin behalten?
Danach würden sie ihre Freunde einweihen. Auf die überraschten Gesichter freute Jennifer sich heute schon.
„Was ist los mit dir?" Irene musterte sie aufmerksam. „Du hast doch was?"
Jennifer lachte. „Das ist der Frühling, Reni. Magst du Kuchen?"
Sie nahm sich selbst auch ein großes Stück, was Irene erneut in Staunen versetzte. Verständnislos schüttelte sie den Kopf.
„Ich wollte dir eigentlich nur Bescheid sagen, dass wir morgen Abend alle bei uns sind."
„Ach so?" Jennifer guckte überrascht. „Es hat doch niemand Geburtstag. Was gibt's denn?"
Irene legte den Kopf zur Seite und grinste. „Stell dir vor, es ist genau ein Jahr her, dass hier so eine feine Dame aus der Großstadt angetanzt kam und unser Leben ganz schön durcheinander gewirbelt hat."
Jennifer riss die Augen auf. Daran hatte sie gar nicht mehr gedacht.
„Oh, Reni", stieß sie aus, „Das ist ja so lieb von euch." Sie umarmte sie herzlich. „Eigentlich sollte ich da ja einladen. Aber", sie spitzte vornehm die Lippen und imitierte in ihrem Ton hämisch von Stetten, „ich gebe ein Fest, wenn ich aus Berlin zurück komme. Ich sage nur, es gibt was zu feiern."
Sie nahm sich ein zweites Stück Torte und legte auch Irene, ihren Protest überhörend noch eins auf den Teller.
Irene war verunsichert. Was hatte Jennys extrem gute Laune zu bedeuten? Nun, auf alle Fälle würde sie nach ihrer Berlinreise erst mal wieder zurückkommen. Aber würde sie bleiben? Oder wollte sie danach Abschied feiern? Aber das könnte sie doch auch vorher tun. Nein, dieses Strahlen, es musste etwas anderes sein. So sah nur jemand aus, der…
„Jenny, du bist verliebt", entfuhr es ihr plötzlich. Natürlich, das musste es sein.
Jennifer lachte und legte die Finger über die Lippen. „Pst. Warte es einfach ab."
Irene konnte ihre Neugier kaum zügeln, wusste aber auch, dass Jenny nichts weiter sagen würde. Doch eins war ihr in dem Augenblick klar. Jenny würde bleiben.

Robert holte Jenny nachmittags ab. Er kaute auf einem Kaugummi.
„Was ist, hast du Lust zum Weststrand zu fahren? Ich will dir was zeigen."
„Du willst mir schon wieder etwas zeigen?", fragte sie spitzbübisch.
Er hätte nicht fragen brauchen. Was auch immer er vorschlagen würde, sie wäre dafür, solange sie bei ihm sein konnte.
Er führte Jennifer vorsichtig einen schmalen Trampelpfad entlang durch hohes Schilf zu einem Hochsitz.
Er gab ihr das Fernglas. „Guck, da drüben. Kannst du es sehen?" Er sprach sehr leise.
Jennifer strengte ihre Augen an, konnte aber nichts entdecken.
Robert zeigte zu dem Punkt, und dann sah sie das große Nest in den knorrigen Ästen eines alten Baumes. Ein Seeadlerhorst.
„Sie brüten noch", flüsterte Robert, „aber nicht mehr lange. Ich denke mal, ein paar Tage noch, dann schlüpfen die Kleinen. Sie sind unheimlich scheu."
Jennifer hielt den Atem an, als sich das deutlich größere Seeadlerweibchen in majestätischem Flug dem Horst näherte.
Robert drückte Jennifer ein Stück runter um unentdeckt zu bleiben. Aus sicherem Versteck heraus beobachteten sie, wie die Vögel die Plätze tauschten und sich das Männchen zur Futteraufnahme in die Lüft erhob.
Roberts Seeadler.
Noch benommen von dem beeindruckenden Schauspiel schlichen sie den Weg zurück.
Sie liefen Hand in Hand ganz allein am Wasser lang, tobten durch das flache Wasser, umarmten und küssten sich.
Und sie redeten. Sie hatten sich so viel zu erzählen, damit jeder endlich ein Teil vom anderen werden konnten.
Robert sprach das erste Mal über seine gescheiterte Ehe. Leise. Zurückhaltend. Darüber, dass er zu wenig Zeit für seine Frau hatte, kein Verständnis für ihre Wünsche und Hoffnungen. Er hatte sie mit seiner Ignoranz in die Arme anderer getrieben.
Jennifer schmiegte sich an ihn.
„Ich hatte mir die Ehe auch immer ganz anders vorgestellt, als sie es dann tatsächlich war. Ich hatte immer geglaubt, ich könnte mehr fühlen, mehr begehren. Mehr lieben. Und ich wollte so gern geliebt werden. Ich habe lange gebraucht, um zu kapieren, dass ich all die Jahre zwar in einem harmonischen Arrangement gelebt habe, das mit Liebe aber schon bald nicht mehr viel zu tun hatte. Nicht mal, als Rüdiger gegangen ist, habe ich es

verstanden." Sie starrte vor sich hin und lachte dann leise. „Weißt du, ich mag am liebsten Bücher und Filme mit einem glücklichen Ende. Ich liebe diese Illusion. Ich finde sie wunderbar. Aber ich habe immer gedacht, dass es eben nur eine Illusion ist, die man dem Leben nicht abverlangen kann."
Sie rieb ihr Gesicht an seinen Bartstoppeln. „Ich habe mir doch tatsächlich eingeredet, eine erträumte Liebe könnte ebenso schön sein wie eine reale. Was für ein Quatsch."
Robert nahm sie in den Arm und küsste sie innig.
„Du wirst staunen, was da noch alles kommt."
„Was denkst du, was im Leben wichtiger ist, was hinter einem liegt oder, was noch vor einem?"
„Du wirst dich immer gern an die schönen Dinge erinnern, die du erlebt hast, aber ich glaube, die Vorfreude auf das Kommende wird überwiegen."
„Auch im Alter?"
„Klar, in jedem Alter. Die Erwartungen werden sich ändern, die Wünsche werden bescheidener werden. Was heute eine große Reise ist, wird später ein gutes Buch, ein Film oder einfach nur das nächste Frühstück sein."
„Kippt das irgendwann?"
„Nein, bestimmt nicht. Du wirst dich immer auf den nächsten Tag freuen."
Jennifer sprang auf. „Na, da will ich doch mal gucken, was als nächstes kommt."
Lachend rannten sie über den Strand.
Später saßen sie, vor dem Wind geschützt in einer kleinen Strandburg.
„Warum gibt es bei dir keine Trophäen im Haus?" Jennifer schlang ihre Arme um ihn.
„Ich bin da nicht so hinterher. Vielleicht bin ich mehr Förster als Jäger. Obwohl, ich gehe schon gern zur Jagd, aber eben nicht wegen der Knochen."
„Sondern?"
„Jagd ist wichtig, um die Bestände im Gleichgewicht zu halten. Wo es keine natürlichen Feinde gibt, muss der Mensch im Wald etwas für Ordnung sorgen, um den Wald und den Tierbestand zu schützen."
„Also jagst du nur aus Vernunftgründen?"
„Nein, das nun auch wieder nicht. Sei gewarnt, ich habe auch eine ganz blutrünstige Seite." Er zog sie heftig an sich und knabberte an ihrem Hals.
Lachend befreite sie sich aus seinem Arm. „Ich hab einen riesigen Hunger."
Robert machte ein kleines Feuer. Es tanzte und knackte und warf flackernde Lichter durch die einsetzende Dunkelheit über den Strand.

Er grillte Würstchen und Jennifer toastete Brot. Dazu tranken sie Wein. Es war wie in der kitschigsten Werbung, die je für den Weststrand gemacht werden könnte.
Dann saßen sie Rücken an Rücken gelehnt neben den wärmenden Flammen.
„Glaubst du an Liebe auf den ersten Blick?" Jenny drückte ihren Rücken an seinem.
„Nein, eher nicht. Obwohl …"
„Hab ich früher auch nicht. Aber, kannst du dich erinnern, als wir uns das erste Mal gesehen haben?"
Robert lachte leise auf. „Oh ja." Er drehte sich um und umarmte sie von hinten. „Wenn ich es mir recht überlege, dann hat es mich schon damals ganz schön erwischt."
„Ich hab's ganz deutlich gespürt. Du hast mich vollkommen durcheinander gebracht." Jennifer rückte dichter an ihn ran.
„Das hab ich gemerkt." Robert lachte wieder. „Knallrot warst du und höllisch aufgeregt. Aber tröste dich, mir ging's nicht besser. Aber ganz schlimm war's dann nach dem Tonnenball. Ich war total von der Rolle."
Jennifer drehte sich um und sah ihn erstaunt an. „Was denn, du mit deinem dicken Selbstbewusstsein? Du hattest doch noch nie Zweifel. Ich habe dich noch nie in einem schwachen Moment erlebt."
Robert nahm ihr Gesicht in die Hände. „Oh doch, Jenny, das hast du."
Er dachte an von Stetten und daran, als er ihrer Liebe eine Abfuhr erteilt hatte, aus Angst davor, sie würde ihm das Herz brechen. Er hatte nie im Leben so viele Zweifel mit sich herum getragen und sich derart schwach gefühlt, wie an diesem Tag. Von wegen, dickes Selbstbewusstsein.
Aber dann lachte er, zog Jennifer an sich und ließ sich mit ihr auf den Rücken fallen.
„He, genug philosophiert, Lady. Mir fallen doch auf der Stelle hundert Sachen ein, die jetzt so viel schöner wären."
„Hundert?", fragte Jenny aufreizend.
Roberts Hände glitten unter ihren Pullover. „Fangen wir mit einem erst mal an?", raunte er und schloss ihren Mund mit einem heißen Kuss.

„Georg, ist dir heute an Jenny was aufgefallen?" Irene kuschelte sich müde an ihren Mann.
Georg gähnte schläfrig. „Was soll mir aufgefallen sein?"
Irene verdrehte genervt die Augen. Warum waren Männer nur immer so blind.

„Mann, wann hast du sie das letzte Mal so gut drauf erlebt? Ich sage dir, sie ist verliebt."
„In wen soll sie verliebt sein?"
„Das weiß ich auch nicht, aber es kann nichts anderes sein."
„Warum hast du sie denn nicht gefragt?"
„Hab ich ja. Aber sie wollte nichts verraten." Sie schaute durch die Dunkelheit zu Georg rüber, als wüsste er die Antwort.
„Muss am Wetter liegen", knurrte er, „Robert war heute auch ungewöhnlich gut gelaunt."
Irene wurde hellhörig. „Ach so?"
„Und das, obwohl er mal wieder nicht raucht."
Irene richtete sich im Bett auf.
Georg zog die Stirn kraus. „Du denkst …? Unsinn. Die beiden doch nicht. Das hätten wir doch längst gemerkt."
Na ja, Irene musste ihm enttäuscht zustimmen. Eine Zeit lang hatte sie den Eindruck gehabt, dass da was im Gange war. Aber in den letzten Wochen hatten sie sich kaum noch angesehen, geschweige denn miteinander gesprochen.
„Hast wohl Recht", murmelte sie. „Gute Nacht, mein Schatz."
Georg gab Irene einen Kuss, bevor er sich auf die andere Seite drehte. „Schlaf schön."

Jennifer feixte sich eins, als sie an den Abend bei Irene dachte.
Oh, ihre Freundin hatte sie so aufmerksam beobachtet.
Aber Robert und sie hatten ein perfektes Schauspiel hingelegt. War das ein Spaß.
Sie fanden in hitzigen Streitgesprächen über touristische Attraktionen im Nationalpark, über ständig wachsende Besucherzahlen und geplante Baumaßnahmen zu ihrer alten Hochform zurück.
Dennoch war Jennifer für jeden erkennbar meilenweit von ihren Anfangsvorstellungen über den Tourismus im Nationalpark abgerückt.
Als Robert sie damit aufzog, kam sie nicht umhin, das zuzugeben.
„Du wirst mir doch nicht vorwerfen wollen, dass ich schlauer geworden bin?", hatte sie ganz aufreizend gefragt und für allgemeine Belustigung gesorgt.
Später, nachdem sie alle Berührungen, auf die sie vorher verzichten mussten nachgeholt hatten, meinte Robert lachend, er hätte zeitweise tatsächlich befürchtet, sie wäre zu früheren Idealen zurückgekehrt, so überzeugend war

sie. Aber in dem einen oder anderen Punkt hätte sie sicher Recht und man könnte noch was machen.
Nur einmal hätte Jennifer sich fast verraten, nämlich, als sie von den Seeadlern erzählen wollte. Jeder, der Robert kannte, wusste, dass es keinen größeren Beweis seiner Liebe geben konnte, als sie dort mit hin zu nehmen. Es war gar nicht so einfach, von den Vögeln auf die Tiramisutorte umzuschwenken.
Sie schaute in den Rückspiegel. Sie war fast allein auf der Autobahn.
Zwei, drei Tage, länger wollte sie nicht bleiben. Robert fehlte ihr jetzt schon.
Sie wollte ihn überzeugen, mit ihr zu kommen, aber er hatte tausend Ausreden.
„Du kannst Berlin ohne mich viel besser genießen. Lass die Korken knallen, Jenny. Und wenn ich dir unerwarteter weise doch ein bisschen fehle, dann ruf mich einfach an."
Er hatte versucht, völlig unbekümmert zu klingen. Aber Berlin war nun mal Jennys Heimat und somit sein größter Gegner. Würde sie sich auf Dauer für ein Leben in Prerow entscheiden können?
Das herrliche Frühlingswetter hielt an und als Jennifer in Berlin ankam, stellte sie erstaunt fest, dass die Vegetation dort bestimmt schon drei Wochen weiter war als in Prerow. Überall grünte und blühte es in leuchtenden Farben.
Das haben wir alles noch vor uns, dachte sie glücklich.
Sie schaute auf die Uhr und klingelte Karin an.
„He, setz' schon mal Kaffeewasser auf, ich bin gleich da."
„Jenny, ich freue mich so."
Jennifer hörte im Hintergrund Stimmen. War das Bea?
Aufgeregt fieberte sie ihrer Ankunft entgegen. Und tatsächlich, Bea öffnete ihr die Tür.
Lachend fielen sie sich in die Arme.
„Das machst du nicht noch mal mit mir", Jennifer knuffte sie in die Seite, „dich so lange nicht sehen lassen."
Bea grinste. „Wenn ich es richtig sehe, war dein Weg nicht länger als meiner."
„Hast ja Recht." Jennifer umarmte sie noch mal.
Bea musterte ihre Freundin. „He, du siehst Klasse aus."
„Glücklich sein ist das beste Lifting."
„Hast du zugenommen?"

Jennifer schmollte schuldbewusst. „Ja, weißt du“, aber dann strahlte sie sie an, „ich bin verliebt.“ Sie zuckte mit den Schultern. „Ich könnte pausenlos essen.“
Bea guckte ungläubig. „Das verstehe ich nicht. Das ist doch gerade das Herrliche am Verliebtsein, das man gar keinen Hunger hat und folglich abnimmt. Aber egal, wer ist es? Los erzähl.“
„Aber hallo“, bremste Jennifer die Ungeduld ihrer Freundin, „sollte ich Karin nicht erst begrüßen?“
Bea tippte Jennifer an und legte den Zeigefinger über die Lippen. „Nicht erschrecken, Oma Karin hat tüchtig zugelegt“, flüsterte sie.
Jennifer musste sich das Lachen verkneifen. Ja, ihre Freundin Karin ging ganz in ihrer Omarolle auf. Aber sie war so glücklich dabei. Schön für sie.
Als sie endlich zu dritt um den Tisch saßen, hielt Bea es nicht länger aus. „Nun red’ schon. Hast du dir deinen Förster zurückgeholt?“
Karin riss die Augen auf. „Warum sagt mir keiner was?“, schimpfte sie mit kläglicher Miene.
Während Bea eine Sektflasche öffnete, erzählte Jennifer die ganze Geschichte, ohne etwas auszulassen.
Karin hörte mit offenem Mund zu.
Bea lächelte nur überlegen. Sie hatte selbst schon zu viel erlebt, als dass sie noch etwas überraschen konnte. Zufrieden lehnte sie sich zurück. „Nun ist es also besiegelt. Du bleibst dort.“ Es war eine Feststellung. Keine Frage.
„Mm.“ Jennifer nickte mit einem ängstlichen Seitenblick auf Karin.
Um Bea brauchte sie sich nicht sorgen. Aber wie würde Karin es aufnehmen.
Die aber klatschte vor Begeisterung in die Hände. „Oh, Jenny, ich freue mich so mit dir. Natürlich musst du da bleiben. Ach“, sie verdrehte schwärmerisch die Augen, „so einen Mann würde ich auch nicht …“, erschrocken hörte sie auf zu sprechen, „ich meine, ach was, ihr wisst schon.“
Sie lachten.
Bea wiegte den Kopf. „Ihr macht mich immer neugieriger. Das muss ja so ’n richtiger ‚Mann-Mann’ sein.“
Jennifer lächelte entrückt. „Oh ja, Bea, das ist er.“
Sie ließen die Gläser klingen.
„Aber nun seid ihr dran. Was gibt’s Neues?“
Karin holte Fotos von ihrer Enkelin. Mia beim Schlafen. Mia beim Trinken. Mia auf dem Bauch. Mia auf dem Rücken.
Bea und Jennifer sahen sich grinsend an.

„Tja, was soll ich euch sagen", begann Bea dann munter, „ich wohne nicht mehr in München."
Sie genoss die perplexen Blicke der beiden anderen.
Sie machte eine wegwerfende Handbewegung. „Sollte ich mir jeden Tag auf's Neue von dem Kerl sagen lassen, was für einen dicken Arsch ich habe? Und als er mir neulich zu meinem Geburtstag dreihundert Euro in die Hand drückt und meint, ich sollte mir doch allein was Schönes kaufen, da war's genug."
„Hast du das Geld nicht genommen?" fragte Karin und hielt die Luft an.
Bea lachte hart. „Und ob. Das war ja wohl das Mindeste, was er mir schuldig war. Aber gefeiert habe ich dann ohne ihn."
Jennifer schaute Bea forschend an. „Und wie heißt er?"
„Wer?", fragte Bea, unschuldig mit den Augen klimpernd. Aber dann gab sie sich geschlagen. „Na ja, Jonathan hat mir einen Job in Frankfurt besorgt. Den konnte ich einfach nicht ablehnen."
Ihre Freundin Bea. Jennifer lachte in sich hinein, als sie später daran dachte. Sie würde sich nie ändern.
Wedekind hatte sie herzlich willkommen geheißen und war sichtlich erfreut darüber, dass es ihr so gut ging.
Bei einem ersten Blick in ihr Manuskript hatte er zufrieden mit dem Kopf genickt und versprach ihr, „sich auch weiterhin für sie zu verwenden".
Jennifer schlief in ihrem Kinderzimmer. Wie lange war das her! Sie kuschelte sich in die Bettdecke ein und erzählte Robert am Telefon Geschichten aus ihrer Kindheit. Dabei fiel ihr gar nicht auf, dass es fast ausschließlich Ferienerlebnisse aus Prerow waren, als hätte es eine Kindheit in Berlin gar nicht gegeben.
Ihre Eltern schienen nicht überrascht, als sie von ihrer Entscheidung hörten. In Vatis Gesicht spiegelte sich Genugtuung wider und Mutti bekräftigte sie sogar darin, diesen Schritt zu gehen.
„Jennilein, hier geht es nicht um uns, sondern nur um dich. Dein Vater ist aus Liebe damals mit mir nach Berlin gekommen. Heute gehst du aus demselben Grund zurück nach Prerow. Es gibt nichts Wichtigeres als die Liebe. Geh zu ihm."
Mit ein paar verstohlenen Tränen hatte sie ihre Tochter in den Armen gehalten.
Am nächsten Tag kündigte Jennifer ihre Wohnung. Sie brauchte keine Hintertür. Sie wusste endlich, wo sie hin gehörte.
Gleich danach fuhr sie Richtung Norden.
Nach Hause.

Sie konnte es gar nicht erwarten, Robert wieder zu sehen. Sie hielt beim Nationalparkamt an und ging in sein Büro.
Die Sekretärin schaute sie hochnäsig an. „Ah, Frau…, wie war noch gleich…"
Jennifer lächelte amüsiert. „Ist er da?"
In dem Moment riss Robert die Tür.
„Herr Carstens", stotterte sie, „ich wollte gerade…"
Aber Robert hörte gar nicht auf sie. Er nahm Jennifer ohne ein Wort in die Arme und küsste sie und zog sie in sein Büro.
Die Sekretärin erbleichte, aber Jennifer zwinkerte ihr versöhnlich zu. Warum sollte sie der Frau böse sein, nur weil sie davon träumte, ‚Bobby' sagen zu dürfen.
Robert schmiss die Tür hinter sich zu, öffnete sie aber noch einmal kurz.
„Ich will nicht gestört werden. Von niemandem."
Dann umschlang er Jennifer, als wollte er sie nie wieder los lassen.
„Hallo, meine Großstadtlady, hast du's schon mal in einem Büro getrieben?"
Jennifer schmiegte sich verführerisch an ihn. „Du etwa?"
Robert verriegelte die Tür hinter sich.

Jennifer erhob ihr Glas.
„Ich hab euch was zu sagen. Also", sie zögerte einen Moment, als suchte sie nach den richtigen Worten, „ich habe meine Wohnung in Berlin gekündigt."
Jubel brach aus und Irene umarmt sie stürmisch und ließ sie gar nicht mehr los.
„He, Reni, nun heul doch nicht", Jenny wuschelte durch ihr lockiges Haar, selbst um Beherrschung bemüht, „du sollst dich freuen."
„Tu ich ja", schniefte sie, „tu ich ja. Das ist eben meine Art, Freude zu zeigen."
„Aber da ist noch was." Jennifer schaute schmunzelnd in die freudig erregten Gesichter ihrer Freunde, „Es gibt da einen Mann." Sie atmete hörbar aus. „So, nun ist es raus."
Auf einen Schlag setzte Ruhe ein und alle sahen sie mit großen Augen an. Also doch. Aber wer…
Nur Robert lehnte sich lässig grinsend zurück und zwinkerte ihr verschwörerisch zu. „Na, das ist ja ein Ding. Du willst also unbedingt einen Mann unglücklich machen?"
Irene fuhr ihn verärgert an. „Robert!"

„Nein, lass ihn Reni. Ist schon gut“, lenkte Jennifer ein. „Vielleicht hast du recht Robert, möglicher Weise werde ich den Mann eines Tages unglücklich machen. Oder er mich? Doch das ist mir egal. Wenn ich mal alt bin, werde ich die Stunden mit ihm als die schönsten meines Lebens in Erinnerung behalten. Und wenn ich ein Leben mit ihm nicht wenigstens ausprobiere, werde ich es mir nie verzeihen.“

Sie war langsam auf Robert, der sich inzwischen auch erhoben hatte zugegangen und stand nun dicht vor ihm.

„Glaubst du, dass wir es schaffen?“

Die Freunde hielten die Luft an und schauten verwirrt von einem zum anderen.

Robert nahm Jennifers Gesicht in die Hände und sah ihr tief in die Augen. „Auf jeden Fall wird es eine Menge Spaß machen, das heraus zu finden. Ich will keinen Nordost mehr ohne dich“, murmelte er zärtlich und küsste sie liebevoll.

Dann hob er die Augenbrauen und lachte die Freunde schelmisch an. „Wie ist’s, nehmt ihr uns künftig auch im Doppelpack?“

Nachwort

Dies ist ein Roman. Die Geschichte und alle Personen, die in ihr vorkommen, sind erfunden, auch wenn ich mir gelegentlich die Freiheit genommen habe, das eine oder andere Erlebnis und die eine oder andere liebenswerte Eigenart meiner Familienmitglieder, Freunde und Bekannten einfließen zu lassen.
Ich habe mir erlaubt, Häuser an Plätze zu stellen, wo es sie in Wirklichkeit nicht gibt und Prerow für meine Zwecke, wenn nötig, etwas umzugestalten. Aber was die Schönheit unserer Region betrifft, können Sie alles, wirklich alles für bare Münze nehmen.

Ich danke meiner Familie, ganz besonders Dir, Katja, und meinen Freunden, dass Ihr mich stets ermutigt und angespornt habt, diesen Roman zu schreiben.

Elke Kleist, Prerow, im Mai 2008